EL DÍA QUE DEJÓ DE NEVAR EN ALASKA

Alice Kellen es el seudónimo de una autora, nacida en Valencia en 1989. Es una enamorada de los gatos, el arte y las visitas interminables a librerías. Además, le encanta vivir entre los personajes y las emociones que plasma en el papel. Sus novelas *Sigue lloviendo, El chico que dibujaba constelaciones, El día que dejó de nevar en Alaska, 33 razones para volver a verte, 23 otoños antes de ti, 13 locuras que regalarte, Llévame a cualquier lugar*, la bilogía **Deja que ocurra** (*Todo lo que nunca fuimos* y *Todo lo que somos juntos*) *Nosotros en la luna, Las alas de Sophie, Tú y yo, invencibles* y *El mapa de los anhelos* han fascinado a más de un millón de lectores de todo el mundo.

www.alicekellen.com
@alicekellen_

ALICE KELLEN

EL DÍA QUE DEJÓ DE NEVAR EN ALASKA

Argentina • Chile • Colombia • España
Estados Unidos • México • Perú • Uruguay

1.ª edición en **books4pocket** Enero 2023
4.ª reimpresión Septiembre 2023

Copyright © 2017 *by* Alice Kellen
All Rights Reserved
Copyright © 2017 *by* Urano World Spain, S.A.U.
Plaza de los Reyes Magos, 8, piso 1.º C y D – 28007 Madrid
www.titania.org
www.books4pocket.com

ISBN: 978-84-16622-78-8
E-ISBN: 978-84-17180-13-3
Depósito legal: B-4.915-2022

Fotocomposición: Ediciones Urano, S.A.U.
Impreso por Novoprint, S.A. – Energía 53 – Sant Andreu de la Barca (Barcelona)

Impreso en España – *Printed in Spain*

Para J., por serlo TODO.
Y para Dani, mi copo de nieve.

Y mientras yo te sienta,
tú me serás, dolor,
la prueba de otra vida
en que no me dolías.
La gran prueba, a lo lejos,
de que existió, que existe,
de que me quiso, sí,
de que aún la estoy queriendo.

Pedro Salinas, *No quiero que te vayas.*

«Y es que el vaho del frío habría revelado lo que mi corazón
está comenzando a trasmitir con cada latido.
Se escucha cuando el miedo duerme y las inseguridades
se vuelven cenizas una vez al mes.»

Daniel Ojeda, *Cómeme si te atreves.*

1

¿De qué huyes tú, Heather?

Podría haber elegido cualquier otro lugar.

Pero estoy aquí, en este rincón inhóspito. El vaho escapa de mis labios y forma retorcidas siluetas en el aire. No sé adónde ir, así que permanezco un minuto paralizada en medio de la solitaria calle de este pueblo perdido. El anorak morado que llevo abrochado hasta arriba no tiene nada que hacer contra el frío que cala en los huesos. Me estremezco. Y luego miro el móvil por sexta vez consecutiva para comprobar que sigo sin cobertura; lo más probable es que no vuelva a tener en mucho tiempo.

Este sitio no guarda ninguna similitud con el póster que, cuando era pequeña, colgué frente a mi cama con chinchetas. La imagen mostraba un lago inmenso, cristalino, bajo montañas de picos helados y un prado verde jade donde un oso miraba a la cámara. Debajo, con letras curvas y elegantes, ponía: «Alaska».

No veo nada de todo eso. No veo laderas infinitas ni animales jugueteando entre la hierba, aunque sí distingo la silueta de las montañas. Creo. Está todo tan oscuro que cuesta saberlo con exactitud.

He gastado casi todos mis ahorros en un billete de avión, otro de tren y el taxi que me ha traído hasta aquí, y resulta que Inovik Lake ni siquiera es más grande que el barrio donde vivía en San

Francisco y lo único que sé de este lugar es que se ubica dentro del área censal de Southeast Fairbanks. Casi todas las casas del pueblo son de madera, rojas o azules, y parecen sacadas de una postal de los años sesenta, con tejados a dos aguas y chimeneas que escupen humo.

Todo está tranquilo...

No estoy acostumbrada a la tranquilidad.

Necesito un cigarrillo. Es una pena que prometiese que no volvería a fumar. Los nervios me ayudan a salir de esta especie de bloqueo y me tiembla la mano cuando rebusco en el bolsillo de mis vaqueros hasta dar con el papelito donde he apuntado la dichosa dirección... Veamos, «letrero de madera en la entrada, derecha, recto casi un kilómetro hacia el lago, número 19». Eso es todo lo que he conseguido anotar mientras el dueño del alquiler de la casa me gritaba por teléfono y yo intentaba no perder el hilo de lo que decía. Era un tipo bastante desagradable, pero supongo que un precio bajo no suele ir acompañado de cortesía y sonrisas. Tampoco es que me molestase en buscar mucho más; fue la tercera casa a la que llamé en esa web de anuncios de alquileres. Conseguí organizar el viaje en un tiempo récord durante los tres días que pasé escondida y lloriqueando como una mocosa en un hostal de mala muerte.

Decido que ha llegado la hora de ponerme en marcha y me interno en el camino que indican mis garabatos. Se aleja del pueblo. Es un sendero sin asfaltar, de arenilla, que debido a la humedad está algo embarrado, así que me cuesta arrastrar las dos maletas que llevo conmigo. Los árboles, altísimos y frondosos, se alzan a ambos lados y el viento silba entre sus ramas retorcidas. Ya llevo andando un par de minutos cuando advierto que la oscuridad a mi alrededor es brutal y que las pocas luces de Inovik Lake han quedado atrás, tan difuminadas que es casi imposible adivinar a qué distancia están.

¿Por qué tuve que alquilar una casa a las afueras...?

El traqueteo de las maletas solo consigue inquietarme más. Escucho también el ulular de algunas aves cerca. Nerviosa, me humedezco los labios. De pronto soy muy consciente, dolorosamente consciente, de que nadie sabe dónde estoy, así que podría morir aquí mismo, ahora, comida por un alce o cualquier bicho de esos, y nadie vendría a rescatarme. Lo más probable es que mi familia ni siquiera me echase de menos hasta varias semanas más tarde y lo peor de todo es que puedo entender esa indiferencia; de hecho, me sorprende que no me odien. Eso sería más fácil, como partirse un hueso de un solo golpe en vez de ir astillándolo poco a poco en trocitos pequeños...

Los recuerdos agridulces quedan relegados a un lado en cuanto escucho una especie de aullido espeluznante. Se me eriza la piel. Distingo pisadas aceleradas, como si alguien se aproximase a la desesperada. Saboreo el miedo ascendiendo por la garganta. No veo nada, todo está oscuro. Apenas pienso en lo que hago cuando suelto las maletas, doy media vuelta y salgo corriendo. Por suerte, es lo único que sé hacer, lo único que se me da bien: correr. Sin embargo, esta vez parece que no soy lo suficientemente rápida. Grito. No sé qué está pasando, pero percibo el peligro casi rozándome la espalda, muy cerca. Cuando intento impulsarme más deprisa, tropiezo y me tambaleo. ¡Mierda! Lo único en lo que pienso mientras caigo de bruces contra el suelo es en que vuelvo a estar metida en un buen lío. Los busco, los creo, los encuentro.

Me raspo las palmas de las manos al amortiguar con ellas la caída. Estoy temblando cuando consigo darme la vuelta. Y entonces lo veo.

Es un lobo. Un lobo.

Tiene el pelaje largo, blanco y gris. Abre las fauces y suelta un aullido. No es demasiado grande, pero sus dientes son puntiagudos. No puedo respirar; me arrastro hacia atrás por el terroso camino, incapaz de dejar de mirar al animal. En menos de lo que dura un pestañeo, da un paso al frente y, junto al movimiento de sus patas, escucho una voz a lo lejos; es grave, fuerte y me reconforta de inmediato.

—¡*Caos*! ¡*Caos*, maldita sea!

Pero sea quien sea, no llega a tiempo. El lobo le ignora y avanza hacia mí. Se me disparan las pulsaciones. *Pum, pum, pum, pum,* puedo escuchar los latidos de mi corazón retumbándome en el pecho, en la cabeza, en los oídos, y tengo la boca tan seca que soy incapaz de tragar saliva. Cierro los ojos con fuerza cuando lo tengo delante y, antes de que me dé cuenta, está encima de mí, olisqueándome y... ¿lamiéndome?

—¡*Caos*, basta! ¡Dichoso chucho!

Un hombre aparece entre las sombras y tira del animal hacia atrás sujetándole de un collar que lleva en el cuello. Tomo una bocanada de aire; todavía siento que me ahogo y de forma refleja me llevo una mano al pecho. El animal suelta un leve gruñido mientras el desconocido me apunta con la linterna que lleva en la mano.

—¿Qué hace una chica como tú aquí?

—Yo solo... —Vuelvo a respirar hondo al tiempo que me pongo en pie—. Estaba buscando el número 19, frente al lago. ¿Sabes dónde está?

Tan solo los gemidos ahogados que emite el perro, que sigue pareciéndose más a un lobo que a otra cosa, rompen el silencio de la noche. El hombre se frota la barba con la palma de la mano mientras me estudia con atención, como si fuese una especie de misterio andante. Entrecierro los ojos cuando vuelve a apuntarme con la linterna y empiezo a pensar que quizá sea incluso más peligroso que el animal.

—Está a unos cinco minutos a pie. No deberías andar sola por aquí. —Se gira y dirige el leve haz de luz hacia las maletas—. ¿Son tuyas?

—Sí, he tenido que abandonarlas cuando me ha atacado el perro.

Parece hacerle mucha gracia mi comentario, porque suelta una carcajada. Le miro de reojo mientras sopeso si puedo fiarme de él. Tendrá unos cincuenta años, es muy grande y creo que su cabello es de color cobrizo o pelirrojo; no consigo distinguirlo bien en la oscuridad. El perro no aparta los ojos de mí cuando me muevo para acercarme a las maletas.

—*Caos* no ataca, puedes estar tranquila. De hecho, le gustas. Estaba lamiéndote.

—Ah, qué bien. Me encanta que me laman —refunfuño—. ¿Cinco minutos, todo recto? ¿No hay pérdida?

—Te acompañaremos.

—No es necesario.

—Vivo justo al lado.

—De acuerdo.

—Deja que te ayude con las maletas. —Estoy a punto de decirle que no lo haga, pero de pronto se apodera de mí el cansancio acumulado por los acontecimientos de los últimos días y el precipitado viaje—. Tendré que soltar a *Caos* para cogerlas, ¿te parece bien?

—No, no sé si es buena idea...

—Te prometo que no te hará daño. Confía en mí. Por cierto, me llamo John Bale —me tiende la mano y tardo unos segundos en estrechársela, pero finalmente lo hago. Tiene la piel callosa, dura y áspera.

—Heather Green.

—Deja que te huela. Es raro que despiertes su curiosidad. *Caos* es poco dado a los estímulos —murmura por lo bajo y después lo suelta. El perro se precipita hacia mí. Doy un paso atrás e intento ignorar el miedo.

Me olfatea despacio, empezando por los pies y ascendiendo hasta estirarse sobre sus patas traseras. Sin dejar de apuntarle con la linterna, John le llama la atención y vuelve a bajar la cabeza para seguir moviéndose a mi alrededor. Tras lo que parece una

eternidad, se sienta, saca la lengua y me mira fijamente. Buen chico. Alargo la mano hacia él con cuidado. Nunca he temido a los
perros, pero este no se parece en nada a los que suelen pulular por
la ciudad y que te persiga como un poseso de noche, en mitad de
un bosque, no es lo que suelo llamar diversión. El perro me chupa
el dorso de la mano y me hace cosquillas.

—Andando —ordena John, que me cede la linterna y carga las
maletas como si no pesasen nada. Tiene una de esas voces vigoro-
sas que no dan pie a demasiadas réplicas. Le sigo en silencio. *Caos*
camina a mi lado con la lengua fuera. No sé qué esperaba encontrar
cuando llegué aquí, pero desde luego no algo así. Todo es tan raro
que ni siquiera me molesto en analizarlo. Hace menos de un día
estaba en San Francisco. Y una semana antes, pensaba que todavía
podía encauzar mi vida. Dadas las circunstancias, puede que lo
mejor sea permitir que las cosas fluyan sin más, dejarme mecer por
la corriente sin oponer resistencia.

No llevamos ni tres minutos de camino cuando vuelvo a sentir
el impulso de buscar el inexistente paquete de tabaco en el bolsillo
del anorak y recuerdo que no llevo cigarrillos encima cuando meto
la mano dentro. Odio a la gente que asegura que dejar de fumar es
fácil. ¡Ja! Y una mierda. Es horrible.

Me tranquilizo cuando distingo la quietud del inmenso lago;
las estrellas se reflejan en la superficie, titilantes, como si un montón de cristalitos se hubiesen caído del cielo. Inspiro hondo y por
primera vez me fijo en el aroma que flota en el aire, a hierba, a tierra húmeda, a corteza de árbol.

—Es ahí. —John señala la casa de madera que se alza a la derecha y avanza hasta el porche para dejar ambas maletas—. No vuelvas a salir sin antes conocer la zona; no serías la primera ni la última
persona que se pierde en estos bosques. —No sabía que alguien pudiese hablar con gruñidos, pero él lo hace.

—Gracias por todo.

Le tiendo la linterna, pero John niega.

—Quédatela. Si necesitas cualquier cosa, mi casa está por allí —señala un punto a lo lejos y entreveo en la penumbra un tejado a dos aguas—. No sé qué puede venir a buscar aquí alguien como tú, pero sea lo que sea no lo encontrarás. Te has equivocado de sitio, muchacha. Buena suerte de todas formas.

Desciende los escalones del porche y vuelve a coger a *Caos* al ver que se resiste a marcharse con él. Me giro cuando ya se ha alejado unos metros.

—¿Qué tiene de malo este sitio?

—Frío, soledad, hastío.

—Entonces creo que es perfecto.

—Si tú lo dices...

Tras ver desaparecer a John en la oscuridad, encuentro las llaves de la casa bajo la tablilla de madera del segundo escalón, tal como me indicó el dueño por teléfono. Enciendo las luces al entrar. Es una pequeña cabaña de madera de aspecto confortable, aunque hace un frío de mil demonios. El polvo se asienta en cada rincón y en los escasos muebles de la estancia. Solo hay una habitación, lo suficientemente grande como para acoger una cama de matrimonio y una mesita de noche que parece hecha a mano por las imperfecciones que se distinguen en la madera de pino. La cocina es austera y apenas si caben dos personas en ella. Reviso el baño y termino sentándome en el sofá del salón principal. No hay televisión, solo una chimenea que no sé encender y una alfombra de colorines que me recuerda a las que salen en las películas de indios.

Tengo frío, hambre y unas inmensas ganas de fumar.

Pero no tengo mantas, ni comida ni cigarrillos.

Ni siquiera soy consciente de en qué momento exacto dejo de pensar en todas esas personas que he dejado atrás y me acurruco en el sofá, cediendo ante un sueño profundo que me envuelve entre sus brazos.

Me despiertan unos golpes en la puerta.

Tardo unos segundos en ubicarme cuando abro los ojos y me encuentro con un techo de madera que no reconozco. Tambaleándome tras ponerme en pie, llego hasta la puerta y abro. Un perro empieza a ladrar a lo loco.

—¡Maldita sea, *Caos*! ¡Vuelve con los demás! —exclama John mientras mira contrariado al animal. El chucho le ignora. Se sienta en mi porche, con cara de felicidad. A la luz del día, es precioso. Dan ganas de hundir las manos en su pelaje suave y sus ojos, de un llamativo azul, lo observan todo con inusitada curiosidad—. Todavía es un cachorro y está costando más de la cuenta que entre en vereda —refunfuña su dueño—. Toma, he ido al pueblo a primera hora de la mañana. Pensé que no tendrías nada que comer.

Me tiende una bolsa marrón que contiene un dónut de aspecto casero y un café todavía caliente. Le miro dubitativa. No sé si echarme a llorar de agradecimiento o cerrarle la puerta en las narices. Todavía no he decidido si puede suponer un peligro, pero soy consciente de que, de haber querido hacerme daño, anoche tuvo una oportunidad y no la aprovechó, así que...

—Gracias. No tenías por qué hacerlo.

—Detesto ver cómo niñas inocentes se mueren de hambre. Tenías que venir a parar justo aquí, demonios —masculla—. Esta juventud rara de hoy en día...

Puedo ser muchas cosas, pero «inocente» no es una de ellas.

Tampoco es que tenga en mente compartir mi turbio pasado con este buen hombre, así que me abstengo de añadir nada y le doy las gracias por segunda vez. John me estudia mientras *Caos* merodea nervioso entre sus piernas. Llevo la misma ropa que ayer y, después de días llorando, debo de tener un aspecto terrible.

—Deberías lavarte la cara. Las chicas de por aquí no suelen llevar tanta porquería negra de esa. —Se frota la barba, todavía pensativo; es más pelirrojo que castaño y sus ojos son pequeños y oscuros, y puedo distinguir cierta melancolía en ellos.

—Solo es sombra de ojos —explico—. Y a propósito, ¿en Inovik Lake hay tiendas? Porque necesito comprar algunas cosas.

John Bale me mira como si fuese una especie de castigo ineludible que ha llamado a su puerta sin avisar. *Caos* consigue despistarle un segundo y se acerca más a mí. Le acaricio con la mano sintiéndome aún insegura. Aunque solo es un cachorro, sigue pareciéndose a un lobo y tiene un aspecto adorable y peligroso a un mismo tiempo, si es que esa combinación es siquiera posible.

—¿De dónde eres? —pregunta.

—San Francisco.

—¿Qué sabes sobre Alaska?

—¿Que hace mucho frío?

—Muy graciosa. ¿Cuántos años tienes?

—Veintidós —alzo la barbilla—. ¿Y tú?

—Deberías llamarme de usted... —replica—. Cumplí cincuenta y seis hace una semana, así que haz caso a la voz de la experiencia y fíate de mí cuando te digo que lo mejor que puedes hacer es dar media vuelta y volver por donde has venido. Aquí no hay nada para alguien como tú.

Le miro malhumorada y entorno la puerta de casa antes de que *Caos* empiece a dar vueltas a mi alrededor. Estoy bastante acostumbrada a que todo el mundo me quiera lejos, pero normalmente se esperan a que la cague para pedirme que me largue. Me preparo para soltar una réplica decente, cuando mis ojos se topan con el paisaje que se extiende bajo el grisáceo cielo encapotado.

Es increíble. Y tan bonito que parece irreal.

Si exceptuamos el detalle del oso, no tiene nada que envidiar al póster que colgué en mi habitación. John permanece a mi lado, en silencio, observando cómo me acerco a la barandilla de madera, a la que me sujeto con una mano. Sigo sosteniendo la bolsita con el desayuno mientras admiro el lago en calma, brillante y azul, en contraste con el verde de los árboles y esa especie de musgo suave que viste el suelo. Las montañas, puntiagudas e irregulares como si un niño las hubiese recortado con tijeras, tienen la cima nevada y parecen mirarse en el espejo del agua.

Me doy cuenta de que estoy sonriendo.

Hacía una eternidad que no sonreía.

—Voy a quedarme. Quiero estar aquí.

—¿Y de qué vivirás, muchacha?

—Buscaré trabajo en el pueblo. Algo habrá, ¿no?

—¡Demonios! —refunfuña—. Vamos, *Caos,* ¡camina de una vez! —ordena y les veo alejarse a ambos por el sendero que conduce hasta su casa, una cabaña tres veces más grande que la mía, con un porche inmenso, también de madera, y una especie de segunda vivienda un poco más allá que tiene pinta de ser un cobertizo. Se escuchan más ladridos. No sé cuántos perros tendrá, pero por lo que oigo, diría que «bastantes» se queda corto.

Entro en casa, abro una de las maletas, me cambio de ropa y vuelvo a salir. Llevo una sudadera blanca gruesa, el anorak, vaqueros y botas suaves con pelo por dentro.

Bajo hasta el muelle, maravillada por todo lo que veo. Es como vivir dentro de una postal. Me siento con las piernas cruzadas y noto un frío intenso cuando el viento sopla con más fuerza. No me importa. De verdad que no. Me da igual que el resto del mundo piense que Alaska es un trozo de hielo perdido en medio de la nada, porque me parece un lugar vibrante, diferente y muy vivo.

Acabo de darle el primer mordisco al dónut, que está delicioso, cuando veo a *Caos* al principio del muelle, caminando hacia mí con sus patas firmes.

—¿Estás obsesionado conmigo? —le pregunto y saboreo un trago de café.

No contesta, evidentemente, pero se sienta a mi lado y observa también el paisaje con actitud tranquila, como si nos conociésemos desde siempre. Tiene las orejas puntiagudas y golpetea con la cola las tablas de madera.

Bueno, supongo que podría ser peor.

La compañía, quiero decir.

Me encojo de hombros y termino el desayuno con el chucho al lado. Cuando me levanto y regreso sobre mis pasos, me sigue. Avanzo hacia la casa de John Bale, que está más arriba, subiendo por el mismo camino que anoche me pareció tétrico y ahora resulta cualquier cosa menos escalofriante. De hecho, me recuerda a esos senderos que aparecen en los cuentos de hadas, cercados por abetos y plantas salvajes con diminutas florecillas que parecen haber sido trazadas con la punta muy fina de un pincel, manos delicadas y pulso firme.

Le encuentro unos metros antes de llegar a la casa, cargado con varios troncos de leña que acaba de cortar. Distingo a unos cuantos perros enormes a lo lejos, tras la segunda cabaña, pero evito preguntar. Todo es un poco raro. John en sí es raro. Creo que por eso me cae bien, porque en ocasiones también me he sentido así.

—Voy a ir a Inovik Lake —anuncio como si fuese todo un acontecimiento—. Te lo digo porque *Caos* no deja de seguirme.

—Así que sigues empeñada en quedarte aquí.

—Exacto.

—Chica testaruda —murmura por lo bajo y luego deja los troncos en el suelo y se acerca para coger al perro del collar. Habla como en gruñidos, juntando mucho las palabras entre sí—. Márchate antes de que te siga, no sé qué le pasa contigo. Y pasa por el bar Lemmini y di que vas de mi parte. Puede que allí tengan algo para ti.

—¿Algo para mí?

—Trabajo —responde secamente.

—Ah, vale. En ese caso... supongo que gracias, otra vez.

Recorro el sendero en menos de diez minutos. Camino rápido. Echo de menos correr, porque es lo único bueno que sé hacer; ponerme las zapatillas de deporte y dejarme llevar sin pensar en nada, sin mirar atrás, sin ataduras.

Todo tiene un aspecto diferente a la luz del día.

Inovik Lake sigue pareciéndome pequeño, pero no es una aldea ni mucho menos. Hay una calle principal que cruza el pueblo de punta a punta y me aferro a ella como referencia. A un lado y otro se alinean casas cortadas por un mismo patrón; la originalidad brilla por su ausencia. Deambulo un poco perdida, observando todos los establecimientos e intentando memorizar dónde está cada cosa. El supermercado queda justo en la parte central y ni siquiera podría competir con una tienda de barrio de San Francisco. Espero que tengan barritas Twix, porque las necesito para sobrevivir.

Carraspeo cuando una anciana está a punto de entrar en el supermercado, instándola a detenerse. Lleva la capucha del abrigo puesta y tiene un rostro arrugado pero amable que me recuerda al de un esquimal: piel tostada, ojos rasgados y nariz chata y ancha.

—Perdone, estoy buscando el bar Lemmini. ¿Sabría decirme dónde está?

—No eres de por aquí. Este no es sitio para alguien como tú.

—Gracias por las molestias, de todas formas —farfullo dándome la vuelta. Es increíble que haya huido al lugar más perdido del país y que ni siquiera aquí soporten mi presencia. ¡Menuda suerte la mía!

Se aclara la garganta para hablar:

—Ya te lo has pasado. Está dos calles más atrás, girando a la izquierda —dice y me dirige una mirada escrutadora y un poco desconcertante—. Bienvenida a Inovik Lake. Veremos si sigues aquí cuando llegue el frío.

¿Cómo que «cuando llegue el frío»? ¿Y lo que hace ahora qué se supone que es? ¿Calor? Abro la boca decidida a ahondar más en el tema, pero ya está entrando en el supermercado; me mira fijamente mientras cierra la puerta de cristal.

Sigo sus indicaciones y vuelvo sobre mis pasos.

En efecto, el bar está en una calle estrecha, a unos metros de la principal. Hay un letrero pequeño en la entrada, de madera, y desde fuera el lugar se ve oscuro y antiguo, como si hiciese décadas que nadie renueva el mobiliario. Cuando entro, suenan unas campanitas que cuelgan de la puerta. Está vacío, no hay nadie tras la barra y huele a beicon, porque las tripas me rugen en respuesta; sigo teniendo hambre. Inspecciono los cuadros pequeños y polvorientos que visten una de las paredes, al lado de un timón de barco de madera con redes colgantes. Qué típico. Estoy a punto de alargar la mano para tocar lo que parece ser un hueso de algún bicho expuesto a modo de trofeo, cuando una voz seca se alza a mi espalda.

—¿Qué quieres?

Me giro sorprendida y dispuesta a contestar, pero cambio de idea en cuanto me encuentro con sus ojos. Con esos ojos. Azules, fríos e impactantes. Su mirada me atrapa, tiene algo cautivador que consigue que se me disparen las pulsaciones. Trago saliva con dificultad. He dejado de sentir frío. En serio. Ha sido como viajar del ártico al desierto en un segundo.

A pesar de que no soy precisamente baja, me siento diminuta a su lado; debe rondar el metro noventa, y su presencia invade y se apodera de cada rincón; sería imposible que alguien como él pasase desapercibido. Tiene el cabello oscuro y unos pómulos marcados, a juego con la mandíbula y el resto de los rasgos. No sería justo decir que es meramente «guapo», porque hay *algo* más en él, *algo* que me resulta terriblemente fascinante. No recuerdo haber sentido antes nada parecido.

No creo en los flechazos.

Ni en el amor, ya puestos.

Pero sí creo en el sexo.

23

Me llevo un mechón de cabello oscuro tras la oreja e intento tranquilizarme.

—Venía por el trabajo.

—¿Qué trabajo?

Su voz es ronca y áspera. Me mira imperturbable.

—No lo sé. Imagino que de camarera, tal vez. O eso espero, porque tengo ciertas dificultades para cocinar. ¿A cuánto pagas la hora?

—Largo de aquí.

—¿Perdona?

—Fuera de mi vista.

Debo admitir que es bastante directo el chico, no se anda por las ramas, pero aun así me pilla desprevenida y permanezco unos segundos mirándole como una pánfila. ¿Por qué todos los habitantes de este pueblo me odian? Quizá puedan captar el alma de las personas, ver sus secretos más oscuros e inconfesables.

Intento pensar una respuesta argumentada e inteligente, como, por ejemplo, «eres un gilipollas», pero, antes de que pueda decírselo, un joven rubio aparece en el umbral de la puerta que conduce al almacén o a la cocina. Algunos mechones dorados escapan del gorro de lana rojo que lleva puesto y del cuello le cuelgan unos auriculares.

—¿Qué está pasando aquí? —Me estudia con interés y luego desliza la mirada hacia el idiota con cara de malas pulgas que todavía sigue a mi lado; tiene pinta de ser un amargado nivel experto o de tenérselo demasiado creído.

—Nada. La chica, que se ha equivocado de sitio —contesta con voz profunda y hago un esfuerzo por ignorar el cosquilleo que me produce.

—¡No me he equivocado! —Le tiendo la mano a su compañero, que la acepta con una sonrisa cálida—. Me llamo Heather Green y me han dicho que aquí podría encontrar trabajo. Puedo hacer cualquier cosa, aunque admito que la cocina no es mi fuerte. Pero aprenderé, de verdad —suelto a bocajarro.

—Seth Kaine —responde antes de que sus dedos suelten los míos—. ¿Quién te ha dicho que buscábamos a alguien?

No quiero aprovecharme más de mi amable vecino, pero me dijo que fuese de su parte, así que...

—John Bale.

—¡Hostia puta! —El chico alto y malhumorado se mueve a mi espalda y avanza hasta una de las mesas para coger el paquete de tabaco y el mechero que hay encima. Cuando saca un cigarro, me fijo en la cicatriz que tiene en el brazo. Es una línea recta y rugosa que nace en la muñeca y asciende hasta donde lleva remangado el suéter. Se lleva el pitillo a la boca, pero antes de que pueda encendérselo el otro se lo quita.

—Eh, nada de fumar aquí dentro.

—Bien —espeta taladrándome con la mirada—. ¿Qué sabes hacer?

—Patearle el trasero a los idiotas como tú —me cruzo de brazos.

—¡Esa es buena! —Seth se ríe. El otro no. Ni una pizca.

—Vale, te vendrá bien para tratar con los turistas con ganas de juerga que se pasean por aquí los fines de semana. Trabajarás de cuatro a nueve, sirviendo cenas hasta que cerremos, ¿entendido? Pagamos a doce dólares la hora, a final de mes. Cerramos los lunes y dos domingos al mes. Empiezas mañana. No quiero ni una jodida queja. Si no te gusta, ahí tienes la puerta.

Su voz es hielo.

Coge el cigarro que Seth todavía sostiene en la mano y sale como un vendaval dando un portazo. Madre mía, no quiero pensar cómo será por las mañanas si es de los que tiene mal despertar. Incómoda, me llevo una mano a la boca y me mordisqueo la uña del dedo meñique. Supongo que algo es algo, al menos he conseguido un trabajo.

—Es encantador —digo.

—Todo ternura. —Seth vuelve a reír—. Hoy le has pillado en un buen día. Ven, te enseñaré la cocina y te explicaré por encima cómo funcionamos, aunque es bastante simple. —Le sigo sin rechistar—. No le hagas caso a Nilak, la sociabilidad no es uno de sus puntos fuertes, pero terminará acostumbrándose a tenerte por aquí. Él suele estar tras la barra, sirviendo bebidas y tomando nota de los pedidos. Ahora te encargarás tú de esto último, ¿de acuerdo? Apuntas la comanda en un papelito con el número de mesa y me lo pasas a mí, que estoy en la cocina.

—Vale.

—Por norma general la gente de la zona es simpática. Suelen venir a última hora de la tarde a tomar algo o a cenar, aunque lo que hacemos aquí es bastante básico: comidas típicas, fritos, el pescado fresco que llega del día o cosas así. —Se mueve con soltura por la cocina, que es grande y está limpia, nada que ver con lo que había imaginado. Seth parece más joven que su socio; calculo que tendrá mi edad—. Los fines de semana viene más gente, turistas y montañistas que van al pico Dima y paran aquí porque les viene de camino.

—¿El pico Dima?

—Es una montaña muy famosa que está cerca y suelen frecuentar escaladores o turistas curiosos. En Alaska hay diecisiete de las veinte montañas más altas de todo Estados Unidos, ¿no lo sabías?

—No.

—Vienes de muy lejos, ¿verdad? —Se apoya en un mueble de la cocina y se cruza de brazos. Me mira de arriba abajo por segunda vez desde que nos conocemos y esta vez parece más divertido que otra cosa.

—¿Qué te hace tanta gracia?

—Nada. Tu aspecto. Con todo ese potingue que llevas en la cara. —Su sonrisa se ensancha más; me gustaría odiarle, pero es demasiado transparente. La gente transparente siempre me cae bien—. ¿De dónde eres?

—San Francisco.

—Ah, eso lo explica todo.

—No te ofendas, pero no lo pillo. Tanto tú como tu amigo, este... Nilak, sois raros. Bueno, en realidad casi toda la gente que he conocido de por aquí lo es. ¿El frío os afecta de algún modo?

Deja escapar una carcajada. Parece una de esas personas a las que es difícil cabrear.

—Solo es que resulta llamativo que alguien de un lugar agradable y cálido venga aquí; suele ser siempre al revés. La gente huye del frío. —Entrecierra los ojos al mirarme—. ¿De qué huyes tú, Heather?

—No huyo.

—Deberías trabajar mejor tus gestos a la hora de mentir. Aquí tendrás tiempo de sobra, porque no hay nada mejor que hacer. Venga, vamos, te enseñaré el almacén.

Me explica cómo organizan las cajas que contienen las bebidas y la comida no perecedera y cada cuánto tiempo viene el reparto y qué hay que hacer el día que eso sucede. Después, cuando regresamos a la estancia abierta al público, nos despedimos con un extraño apretón de manos. Seth parece satisfecho y me recuerda que mi turno empieza mañana a las cuatro. Le aseguro que llegaré puntual.

Al salir, Nilak está apoyado en la pared oscura del callejón. Tiene la vista clavada en un cielo que promete tormenta y sostiene en la mano derecha un cigarrillo. Debe de ser el segundo. O el tercero, quizá. No lo sé, pero hago un esfuerzo para no abalanzarme sobre él y arrebatárselo. Necesito nicotina.

Nilak le da una larga calada mientras desliza su mirada gélida por mi rostro. El humo serpentea en el aire al escapar de sus labios entreabiertos. Es hipnótico. Quiero esos labios. Quiero ese humo.

Creo que es la combinación perfecta, hasta que recuerdo lo gilipollas que es. En fin. Los envoltorios más brillantes y llamativos suelen ser los de peor calidad, se trabaja el vistoso exterior para que nadie se fije en todo lo demás, que es lo que de verdad importa.

—Hasta mañana —digo con sequedad.

Él gruñe, tira el cigarro al suelo y entra en el bar. Me quedo unos segundos mirando la colilla, ¿lanzarme a por ella sería demasiado patético? Creo que sí. Inspiro hondo, me doy la vuelta, y regreso al supermercado donde me he encontrado antes con esa anciana. Cojo un par de provisiones básicas, no mucho, porque sé que tendré que cargar las bolsas hasta la cabaña. Resulta que la cajera ni siquiera sabe lo que son las barritas de chocolate Twix. Genial. Adiós a uno de los grandes amores de mi vida.

Ya tras los primeros dos minutos de recorrido a pie empiezo a arrepentirme de haber cogido tanto peso al final, pero aprieto los dientes y hago un esfuerzo y, de pronto, al tomar una curva cerrada del camino, le veo, ahí, sentado a un lado de la cuneta.

Está esperándome. A mí. Solo a mí.

Le dedico una sonrisa inmensa.

—Creo que eres el único que quiere tenerme por aquí.

Caos ladra alegremente como si pudiese entender mis palabras y avanza a mi paso, acompañándome durante el resto del trayecto. Su presencia me reconforta.

Imagino qué pensaría mi familia si supiesen que estoy en Alaska; aunque están acostumbrados a verme desaparecer a menudo, en algún momento tendré que avisarles. ¿Y Alison? Oh, Dios, Alison probablemente se reiría como una histérica, haría un puchero ridículo y soplaría sobre sus uñas rosas antes de apartarse el cabello rubio y decir algo así como: «No seas patética, Heather, ¿qué vas a hacer en un trozo de hielo sin mí? Somos como hermanas, nos necesitamos la una a la otra. Deja de mentirte a ti misma».

En toda mi vida solo he tenido el impulso de matar a una persona.

Y esa persona es Alison Breth.

2

Querido diario,

Ojalá nada hubiese cambiado. Me encantaría que siguiésemos siendo una familia normal y corriente, aburrida incluso, pero una familia a fin de cuentas. Siempre quise creer que el amor era algo eterno y no dejo de preguntarme si el amor que dura menos —unos meses, unos años, un par de décadas—, es tan de verdad como el que se alarga toda una vida. Echo de menos a papá y, desde la separación, mamá está rara. Se ha cortado el pelo, se compra mucha ropa y sale más. Me gusta verla feliz, tiene un brillo especial en los ojos, pero eso también hace que piense durante cuánto tiempo no lo fue al lado de papá y si él ya sabía que ella no le quería lo suficiente o le sorprendió que tomase la decisión de divorciarse. Puede que intente averiguarlo la próxima vez que le vea. Esa es la peor parte de esta situación; ahora solo puedo pasar con él un fin de semana al mes y lo echo mucho de menos.

En Seward no conozco a nadie. Dentro de dos semanas empezaré el instituto y seré una de esas marginadas sociales que comen solas en la mesa del fondo. Será como empezar otra vez. Ojalá pudiese cerrar los ojos y recuperar a mis amigos, mi antigua vida, la seguridad de aquello que conocía.

Annie.

3

Soy yo.

El inmenso y horrible problema...

A la mañana siguiente, John vuelve a llamar a mi puerta. El día anterior apenas cruzamos un par de palabras; todavía parecía molestarle el hecho de que no quisiese irme, así que solo le di las gracias por el trabajo y él respondió con un «denadanohaydequé», así todo junto porque es como habla, y gruñó por lo bajo a modo de despedida. Hoy viste una gastada camisa con un estampado de cuadros rojos y grises, y carga unos cuantos troncos de leña. Como siempre, *Caos* le acompaña.

—Esperaba que vinieses a pedírmelo anoche, pero eres testaruda e inconsciente. No sabes cómo encender la chimenea, ¿verdad?

—Ni pajolera idea —admito.

—Bien. Vamos a solucionarlo.

Me aparto a un lado para dejarle pasar y John entra en la estancia, se arrodilla frente a la chimenea y coloca dentro la leña. Me pide que me acerque y preste atención mientras enciende el fuego. La madera prende poco después. Observo las llamas que se mecen con suavidad y los recuerdos emergen bruscamente. Me concentro en la seguridad de la voz de John.

—Cuando veas que se van consumiendo, añades otro tronco. Hazlo con cuidado; no debes perderle el respeto al fuego bajo ningún concepto. Es peligroso, Heather —añade, sin ser consciente del miedo que ya le tengo.

—¿Puedes apagarlo antes de irte? —pregunto cuando vuelve a incorporarse.

Sus pobladas cejas se encuentran al fruncirse, pero lo hace; coge las tenazas de hierro que cuelgan a un lado de la chimenea, separa los troncos y las llamas van perdiendo fuerza.

—Ahora, ven y ayúdame a cargar la leña; la dejaremos en la parte trasera de la casa para que te sea fácil ir a por más. Te aseguro que cuando llegue el frío la necesitarás.

Probablemente tenga razón.

Asiento. Solo «por si acaso».

—¿A cuánto la vendes?

En medio de la alfombra de colores de mi salón, John Bale deja de sacudirse las virutas de madera de la ropa y me mira enfadado como si acabase de insultarle.

—¡No tienes que pagarme, muchacha! No hago esto por dinero.

—Ya lo sé. Pero he visto que te pasas el día cortando leña y he supuesto que te dedicas a venderla, ¿no es cierto? Tengo dinero. Puedo pagarte. Te agradezco todo lo que estás haciendo por mí, pero...

—Me dedico a muchas cosas —me corta—. Guárdate tu dinero.

—Está bien. —Cojo la llave y cierro la puerta de casa antes de seguirle al exterior. Es tan temprano que la hierba del suelo todavía está cubierta por una fina capa de escarcha—. ¿Y a qué más te dedicas?

Me mira por encima del hombro sin dejar de andar.

—¿No lo has deducido ya?

—¿Tú no has deducido que la inteligencia no es mi fuerte?

—Qué cosas tienes —murmura—. ¿A quién se le ocurre decir algo semejante, demonios? Tu padre debería haber evitado que tuvieses tantos pájaros en la cabeza. La firmeza son los cimientos de un buen crecimiento.

—Mi padre está muerto. Y aunque no fuese el caso, creo que la firmeza no hace que uno sea más listo.

Me encojo de hombros. Es la verdad. No soy inteligente, nunca lo he sido. Ya desde pequeña tenía ciertas dificultades para concentrarme en el colegio y entender los conceptos más básicos, así que cuando crecí me dejé manejar por otras manos más perspicaces. Parecía un paso lógico, aunque ahora entiendo que hubiese sido mucho mejor estar sola y vivir tranquila como una chica tonta más; fue como intentar aspirar a ser cantante de ópera teniendo una voz de mierda.

¿Por qué a la gente le da tanto miedo admitir que no es inteligente? Pueden asegurar sin pelos en la lengua que son gordos, bajos, delgados, idiotas, torpes o feos, pero casi nadie está dispuesto a decir en voz alta que no es inteligente. Y no pasa nada. No es un delito. Hay test de esos raros que lo demuestran; en el último que hice cuando iba al instituto apenas conseguí responder la mitad de las preguntas, no dejaba de distraerme con el cascabel que colgaba de la punta de mi bolígrafo y, además, los problemas eran raros, estilo: «De cuatro corredores de atletismo se sabe que C ha llegado inmediatamente detrás de B, y D ha llegado en medio de A y C. ¿Podrías calcular el orden de llegada?» Tuve que leerlo unas siete veces antes de deducir que la respuesta era B, C, D, A.

—Lamento lo de tu padre —me dice John con voz ronca cuando ya hemos subido la cuesta que conduce hasta su casa—. Tenías razón al suponer que me dedico a la venta de leña. Mi otra ocupación es el adiestramiento de perros de trineo.

Aplasto unas briznas de hierba con la punta de la bota antes de mirarle con curiosidad.

—Pensaba que lo de los trineos solo salía en las películas.

—Todavía se usan —dice y reanuda el paso hacia el enorme cobertizo. Diviso a los perros tumbados en el suelo, descansando plácidamente o jugando entre ellos. Habrá unos trece o catorce, todos tienen pinta de lobos, aunque algunos son un poco distintos—. El deporte nacional de Alaska es el *mushing* y, además, en estas zonas solitarias no existe mejor compañía que un perro; no es solo una mascota, es un guardián. Están preparados para proteger e incluso resultan útiles en los rescates de montañistas extraviados o cosas del estilo.

—¿Qué es exactamente el *mushing*?

—Niña ignorante... —mascula.

—No digas que no te lo advertí.

—¿Quién te ha metido esas tonterías en la cabeza? La ignorancia no tiene nada que ver con la inteligencia —brama—. El *mushing* es el uso de perros de trineos y esquís; antiguamente era la forma de transporte más habitual, ahora se considera un deporte. A los corredores los llamamos *musher*. Hay muchas competiciones y diversas modalidades —explica y parece que hace un esfuerzo al hablar para no juntar tanto las palabras y que pueda entenderle sin problemas—. Crío y entreno dos variedades de perro, aunque no son las únicas que se usan. Unos son alaskan malamute, ¿los ves allí? Son los más robustos; ven, sígueme.

Nos acercamos hasta uno de ellos y el perro gime alegremente cuando John le palmea el lomo con cariño. *Caos*, sin dejar de revolotear a nuestro alrededor, nervioso y activo como siempre, nos mira como si quisiese reclamar nuestra atención.

—Esta raza nórdica es una de las más antiguas —dice—. Fíjate en sus patas, son muy fuertes y tienen una buena musculatura, además de un carácter fácil.

—¿Cómo se llama? —pregunto al tiempo que alargo una mano y lo acaricio; el perro entrecierra los ojos agradecido.

—Este es mío, al igual que esos otros cinco de allí, todos alaskan malamute. Se llama *Vivaldi*. Y los demás, de derecha a izquierda,

Bach, Tchaikovsky, Beethoven y Mozart. El que está algo más apartado es *Schubert*; le gusta pasar tiempo a solas de vez en cuando.

—Así que no te gusta la música clásica... —bromeo.

John esboza una perezosa sonrisa y le da otra palmadita más a *Vivaldi* antes de ponerse en pie y llevarse las manos a las caderas.

—Esos son mis seis perros —prosigue y noto un deje de orgullo en su voz—. El viejo *Schubert* es el más mayor, tiene ya nueve años, pero todos juntos forman una melodía perfecta; si sigues aquí cuando llegue la temporada de nieve, te lo enseñaré, porque doy por hecho que nunca has montado en trineo, ¿cierto?

—¡Me encantaría! —contesto con más entusiasmo del esperado y hago un esfuerzo para no caer cuando *Caos* se pone a dos patas y se alza sobre mí ensuciándome la sudadera. Genial—. ¿Y qué pasa con los demás perros?

—Los otros los entreno para *mushers*. Esa de ahí está preñada, ¿no lo notas? —Señala a una hembra que está recostada a un lado del prado—. Cada año van y vienen. La mayoría tienen nombres típicos de los perros nórdicos, como *Akicha*, que es esa de pelo más oscuro, y significa «espíritu del Sol». O *Aput*, «nieve». *Pamiiyok*, «cola enroscada». *Takret*, «luna».

Les observo con atención antes de alzar la mirada hacia él.

—¿Qué significa *Nilak*?

—¿Cómo sabes que es una palabra inuit?

—Resulta bastante evidente.

—Quizá no seas tan tonta, entonces —contesta con una carcajada, antes de volver a serenarse—. Nilak no significa nada especial. Tampoco sé mucho del idioma, solo cosas sueltas que he ido memorizando. Por aquí el más conocido es el grupo de dialectos iñupiaq, pero solo lo hablan los inuit que viven en las tundras del norte de Alaska. Todavía hay gente que se refiere a ellos como esquimales, aunque cada vez se reniega más de esa palabra; mejor no la uses, puede resultar ofensiva.

—¿Y *Caos*? —pregunto y el perro se emociona en cuanto oye su nombre y mueve la cola de lado a lado—. ¿Por qué lo llamas así?

—Es literal, el caos absoluto hecho perro —protesta—. Al principio lo llamé *Suka*, que significa «rápido», porque realmente es el más veloz de toda su camada. Lástima que no le sirva de nada; como te he dicho antes, la firmeza son los cimientos de un buen crecimiento. *Caos* es un husky, hijo de dos ganadores de trineos, igual que sus tres hermanos, aquellos de ahí —los señala con el dedo—. El dueño se llevó a la madre cuando fueron lo suficientemente grandes como para alejarse de ella y se supone que deben estar listos para la temporada que viene, pero dudo que *Caos* lo consiga.

—¿Listos? ¿Listos para qué?

—Para ser perros de competición —dice—. ¿Te apetece un café caliente antes de cargar los troncos? —Asiento y nos encaminamos hacia el interior de la casa mientras John sigue hablando—. *Caos* no responde a los estímulos habituales, no hace caso. Lo he intentado todo. Son pocos los perros que suelen salir... amorfos o como se diga.

—¡*Caos* no es amorfo! —protesto justo cuando traspaso el umbral de la puerta.

La casa de John es más cálida de lo que imaginaba. El color marrón lo cubre todo a su paso: el sofá, las paredes y el suelo de madera, los cojines y hasta los muebles de la cocina en la que acabamos de entrar. Le pega. Si John tuviese que ser un color, supongo que marrón sería la opción perfecta.

—Puede que «amorfo» no sea la palabra más adecuada —admite mientras saca un par de vasos y calienta café—. Pero, sencillamente, no sirve para lo que fue concebido. Todavía no me he rendido con él, eso te lo aseguro, pero si no se endereza a tiempo no podrá competir y me temo que su dueño no lo querrá. Conozco a Denton, es un tipo práctico y poco empático, no se anda con tonterías.

—¿Y entonces qué será de él?

—Supongo que lo donará a alguien que busque un animal de compañía. —Se encoje de hombros al tiempo que me tiende el café—. Aunque hasta eso puede convertirse en un problema como no cambie. ¿Quién quiere tener un perro al que no pueda controlar?

—¡Yo!

—¿Tú?

—Bueno, no. Me refiero a que no lo abandonaría si fuese ese tal Denton. Es ruin que solo quiera a los ejemplares perfectos y dóciles. La perfección es aburrida.

John esboza una sonrisa antes de darle un sorbo a su taza de café. Terminamos de bebérnoslo en silencio. No sé por qué me siento tan cómoda con este hombre cascarrabias, pero su compañía es agradable, me calma; resulta extraño. La ventana de la cocina está abierta y el aire gélido se cuela en la estancia. Cuando nos ponemos en pie y volvemos a cruzar el comedor, me fijo en el tablero de ajedrez que hay sobre la mesita central y pienso en lo triste que debe de ser competir contra uno mismo, aquí, aislado en medio de las montañas. Eso me hace darme cuenta de que yo también estoy muy sola. Y ahora siento que siempre lo he estado. Señalo con el mentón el tablero.

—¿Quién va ganando? —bromeo.

—Muy graciosa —rezonga, pero al final sonríe—. ¿Sabes jugar?

—Qué va.

—Pues deberías aprender. El ajedrez ayuda a agudizar la mente cuando dejamos que duerma durante demasiado tiempo... —suspira y me tiende la chaqueta que dejé en el perchero al entrar—. ¿Qué te gusta hacer, Heather?

Me encojo de hombros. Mi existencia es triste y está vacía.

—No sé, nada concreto.

—¿Nada? ¿No te gusta leer?

—Hum... no.

—¿El cine?

—Depende.

—Eres casi una especie de acertijo andante. No dejo de preguntarme qué demonios estás haciendo aquí, en Alaska. —Termina de subirse la cremallera de su abrigo mientras me mira fijamente—. Tiene que haber algo con lo que disfrutes. Es imposible que no tengas ninguna afición.

Le miro dubitativa.

—Me gusta correr.

—¿Correr?

—Sí, hacerlo sin pensar en nada.

—Suena interesante.

—No lo es, pero a mí me basta. Tengo ganas de correr por aquí, todo es precioso.

—Veremos si piensas lo mismo cuando llegue la temporada de nieve.

Después de hacer varios viajes transportando los troncos desde su casa hasta la mía y apilarlos en la parte trasera, me pongo las zapatillas de deporte y salgo a correr. Todavía tengo que deshacer las maletas, que siguen abiertas en medio del comedor, y limpiar el polvo que recubre los muebles de la casa. La pasada noche, dormí en el sofá. Nunca he sido miedosa, pero la habitación me resulta fría y la cama es demasiado grande; siento que no encajo en esa estancia.

Apenas he dado un par de pasos cuando *Caos* aparece. Empiezo a pensar que John evita controlarlo a propósito, para que me siga o algo así; no sé si realmente sería de gran ayuda en caso de que me ocurriese algo. El perro avanza con gesto serio, como si hiciésemos esto todos los días; sus patas se mueven al compás de mis pasos y, cuando ve que me adelanta un buen trecho, reduce el ritmo hasta que lo alcanzo.

Troto a paso lento por la orilla del lago, donde el terreno es un poco más llano y los árboles no lo han invadido todo. El bosque queda a la izquierda y el agua se mece en calma a mi derecha, bajo las montañas de picos helados que parecen tocar las nubes que danzan por el cielo.

Pienso en Alison.

Maldita Alison. ¡Argh!

La conocí cuando acababa de cumplir quince años. Era el primer día en el nuevo instituto. Mamá se había casado con Matthew ese mismo verano, así que nos mudamos al barrio donde él vivía, a una de esas casas de dos plantas y buhardilla que aparecen en las pancartas que hablan de «el sueño americano». No conocía a nadie, mis viejos amigos quedaban a un par de horas de distancia en coche y, aunque ambos me prometieron que podría verlos con frecuencia, pronto todos ellos cayeron en el olvido. Fue como si Alison borrase mi pasado y dibujase con sus manos el futuro.

La primera vez que la vi, cuando me escondí en los servicios a la hora del almuerzo, estaba maquillándose frente al espejo con gesto de absoluta concentración, como si el acto en sí fuese de lo más importante. Era despampanante. Su larga melena rubia se rizaba en las puntas, enroscándose de un modo encantador, y tenía los ojos verdes y rasgados. Parecía una muñeca: culo respingón, cintura ridículamente estrecha, pechos firmes y piel de porcelana.

Me quedé estudiándola en silencio mientras me terminaba el sándwich de queso y pavo que Matthew me había hecho antes de traerme al instituto. Cuando acabó de aplicarse una segunda capa de *gloss,* me miró fijamente.

—¿Te parezco interesante?

—Lo cierto es que no. —Me encogí de hombros con indiferencia, aunque por dentro estaba temblando. No quería tener problemas el primer día.

—A mí tú sí. —Sonrió—. ¿Cómo te llamas?

—Heather Green.

—¿Eres nueva?

—Sí.

—Alison Breth. Encantada.

Me tendió la mano y se la estreché. Su apretón fue fuerte, decidido, como si volcase su envolvente personalidad en ese simple gesto.

—¿Nadie te ha dicho que almorzar en el baño resta puntos de popularidad?

—No es algo que me importe.

—Me caes bien. Me gusta la gente mentirosa. Vamos, Heather, ven conmigo. Te presentaré a un par de amigos. —Sin soltar mi mano, me condujo por el pasillo del instituto y entramos en el comedor principal, donde los alumnos reían y hablaban a gritos. Sorteamos un par de mesas hasta llegar a una de las del fondo, donde estaban sentados cuatro chicos que vestían chaquetas deportivas y aparentaban tener un par de años más que nosotras—. Este es Tim, el rubio es Gregor y los gemelos Nick y Nolan —señaló mientras ellos me miraban con cierto interés—. Y esta es la mesa en la que te sentarás a partir de ahora —sonó más como una orden que a modo de sugerencia.

Pero lo hice. Me senté allí y permanecí el resto del almuerzo en silencio, viendo cómo ellos comían y Alison se terminaba su barrita energética al tiempo que coqueteaba con descaro y reía bromas que no tenían ni pizca de gracia. Cuando los chicos se fueron, me cogió del brazo y se acercó a mí para susurrarme al oído.

—Dime cuál de ellos te ha gustado; puedo conseguirte una cita con el que quieras.

—Gracias, pero ninguno me interesa.

—¿Estás de broma? ¡Son del último curso! Vamos, alguno te habrá parecido más mono, ¿no?

—No sé, puede que Tim.

—¡Oh, no, Tim no! Hazme caso. Tiene la polla muy, muy pequeña. —Dejó escapar una risita.

—¿Y tú cómo lo sabes?

—Porque le hice una mamada este verano. —Se limpió los dedos con una servilleta de papel antes de proseguir—: Fue en una fiesta a la que acudí con mi hermana mayor, Kate. Lo estábamos pasando genial y, cuando quise darme cuenta, me estaba liando con Tim en una habitación. Pero, ¡ay, Dios, cuando le bajé la cremallera y vi su cosita...! —Se llevó una mano a la boca para ahogar una carcajada. Yo la miraba casi sin pestañear—. Me dio tanta pena que terminé el trabajo. Así que, en resumen, te aconsejo que mejor te fijes en alguno de los otros tres.

—¿Vas chupando pollas por pena de forma habitual?

En ese momento hubo un silencio tenso entre nosotras, hasta que Alison se echó a reír como si acabase de decirle algo increíblemente divertido y me abrazó emocionada.

—¡Eres tan graciosa, Heather! Me encanta tu forma de hablar. Qué mona. ¿Sabes? Tengo el presentimiento de que tú y yo vamos a ser inseparables. ¡Venga, levanta! Te enseñaré lo que tienes que hacer para apuntarte al *casting* de animadoras. Yo lo dirijo, así que no tienes que preocuparte por si entrarás o no. Mueve el culo.

Todavía seguía en *shock* cuando atravesé el comedor tras ella a paso apresurado. Me di cuenta de que algunas chicas me miraban con envidia, como si me hubiese tocado un billete de lotería. Pero la gran mayoría tenían sus ojos fijos en Alison, no en mí, y sus pupilas reflejaban miedo.

Paro de correr y sigo andando unos metros más para no marearme.

Respiro hondo. Me aparto del rostro los mechones que han escapado de la coleta. *Caos* ladra, como si no entendiese por qué he decidido parar. Cuando me tranquilizo, me siento frente al lago, sobre la hierba mullida, y estiro los brazos hacia atrás con la vista clavada en el cielo. Si cierro los ojos puedo ver el rostro de Alison, su gesto de reproche, una especie de puchero capaz de encandilar hasta a sus enemigos, e imagino lo que diría: «¿Qué coño haces escondida en el culo del mundo, Heather? ¡Te estás perdiendo la vida! Vuelve, salgamos a divertirnos juntas. ¿Te he dicho ya que te quiero más que a mi propia hermana...? Te quiero, te quiero, te quiero».

Maldita zorra.

Abro los ojos justo cuando *Caos* me lame la cara. Me río y me doy la vuelta hasta terminar haciendo una especie de croqueta por el prado verde que se extiende hasta el infinito. El perro se acerca con la lengua fuera, se sienta a mi lado y apoya sus patas grisáceas en mi brazo, como si desease retenerme junto a él. Lo miro con atención. Es precioso. Extiendo una mano y lo acaricio; no puedo creer que su dueño no vaya a quererlo si no cambia. Todos los que tenemos un corazón que late y siente, tenemos también defectos. Son cosas que van de la mano.

Caos se mantiene atento como si pudiese entender lo que estoy pensando. Sus ojos son de un azul pálido y llevo un buen rato mirándolos cuando me doy cuenta de que se parecen mucho a los ojos de Nilak, solo que, en este caso, los del perro desprenden más calidez y amor. En serio. Los de Nilak son fríos y reflejan que está vacío; algo que compruebo en cuanto me incorporo al trabajo.

Nilak no me ha dirigido la palabra durante los dos últimos días. Tan solo refunfuña por lo bajo cada vez que anoto mal una comanda o suelta algún taco si me equivoco al servir las mesas o voy con retraso. Más allá de «joder», «mierda», «hostia» o «maldita sea», no le oigo pronunciar nada más.

Por suerte, Seth habla sin parar y el sonido de su voz resulta casi melodioso. Apenas he salido de la cabaña en cuarenta y ocho horas; no hay televisión, no hay nada que hacer aquí. He tenido más tiempo para reflexionar que en toda mi vida. Y nunca pensé que llegaría a parecerme algo divertido ir a trabajar, pero así es, incluso teniendo que aguantar las caras largas de Nilak.

El primer día, a casi todos los clientes les parecí un espécimen curioso e insólito. Me hicieron un montón de preguntas estúpidas que intenté contestar con mi mejor sonrisa, a pesar de que ser simpática no es precisamente mi punto fuerte. Al final, Seth terminó haciéndoles callar y les pidió que me dejasen trabajar tranquila. Nilak solo me dirigió una mirada de desprecio tras la barra, como si fuese culpa mía acaparar la atención de los presentes.

Antes pensaba que era gilipollas.

Ahora pienso que es gilipollas, egocéntrico e idiota. De seguir así, a final de mes habré agotado todos los calificativos hirientes que me sé. Lo insulto mentalmente cada dos minutos, segundo arriba, segundo abajo, cada vez que me mira como si le diese asco. Llevo demasiado tiempo dejando que los demás me pisoteen, así que me aseguro de alzar el mentón cuando paso por su lado. Sinceramente, no lo entiendo. Más allá de que parece conocer a John Bale, no sé por qué aceptó que me quedase el trabajo, pero no estaría de más un poco de amabilidad por su parte.

Al volver a casa, *Caos* me espera en el mismo lugar que la última vez, junto a una curva cerrada, al lado de la cuneta, sentado sobre sus patas traseras. Es el único que parece poder ver lo que hay en mí más allá de todas las capas tras las que me escondo y me protejo. *Caos* sabe que solo soy una cebolla triste y asustadiza. Me gusta caminar a su lado, la compañía silenciosa, esa fidelidad desinteresada. John aceptó a regañadientes no recogerme al salir del trabajo y dejar que el perro viniese a mi encuentro a cambio de prometerle que siempre llevaría una linterna a mano e iría con cuidado. Imagino que las probabilidades de que un asesino en serie ande suelto en un lugar tan remoto son irrisorias. Espero. Cruzo los dedos.

El tercer día de trabajo, le voy cogiendo el tranquillo a anotar las comandas y pasárselas de inmediato a Seth por orden de llegada; hablo lo justo con los clientes y les dedico mi mejor sonrisa antes de acercarme a la barra para pedirle a Nilak las bebidas que debo llevar a las mesas. Ojalá no fuese tan seco. Hasta sus rasgos resultan duros, muy marcados, como si las líneas hubiesen sido dibujadas a conciencia por alguien conocedor de su nula sensibilidad.

Cuando la persiana ya está medio bajada y se ha ido todo el mundo, los chicos hablan entre ellos mientras termino de secar los últimos vasos. Bueno, en realidad, Seth habla y Nilak contesta con monosílabos con el paquete de tabaco en la mano, ansioso por escapar de allí. Siempre sale a fumarse un cigarrillo poco después de que se haya marchado el último cliente.

—¿Hiciste el pedido de carne? —prosigue Seth.

—Sí.

—De todas formas, tendremos que ir a comprar algunas cosas...

—Vale.

—¿Mañana?

—Bien.

—Entonces cerraremos un par de horas.

—¿Puedo acompañaros? —me inmiscuyo.

—¿Tú? No. —Nilak frunce el ceño.

—¿Por qué no? Necesito comprar barritas Twix y cosas para el frío como, no sé, guantes, bufandas y todo eso.

—¿Barritas Twix? —Nilak me mira con gesto de horror, como si fuese tonta.

—Oye, que te jod...

—Deja que venga —pide Seth y me corta justo a tiempo, porque de verdad que no quiero perder el control, pero este chico me saca de mis casillas.

¿Por qué me odia? Me muerdo la lengua para no preguntárselo. Paso de darle esa satisfacción. Seguro que le encantaría poder descubrir todas mis inseguridades, hurgar en ellas, usarlas en su propio beneficio. No pienso volver a ser «Vulnerable Green». Eso se acabó. Lo veo estrujar el paquete de tabaco con más fuerza. Pobres cigarrillos. Quiero un cigarrillo. ¡Uf!.

—Está bien, que te acompañe ella, así yo me quedo por aquí y hago algunas cosas pendientes —mascula antes de salir a la calle.

Me seco las manos en un trapo y lo doblo antes de dejarlo sobre la barra.

—Lo siento, no pretendía que se enfadase. Pero es que cuando os he oído, he pensado que sería buena idea poder ir a un supermercado más grande...

—No tienes que disculparte, Heather. —La sonrisa de Seth es sincera y cálida—. Nos vemos mañana aquí a las diez de la mañana, ¿de acuerdo? El supermercado de Rainter es enorme, allí encontrarás todo lo que necesites.

Me quito el delantal negro que llevo sobre la ropa antes de despedirme y salir. Nilak está fuera, con la espalda recostada sobre la pared del callejón. Me dirige una mirada penetrante, tan intensa que me pregunto si está viendo algo bajo mi piel, entre el hígado y el corazón. Odio que me mire así. Frunzo el ceño mientras él expulsa el humo de la última calada y luego camino calle abajo sin decirle adiós.

Como todas las demás noches, *Caos* me espera paciente al principio del camino que conduce hacia el lago y, en cuanto me ve a lo lejos, echa a correr alegremente hacia mí sin dejar de mover la cola de un lado a otro. Me río. Creo que nadie jamás me ha recibido con tanto entusiasmo.

—Shh, cálmate, colega. —Le acaricio el hocico mientras sus ojos de cachorrillo se clavan en los míos. En medio de la oscuridad, es aterrador y hermoso a la vez; se parece más que nunca a un lobo—. Venga, volvamos a casa.

Tres horas más tarde, todavía no he conseguido dormirme.

Me doy la vuelta en el sofá, con la manta enredada entre las piernas, y respiro hondo. Veo el rostro de Alison, tan perfecto, tan irreal; por un momento pienso que la echo de menos, hasta que recuerdo todos los errores que cometí al dejarme arrastrar por ella. Y está mamá, con su sonrisa amable y esa mirada suya que suele dedicarme y que desprende una mezcla agridulce de amor y decepción. Imagino lo que debe pensar de mí. Seguro que cada noche se acuesta junto al bueno de Matthew y se pregunta qué hizo mal, si no se esforzó lo suficiente en mi educación...

Quiero decirle que el problema nunca fue ella.

Soy yo. El inmenso y horrible problema...

Me trago las lágrimas al tiempo que me pongo en pie y me echo la manta sobre los hombros. Enciendo la luz del comedor. La estancia está vacía y no sé qué hacer, pero no puedo pasar ni un segundo más recordando todo lo que he dejado atrás o las cosas que hice y ya no puedo borrar.

Abro un paquete de fritos que compré el otro día y me sorprende lo mucho que se escucha cada crujido cuando mastico; algunos silencios son demasiado densos. Aquí no se oyen coches, ni la vibración de un calefactor encendido o pisadas ajenas. Nada. Me estremezco y, sin dejar de comer, abro los cajones del mueble que cubre la pared del comedor que hay frente a la chimenea. Los miré por encima el primer día y no había nada interesante. Un par de cubiertos llenos de polvo, un calendario prehistórico, una novela antigua con una especie de damisela en la cubierta...

Me llevo otro frito a la boca, abro la primera página con desinterés y leo:

«Lady Penélope necesitaba encontrar un marido. Un marido que, a ser posible, pudiese saldar las deudas que su familia arrastraba desde el incidente en el que se vio envuelto el pequeño de los Williams. Pero, ¿qué hombre honrado pediría la mano a una jovencita que no disponía de dote y había sido tachada de rebelde y poco dada a las costumbres dignas de una dama de alta alcurnia...?».

Sigo leyendo un poco más mientras vuelvo sobre mis pasos y me siento en el sofá. Suspiro hondo. Paso a la segunda página. Pobre Penélope. De verdad que la chica ha tenido una suerte pésima.

Cuando quiero darme cuenta es de madrugada y he devorado tres cuartos del libro, que es más de lo que probablemente he leído en toda mi vida, incluyendo las novelas que me obligaban a leer en el instituto y de las que siempre encontraba algún resumen cutre por Internet. Se me cierran los ojos. Apago la luz. Antes de dormirme, pienso en Penélope, su desdichada vida y el apuesto Duque que ha aparecido en escena unas páginas atrás.

Lástima que en mi caso no exista ningún príncipe azul a lomos de un caballo blanco que esté esperándome a la vuelta de la esquina.

4

3 de octubre

Querido diario,

Sé que te he abandonado; llevo más de un año sin escribir aquí y estos últimos meses han sido de locos. El instituto en Seward es genial. Pensé que sería mucho más difícil hacer amigos, pero ya el primer día de clases, Yakone y Aria se acercaron a hablar conmigo y me presentaron a los demás compañeros del grupo. Ahora, las tres somos inseparables. Frank nos llama «Las Supernenas», según él porque Yakone, que significa «aurora roja», es pelirroja; Aria, morena; y yo, rubia. De todas formas, Frank le pone motes a todo el mundo, ¡incluso a su gato! Es un caso perdido.

Pero de quien realmente quería hablarte es de Kayden Storm.

Lo he encontrado. A él. A mi alma gemela. Lo digo en serio, ¡no estoy loca! Es... es... ¡no puedo explicarlo con palabras! ¡Resulta todo muy confuso! No sabía que una mirada pudiese hacerme sentir como si el mundo fuera a derrumbarse a nuestro alrededor.

Solo hace una semana que lo conozco y ya se ha hecho un hueco en mi vida. ¿Sabes esas personas que tienen la extraña capacidad de dejar un rastro a su paso? Pues la expresión se inventó para definir a Kayden. Llega y lo revuelve todo. Se va y el vacío que deja es tan profundo que casi duele.

Que nuestros caminos se encontrasen tuvo que ser cosa del destino. Era la primera vez que asistía al famoso festival de música que se celebra en Seward todos los años y mamá me retrasó el toque de queda. A última hora de la tarde, acudimos a la feria y deambulamos un rato por los alrededores antes de montar en los coches de choque. El ambiente era precioso, con la colorida noria girando bajo las montañas y la gente divirtiéndose y disfrutando de la tregua que nos daba el frío. Estaba riendo después de chocar contra Yakone, cuando sentí un golpe fuerte en la parte posterior. No sé si fue porque estaba distraída o haciendo el tonto, pero me di contra el volante del coche en el labio. El chico que conducía el vehículo que me había golpeado vino a socorrerme de inmediato. Y tras llevarme una mano al labio, que había empezado a sangrar, alcé la cabeza y me encontré con su mirada. Con ESA mirada. Me impactó tanto que creo que hasta me olvidé del dolor, de respirar y de mi nombre.

«¿Estás bien? Joder, lo siento», dijo.

Aria ya estaba a mi lado, tendiéndome un pañuelo. Me presioné la herida con cuidado al tiempo que bajaba del coche y salía de la atracción para no molestar a los demás. El chico me siguió con gesto preocupado.

«De verdad que no pretendía...», comenzó a decir, pero le corté al asegurarle que no pasaba nada. Me tendió una mano, sin apartar esos ojos tan enigmáticos de mí, y se presentó como Kayden Storm. «¿Y tú te llamas...?», tanteó y sus labios dibujaron la sonrisa más bonita que he visto en

toda mi vida. Me sonrojé. Se suponía que tenía que responder, abrir la boca y pronunciar cinco letras, pero estaba bloqueada.

«Se llama Annie y creo que le debes como mínimo un batido de esos», Yakone habló por mí y señaló el puesto de bebidas que había a unos metros de distancia. «Con extra de nata», añadió y Kayden volvió a sonreír y se frotó el mentón sin apartar su mirada de mí. Alzó las cejas, como preguntándome si estaba de acuerdo, y yo me encogí de hombros y lo seguí hasta la caseta de los batidos mientras Yakone y Aria reían a mi espalda. No nos acompañaron. Traidoras. En aquel momento las odié por dejarme a solas con él cuando ni siquiera era capaz de balbucear mi propio nombre en su presencia. Nos pusimos al final de la larga cola y permanecimos en silencio un eterno e incómodo minuto.

«¿Te duele?», preguntó.

«¿Qué?»

«El labio», lo señaló con el mentón.

«Ah, no, ya no», aseguré y me armé de valor antes de proseguir. «¿Eres de por aquí? No te había visto antes».

«Vivo un par de pueblos más allá, a una media hora de distancia, pero todos los años venimos al festival».

Ambos nos giramos para mirar a sus amigos, cuatro chicos que habían empezado a hablar con Aria y Yakone. Sonreí sin dejar de observar la escena hasta que nos tocó el turno y Kayden me preguntó qué batido iba a tomar. Chocolate, por supuesto. Le dijo al dependiente que añadiese todos los extras que yo quisiese, así que cuando el buen hombre me tendió el batido tuve que hacer equilibrios para que no se me cayese nada. Lo había pedido con nata, Lacasitos y trocitos de Oreo. Él me miró divertido cuando engullí la segunda cucharada.

«¿Qué pasa?», pregunté todavía con la boca llena.

«Nada, es solo que...», dudó antes de inclinarse hacia mí: «Estás llena de nata», y sin darme tiempo a reaccionar, deslizó el pulgar por mi barbilla. Su contacto quemaba, era como si sus manos acabasen de dejar una marca invisible en mi piel. Estaba muy cerca. Podía oler su colonia cítrica y varonil. Juro que pensé que el corazón se me saldría del pecho de un momento a otro y echaría a andar por el paseo del puerto, y fue entonces, justo en ese instante, cuando me di cuenta de que nunca antes había sentido nada igual.

Kayden tragó saliva y me miró fijamente mientras daba un paso atrás y rompía el contacto. No sé por qué, pero supe que él también había notado esa chispa que saltó en cuanto sus dedos rozaron mi piel. Había miedo en sus ojos, pero también curiosidad. Ladeó la cabeza, sin dejar de observarme, y tras lo que pareció una eternidad, susurró: «¿Te apetece terminarte el batido mientras damos un paseo por el muelle?». Asentí en silencio, incapaz de hablar.

Comenzamos a andar calle abajo, sorteando a los transeúntes de la feria y...

Mamá me llama para cenar. Tengo que bajar. Pero prometo que esta vez no tardaré tanto en volver a escribir.

Annie.

5

Prefiero el trozo de hielo, gracias

Son las diez menos cuarto cuando llego a Lemmini. Está abierto, aunque no han subido la persiana del todo. Entro. No hay rastro de Seth, pero Nilak está sentado delante de una de las mesas redondas que hay repartidas por la estancia. Alza la mirada con lentitud y sus ojos permanecen fijos en los míos durante más tiempo de lo que cualquier persona cuerda consideraría normal o apropiado.

—Buenos días —susurro.

Nunca hemos estado a solas. No sé cómo comportarme. Me quito el abrigo y lo cuelgo en la percha que hay tras la puerta. Sigue mirándome. De hecho, ¿por qué no deja de hacerlo? Está poniendo a prueba todo mi autocontrol, es eso.

—¿No piensas contestar? —pregunto acercándome a la mesa. Arrastro una silla hacia atrás y me siento frente a él—. ¿Nadie te ha dicho que es de mala educación negar un saludo?

—Quedaste con Seth a las diez, no a las diez menos cuarto —me recuerda con sequedad.

—Oh, usted perdone, rey de las nieves, dueño de *Invernalia*. No sé cómo he osado aparecer con un poco de antelación. Propongo que me castiguen con cinco latigazos y un día entero sin comer.

Nilak frunce el ceño como si acabase de hablarle en chino, se pone en pie y se va tras la barra. Coge la carpeta donde guardan los papeles y las cuentas relacionadas con el negocio, la abre y empieza a leer en silencio, con un codo apoyado sobre la madera. Nunca me habían ignorado tan deliberadamente. Me levanto y me acerco a él; no me importa parecer una acosadora, necesito respuestas.

—¿Por qué me odias?

—Yo no te odio —masculla sin levantar la vista de los papeles.

—Vamos, dame una razón. A estas alturas de mi vida te aseguro que puedo soportar cualquier cosa. Y si es por algo que pueda hacerme daño... —tanteo—, da igual, soy de las que piensan que es mejor arrancar la costra de una herida de cuajo a estar dándole toquecitos con la punta de la uña todo el puñetero día.

El azul de sus ojos se ensombrece. Al menos he conseguido llamar su atención, algo es algo. Me estudia durante unos instantes.

—Heather, no tengo nada en contra de ti. —Es la primera vez que pronuncia mi nombre y lo hace con suavidad, como si la palabra resbalara por sus labios—. Lo que ves es lo que hay, sin más.

—Pues qué poco interesante.

—No te quito razón.

—¿Estás de mal humor por un problema concreto o se trata de algo permanente?

—Permanente.

Vuelve a centrar la mirada en los papeles y anota algo con un bolígrafo. Rodeo la barra en silencio hasta llegar a su lado. Nilak se muestra confuso ante mi proximidad. Me pongo de puntillas para ver mejor.

—¿Qué coño haces? —gruñe.

—Nada, solo quería saber qué escribías, pero son cosas matemáticas de esas; no se me dan muy bien los números. Ni las letras, ya puestos. Aunque ayer leí.

—Leíste... —me mira perplejo.

—Una novela. Bueno, una entera no, pero sí un montón de páginas, como noventa o así, al menos, todas del tirón. —Vuelvo sobre mis pasos y me siento en un taburete frente a él, al otro lado de la barra—. Iba sobre una chica llamada Penélope que necesita encontrar un marido que tenga tierras y dinero para poder saldar la deuda de su familia. Resulta que sus padres murieron en un accidente hace años y ella tuvo que hacerse cargo de sus hermanos pequeños, pero uno de ellos, Daniel Williams, se emborrachó en un club y apostó en una partida de cartas buena parte de sus posesiones. Todo es bastante dramático, la verdad. Aunque está cantado que Penélope se quedará con el Duque, Colin Lowell.

Cuando tomo aire al terminar de hablar, Nilak sigue mirándome fijamente, sin pestañear. Parece aturdido. Entreabre los labios, como si estuviese a punto de decir algo, pero después vuelve a cerrarlos. Me concentro en su boca. Me pregunto a qué sabrá y entonces recuerdo los cigarros y, ¡mierda!, lo que daría por poder fumarme uno, aspirar el humo con lentitud, mucha lentitud, y después expulsarlo; saciada, plena...

—¡Llegas puntual!

Escucho la voz cantarina de Seth a mi espalda. Nilak sigue estudiándome en silencio y doy por hecho que se ha dado cuenta de que era incapaz de apartar los ojos de sus labios. No me molesto en disimularlo.

—Sí. —Me doy la vuelta sin bajar del taburete, le sonrío y lo veo acomodarse el gorro rojo que suele llevar puesto. Seth tiene el cabello tan rubio que casi parece blanco—. Justo comentaba con Nilak lo importante que es llegar siempre puntual. Entre otras muchas cosas, claro. También hemos hablado de sueños, metas e ilusiones. Y de nuestros turbios pasados. Ya sabes, es un tío muy comunicativo, no hay forma de hacerle callar.

Seth prorrumpe en una carcajada antes de entrar en el almacén para dejar la bolsa que lleva en la mano. Cuando vuelvo a mirar a Nilak, creo distinguir cómo alza una de las comisuras de su boca, pero es un gesto tan imperceptible que no pondría la mano en el fuego si me preguntasen si ha ocurrido. Después, su rostro vuelve a retomar la inexpresividad habitual que le caracteriza y prosigue haciendo cálculos, imagino que de los gastos, los ingresos y ese tipo de cosas. En fin. Lo he intentado. Quiero que conste en acta de forma oficial.

—Será mejor que nos pongamos en marcha —dice Seth en cuanto regresa del almacén—. Sialuk está esperando en el coche.

—¿Quién es Sialuk? —pregunto mientras me pongo el abrigo.

—Mi novia. En realidad, mi prometida —sonríe—; siempre lo olvido.

—¿Estás prometido? ¡Oh, joder! ¡Eso es genial!

—¿No os ibais? —interviene Nilak, arrastrando las palabras al hablar.

Me doy la vuelta y lo fulmino con la mirada. Sigue ahí, tras la barra, ocupando toda la habitación con su mera presencia; mantiene el ceño fruncido, la mandíbula tensa y los labios formando una línea recta. Pongo los ojos en blanco antes de seguir a Seth, que, para no perder la costumbre, se muestra feliz y optimista.

—¿Cómo puedes llevarte bien con él? No os parecéis en nada.

—Nos compenetramos. No te dejes engañar por las apariencias; es una de las mejores personas que encontrarás por aquí.

—Eso no dice mucho a favor de todos los demás... —mascullo.

—¿De quién estáis hablando? —pregunta una voz suave que pertenece a la chica que está apoyada en el maletero de un coche rojo de aspecto antiguo.

Seth le sonríe antes de darle un beso corto en los labios y presentarnos. El alivio me invade. Es casi tan transparente como él. El tipo de persona que sabes que no esconde nada; todo lo que hay es lo que se ve, sin secretos. Sialuk tiene la piel ligeramente tostada, ojos rasgados y nariz chata; es como una mezcla perfecta entre

Mulan y *Pocahontas*. Abro la boca para compartir el chiste, pero la cierro al darme cuenta a tiempo de que quizá no les parezca tan divertido como a mí. En realidad, es muy guapa. Exótica. Le echo un segundo vistazo una vez monto en el asiento trasero del coche; las dos tenemos el cabello igual de negro, pero el suyo es tan brillante que parece una peluca. Se gira, me sonríe y sus ojos se entrecierran aún más, hasta convertirse en dos diminutas ranuras.

—Seth me ha hablado mucho de ti estos últimos días. Pensaba pasar por el bar esta semana, pero mi *babushka* se resfrió y he tenido que cuidar de ella —prosigue mientras él arranca el coche y dejamos atrás las calles de Inovik Lake—. Me dijo que te conoció.

—¿Quién?

—Mi *babushka*. Le preguntaste por el bar Lemmini cuando iba a hacer la compra.

—Ah, cierto, la recuerdo. ¿Es tu abuela?

—Sí, *babushka* es una forma cariñosa de llamarla, pero su nombre es Naaja. La verás a menudo en cuanto esté totalmente recuperada —explica Seth.

—¿Por qué todos tenéis nombres tan raros? —Estiro el cinturón de seguridad, que aprieta demasiado, mientras ella se ríe alegremente. No es una de esas risas que te hagan sentir estúpido, no tiene maldad.

—Casi todo el mundo tiene nombres comunes, americanos —dice—. Pero mi abuela es una inupiat. El destino la unió a mi abuelo cuando él vino con su padre a trabajar, en el año 1942, para construir la autopista de Alaska. Ella abandonó el núcleo familiar y él no regresó a Minnesota, así que decidieron asentarse en Inovik Lake. Mi abuelo, que se llamaba Alain Gilbert, falleció hace unos años... —añade con nostalgia y advierto que Seth le da un apretón en la mano antes de volver a ponerla sobre el volante—. Mi *babushka* siempre quiso hacer honor a sus orígenes respetando las tradiciones; para los Inupiat lo más importante es el alma y creen que el nombre de cada uno debe representarla. Na-aja significa «gaviota» y, si lo piensas, casi fue algo premonitorio, porque al final mi abuela voló libre y abandonó el nido en el que había crecido; decidió seguir su propio camino.

Estoy escuchando con tanta atención que hasta ahora no me había dado cuenta de que la carretera por la que circulamos ya no es tan rural. Los árboles que delimitan el camino son altísimos y muy frondosos.

—¿Y tu nombre? —pregunto.

—*Sialuk* es «lluvia». Nací un día de tormenta.

—Es bonito —admito—. ¿Desde cuándo os conocéis vosotros dos?

—Pues, a ver, ella llevaba pañales y yo estaba aprendiendo a dejar de llevarlos, así que supongo que «desde siempre» es la mejor respuesta —contesta Seth con una sonrisa—. Cuando empezamos a salir, yo acababa de cumplir dieciséis y Sialuk tenía quince; eso quiere decir que llevamos juntos... eh, creo que lo he olvidado...

Seth se ríe sin apartar la mirada de la sinuosa carretera y ella le da un manotazo en el hombro con gesto divertido. Ni siquiera soy capaz de imaginarles discutiendo; parecen una de esas parejas ideales que pueden entenderse sin necesidad de palabras.

—Seis años —aclara Sialuk.

Guau. Eso es como una cantidad increíble de tiempo, ¿no? Si Alison estuviese aquí, sentada a mi lado en el asiento trasero del coche, se llevaría un dedo a la boca y gesticularía como si fuese a vomitar.

Vomitar, otra de las aficiones de Alison.

Suspiro hondo e intento apartar su rostro angelical de mi mente. Necesito concentrarme en cualquier otra cosa. Me incorporo un poco.

—¿Qué edad tiene Nilak?

—Creo que veinticinco.

—¿Os conocéis desde pequeños?

—No, qué va. Solo hace unos años que somos amigos. Y como te decía antes, es un buen tipo. Quizá no sea el mejor conversador del mundo, pero es de fiar.

—Hombre, sabes que si le cuentas un secreto no lo largará por ahí —bromeo.

—Algunas personas se cierran tanto en un momento determinado que luego olvidan cómo volver a abrirse a los demás; se vuelven herméticas, necesitan protegerse porque en el fondo tienen mucho miedo o sienten dolor —me dice Sialuk con esa voz delicada que parece quedarse flotando en el aire cuando termina de hablar—. Como tú. Tienes mucho en común con Nilak.

—¡No es verdad! —protesto indignada.

—Que hables más no significa que seas abierta; la ironía esconde y disfraza la verdad.

—No me conoces —siseo.

—Déjalo... —le susurra Seth mientras gira el volante a la derecha.

Tras leer el cartel que se alza en la entrada, advierto que acabamos de llegar a nuestro destino. Este pueblo es mucho más grande que Inovik Lake. Bajo del coche casi cuando aún está en marcha. Necesito salir. Aire fresco. Pero Sialuk no parece dispuesta a darme un respiro, porque rodea el vehículo y me coge ambas manos; las suyas están calientes a pesar del frío que hace.

—*Babushka* vio la oscuridad en tus ojos —dice—, pero también encontró luz, esperanza y bondad. Ella tiene una sensibilidad especial a la hora de juzgar a las personas. Casi nunca se equivoca.

—No quiero que nadie me juzgue.

—No lo hace en el mal sentido. A *babushka* le gustaste.

—Ya está bien. —Seth rodea la cintura de Sialuk con cariño—. Deja que Heather respire. Son muchas cosas de golpe. Hace menos de una semana que llegó; todo esto es nuevo para ella y necesita tiempo para asimilarlo.

Sialuk me mira afligida.

—Lo siento, no pretendía incomodarte. La verdad es que tenía muchas ganas de conocerte, pero me he dejado llevar...

—No te preocupes, no has dicho nada malo.

Compartimos una sonrisa antes de seguir a Seth por la acera de adoquines grises que conduce al supermercado. Este sí parece un lugar apropiado para venir a hacer la compra. Sonrío al pensar en la cantidad desorbitada de barritas Twix que pienso comprar. Cinco, diez, quince cajas. O todas las que hayan, ya puestos.

—Necesitamos comprar *sockeye*; nos hemos quedado cortos esta vez —me explica Seth al tiempo que empezamos a recorrer los largos pasillos del establecimiento—. El proveedor solo pasa por Inovik Lake una vez al mes.

—Ajá —digo, como si de verdad le entendiese—. ¿Y qué es *sockeye*?

—Salmón rojo. —Sialuk me sonríe amablemente y coge a su novio del brazo para llamar su atención—. ¿Todavía no le has dado a probar tu plato estrella?

—Es el comodín que usaré como coacción el día que decida huir despavorida y regresar a San Francisco —se burla y pongo los ojos en blanco como toda respuesta antes de sonreír—. Piénsalo, Heather. Ahora mismo podrías estar tumbada en la playa, tostándote al sol, con un mojito en la mano.

—Prefiero el trozo de hielo, gracias.

Les sigo, arrastrando el carro de la compra, mientras Seth va metiendo dentro las cosas que necesita: huevas de trucha, cangrejos, sirope de arce, bacalao negro congelado, salsa de soja, arenques, algas locales que parecen cualquier cosa excepto apetecibles...

Yo cojo unos cuantos paquetes de patatas laminadas y algunos platos precocinados de comida, pero no consigo encontrar ni una sola barrita Twix. Le pregunto a la cajera cuando estamos a punto de pagar, pero me dice que hace meses que no encargan;

«quizás en la época de Navidad, que solemos pedir más dulces», añade.

—*Babushka* hace una tarta de queso deliciosa —intenta animarme Sialuk una vez hemos salido—. Te reservaré un trozo la próxima vez.

Es demasiado amable. Como Seth. Si me conociesen bien, se lo pensarían dos veces antes de abrirse en canal y ofrecerme todo cuanto está en sus manos. Porque, no sé cómo, pero siempre termino haciendo daño a la gente que quiero.

De golpe, siento el peso de la nostalgia. Lo de las barritas Twix es una tontería, pero esa tontería me recuerda lo lejos que estoy de casa. Bajo la mirada sin dejar de caminar por la acera y respiro hondo. Contengo las lágrimas mientras Seth abre el maletero del coche y empieza a meter las bolsas.

—¿Estás bien? —Sialuk apoya una mano en mi hombro.

—¿Qué pasa? —Seth se acerca.

—Joder, es solo que... —Tomo aire—. No es nada.

—Puedes confiar en nosotros —asegura Sialuk.

Ya lo sé. Está claro. Son transparentes; personas redondas, sin esquinas punzantes ni relieves que no ves venir y te hacen caer. Yo estoy llena de aristas y ángulos imposibles que nadie puede entender. Contengo el aliento.

—¿Hay alguna cabina por aquí? Creo que necesito hacer una llamada.

Sin dudar, Seth saca su móvil del bolsillo y me lo tiende.

—Puedes usarlo todo lo que quieras —dice—. Nosotros esperaremos dentro del coche. No tengas prisa, de verdad.

Tengo que esforzarme para evitar abrazarle. Llevo demasiado tiempo sin encontrarme con gente así, dispuesta a darlo todo sin pedir nada a cambio. Acepto el teléfono y me alejo del vehículo mientras ellos suben. Las manos me tiemblan del frío y de los nervios, y me cuesta un mundo marcar el número.

Un tono. Dos. Tres.

Y entonces, mamá.

Su voz. Su respiración.

—¿Heather? ¿Eres tú?

—Lo siento. —Fijo la mirada en el cielo grisáceo e intento con todas mis fuerzas no derrumbarme. Un par de pájaros oscuros vuelan alto, libres; quiero irme con ellos—. Lo siento muchísimo. Yo no quería que pasara aquello. Por favor, perdóname.

—¡Dios mío, cariño! ¡Lo has vuelto a hacer! No puedes desaparecer así, Heather. ¿Sabes lo preocupada que he estado? —A pesar de no verla, estoy segura de que un gesto de resignación cruza su rostro. La primera vez que huí, ella y Matthew se pasaron días llamando a todos los hospitales de la ciudad, pensando que me había ocurrido algo; ahora ya están acostumbrados a mis ausencias—. ¿Dónde estás? Dame una dirección e iremos a por ti.

No hay cojones para confesarle que estoy en Alaska. Camino calle arriba y calle abajo sin dejar de morderme el labio inferior.

—Mamá, esta vez no voy a volver. Aún no, al menos.

—¿Qué quieres decir?

—Lo que pasó...

—Fue un accidente, Heather.

—No, no es verdad.

—Hablaremos de ello cuando estés aquí.

—¿Cómo está Ellie?

—Está bien, cariño —responde impaciente—. Dime dónde estás. Si te has metido en algún lío o necesitas dinero...

—No, de verdad que no. Te llamaré, te lo prometo. Dale un beso a Ellie de mi parte. Y otro a Matthew. Os quiero mucho. —Tomo una bocanada de aire—. Hablaremos pronto, pero ahora tengo que colgar.

Antes de que pueda arrepentirme, lo hago. Cuelgo.

Más que nunca, necesito un cigarrillo.

Sigo nerviosa cuando subo al coche y ambos me miran con gesto compasivo, como si pudiesen adivinar lo patética que resulta mi existencia. Nunca sumo, siempre resto. Le devuelvo el móvil a Seth tras darle las gracias de nuevo y les aseguro que, por mi parte, la jornada ha terminado, porque lo último que ahora me apetece hacer es ir de tiendas.

—Puedo dejarte ropa de invierno, tengo de sobra —se ofrece Sialuk rápidamente.

—Gracias por todo, a los dos —murmuro por lo bajo con la mirada clavada en la ventanilla; el pueblo pronto queda atrás y da paso al bosque—. No teníais por qué hacerlo.

Durante los siguientes días, me esfuerzo por no pensar en el ayer y mirar al mañana, pero es complicado cuando tu «ayer» está lleno de culpa.

La culpa es como una sombra que solo tú puedes ver. Siempre está ahí. Puede ahogarte. Es envolvente y resulta imposible huir de ella.

El jueves salgo a correr con *Caos*. Corro una distancia mucho más larga que la última vez, avanzando de nuevo por la orilla del lago. Al volver, John insiste en invitarme a un café caliente; esta vez nos sentamos en el comedor, frente al tablero de ajedrez, y bebemos en silencio. Quedan pocas piezas en pie, debe de estar a punto de terminar la partida. No resulta demasiado intrigante saber quién ganará.

El viernes, paso tres horas seguidas tumbada en el sofá, mirando el techo de madera de mi cabaña y preguntándome si todos tienen razón y debo regresar a casa. Me levanto cuando llega la hora de ir al trabajo sin haber podido dar con una respuesta. Esa noche estoy un poco más torpe de lo normal y me gano varias miradas reprobatorias por parte de Nilak, pero, ¿qué más da...? Lo haga bien o mal seguirá teniendo cara de planta mustia. Justo antes de cerrar, Seth me da un envase de plástico que contiene su plato estrella: *sockeye.*

—Espero que te guste.

Le sonrío.

—Gracias, seguro que sí. Siento que hace una eternidad que no como algo caliente.

—No hace falta que lo jures —gruñe Nilak antes de rodear la barra.

—¿Qué insinúas?

No contesta. Sale, baja un poco la persiana y escucho el característico sonido del chasquido de un mechero. Miro nerviosa a mi alrededor y respiro hondo. Me he pasado media vida odiando mi cuerpo. Y la otra media, intentando cambiarlo. Sé que estoy demasiado delgada, que donde debería haber curvas solo hay líneas rectas. Veo los labios de Alison, moviéndose, hablándome, diciéndome todo lo que no quiero oír...

—Ignóralo, solo tiene un mal día. —Seth se quita el gorro de lana y se revuelve el cabello—. ¿Quieres llevarte algo más? ¿Tienes comida en casa, Heather?

Reacciono al fin. Escapo de la coraza.

—¡Joder, sí! ¡Claro que sí! —contesto, indignada—. ¿Qué pasa con vosotros?

—De acuerdo. —No se enfada. Lo malo de las personas como Seth Kaine es que no puedes discutir ni desahogarte con ellas. ¿Qué reprocharle? Es difícil encontrar esa tecla que les haga estallar—. Ya me dirás mañana si te ha gustado —añade antes de inclinarse y darme un beso en la mejilla.

Al salir no me molesto en mirar en su dirección; ya sé que Nilak está ahí, al final del callejón, fumando en silencio. Camino a paso rápido por el sendero, siendo muy consciente de que el corazón me late más rápido de lo normal, hasta que veo a *Caos* cerca de la curva. Lo ilumino con la linterna mientras sonrío.

Ya en casa, de pie frente al banco de la cocina, saco un tenedor del mueble de madera y me llevo a la boca un trozo de *sockeye*. Sabe increíble. Cojo un poco de la guarnición en el segundo bocado.

—Seth, el pescado de anoche estaba delicioso. ¿Qué llevaba exactamente?

—No debería confesar mi receta secreta, pero... —Me mira divertido mientras saltea un puñado de verduras congeladas—. Se marina durante doce horas con sal, azúcar, pimienta negra, piel de naranja y de limón, e hinojo fresco. Ya está. Después se limpia, se corta en tacos y se le añade por encima yogurt y un poco de zumo de limón. La próxima semana lo volveré a hacer; puedo enseñarte, si quieres.

—¿Cocinar? ¿Yo?

—Claro, ¿por qué no?

—De acuerdo, lo pensaré. Será mejor que salga de ahí antes de que Nilak me asesine mentalmente.

Es sábado y el establecimiento está más lleno que nunca. Además de los clientes habituales, hay un grupo de montañistas que ocupan una mesa grande. Cuando he ido a anotar las bebidas y dejarles la carta, a dos de ellos les ha dado por ir de graciosos; aunque no tengo constancia de que a «eh, preciosa, ¿pero tú estás incluida en algún plato de la carta?» se lo pueda catalogar como gracia.

En el segundo viaje, les llevo las bebidas. Saco la libretita del bolsillo del delantal negro y un bolígrafo. El pelirrojo con aspiraciones a humorista me coge de la muñeca. Señor, dame paciencia. Lo fulmino con la mirada.

—¿Cómo te llamas, guapa?

—Rihanna. —Sonrío falsamente.

—¿De apellido?

—Madonna —me zafo de su agarre—. ¿Qué vais a pedir?

—Tres *akutaq*, trucha a la plancha y un filete empanado —contesta el montañista que aparenta ser el más mayor del grupo, mientras los otros ríen por lo bajo. Idiotas.

—¿Seguro que no quieres ser el postre? —insiste el pelirrojo.

—No tienes lo que hay que tener para conseguir comerme. Te atragantarías.

Todavía apuntando en la libreta, me doy la vuelta y camino hacia la barra. Escucho a mi espalda las carcajadas. Lo último que busco son problemas. Y los tipos que están sentados en esa mesa llevan la palabra «problemas» escrita en la frente. Suspiro. Antes de que pueda ir a la cocina para darle a Seth la comanda, Nilak me agarra del brazo. Me estremezco. Tiene la piel fría. Me suelta en cuanto alzo la mirada hacia él. Trago saliva. Creo que es la primera vez que nos tocamos. Vale, no lo creo, lo sé.

—Yo me encargo de servir esa mesa —dice con voz gélida, al tiempo que señala con la cabeza al grupo de montañistas.

Asiento con la garganta seca. Es demasiado alto, demasiado envolvente, demasiado todo. Doy un paso atrás. Su belleza resulta intrigante, no tiene nada que ver con los chicos de los que me rodeaba en San Francisco; chicos conscientes de su propio atractivo, fanfarrones y de una sola capa.

Y entonces entiendo por qué Sialuk piensa que nos parecemos.

Porque Nilak no es una capa, ni dos, ni tres.

Nilak tiene miles de capas.

Tomo una bocanada de aire, vuelvo a la cocina, cuelgo en el corcho de la pared la próxima comanda y saco un par de platos que ya están listos. Los demás clientes son respetuosos y se limitan a sonreír cuando les llevo el pedido. Aunque solo hace una semana que empecé a trabajar aquí, ya me suenan la mayoría de las caras.

Está el hombre del bigote rizado que siempre se sienta en la mesa más cercana a la puerta y que suele pedir que se le añada sirope de arce a cualquier plato. El que tiene pinta de rarito intelectual y entra y sale en menos de tres minutos porque se bebe el café casi de un trago a primera hora de la tarde. Y el grupo de jubilados que matan las últimas horas del día jugando a las cartas, cuatro mesas más allá de donde se sientan y cuchichean sus señoras.

Me siento más cómoda ahora que ya sé cómo funciona todo; me gustan los trabajos mecánicos, monótonos, sin sorpresas. No es la primera vez que trabajo de camarera, pero en cada sitio la organización es diferente.

—Trucha con aros de cebolla para la mesa dos, creo. —Seth me tiende el plato con pinta de estar agobiado y vuelve a centrarse en los fogones.

Hasta el momento, los días han sido muy tranquilos. Tan tranquilos que a veces mantenía conversaciones mentales conmigo misma para combatir el aburrimiento. También pensaba en lo difícil que debe de resultar sacar a flote un negocio como este, anclado en medio de la nada; pero ahora entiendo que los turistas que pasan por aquí el fin de semana constituyen la gran fuente de ingresos de Lemmini.

Tras servir el plato en la mesa correspondiente, veo a Nilak atendiendo a los montañistas con gesto severo. Caigo en la cuenta de que nunca lo he visto sonreír y me pregunto cómo será su risa: ¿vibrante, brusca, suave...?

Me mira sin dejar de caminar hacia la barra.

—Los de la mesa cinco han llegado antes que los de la tres. Recuérdalo la próxima vez —masculla.

—Claro, jefe. Descuida. Tendré más cuidado.

—No me llames «jefe».

—¿Por qué no?

—Porque soy tu jefe y te lo ordeno.

Creo que estamos entrando en bucle, pero como es literalmente la conversación más larga que hemos mantenido, aguanto un poco más.

—Eso no tiene sentido —añado.

—Heather...

Si existiese un concurso nacional de «tonito amenazante sin necesidad de gesticular», Nilak lo ganaría. Seguro. Aprieto los labios y me muerdo la lengua; no estoy acostumbrada a no contestar. Regreso a la cocina y no volvemos a intercambiar ni una sola palabra hasta que termina el turno y todos los clientes se han marchado ya.

—¿Qué tal? ¿Todo bien? —Seth me da una palmada cariñosa en el hombro mientras su socio cuenta el dinero de la caja tras la barra—. Lo has hecho genial, en serio. Los fines de semana en plena temporada suelen ser los más duros.

—No la halagues tanto —refunfuña Nilak.

—Eso, hazle caso, no sea que me emocione más de la cuenta y empiece a lanzar confeti de colores o algo así —replico mientras Seth ríe alegremente y Nilak arruga el entrecejo sin dejar de mirarme como si fuese un bicho raro.

Él sí que es raro. Jodidamente raro. Es más, ¿de dónde demonios ha salido? ¿Qué trauma tiene? No me gustan los enigmas. Quiero más personas transparentes a mi alrededor; Sialuk y Seth no son suficientes. John es un poco turbio, difícil de catalogar. Y de Nilak no puedo ver absolutamente nada.

—Puedes irte ya, Heather. —Sin dejar de sonreír, Seth se pone el gorro de lana (creo que solo se lo quita para cocinar)—. Nosotros nos encargamos hoy de cerrar.

—Perfecto.

Deshago con los dedos el nudo del delantal, lo cuelgo en el perchero y me pongo el abrigo. Les digo adiós y salgo. El aire es gélido. Se supone que estamos en una buena época y, según John, hasta dentro de tres o cuatro semanas no conoceré el verdadero significado de la palabra «frío». Tiene que estar exagerando; seguro que forma parte de una de sus muchas estrategias para conseguir que recapacite y me marche. Giro a la derecha, dejando atrás la avenida principal de Inovik Lake, y me desvío por un callejón menos iluminado con el propósito de acortar el camino de regreso.

Y entonces escucho de nuevo esa voz

—¡Eh, mira quién está aquí! —exclama jocoso.

Solo le acompaña un amigo, que ríe a su espalda. Ignoro al pelirrojo. Lleva una botella en la mano y se tambalea un poco al andar; ya ha salido algo tocado del bar, pero es evidente que luego ha continuado la fiesta por su cuenta. Aparto la vista y camino más rápido.

—¿Adónde crees que vas?

Me coge del brazo y tira de mí.

Se me disparan las pulsaciones.

La farola más cercana está a varios metros de distancia y apenas ilumina el final del callejón. Me retuerzo, intentando soltarme, pero solo consigo que me sujete con más fuerza y me lance con brusquedad contra la pared de piedra de un edificio que tiene pinta de estar abandonado. Cierro los ojos cuando siento el golpe en las costillas. «No pasa nada, no pasa nada, solo tengo que mantener la calma, pensar con frialdad...», cosa que haría si no estuviese demasiado nerviosa. Trago saliva cuando acerca su rostro al mío y noto su pegajoso aliento.

—Dean, suéltala, no merece la pena —dice su amigo.

—¿Que no merece la pena? ¡Mírala! —Le doy una patada en la espinilla y me sujeta los brazos con más fuerza—. Y, además, puedo comerte a ti y a veinte más.

Me besa. Su boca presiona la mía con violencia. A pesar de las arcadas que me sacuden el estómago, no me muevo. Escucho la risa del otro de fondo. Cuando se confía, me suelta y sus manos se deslizan por mis caderas. Entonces, le muerdo. Noto el sabor metálico de la sangre. Se aparta con brusquedad al tiempo que suelta un alarido de dolor.

—¡Hija de puta!

—¿Qué ha pasado? —le pregunta el otro.

Echo a correr. Empleo todas las fuerzas que tengo en dar una zancada tras otra; me concentro solo en eso, en mover las piernas, en llegar un poco más lejos. No me giro a pesar de oír pisadas a mi espalda. De pronto, pienso en *Caos*. Tengo que llegar al sendero. Tengo que...

Pero me derriba por detrás antes de que llegue. Caigo al suelo y siento arder la mejilla derecha por el golpe. Ahogo un quejido cuando me sujeta por la espalda. Me revuelvo para intentar darme la vuelta, pero antes de que pueda conseguirlo me suelta de repente. Y al girarme lo veo. Es Nilak. Cojo aire justo en el instante en el que le da un puñetazo al montañista pelirrojo. Después, lo levanta del suelo sujetándole por las solapas de la chaqueta. El otro tipo ha desaparecido; no quiero ni pensar qué le habrá hecho porque, mientras huía, solo podía centrarme en correr, correr y correr.

—Si vuelves a tocarla, te mataré. —Su voz es apenas un susurro, pero el tono da escalofríos—. ¡Largo de aquí! Y ni se te ocurra pisar de nuevo Inovik Lake, ¿me has entendido?

—Solo era una broma, joder —balbucea—. No pensábamos hacerle daño.

Nilak frunce el ceño, como si estuviese valorando cuánto de verdad esconden sus palabras. Le atesta un segundo golpe antes de soltarlo y dejarle ir. Supongo que eso resume bien sus conclusiones. El tipo desaparece antes de que consiga recuperarme del susto. Me froto el brazo, nerviosa, todavía temblando. La oscuridad lo envuelve todo a mi espalda, que es justo donde inicia el sendero al que estaba a punto de llegar; las últimas casas del pueblo quedan algo alejadas.

Aguanto la respiración cuando él da un paso hacia delante y me estudia con atención. Sus ojos claros se pasean por mi cuerpo antes de clavarse en los míos. Tirito. Pero es solo por el frío, no por su intensa mirada ni por todo lo que acaba de ocurrir. ¡Ja! Claro. Tejo a toda velocidad otra capa más a mi alrededor. Ya está. Vuelvo a estar protegida, segura. Respiro profundamente.

—Gracias. Ni siquiera sé qué más decir —murmullo. No obtengo ninguna reacción; sigue observándome—. Estoy bien. Estoy genial —añado, ignorando lo falso que suena todo. Es como estar metida en una de esas películas de sobremesa donde el guion parece un mero esbozo hecho sobre la marcha—. Será mejor que vuelva a casa, *Caos* me estará esperando, así que debería...

—Te acompaño.

Y la película de sobremesa empieza a transformarse en uno de esos cortos *indies* raritos e imprevisibles. Abro la boca para protestar, pero él ya se ha adelantado; me pongo en marcha y lo alcanzo. Me mordisqueo una uña tras sacar la linterna del bolso e iluminar el camino. Quiero decirle que ya ha hecho más que suficiente, el peligro ha pasado y no tiene que acompañarme hasta casa, pero entonces giramos la curva y la sombra de *Caos* se dibuja en la penumbra. Ladra y corre hacia nosotros. Río cuando me lame la mano felizmente y después da vueltas a mi alrededor.

—Shh, ya está. Tranquilízate. —Lo agarro del collar para situarlo a mi lado—. Se llama *Caos*. Es de John —explico—. Me espera aquí todas las noches. Es raro. Simplemente le gusté cuando llegué. No como a otros —matizo con ironía—. Así que ahora somos amigos o algo así, porque también me acompaña a correr cada vez que salgo un rato. John dice que tiene problemas para adiestrarlo, pero, a ver, es un perro, es un animal, ¿por qué debería obedecerle? *Caos* tiene derecho a ser libre, ¿verdad que sí, chico? —le acaricio la cabeza sin dejar de caminar.

No me sorprende que Nilak no conteste.

Me pregunto si realmente piensa una respuesta o si en realidad lo que escucha le entra y le sale sin más, sin calar en él. Es una posibilidad. La única sensación que refleja es una indiferencia absoluta. Podría ponerme a cantar como una loca cualquier cosa que se me ocurriese, como «cerebro de mosquito, orejas de rana, ni oyes ni piensas, eres como una banana...», y tengo el presentimiento de que ni se inmutaría. Seguramente me miraría raro, frunciendo el ceño, y luego seguiría a lo suyo.

El silencio es vacío. Y el vacío me da miedo. Solo se escuchan nuestras pisadas acompasadas, el crujir de las hojas secas que duermen en el suelo, el arrastre de la arenilla bajo la suela de las zapatillas. Lo miro de reojo. Nilak está tranquilo. Su semblante sereno se recorta entre las sombras.

Le pregunto lo primero que se me ocurre.

—¿Creciste en Inovik Lake?

—No.

Más silencio.

—¿Hace mucho que llegaste?

—No.

—¿Y de dónde eres?

Deja de caminar en seco. *Caos* nos observa, un poco más adelantado. Los movimientos de Nilak resultan elegantes, pero también mecánicos; hay algo raro en él. Me mira fijamente en medio de la oscuridad.

—Heather, no me gusta hablar.

—Vale, lo pillo. Pero eso puede ser un problema, porque da la casualidad de que odio el silencio. Somos incompatibles. Tiene gracia. ¿También te molesta escuchar? —Se encoge de hombros como toda respuesta—. Entiendo, en ese caso... ¿Recuerdas la historia de Penélope? Terminé el libro. Y acerté. Se quedó con Colin. Estaba cantado. El otro pretendiente era atento y tenía riquezas, pero ni un ápice de chispa. Ya sabes, le faltaba ese *noséqué* especial que hace que sientas cosquillas en el estómago. Lo cierto es que no sabría describirlo porque nunca me ha pasado, pero puedo imaginármelo. Las mayores locuras se han hecho por amor, ¿no? Aunque sigo pensando que es la cosa más estúpida del mundo. Está sobrevalorado. ¿Para qué complicarse más la vida? ¿Tan increíble es sentir... todo eso? —Cojo aire—. La conclusión es que me he leído un libro entero de más de trescientas páginas y ahora ya no tengo nada más que leer. Nunca pensé que echaría de menos algo así, pero aquí no puedo ver la televisión, ni usar el móvil, ni nada. ¿Qué es lo que haces tú para matar las horas? —Lo miro de reojo. El silencio se desliza a nuestro alrededor—. Perdona, olvidé que... odias hablar. En fin. Vivo ahí, en la casa diminuta. —La señalo con la luz de la linterna—. No hace falta que me acompañes hasta la puerta. Gracias por lo de antes.

Nilak suspira hondo, pero ignora lo que acabo de decirle y avanza a mi lado hasta que paro frente a los tres escalones de madera que conducen a la puerta. No se aparta cuando *Caos* le lame la mano, al contrario, permanece en silencio, observando al perro con cierta curiosidad. Después, alza la mirada y sus ojos encuentran los míos en medio de la oscuridad.

—Buenas noches, Heather.

—Buenas noches, Nilak.

Observo cómo da media vuelta, sin prisa, con las manos metidas en los bolsillos de la chaqueta. Me quedo allí, en silencio. No me muevo del porche hasta que desaparece de mi vista.

6

Querido diario,

Como te contaba el otro día, Kayden llegó de repente, sin buscarlo, y ha sido como si alguien escarbase en el baúl de mi vida y lo revolviese todo. Durante el paseo por el puerto, estuvimos hablando sin parar y, al regresar, me pidió el número de teléfono. ¿Sabes esa sensación rara que te invade cuando crees conocer a alguien desde siempre? Es irracional, pero con Kayden me sentí así. Había algo cálido en él; desprendía tranquilidad. Cualquier inuit diría que nuestras almas se han encontrado de nuevo tras muchos años de ausencia. O eso fue lo que aseguró Yakone cuando volví con las chicas un rato después. Los inuit creen que todo ser vivo posee un alma; nada muere, todo se reencarna, así que es posible despertar vestigios de memoria de vidas y amores pasados.

Kayden me llamó dos días más tarde. Estuvimos más de una hora charlando. Volvió a llamar al día siguiente y al siguiente, y, cuando ya empezaba a pensar que nuestra relación sería meramente telefónica, me preguntó si quería quedar con él el sábado por la tarde. Dudé. Sí que quería,

¡claro que quería! Estaba deseando verlo de nuevo, pero el estómago se me encogía solo de pensar que estaríamos a solas. Al final, la curiosidad y las mariposas que me perseguían desde el primer día vencieron todos mis miedos (que no eran pocos), y volvimos a vernos en el puerto de Seward. El festival había llegado a su fin y el paseo no estaba tan concurrido, así que caminamos por el muelle de madera con tranquilidad. Las montañas se alzaban imponentes en contraste con el agua en calma sobre la que dormitaban los barcos de colores.

Kayden me contó a qué se dedicaba (tiene cuatro años más que yo) y, a cambio, me pidió que le hablase de mis sueños, así que le confesé que mi verdadera pasión es convertirme en veterinaria. Siempre he querido serlo. Ya de pequeña rescataba pajaritos heridos y roedores perdidos y salvajes. Papá me ayudaba en la tarea. Eso también se lo conté. Le hablé de él, del divorcio, y de que apenas hacía un año que me había mudado a Seward con mi madre.

Cuando nos dimos cuenta, habíamos llegado al final del paseo y llevábamos más de dos horas andando. Ya empezaba a anochecer. Nos miramos en silencio y sentí un escalofrío trepando por mi espalda. Kayden resultaba muy intimidante, no solo por su evidente atractivo, sino por la forma de hablar, sosegada y clara, el tono ronco de su voz, los gestos delicados en alguien con un aspecto tan masculino. Todo él era una especie de contradicción andante que tenía un «algo» cautivador.

«Deberíamos volver», susurré.

«Deberíamos...», dejó la frase a medias y se frotó el mentón con gesto nervioso antes de volver a clavar sus ojos en mí. «Dime que tú también has notado algo raro entre nosotros, porque, joder, yo no creo en este tipo de cosas, pero *el otro día, cuando tenías nata en la mejilla y te toqué, fue como...».*

«Chispeante», le interrumpí.

«¿Chispeante?», me miró divertido y su sonrisa ladeada me cortó la respiración. Se puso la capucha de la sudadera oscura que vestía y se inclinó hacia mí moviéndose con suavidad: «Más bien, yo diría "arrollador"».

En ese momento no sé qué narices se me pasó por la cabeza (todavía hoy me avergüenzo al recordarlo), porque no pensé en nada antes de ponerme de puntillas y besarlo. Fue un beso patético, de esos que se dan los niños en preescolar cuando afirman ser novios; corto y casto. Kayden parpadeó confundido cuando me aparté. Me ardían las mejillas y deseé que se me tragase la tierra.

«Madre mía, ¡lo siento! ¿Crees que podrías resetear tu mente y olvidar lo que acaba de ocurrir? A veces, simplemente... hago cosas raras...».

Kayden sonrió.

«Me gusta la gente rara».

Y entonces acogió mi rostro entre sus manos y me besó. Me besó de verdad, nada que ver con mi fallido intento. Sus labios eran suaves y acariciaban los míos con una lentitud enloquecedora. Tuve que sujetarme a sus hombros para mantener el equilibrio. Me habían besado antes, pero nunca así, como si todo se redujese a ese instante, a ese roce de nuestras bocas. Temblando, cerré los ojos cuando Kayden bajó las manos a mis caderas para impulsarme más hacia él y me prometí a mí misma que recordaría ese instante siempre, siempre, siempre.

Annie.

7

Pero, de pronto, él sonríe

Corremos por la orilla. Lo hacemos juntos. Corremos sin parar. *Caos* es más feliz que nunca cuando llega el momento de trotar; se adelanta unos metros mientras me esfuerzo por seguirle el ritmo. Me espera; se entretiene olisqueando entre la hojarasca que recubre la hierba del suelo.

Huele a humedad, a escarcha y bosque.

Respiro hondo haciendo un último esfuerzo. Un poco más. Solo un poco más.

Caos ladra cuando finalmente me rindo y paro de correr. Apoyo las manos en las rodillas e intento coger aire al tiempo que él da vueltas a mi alrededor, claramente insatisfecho con la duración del paseo; daría igual cuánto corriese, siempre le parecería poco. Me siento en el suelo (o más bien, me dejo caer). El cielo es de un color violáceo que me recuerda a la mermelada de moras que a mamá le encantaba usar para recubrir los pasteles, en esa época lejana en la que todavía hacíamos cosas juntas. *Caos* se acomoda a mi derecha y, sin pensar en lo que estoy haciendo, me inclino y le abrazo. Me recuesto en su lomo, todavía respirando agitada; es suave y desprende calor. Es confortable.

Me gustaría quedarme aquí para siempre, sin pensar en nada, mirando el infinito que se extiende a lo lejos. Las montañas parecen

77

conducir a las nubes; el agua se mantiene en calma. Las cosas que no se pueden ver, pero aparentan tranquilidad, me dan miedo. ¿Y si en el fondo están llenas de peligro? Quizá no puede distinguirse porque es turbio, pero eso es todavía peor. Si vas a tener que enfrentarte a algo, qué menos que saber de antemano de qué se trata, cuáles son tus opciones.

Ojalá hubiese tenido opciones con Alison.

Pero simplemente me dejé llevar.

Caos presiona entre mis brazos con el hocico para que le deje apoyarse sobre las piernas cruzadas. Me quedo así un rato más, pensativa, mientras arranco pequeñas briznas de hierba cubiertas de escarcha. Sé que son inocentes —las hierbas—, pero ahora mismo necesito matar algo. Cualquier cosa. El perro observa todos y cada uno de mis movimientos hasta que decido que ha llegado el momento de dejar de exterminar la vida que se alza a mi alrededor y volver a casa. Ya está oscureciendo; cualquier otro día a esta hora estaría preparándome para llegar puntual al Lemmini, pero es lunes, así que no trabajo.

Lo que significa que no veré a Seth.

Ni a Nilak.

Nilak...

Todavía no sé qué pensar de él, es demasiado contradictorio; justo el tipo de persona a la que jamás me acercaría, si no fuese porque, claro, trabajo para él y, además, resulta intrigante. Nilak es como algo muy brillante y muy misterioso que te dicen que no puedes tocar. Y entonces, quieres tocarlo. Lógico. Al menos, eso es lo que he hecho durante toda mi vida, sentirme atraída por lo que debería haber despertado mi rechazo, querer lo que no podía tener, meterme en líos, elegir los caminos más pedregosos...

—A ti te cayó bien, ¿verdad? —digo en voz alta, mirando a *Caos*—. Le lamiste la mano.

El perro me mira y saca la lengua. «Ajá. Claro. Lo he entendido todo a la perfección, colega». No, ahora en serio, ojalá *Caos* pudiese hablar, así no me sentiría tan sola, tan perdida. Jamás pensé que echaría tanto de menos a mi familia. Después de todas las cosas horribles por las que les he hecho pasar, me doy cuenta de que no se merecían algo así. Pobre mamá. Pobre Matthew. Y Ellie...

Aparto esa idea de mi mente y asciendo lentamente por el camino que conduce a casa de John. Siento las piernas cansadas y el gemelo derecho dolorido y tenso tras la carrera. Lo veo cerrando la puerta de la camioneta roja que suele usar para transportar leña casi todas las mañanas. Lleva las botas oscuras llenas de barro y un gorro añil de lana que contrasta con la incipiente barba rojiza que le recubre las mejillas y el mentón. Se sacude las virutas de madera al tiempo que se acerca con su habitual semblante serio.

—Vas a tener que comprarte ropa más adecuada para cuando llegue el frío; todavía no te haces una idea de lo duros que son aquí los inviernos.

—Podré soportarlo.

—Ya veremos... —murmura—. Entra, prepararé algo caliente.

—Tengo que ir antes a cambiarme. ¿Puedes hacerte cargo de *Caos* para que no me siga? No consigo que me haga caso. Bueno, tampoco puede decirse que lo haya intentado con mucho empeño, pero...

—Este perro es corto de entendederas.

—¡No es verdad! Solo se siente solo, quiere compañía.

—Si tú lo dices...

Después de darme una ducha y vestirme (con leotardos incluidos bajo los vaqueros), regreso a casa de John. Distingo a *Caos* a lo lejos, tumbado entre dos alaskan malamute que creo que son *Bach* y *Tchaikovsky*; el primero tiene una mancha más oscura en el hocico y es fácilmente identificable. Sonrío al verlo feliz junto a los demás perros y entro en la casa sin llamar antes.

Huele a canela. John sale de la cocina cargado con una bandeja que deposita al lado del tablero de ajedrez. Me siento en el sofá. Hay chocolate caliente y una especie de bizcocho que dudo que haya hecho él y tiene una pinta increíble. Cojo un trozo, muerdo y lo saboreo con los ojos cerrados.

—Hum, ¡qué bueno! ¿De dónde lo has sacado?

—Es una receta de Naaja. Su hija y su nieta, Sialuk, se dedican a la venta de repostería, entre otras cosas. Me dijeron que conociste a la novia de Seth la semana pasada. Es una buena chica. También hacen ungüentos curativos, cremas que te dejan como nuevo...

—No lo sabía.

—¿Qué tal vas con el trabajo?

—Bien. Genial. —Evito contarle nada de lo sucedido dos días atrás con los montañistas. Solo es fruto de mi mala suerte; ya es casualidad tener que vérmelas con dos tipos así en un lugar tan remoto—. Seth es muy agradable.

John sonríe tras dar un sorbo de chocolate.

—Tanto él como Nilak son de fiar.

Es cierto. La otra noche podría haberme ignorado y seguir su camino; al fin y al cabo, no me conoce. Pero estuvo dispuesto a ayudarme. He llegado a la conclusión de que su aparente indiferencia es solo eso, «aparente», porque la frialdad de sus gestos no casa con su forma de actuar. Debí haberme dado cuenta de ello el día que me ofreció el trabajo. Nilak tiene dos capas que no encajan bien, superpuestas, quizás una encima de la otra, intentando imponerse. No lo sé. Lo único que tengo claro es que es incoherente.

—La próxima vez que salgas a correr con *Caos* quiero hacer una prueba —dice al tiempo que lanza un suspiro y deja la taza en la mesa de madera. Se reclina en el sillón, frente a mí, y entrelaza las manos sobre su estómago—. ¿Sabes lo que es el *canicross*? —Niego con la cabeza—. Es una modalidad del *mushing*. El *canicross* consiste en correr con un perro siempre y cuando ambos vayan unidos por una especie de arnés. Es decir, que debe existir una compenetración muy profunda entre el *musher* y su perro. Eso es lo más importante. —Se frota la barba con gesto distraído—. He estado dándole vueltas... y quiero ver si *Caos* reacciona contigo de diferente forma. Es evidente que tiene cierta fijación por ti, aunque todavía no alcanzo a entender por qué.

—Puede ver mi alma pura. —Me río, aunque John no parece entender la ironía que esconden mis palabras—. De acuerdo, haremos la prueba. A propósito, ¿cómo va la partida? —Señalo el tablero de ajedrez.

Esboza una sonrisa perezosa.

—Voy ganando. ¿Te enseño cómo se juega?

Me encojo de hombros como toda respuesta. John lo traduce como un «sí», porque se incorpora y recoloca las piezas del tablero situándolas en la posición inicial. No sé si lograré entender ni un treinta por ciento de todo lo que me diga a continuación; tengo entendido que el ajedrez es a lo que juegan los «listos», la gente que termina entrando en la carrera de Medicina o de alguna ciencia avanzada. Recuerdo que en mi instituto había un chico que ganó un par de campeonatos. Alison solía llamarle «cerebrito» y coqueteaba con él descaradamente antes de endosarle los deberes. Era un chico alto, de aspecto desgarbado y cabello cobrizo y despeinado. Para conseguir que le hiciese el trabajo de fin de curso, Alison se sentó a su lado en clase de literatura e intentó convencerle. Como él se negó en un primer momento, alegando que apenas tenía tiempo para terminar el suyo, ella metió la mano bajo la mesa y le toqueteó la polla por encima de los pantalones mientras la señora Sullyvan explicaba las rimas asonantes. Lo sé no solo porque lo vi con mis propios ojos, sino porque además ella me lo contó entre risas un par de horas después. Mi teoría es que el «cerebrito» aceptó más por el susto que por el hecho de que se la tocase.

Me doy cuenta de que John ya ha empezado a hablar y no he escuchado ni una sola palabra. Siempre tengo la cabeza en otra parte. Intento poner cara de estar entendiendo lo que me dice, pero es todo tan confuso que me cuesta seguir metida en el papel.

—No te has enterado de nada.

—Es complicado.

—No es verdad. Tu problema es que no te molestas en intentarlo, tiras la toalla antes de empezar. Concéntrate, Heather. Sé que puedes. —Coge una ficha y la hace oscilar frente a mis narices—. Esta es la reina.

—Ajá. Vale.

—Y este el rey.

—Te sigo.

—Después están los caballos. —Toca las figuritas con la punta del calloso dedo—. Y los alfiles. Es primordial que entiendas la jerarquía de las fichas.

Lo escucho atentamente. Intento que cada palabra que dice cale en mí. Reprimo el impulso de gritar: «¡Dios, cerebro, por una vez, compórtate como es debido!». No quiero decepcionar a John. Es una sensación rara, pero así lo siento; puede que sea porque se ha portado conmigo más que bien o porque quiero impresionarle. De cualquier modo, me esfuerzo como nunca por memorizar los movimientos permitidos para cada ficha, la finalidad del juego y, en general, todas las reglas.

—¿Probamos?

—¿Así, sin más?

—Es para que te familiarices un poco. Sin presiones, vas a perder de todas formas.

—¿Por qué estás tan seguro?

John se ríe mientras se pone en pie y se mueve por la estancia hasta pararse delante de un tocadiscos de aspecto clásico. Es precioso. Algunas cosas antiguas, de hecho, me parecen más bonitas que las nuevas. Esconden vida, años, experiencia, recuerdos.

—El ajedrez no es azar, sino estrategia. Llevo décadas jugando; se necesita mucha práctica para dominarlo bien. Y también concentración, por eso siempre pongo música clásica de fondo. Es mi única manía. Elige, Heather, ¿Mozart o Vivaldi? —Posa la mano en la estantería llena de discos. Están apilados de un modo perfecto, sin una mota de polvo a su alrededor, cobijados por el amor que parece profesarles.

—No sé mucho de ninguno de los dos —reconozco.

—¡Demonios, chica!

John elige y coloca el disco con cuidado. Una melodía suave, casi inaudible, comienza a flotar por la estancia. Es delicada. No sé por qué, pero me recuerda a esas flores silvestres que crecen entre la maleza; son bonitas, pero nadie se toma la molestia de no pisarlas. La música parece fortalecerse a medida que avanza, como un huracán que va a más, inundando la habitación de notas entrelazadas que se abren paso. Cierro los ojos unos segundos.

—¿Ves? Te has concentrado en algo. Te has concentrado en esto —dice John instantes después—. Si prestases la misma atención a todo lo demás, dejarías de tener problemas.

—No tengo problemas —miento.

—¡Ja! Claro. ¿Por qué otra razón ibas a estar aquí? —Vuelve a acomodarse en su sillón—. Hagamos una prueba. Ve preguntándome las dudas que te vayan surgiendo, ¿de acuerdo? Empiezas tú.

Muevo un peón. La melodía de un piano parece corretear entre las paredes, juguetona, traviesa, como si se burlase de nosotros. Coge fuerza. Y vuelve a dejarse caer, se calma, se convierte en un sonido suave. Es paz. También armonía, un grito de esperanza. Observo el tablero. John acaba de jugar. Avanzo con mi peón. Más notas que se alzan, flotan, se entremezclan. Pienso en lo agradable que sería cazarlas, guardarlas; es una lástima que la música no se pueda acariciar. Suspiro hondo. Cinco minutos más tarde, seis de mis fichas la han palmado. Era de esperar. No importa, de verdad que no; estoy relajada, concentrada en un sonido que me recuerda al aletear frenético de un colibrí.

Pierdo tres partidas seguidas.

Coloco las fichas en el tablero con intención de jugar una cuarta. No es que esperase ganar (aunque un golpe de gracia hubiese estado bien), pero tiendo a picarme si me rascan. La antigua Heather gritaba más alto cuando alguien alzaba la voz y pegaba más fuerte si se ganaba alguna torta. Creo que por eso acabé aquí. Por idiota. John sonríe al verme colocar las piezas y aleja el tablero de mí con delicadeza.

La música es ahora furiosa. Veo las notas dentro del mar, en la profundidad del océano, moviéndose a coletazos como si deseasen desesperadamente salir del agua. Son como diminutos pececitos fuera de control. O espermatozoides. Eso tendría gracia.

—Te estoy hablando, Heather —declara John con semblante serio—. Es tarde. No más partidas, por hoy es suficiente; la mente se bloquea si no le das el descanso adecuado.

Mi mente lleva toda la vida descansando.

—¿No podemos jugar una más?

John se lleva una mano a los labios, pensativo. Es la típica persona que se toquetea constantemente la cara. Alison lo hacía a veces, sobre todo con el pelo. Aparto la mirada. Odio asociar a ella cada nimio detalle, pero cuesta evitarlo cuando ha sido mi sombra durante siete años; a veces me preguntaba dónde empezaba ella y dónde acababa yo.

—Está bien, pero a cambio de que te quedes a cenar y comas algo caliente. Estás en los huesos, chica. —Me retraigo ante sus palabras; «en los huesos, en los huesos, en los huesos...». A saber la de veces que habré oído esa frase a lo largo de mi vida. Sin embargo, asiento con la cabeza antes de levantarme y seguirle hasta la cocina—. Algo de carne te vendrá bien, ¿te gusta el *akutaq*?

Me encojo de hombros.

—He visto que lo hacían en el bar, pero no lo he probado.

Saca un cuenco con carne deshilachada sin dejar de murmurar por lo bajo algo que no alcanzo a oír. Después, me pide que me acerque y aclara que haremos una versión diferente al *akutaq* tradicional con carne de caribú. La música sigue sonando de fondo, en el comedor, pero eso no le impide hablarme en tono severo cuando me ordena limpiar los arándanos y unas moras de aspecto silvestre. Mientras cada uno realiza su tarea (él sazona la carne con azúcar), me explica lo difícil que es hoy en día incluir en la dieta carne de caribú como se hacía antaño, puesto que el número de ejemplares ha disminuido a causa de la caza, las explotaciones petrolíferas y la deforestación descontrolada. Y no solo aquí, sino también en Canadá. El sustituto es el reno. Pobres renos. Pero así es la vida, supongo, un día eres feliz y no tienes nada que temer, y al día siguiente veinte escopetas te están apuntando en la sien.

—Noto cuándo tu mente se va por otros derroteros.

—No puedo evitarlo.

—Estás demasiado metida en ti misma —deduce—. Vale, deja ya de remover, dame el cuenco. —Para finalizar, John lo mezcla todo con una especie de aceite y añade coloridas bayas; son pequeñas bolitas llenas de cráteres y las hay amarillas, rojas y de un brillante color violáceo.

Cada uno con su ración servida, regresamos al comedor y cenamos en silencio. John ha apagado la música y apenas levanta la mirada del plato mientras engulle la comida; está buena, tiene un toque ácido que resulta curioso. Lo miro de reojo de vez en cuando. Apenas recuerdo a mi padre, porque murió por culpa de un cáncer de páncreas cuando yo tenía seis años, pero tiendo a imaginarme cómo habría sido de seguir con vida y, por las fotos que he visto de él, donde su rostro parecía circunspecto e impasible, podría guardar cierta similitud con John. Creo. Mi padre también llevaba barba. Y era alto y ancho de espaldas, el tipo de hombre grandullón al que resulta casi imposible darle un abrazo de verdad porque no puedes rodearlo.

—¿En qué estás pensando?

—En nada. —Me llevo a la boca un par de frutos rojos.

—Las mentiras funcionales tienen un pase; las demás mentiras, no.

—Pensaba en que te pareces a mi padre. —Suelto a bocajarro. ¿Quiere la verdad? Vale. Ahí la tiene—. En los gestos y un poco en el aspecto físico.

John mastica en silencio. Cuando deduzco que no tiene pensado añadir nada al respecto, desbarata todos mis planes.

—¿De qué murió?

—Cáncer.

—¿No tienes más familia?

Tuerzo el gesto, noto un dolor raro en el pecho; veo sus rostros llenos de decepción. John espera una respuesta y, aunque dudo unos segundos, creo que merece un poco de sinceridad. Al fin y al cabo, hacía años que nadie me daba tanto sin esperar recibir algo a cambio. No sé qué interés puede tener John en relacionarse con alguien como yo, que tengo poco que aportar, pero me siento agradecida por ello.

—Sí que tengo. Mi madre me crió prácticamente sola. Viajábamos mucho, aunque casi nunca salíamos del estado; siempre estábamos yendo de un motel a otro y cambiaba de colegio varias veces al año. Mamá trabajaba limpiando las habitaciones de los moteles a cambio de un salario mínimo y de que, mientras tanto, nos dejasen quedarnos a vivir en uno de los dormitorios. —Suspiro hondo. Fue una época difícil. Todavía recuerdo sus dolores de espalda. Siempre ha tenido problemas por tener las vértebras demasiado juntas, pero lo ignoraba, apretaba los dientes y se inclinaba hacia el siguiente inodoro que tocaba limpiar. Yo la perseguía por todas las habitaciones y, al finalizar la jornada, le hacía un masaje con la infantil certeza de que eso aliviaría el sufrimiento. Por aquel entonces, éramos uña y carne. Inseparables—. No teníamos dinero. Todos los ahorros se esfumaron con el tratamiento médico de mi padre, aunque de poco sirvió.

—Debió de ser duro —masculla John.

—Todo es más fácil cuando somos niños; incluso las situaciones límites nos parecen «normales». —Me río sin humor y dejo el plato sobre la mesita, ignorando que todavía queda carne y algunas bayas que deben de estar mareadas después de las veces que las he removido con el tenedor—. Por suerte, mi madre tuvo su final feliz y más que merecido. Conoció a Matthew cuando la noche le sorprendió en mitad de la nada y se vio obligado a hospedarse en un motel cutre. Era un hombre de negocios, pero no de esos fríos, sino todo lo contrario; le pareció increíble que ambas viviésemos allí. Mi madre me dijo años después que esa noche no podía dormir y que, cuando salió a dar una vuelta, tropezó con él en el pasillo a oscuras. Al parecer, Matthew tampoco lograba conciliar el sueño, así que ambos dieron un paseo por los alrededores. Cuando la historia la cuenta mi madre, insiste en que le dimos tanta pena que le ofreció irnos con él y darle un puesto en la empresa que dirigía. Cuando la cuenta Matthew, asegura que se enamoró de ella nada más verla y que no podía dejarla escapar. —Hago una pausa y bebo agua—. Curioso, ¿no? De cualquier modo, el final es el mismo. Mamá aceptó, nos fuimos con él y estuvo casi un año trabajando para su empresa textil antes de que Matthew se atreviese a pedirle una cita. Se casaron cuando yo tenía quince años y nos mudamos al sur de San Francisco. Tiempo después, nació Ellie, mi hermana pequeña.

—Bonita historia.

—Sí que lo es. ¿Tú tienes familia?

John niega y se pone lentamente en pie. Señala mi plato con un dedo y arquea una ceja.

—Acábatelo.

—No tengo más hambre.

—¿Quieres jugar otra partida de ajedrez o no?

—Eso es coacción.

—Come.

Desaparece por la puerta. Observo con asco los restos de comida. Cierro los ojos. La nueva Heather no dejaría que un lastre del pasado se apoderase de ella; solo son recuerdos, retazos que quedan anclados. Hace tiempo que lo superé, me digo a mí misma. Suspiro antes de volver a coger el plato y ponérmelo sobre las rodillas; lleno una cucharada del extraño mejunje mezclado con la carne y me la llevo a la boca. Cuando John vuelve y me ve parece satisfecho y, sin añadir nada más, recoloca las piezas del tablero en su posición inicial y la música vuelve a sonar, las teclas del piano se rizan, se abrazan entre ellas al tiempo que flotan con gracilidad.

Al día siguiente, llego con veinte minutos de antelación al Lemmini. Parece de locos, pero tenía unas inmensas ganas de regresar al trabajo; dos días libres me parecen excesivos cuando no tengo nada mejor que hacer. Creo que hasta ahora no había sido consciente de lo duro que es vivir sin teléfono, sin Internet, sin televisión; las horas son eternas.

Cuando tropiezo con la mirada de Nilak, me siento rara, cohibida. De pronto, lo sucedido la otra noche parece lejano, como si hiciese semanas que no nos vemos. Aquí el tiempo me recuerda a las gomas de chicle: se estira, se estira, se estira...

—Llegas pronto.

Trago saliva ante el sonido ronco y vibrante de su voz y avanzo hasta el perchero mientras me quito la chaqueta. La cuelgo, me doy la vuelta lentamente y sus ojos siguen fijos en mí. Me gustaría poder quejarme, pero no me mira con lascivia, ni con odio, ni con... nada, simplemente me mira, sin más. Así que no puedo reprochárselo a pesar de que me hace sentir muy incómoda.

—No entiendo por qué te importa tanto que llegue unos minutos antes, ¿tan horrible es mi presencia? —logro decir, tragándome todas las demás preguntas. Preguntas como: «Joder, ¿por qué eres tan extraño?» o «¿Hasta cuándo va a durar ese odio que sientes hacia mí?». Porque por mucho que lo niegue, lo noto, lo palpo en el aire. Tiene unas ganas inmensas de que desaparezca de aquí de una vez por todas.

Él me estudia en silencio. Me gustaría saber qué ve cada vez que me mira, qué es lo que reflejo: ¿tristeza?, ¿maldad?, ¿vacío...? Espero que vacío no; espero no haber llegado a ese punto de no retorno. Aún debe de haber algo dentro de mí, algo bueno. Quiero. Deseo. Los ojos de Nilak no dan muestras de llegar a ninguna conclusión; el azul acerado parece casi transparente bajo el haz de luz que desprende la lámpara de pie, algo que no deja de ser irónico teniendo en cuenta su turbiedad. Deslizo la mirada de su rostro al brazo que mantiene apoyado con cierta tensión sobre la barra de madera; él nunca se muestra despreocupado ni en calma. La cicatriz que nace en su muñeca y asciende hasta perderse bajo el suéter remangado es rugosa, más grande de lo que me pareció la primera vez que la vi de refilón. Cuando Nilak advierte a dónde han ido a parar mis ojos, se baja la manga y suspira hondo antes de moverse a un lado y empezar a colocar los vasos ya limpios sobre la repisa correspondiente.

Me pregunto qué esconde esa cicatriz.

—No has contestado a lo de antes, lo de la puntualidad —le recuerdo.

—Ponte a trabajar, Heather.

Tomo aire, dispuesta a responderle de nuevo, pero al final lo dejo estar. No sé por qué. De pronto, algo en él me trasmite debilidad, lo que resulta curioso en contraste con su imponente presencia física. Sin mediar palabra, me dirijo a la cocina.

Huele a eneldo y pescado. Seth está adelantando algunos platos antes de la hora de la cena. Se muestra alegre al verme, como siempre. Me pregunto qué debe sentirse al vivir siempre en la cima de la felicidad.

—Toma, guarda esto en el frigorífico. —Me tiende un cuenco con un aliño que desprende un fuerte aroma a cítricos—. Sialuk debe de estar al llegar. Naaja está mejor; nada como unos días de reposo para sanar. Ella misma suele aconsejarlo, aunque luego es incapaz de cumplirlo. No hay manera de retenerla en la cama con ese carácter que se gasta. Mujeres. No importa la edad, a testarudas no os gana nadie. —Sonríe.

Seth estaba en lo cierto, porque al regresar al salón veo a su chica frente a la barra, todavía con el abrigo puesto, al lado de su abuela. Naaja está diciéndole algo a Nilak, aunque no alcanzo a oír de qué se trata.

Pero, de pronto, él sonríe.

Es una sonrisa minúscula, pero suficiente para conseguir que se me disparen las pulsaciones. No sé por qué reacciono así. No lo sé. Lo único en lo que consigo pensar es que es la primera vez que lo veo sonreír y que espero y deseo que no sea la última, porque jamás había visto una sonrisa tan bonita. Tímida, pero impactante. Por desgracia, se esfuma de inmediato y se convierte en una mueca adusta en cuanto me ve junto a la puerta, como si yo fuese ese alfiler que se encarga de pinchar la pompa de jabón en la que se siente cómodo.

Tomo aire mientras avanzo hacia ellos.

Ahora sí que me siento muy fuera de lugar.

Naaja no se molesta en disimular la curiosidad que despierto en ella; sus ojos son dos rendijas oscuras que me estudian en silencio. Todo lo contrario a su nieta, que da un paso hacia mí y me abraza con familiaridad.

—¡Te he traído lo que te prometí! —exclama alegremente. Deja la bolsa que carga encima de un taburete y, cuando empieza a sacar cosas, la larga trenza negra en la que lleva recogido el pelo se balancea a un lado y otro de su espalda—. ¡Guantes, bufandas, camisetas térmicas...!

—Yo... no sé si... —balbuceo confundida—. Es demasiado, Sialuk. De verdad que la próxima vez que pueda escaparme a Rainter compraré todo lo que necesito y te devolveré tus cosas.

—No te preocupes, puedes quedártelo. Casi todo es de mi hermana. Se marchó hace años a la Universidad de Boston y, cuando terminó sus estudios, encontró trabajo allí; solo viene a visitarnos una vez cada mil años, ¿verdad, *babushka*?

—Así es —responde Naaja con brío—. Ivikka no soporta el frío, pero es fuerte e inteligente, y ha sabido encontrar su destino; eso mismo te ocurrirá a ti cuando...

—«Abandones Alaska» —la interrumpo con un suspiro—. ¿Cómo puedes estar tan segura de lo que dices?

Me fijo en sus manos angulosas y arrugadas cuando se quita con lentitud la capucha de pelo que recubre sus cabellos canosos.

—Iba a decir que encontrarás tu destino cuando vuelvas a ser tú misma, pero veo que te gusta adelantarte a los acontecimientos. —Me sonríe sin maldad—. Escucha antes de hablar, Heather. Y observa sin juzgar. Si lo haces, descubrirás esos matices que ahora son invisibles para ti. Caminas medio ciega por el mundo. Te lo estás perdiendo todo.

¿Qué cojones...?

Ni siquiera puedo contestar. Noto una punzada de rabia. Sé todos los errores que he cometido. Sé lo que he hecho mal. Sé el sufrimiento que he causado a personas inocentes. ¿Pero qué puedo hacer? No hay forma de cambiar lo que he sido. Lo estoy intentando, aunque Naaja no parezca verlo. ¿Y por qué me preocupo siquiera? No me conoce; solo es una de esas viejas charlatanas que siempre aciertan sin necesidad de proponérselo. Como los horóscopos. Cuando era una cría, me encantaba leerlos e ir justificando a lo largo del día todo lo que me iba ocurriendo. «Tropiezo en medio de la acera y caída libre encima de un chicle pegajoso...», ah, claro, a esto se refería con lo de «vas a tener un percance inesperado que hará que te sonrojes».

—*Babushka*, no seas tan dura —la reprende Sialuk con dulzura. Saca una bolsa de plástico más pesada de la mochila y me la tiende—. Ten. También te he traído novelas. —Las cojo y le doy las gracias, sorprendida.

Luego alzo la mirada hasta Nilak, que se mantiene apartado y acaba de servir un par de cervezas en la mesa tres. Nuestros ojos se encuentran unos instantes. Comprendo que ha sido él quien le ha pedido a Sialuk que me dejase los libros.

Cada cosa que hace me desconcierta un poco más.

Sialuk se queda un rato en la barra y su abuela se entretiene tejiendo una prenda de lana al lado de las demás mujeres mayores, mientras cuchichean entre ellas y toman té y un poco de la tarta de almendras que ella misma ha traído al bar. Cuando el local se vacía al final de la jornada y cuelgo el delantal en el perchero, me decido a darle las gracias a Nilak por el detalle de las novelas.

Siguiendo el ritual, acaba de salir a fumarse un cigarrillo. Me abrocho hasta arriba la cremallera de mi chaqueta y después me agacho un poco para pasar bajo la persiana que oculta la mitad de la puerta. Tiene una pierna flexionada contra la pared y parece pensativo, como siempre. El humo se eleva en medio de la oscuridad; me cuesta creer que ya lleve casi dos semanas sin fumar, aunque sigo notando ese incómodo tirón de ansiedad cuando me planto frente a él y el aroma del tabaco me envuelve.

—Gracias. Por los libros —susurro—. Bueno, también por el trabajo. Y por lo del otro día durante el percance con esos tipos. Gracias por todo.

Vale, puede que hasta ahora no me haya parado a pensar en todo lo que ha hecho por mí desde que puse un pie en Alaska, pero es que se muestra tan distante, tan frío...

Eso me hace desconfiar.

Alison era un poco así. Única. Con un puntito misterioso que nunca llegaba a revelar, como para mantener ese enganche que despertaba en las personas.

No contesta, pero en vez de molestarme, casi me hace sonreír. Supongo que las peculiaridades de los demás dejan de ser incómodas en cuanto las conoces y puedes anticiparte a ellas.

Empiezo a predecir a Nilak.

Camino calle abajo, y estoy a punto de girar la esquina, cuando sus dedos rozan los míos. Freno en seco. La sensación es... electrizante. Ha cogido la bolsa que me ha traído Sialuk y todavía sostiene el cigarrillo encendido en la otra mano.

—Yo la llevo. Te acompaño.

—No hace falta que...

—Camina, Heather.

Antes de que pueda seguir negándome, ya ha empezado a andar. ¡Demonios! Troto unos metros para alcanzarle. No me gusta esa forma que tiene de imponerse, dominar y mandar, pero deduzco que si insiste en acompañarme a casa es porque le importo algo. Así que, por ende, no me odia tanto como creo. Es un paso.

No hablamos hasta que aplasta la colilla a mitad de camino y *Caos* se une a nuestro paseo en cuanto tomamos la curva tras la que siempre me espera; avanza a mi lado casi todo el tiempo, pero, de vez en cuando, rodea a Nilak y este le acaricia entre las orejas sin dejar de andar.

—Deberías dejarlo. —Me mira de reojo—. El tabaco —aclaro y expulso el aire contenido; su proximidad sigue poniéndome nerviosa—. Yo también fumaba. Lo dejé cuando llegué aquí, así que todavía siento el impulso de robarte un cigarrillo cada vez que te giras, pero estoy aguantando y lo llevo mejor de lo que había esperado. Creí que sería aún más difícil. Es una de las pocas cosas... hum, positivas, que he hecho en mi vida, así que no pienso fallar esta vez. Es casi un pulso personal. —El silencio nos invade de nuevo—. Aunque es curioso, si lo piensas, que justo lo único bueno que consiga hacer sea algo que deba remediar porque anteriormente lo hice mal. Es decir, que es como estar en paz. Una especie de empate mental.

Cierro la boca al llegar a casa. Como la anterior vez, se ha empeñado en acompañarme hasta los tres escalones que dirigen al porche. Le palmea el lomo a *Caos* antes de clavar sus ojos en mí.

—Buenas noches, Heather.

—Buenas noches, Nilak.

No es verdad. No estaba en lo cierto. Nilak puede ser muchas cosas, pero predecible no es una de ellas. Supongo que por eso no fui capaz de vaticinar que, tras el suceso con los montañistas, me acompañaría a casa cada día, sin excepción. O, al menos, eso es lo que lleva haciendo toda la semana. No sé hasta cuándo piensa alargar este nuevo ritual, pero sigue sin hablar; sencillamente me espera fuera cada noche, fumando, y luego camina a mi lado mientras le regala a *Caos* algún que otro mimo.

Le he hablado de San Francisco, de los rincones que más me gustan de la ciudad y de algunas curiosidades. De las tartas que hacía con mamá cuando era más pequeña y de los trucos que usaba para que el bizcocho siempre quedase esponjoso. También del gato de la familia, *Agus,* que acostumbraba a dormir a los pies de mi cama y que mi hermana Ellie adora con todo su corazón. No puedo saber si lo que le cuento le interesa menos que la vida de un guisante, pero sigo sin conseguir estar a su lado en silencio. Es incómodo. Como una presión muy muy fuerte que no controlo.

Hoy, después de seis días de tristes monólogos, ya no sé ni qué decirle, así que, sin saber cómo, termino hablándole de una de las novelas de Sialuk que me terminé anoche.

—Así que la chica rellenita se encuentra con el que fue su mejor amigo cuando era pequeña —prosigo—. Pero ahora las cosas han cambiado entre ellos. Él le hizo daño años atrás y ella ya no se fía; parece fuerte, pero en realidad..., en realidad se siente muy pequeña e insegura y tiene miedo de volver a caer. No le gusta ser frágil, por eso tiene capas. La entiendo, ¿sabes? No es fácil confiar, arriesgar.

Nilak me dirige una de sus miradas penetrantes. Esta noche lo noto más receptivo de lo normal, entreveo en sus ojos cierto interés. *Caos* camina a su lado, con sus gráciles patas moviéndose al son de los pasos de él.

—Supongo que sin evolución no habría novela. No sé si puede aplicarse a la vida el mismo razonamiento, aunque tendría su gracia. Quizás es así, quizá la vida es como un libro en el que hay que ir pasando páginas, tropezando, aprendiendo, encontrando... ¿Tú qué opinas? —Silencio—. Perdona, a veces olvido que no te gusta hablar. En fin, ya hemos llegado. Gracias por acompañarme.

Nilak respira profundamente.

—Creo que esos finales felices que tanto te gustan solo sirven para contrarrestar la realidad. Si reflejasen sufrimiento sin esperanza, no querrías leerlo; sentir dolor sin saber que después se aliviará... —Baja la voz hasta convertirla en apenas un murmullo—. Buenas noches, Heather.

Me giro sorprendida, sujetándome a la barandilla de madera. Es la frase más larga que le he oído pronunciar hasta la fecha, pero antes de que pueda contestarle o despedirme, lo veo alejarse en medio de la oscuridad.

Entro en casa unos minutos después. Un trueno se rompe en lo alto del cielo. Me pongo una camiseta térmica bajo el grueso suéter de lana y cojo algo para picar de la despensa. Ha empezado a llover cuando regreso al comedor. La lluvia repiquetea contra el cristal de la ventana y poco a poco va cogiendo fuerza hasta que el sonido al golpear el tejado empieza a resultar más aterrador que melancólico.

Y entonces me doy cuenta de que hay goteras. ¡Joder!

Busco en la cocina el cubo y la palangana que uso para llevar la ropa hasta la secadora que está en el cuarto de baño. Ya hay un pequeño charco de agua en el suelo cuando localizo una de las goteras. Mierda. Los truenos suenan tan fuerte que da la sensación de que están cayendo a un metro de distancia, y el impacto de la lluvia contra el tejado es como un concierto caótico. Alzo la vista hasta las vigas del techo; dado lo viejas que están, no sé hasta qué punto es seguro. Intento ir recogiendo el agua que se cuela bajo el marco de la ventana con una fregona, cuando veo a *Caos* tras el cristal.

Corro a abrirle la puerta y entra de inmediato. Está empapado.

—Pero, ¿qué has hecho? —Cojo una toalla del baño—. ¿Cómo demonios se te ocurre venir aquí? ¡Perro estup...!

Me muerdo la lengua. No es estúpido. *Caos* puede ser muchas cosas, pero estúpido jamás; solo necesita cariño y es demasiado fiel. Yo sé mejor que nadie lo que significa rendirle lealtad a alguien por encima de todo; lo hice en su día con Alison. Ignoro el agua que aún entra, los truenos que siguen rugiendo y la lluvia que retumba contra la madera. Me arrodillo en la alfombra, frente a *Caos*, y lo seco con la toalla mientras sus ojos permanecen fijos en los míos.

—Tú eres especial —le digo y no me importa que no pueda entenderme; lo abrazo y hundo el rostro en su cuello. Y entonces entiendo que no ha venido aquí porque tenga miedo, sino porque sabe que yo sí lo tengo.

8

Querido diario, no quiero despertar.

Me da miedo abrir los ojos mañana y ver las cosas de un modo diferente, porque ahora, en este mismo instante, todo es tan perfecto que me asusta. Me siento tan feliz que mamá ha empezado a sospechar que me pasa algo. El otro día, mientras cenábamos, bajó el volumen del televisor y me miró muy seria antes de preguntarme si había conocido a algún chico. Intenté aparentar indiferencia, me llevé un trozo de pescado a la boca y le aseguré que no. Pero, ¿cómo figurar despreocupación cuando se trata de Kayden, de su intensa mirada, de sus labios suaves...? Sé que mamá no me creyó; me conoce demasiado bien, pero todavía no estoy preparada para hablarle de él o presentárselo. Si lo pienso fríamente, ni siquiera hace un mes que lo conozco y lo que siento por Kayden está muy lejos de seguir una lógica temporal, eso seguro.

Después de nuestra cita en el puerto, ha seguido llamándome a diario y ha venido a Seward los dos últimos fines de semana. Cada vez que nos vemos, consumimos los minutos entre besos y confesiones, literalmente; jugamos a contar algo de nosotros mismos por cada beso que nos damos, así que, en resumen, Kayden ya sabe toda mi vida. Y no dejo de pensar en que él es, exactamente, lo que siempre he deseado; cada detalle, cada gesto, todo. Todavía no lo tengo y ya temo perderlo.

Annie.

9

Es como bucear en un cielo
sin nubes

Abro los ojos. *Pum, pum, pum.* No tengo ni idea de qué son esos golpes, pero es evidente que provienen del techo de la cabaña. *Pum, pum, pum, pum.* No sé en qué momento anoche me quedé dormida en la alfombra, abrazada a *Caos,* envuelta en el edredón de plumas con el que suelo taparme en el sofá. *Pum, pum, pum.* El perro me sigue cuando logro ponerme en pie. Es muy probable que tenga una pinta horrible, con el pelo revuelto y el pijama navideño que visto, pero no me lo pienso antes de salir al exterior y rodear la casa hasta ver a John de pie, sujetando una larga escalera con ambas manos contra la madera de la cabaña. Alzo la mirada. Nilak está subido a esa escalera, golpeando el tejado de casa con un martillo.

—¡Buenos días, muchacha! ¡Ya pensábamos que nada te haría despertar! Hemos llamado varias veces a la puerta, pero... —John deja de hablar cuando ve que Nilak sube al último escalón—. ¡Eh, chico, ve con cuidado! —grita.

Estoy tan sorprendida que tardo casi un minuto en recuperar el habla.

—¿Qué estáis haciendo?

—Arreglar las goteras. También quiero echarle un ojo a otros desperfectos. Lo tenía pendiente, pero no pensé que fuese a venir una tormenta tan fuerte —masculla—. ¿Ves la parte derecha del tejado? La madera está medio podrida, hay que cambiar la chapa. No te preocupes, estará terminado en unas horas.

—No sé qué decir. Gracias, supongo. Muchas gracias. Anoche entró agua, no en plan cascada, pero nunca había visto llover así, como si el cielo se cayese o algo. —John se ríe—. Y *Caos* vino a casa empapado.

—Lo sé. El muy bribón escarbó bajo la junta del cobertizo para poder escaparse y ahora tengo un agujero que tapar. Empiezo a pensar que no es tan tonto como parece.

—¡Claro que no es tonto!

Lo miro. Está observándonos, tumbado unos metros más allá, sobre la hierba húmeda tras la tormenta de las últimas horas; tiene la lengua fuera y su rostro parece sonriente, como si pudiese entendernos. Acabaré volviéndome loca en este solitario lugar.

—Tengo que ir al pueblo a llevar la leña; volveré dentro de un rato. Ven, Heather, sujeta la escalera. —Obedezco y me quedo en silencio, algo turbada por este raro despertar, mientras John se dirige a Nilak—. Chico, si necesitas cualquier cosa, pídesela a ella. Y ándate con ojo, ¡no te confíes ahí arriba!

Nilak asiente y luego sigue a lo suyo; ha dejado las tablillas de madera y otros utensilios en el canalón que bordea el tejado de la casa. Lo veo coger una de ellas, colocarla donde antes estaba la chapa antigua y fijar los clavos en los cuatro extremos con gesto de concentración. El silencio abraza la mañana y solo se escucha la vibración de la furgoneta de John cuando se incorpora al zigzagueante sendero que conduce hasta el pueblo y a Nilak trabajando. Bajo la vista y me concentro en los hierbajos que crecen a mis pies. Cuando vuelvo a alzar la mirada, soy incapaz de ignorar que tengo un paisaje digno de estudio frente a mí. Y no me refiero a las altas montañas ni al lago. Hablo del trasero de Nilak; es complicado no fijarse en él teniéndole tan cerca y, además, de espaldas. Viste unos pantalones de chándal azul oscuro, una sudadera gris y deportivas. Cada vez que se inclina hacia delante, los músculos de sus hombros se tensan bajo la tela. Le aguanto la mirada cuando me pilla observándole. No tiene sentido esconderlo, ¡soy culpable! Reprimo una sonrisa.

—Necesito más clavos. Están ahí, en el extremo derecho de la caja de herramientas —dice mientras baja un par de escalones.

Sujeto la escalera con una mano y rebusco con la otra dentro de la caja roja. Extiende la mano hacia mí y le tiendo la bolsita llena de relucientes clavos plateados. Le rozo los dedos al dársela. Nilak me taladra con la mirada. Me da igual, porque tampoco sé qué significa exactamente esa mirada. No volvemos a dirigirnos la palabra durante la siguiente media hora. Él se concentra en colocar una tablilla tras otra y aporrear con el martillo contra mi tejado; creo que le gusta la sensación de golpear algo concreto.

Caos desaparece un rato, imagino que para ir junto a los demás perros, y regresa poco después por el caminito que desciende de la casa de John a la mía. Me ruge el estómago y tengo hambre. Tiempo atrás, habría ignorado la sensación; de hecho, era experta en hacerlo. Ahora ya no quiero.

—¿Podemos hacer una parada rápida? Me gustaría desayunar.

Nilak se gira hacia mí.

—Pensaba que habrías comido algo —gruñe mientras comienza a descender los peldaños de la escalera que lo separan del suelo. Me aparto a un lado cuando llega al final—. Revisaré las juntas de dentro.

—¿Las juntas?

—La madera es vieja, necesita refuerzos.

—Hoy estás hablador, ¿eh? —bromeo tras abrir la puerta para dejarle pasar, y él me fulmina con la mirada. Vaya, hombre, todo le irrita—. No lo decía a malas, solo...

—Déjalo. —Echa un vistazo rápido a su alrededor antes de acercarse a la ventana bajo la que todavía está la fregona que usé para recoger agua la noche anterior. *Caos* se sienta a su lado y él inspecciona el marco que rodea el cristal. Es inexplicable la capacidad que tiene para llenar la estancia, la casa entera, como si se apoderase de cada rincón. Trago saliva con nerviosismo.

—Tengo huevos. Y beicon. Podría hacer un revuelto, si te apetece.

Todavía arrodillado en el suelo, Nilak me mira por encima del hombro y murmura un seco «vale» antes de volver a lo suyo. Me meto en la cocina, pongo la sartén al fuego y voy al baño mientras se calienta. Tengo un aspecto terrible. Llevo el oscuro pelo encrespado y el maquillaje, del que me niego a prescindir por mucho que aquí les resulte raro, me hace parecer un mapache trasnochador. Empiezo a quitármelo con un algodón hasta tener la piel completamente limpia, pálida en contraste con el gris de mis ojos, vacía. Me siento desnuda sin la base más oscura, el corrector y la sombra de ojos negra, pero renuncio a ello cuando recuerdo que he dejado el fuego encendido.

El beicon y los huevos chisporrotean y salpican al añadir la mantequilla. Me aparto todo lo posible de la sartén mientras remuevo el contenido con una cuchara de mango largo. Nilak entra en la cocina en ese inoportuno instante de caos general, aunque se muestra como siempre, imperturbable. Al menos hasta que ve mi rostro y advierte que sin todo el maquillaje parezco casi otra persona; sus ojos me miran curiosos unos segundos, antes de volver a su indiferencia habitual.

—En nada... estará... listo, ¡ay! —Doy un saltito atrás cuando salpica.

Sin mediar palabra, da un paso al frente, coge el mango de la sartén y me quita la cuchara de madera de las manos; le da un par de vueltas más al desayuno y luego lo reparte en los dos platos que acabo de dejar sobre la encimera. Coge el suyo, un tenedor y empieza a comer. Ahí, de pie, frente a los fogones aún calientes.

—Puedes sentarte en la mesa. O en el sofá, si lo prefieres.

—Estoy bien así.

—Vale. Como quieras.

Me encojo de hombros y lo imito. Me llevo un trozo de beicon con revuelto a la boca y mastico mientras él hace lo mismo. Es ridículo que tengamos que comer así, uno delante del otro, pero sería un poco desagradecido por mi parte largarme al comedor y dejarlo aquí a solas. De modo que simplemente como, sin más, y en algún momento deja de importarme la situación. Nilak deja su plato dentro del fregadero cuando se lo acaba todo y luego coge un vaso, lo llena de agua, y se lo bebe entero. Yo todavía estoy terminando el desayuno cuando da un paso al frente, dispuesto a volver al trabajo.

—¡Espera! Joder, no puedo tragar tan rápido —protesto—. Dame un minuto.

—Estaré fuera.

Y sin más, sale.

Bien. Genial.

Engullo un par de bocados más antes de dejar el plato a medias, coger una chaqueta gruesa y cómoda, y seguirlo fuera. *Caos* está sentado a su lado y Nilak rebusca algo dentro de la caja de herramientas de John. Me acerco a ellos sin hacer mucho ruido. El viento sopla fuerte y dobla las florecillas silvestres que se alzan valientes.

—¿Qué puedo hacer?

—Nada.

—En algo podré ayudar —insisto—. No tenías por qué hacer esto...

—Le debo a John un par de favores.

«Ah, vale». No lo digo en voz alta, por si palpa la desilusión en mi voz. Preferiría que estuviese aquí por voluntad propia; no me hace gracia que John lo *obligue* a reparar mi tejado. Me siento a su lado, no demasiado cerca, y suspiro hondo. Encojo las rodillas contra el pecho. El silencio me sigue resultando incómodo, pero no tengo nada que decir, así que me limito a observarlo.

Las manos de Nilak son grandes, masculinas y se mueven con cierta gracilidad cuando atornilla una piececita blanca a otra plateada; tiene el ceño fruncido en gesto de concentración y la mandíbula, tensa. Siempre está tenso. Es como si la vida fuese un suplicio para él. Me encantaría escarbar en su cerebro.

¿Qué puedo decir...? Despierta mi curiosidad.

¿Tendrá hermanos? ¿Le gustan las tortitas muy hechas o con la masa esponjosa? ¿Cree en la reencarnación como los inuit o es de los que piensa que la vida son dos días y después nos convertimos en polvo y adiós muy buenas? Tiene pinta de acercarse más a lo segundo, porque no veo ningún atisbo de esperanza en él. Solo oscuridad. No una oscuridad mala. Nilak no es malo. Simplemente no parece tener ganas de enfrentarse a sus problemas. Lo entiendo. Ojalá todo lo horrible pudiese barrerse bajo una alfombra para pisotearlo y no volver a verlo.

—¿Puedes darme esto cuando suba?

Su voz acerada me hace reaccionar. Se ha puesto en pie y está tendiéndome unas cuantas tablillas más. Lo imito, me levanto y asiento enérgicamente con la cabeza. Me gusta sentirme útil. Nilak vuelve a encaramarse a la escalera mientras yo espero a que suba el último peldaño; alzo las tablas todo lo posible y él las coge y las va dejando en el canalón para tenerlas a mano.

Ya no volvemos a hablar hasta que John regresa.

Ha comprado tarta de arándanos de la que hace Naaja con su hija y su nieta, y la bolsa desprende un olor delicioso. Nos deja otro rato a solas cuando va a su casa a dejar las cosas. Al volver, lleva en la mano una especie de tiras negras de tela.

—Chico, ¿puedes bajar un momento? —grazna y Nilak obedece sin vacilar—. Tú, Heather, ven aquí.

—¿Qué es eso?

—Un arnés.

—¿Para qué sirve?

Sin dejarme seguir indagando, John se acerca a *Caos* y le pasa un extremo del arnés por la cabeza hasta fijarlo en torno al lomo del animal. No parece hacerle mucha gracia. Le acaricia el lomo con cariño, intentando calmarle porque esto es nuevo para él, y le tiende la otra punta de la cinta a Nilak.

—Pónselo a ella.

Nilak permanece unos segundos con la mirada fija en el trozo de tela antes de respirar profundamente y caminar hacia mí. Me quedo quieta. Cuando le tengo tan cerca, todo él me resulta intimidante, alto y peligroso. Todavía llevo el pijama de dibujitos navideños puesto cuando sus manos me rozan la cintura al rodearme con el arnés. Dejo de respirar. Literalmente. Sus ojos tropiezan con los míos unos segundos; es como bucear en un cielo sin nubes, luminoso y azul. Nilak frunce el ceño, como si acabase de hacer algo que le ha molestado, aunque en realidad ni siquiera he movido una pestaña, y tira con brusquedad de la correa.

—¡Ah, joder! ¿Quieres matarme?

—No está tan apretado —gruñe.

«Será capullo...». Presiono los labios, reprimiendo lo que siento. Aprender a mantener la boca cerrada es una de mis tareas pendientes y Nilak interviene en mi entrenamiento. Voy a tomármelo así, como algo que superar. Sí. Eso es.

—No hagas ningún movimiento violento —me pide John—. Camina poco a poco hacia delante, lentamente.

Caos y yo estamos ahora mismo unidos por este arnés raro como si fuésemos dos fugitivos. Suspiro hondo y hago lo que me pide; doy un paso al frente. El perro se remueve incómodo a mi lado, así que paro, me giro y lo acaricio entre las orejas intentando calmarle.

—¿Por qué tenemos que hacer esto?

—Ya te dije que *Caos* no responde a los estímulos habituales; se pone muy nervioso cada vez que he hecho alguna prueba en el trineo, junto a los demás perros. Quiero ver si reacciona mejor al arnés.

—Pues no parece que lo convenza mucho...

—Camina, Heather —interviene de pronto Nilak y, no sé si es por su forma de pronunciar mi nombre, con la voz ronca, o por la firmeza del tono, pero el caso es que obedezco y doy un par de pasos al frente, como si fuese a rodear la casa.

Caos gimotea y clava las patas en la tierra, pero no se mueve ni un mísero milímetro. ¡Será cabezón! El arnés se tensa cuando llego al límite; me giro y lo veo ahí, sentado, sin ninguna intención de seguirme. Nilak y John se miran unos instantes entre ellos, como si estuviesen comunicándose con la mirada, hasta que el primero suspira sonoramente y se acerca a mí con pasos largos y decididos.

—Grita —dice.

¿Qué...? Todavía tengo la pregunta atascada en la garganta cuando me sostiene como si fuese un monigote y, un segundo después, estoy tumbada, con la espalda contra el suelo húmedo y las manos de Nilak reteniéndome ahí con dureza. Grito. ¡Claro que grito, joder! ¿Qué está haciendo? ¿Ha perdido la cabeza? Me remuevo como una especie de sardina a la que acaban de sacar del mar y los ladridos de *Caos* resuenan a mi alrededor. Cerca. Cada vez más cerca.

Y entonces lo entiendo.

Nilak me suelta en cuanto *Caos* intenta abalanzarse contra él y lo retiene cogiéndolo por la parte más ancha del arnés. «Shh, tranquilízate. Ya está», le dice mientras le acaricia el lomo y lo mantiene contra su pecho. Los miro, todavía en el suelo, incorporada a medias.

—¿Qué ha sido eso?

—Creía que te estaba atacando —aclara Nilak—. Y ha reaccionado.

—Ya, eso ya lo sé, pero ¿cómo narices se te ocurre tumbarme así? Me has dado un susto de muerte. —Me pongo en pie y me sacudo los restos de hierba y tierra—. No vuelvas a hacerlo —siseo.

John apoya una mano en mi hombro.

—Se ha movido llevando puesto el arnés, Heather, y hasta ahora todos los intentos habían sido en vano. Ni con comida, ni con juegos ni premios. Nada. —Sonríe—. Ahora vuelve a alejarte caminando. Estoy seguro de que esta vez, después de creer que pueden hacerte daño, te seguirá sin dudar.

Caos me observa entre los brazos de Nilak. Los dos tienen los ojos muy parecidos, penetrantes, vivos. Me quiere. El perro me quiere tal como soy. Cojo aire, intentando reprimir las ganas de llorar de alegría y hago lo que John me ha pedido. Empiezo a andar con lentitud y, en cuanto Nilak lo suelta, *Caos* me sigue como si acabase de olvidar que lleva ese arnés. Le sonrío a John por encima del hombro; el hombre está pletórico, feliz. Sigo caminando con el perro a mi lado y, cuando llevamos un buen trecho, me inclino y lo beso. Alza el hocico y me lame la mejilla, haciéndome reír.

Creo que el amor es mutuo. Y eso es nuevo para mí...

Tenía dieciséis años cuando perdí la virginidad.

Fue con Steven, un chico que guardaba cierto parecido con el típico surfista de pelo rubio, torso bronceado, brazos anchos y sonrisa demasiado blanca. Solo que él no practicaba surf. Lo hicimos en una de las múltiples casas que su padre tenía por toda la costa de San Francisco, porque si algo le sobraba a Steven era dinero. Es una lástima que ser interesante no pueda comprarse con unos cuantos miles de dólares.

Lo cierto es que Alison llevaba un año presionándome para que perdiese la virginidad. No era algo descarado en plan «tienes que follaaaaaar», sino más bien a base de mensajes sutiles, toquecitos que iba dejando aquí y allá. Las indirectas siempre eran el método preferido de Alison para lograr sus propósitos. Cosas como: «Como sigas así, medio instituto terminará pensando que eres lesbiana», seguido de un codazo juguetón y una risita pretenciosa antes de añadir un: «No te habrás enamorado de mí, ¿verdad, Heather?». Y semanas más tarde, cuando ya pensaba que se había olvidado del tema, soltaba de pronto: «Chad va diciendo por ahí que eres una calientapollas, que empiezas y no acabas las cosas. ¡Menudo capullo!». Ajá. Ya. A su lado, Chad era un angelito.

Pero no era tan fácil darse cuenta de las verdaderas intenciones de Alison. No solo por su rostro, inocente, celestial, con los monísimos tirabuzones rubios enroscándose como caracoles de oro al final de su espalda, sino también porque manipular era su don. Así como hay personas que nacen con capacidades curativas, con más empatía que la media o con un oído prodigioso para la música, Alison podía manejar a su antojo a cualquiera que cometiese el error de interferir en sus planes. No lo hacía solo conmigo o con los tíos que caían rendidos a sus pies, sino también con los profesores, sus padres y su hermana mayor, Kate. Todos éramos peones para ella.

Alison sabía qué tecla tenía que tocar en cada momento; era una pianista prodigiosa en el arte de la manipulación. Dirigía, utilizaba y maniobraba según cada situación, pero nunca dejaba nada al azar. Si quería algo, lo conseguía. La opción del fracaso no existía para ella. De hecho, si alguna vez las cosas no salían exactamente como había planeado, si variaba un milímetro el esquema trazado, tendía a autolesionarse. Se cortaba, se arañaba a sí misma con las uñas hasta arrancarse la piel.

De modo que sí, cuando acabé en casa de Steven, me dejé llevar por las continuas indirectas de Alison. Para ella, el sexo era meramente un arma más que le servía para manejar a los hombres. Un acto simple y práctico, como puede ser montar en bicicleta; sin ninguna implicación emocional. A pesar de que le encantaba fardar del mínimo afecto que los tíos despertaban en ella, yo esperaba que en mi caso fuera distinto. Quería sentir. Algo. Cualquier cosa. Deseaba enamorarme. Deseaba incluso que me partiesen el corazón, apreciar el dolor, ese vacío profundo y la pérdida de algo que anhelas con todo tu ser. Lo había visto en películas y en la mirada que Matthew le dedicó a mamá el día que ella subió lentamente al altar ataviada con un sencillo vestido azul turquesa. Se suponía que el amor movía el mundo, o eso dicen siempre, y yo ni siquiera podía describir lo que implicaba la primera «a» de la palabra.

Así que, aunque era consciente de estar forzando el momento, confiaba en que sentiría trillones de mariposas en mi estómago, aleteando furiosas. Empezaría a hacerme una idea de lo que significaba esa «a», y luego la «m», más tarde la «o», hasta llegar finalmente a una «r» plena y embriagante.

No ocurrió.

Me fijé en Steven porque parecía un buen tipo. Nos sentábamos juntos en clase de dibujo, la única asignatura que no compartía con Alison, y tenía una de esas sonrisas amplias y sinceras, sin medias tintas. Pero cuando me tumbó sobre su cama y empezó a tocarme, solo sentí eso, que me tocaban. No vi las estrellas, las mariposas habían huido lejos y su cercanía me resultó cualquier cosa menos electrizante. El contacto de nuestros cuerpos desnudos solo era piel, sudor, carne, huesos, músculos que se contraían y, quizás, una pizca de deseo que fue insuficiente para satisfacer mis expectativas.

Tras aquella primera vez con Steven, me acosté con otros chicos, pero nunca logré sentir ni un ápice de emoción mientras follaba. Cero sentimientos. Había pretendido justo lo contrario y, en cierto momento de mi vida, entendí que en el fondo era una copia de una copia de Alison. Todavía peor que ella, porque, para empezar, al menos Alison tenía una personalidad fuerte y arrolladora, y yo no tenía absolutamente nada. Era un cascarón vacío. Y cuando al fin, como una especie de revelación divina, comprendí que no era nada, que no valía para nada, que no tenía nada que ofrecerle al mundo, empecé a actuar en consecuencia. No sentía, no soñaba, no anhelaba, ni mucho menos meditaba más de un segundo los impulsos que siempre obedecía, independientemente de que fuesen dañinos para alguien más o incluso para mí misma.

Solo vivía sin vivir. Solo destruía.

Esta misma mañana hemos vuelto a probar el arnés. Ya es la tercera vez que lo usamos, aunque a *Caos* sigue sin entusiasmarle. Camina, pero despacio, como si llevase una bomba de relojería encima y tuviese que meditar cada paso que da y la presión de sus pisadas. No sé por qué le molesta tanto; yo también lo llevo y solo es una cuerda elástica. Es algo mental. Quizá no le gusta que le impongan normas, y por eso se revela y John piensa que es caótico.

John. Menos mal que tengo la suerte de que sea mi vecino. Buena persona, complaciente, pero al mismo tiempo capaz de saber cuándo echar el freno y mostrarse rudo y severo. Y no lo digo solo porque él y Nilak reparasen el tejado de casa y las juntas de las ventanas, sino porque es el tipo de hombre que parece peligroso por su voz grave, pero que sé que no haría daño ni a una mosca coja. Esta última semana, me ha invitado a cenar dos veces más a su casa y cada noche hemos terminado jugando al ajedrez mientras la música clásica flotaba a nuestro alrededor. Es relajante. Y al mismo tiempo, el juego te mantiene alerta. No sabría definir la contradicción que se esconde en ambas sensaciones, pero sé que me gusta.

Ahora estamos paseando a los perros. A una parte de ellos, al menos. Suele sacarlos en dos grupos. Llevo unas botas calentitas, pero la suela no me aísla del todo del frío y empiezo a notar los pies entumecidos. Los perros corren y ladran a lo loco a nuestro alrededor. Su alegría es contagiosa; resulta fascinante que se emocionen hasta tal punto por un mero paseo que se repite dos veces al día.

—Son felices.

—Más que cualquiera de nosotros, seguro. —John cabecea suavemente y sonríe mientras sigue adentrándose por un sendero terroso arropado por una vegetación más selvática y densa—. En unas semanas llegará la nieve y ahí sí que su felicidad será insuperable.

—¿En unas semanas?

—Se acerca el invierno, Heather. Y a propósito, cuando eso ocurra, tendrás que dejar de ir al trabajo a pie, lo sabes, ¿verdad? Ya lo he hablado con los chicos y hemos acordado que yo te llevaré y Nilak te traerá.

—¿Por qué has hecho eso? ¡Sé cuidarme sola!

—Tú no sabrías cuidar ni de un hámster —refunfuña.

Tchaikovsky da un par de vueltas y pasa entre mis piernas intentando llamar mi atención, pero estoy demasiado enfadada por lo que ha hecho John como para hacerle caso. Se va en cuanto *Pamiiyok* juguetea con él.

Demonios. No me hace ninguna gracia que le endose a Nilak ciertas obligaciones que no le corresponden. No necesito una niñera. Ahora mismo me siento impotente y dolida y me da rabia, porque sé que sus intenciones son buenas y lo último que quiero es herirlo. Me muerdo el labio inferior, tanteando el modo de decirle que ya me apañaré como pueda, pero antes de que abra la boca, vuelve a hablar.

—Heather, no me preguntes por qué, pero necesito protegerte. —John le da una patadita a una piedra con la punta de la bota y esta sale rodando sendero abajo; *Bach* la ve y corre tras ella pensando que es un juego—. Apareciste aquí, frente a mis narices, y créeme, lo último que quería era que te quedases; pero si vas a hacerlo, si no piensas marcharte, entonces acatarás algunas normas.

Las cosas funcionan así. Das y recibes. Y a veces ni eso. Existen ciertas reglas que deben cumplirse a pesar de no estar escritas, como, por ejemplo, que si vienes a mi casa a cenar no pienso consentir que te dejes medio plato. Es una cuestión de respeto, Heather. —Abro la boca para contestar, pero John alza un dedo en alto, silenciándome—. Te aconsejo que hables solo cuando tengas algo interesante que decir.

Cierro la boca.

Permanezco callada el resto del paseo, mientras nos movemos entre los frondosos árboles y John lanza a los perros ramitas y piedras para que se entretengan y jueguen entre ellos. Lo cierto es que no estoy acostumbrada a que me impongan nada y todavía no he decidido si me gusta o no; aunque reconozco que saber que le importas «lo suficiente» a alguien es una sensación reconfortante. No es que mamá y Matthew no me quisiesen. Al contrario. Me querían tanto que les dolía frenarme y nunca supieron reaccionar ante las cosas horribles que sucedían en mi vida, una detrás de otra. Era demasiado.

Esa misma noche, en el Lemmini, hay bastantes mesas que atender. Una familia de Inovik Lake se ha reunido para cenar y Seth está bastante agobiado en la cocina cuando voy a recoger los últimos platos de la comanda.

—Ten, lleva este. —Mira a su alrededor—. Creo que ya no falta nada.

—Está todo. Descansa un rato, puedo limpiar la cocina cuando terminemos —me ofrezco, pero él me dice que no y, cinco minutos más tarde, ya ha recogido la mitad del estropicio que había sobre la encimera.

En silencio, cojo un trapo y le ayudo a limpiar lo que queda.

—Tengo que devolverle a Sialuk un par de libros, pero olvidé traerlos. Dile que mañana intentaré acordarme. Fue muy amable dejándome toda esa ropa de su hermana. Parece una chica muy especial —admito.

Seth sonríe orgulloso.

—No sabes cuánto. Y no te preocupes por los libros, podrás dárselos tú misma el domingo y coger más, si quieres. Sialuk tiene tantas novelas que, si se decidiese a venderlas, seríamos ricos.

—¿El domingo? —Dejo el trapo a un lado.

—Es el cumpleaños de Naaja.

—Ah.

—Estás invitada.

—No, no creo que sea... buena idea... —Frunzo el ceño—. Tan solo la he visto dos veces, no la conozco. Y, además, piensa que tengo un alma oscura —replico en tono de burla.

—Es normal que te sientas intimidada por Naaja, aunque no es personal; lo hace con todo el que llega aquí. Tiene que dar el visto bueno a los «nuevos», pero no tienes de qué preocuparte, porque a ti ya te lo dio el primer día que coincidió contigo. Le gustaste. Literalmente, dijo que eras «como un cervatillo huyendo de un montón de cazadores coléricos». —Ríe y se rasca la nuca con despreocupación—. Tiene un sentido del humor muy peculiar.

Alzo el mentón.

—Ya veo. Supongo que, a falta de crucigramas, soy como una especie de pasatiempo para ella, porque dudo que vengan muchos otros «nuevos». Qué bien. —Admito que no me ha hecho gracia el símil con el cervatillo acorralado.

—Te sorprenderías; aquí la gente va y viene, pero no se queda demasiado tiempo. También sació en su día su curiosidad con Nilak. De hecho, sigue sintiendo fascinación por él. Sea como sea, no hagas planes para el domingo.

—¿Nilak? —No oculto mi interés—. ¿Cuándo llegó a Inovik Lake?

—Hará unos tres años.

—¿Y por qué vino aquí?

Seth parece incómodo. Lo noto por la forma en la que aparta la mirada y cambia el peso del cuerpo de un pie al otro. Suspira hondo antes de contestar.

—Eso tendrás que preguntárselo a él.

—¿Preguntarme qué?

Me giro, sorprendida. Nilak está apoyado en el marco de la puerta y no parece especialmente contento, aunque eso tampoco es una novedad. Le digo que «nada», porque no creo que sea el momento, y lo sigo cuando anuncia que los clientes se han marchado y es la hora de cerrar.

Salgo unos minutos después. Nilak tira la colilla al suelo y camina a mi lado sin pronunciar palabra. *Caos* se une a nuestro paseo en cuanto nos adentramos en el sendero que se aleja del pueblo, y pienso en lo mucho que me gusta esta especie de monotonía; es una pena que la temporada de nieve vaya a romperla.

—No quería ser entrometida —digo de pronto y mi voz suena rara entre tanto silencio—. Bueno, te estoy mintiendo, en realidad sí. Lo siento. Creo que a mí también me jodería que alguien intentase escarbar en mi vida. Solo... sentía curiosidad por saber cómo habías llegado a Inovik Lake. Al principio, pensé que eras de aquí. —Tomo un par de bocanadas de aire antes de mirarlo y descubrir que él también me observa de reojo mientras andamos a paso lento. Su mirada es demasiado intensa y necesito romper la tensión que flota entre nosotros—. ¿Quieres que te hable de la última novela que terminé anoche? También tiene final feliz.

Nilak asiente con la cabeza.

El perro se aleja un poco de nosotros, corre hasta perderse en la oscuridad y vuelve sobre sus pasos cuando lo enfoco con la luz tenue de la linterna.

—Iba de dos personas que aparentemente no tienen mucho en común. La chica, vegetariana y asidua a las manifestaciones para defender diferentes causas sociales. Y él, en cambio, un director de empresa sin demasiados escrúpulos encargado del proyecto para construir un hotel frente a la costa a la que acuden anualmente las tortugas a poner sus huevos —resumo—. Ya te imaginarás. Drama total. Ella está dispuesta a hacer cualquier cosa para impedirlo y él no está acostumbrado a que una chica desbarate todos sus planes. Y luego está la química que hay entre ellos. Ya sabes, la atracción sexual. Se palpa desde la primera página; no importa cuánto intenten evitarlo, porque esa clase de conexión no surge todos los días. Están destinados a estar juntos.

Tengo la boca seca de tanto hablar cuando llegamos a casa. Él espera pacientemente mientras subo los escalones del porche. Su voz ronca quiebra el silencio que tanto parece gustarle.

—Buenas noches, Heather.

—Buenas noches, Nilak.

Lo veo desaparecer en medio de la oscuridad y, para mi sorpresa, esta vez *Caos* le sigue a paso tranquilo. Bien. Me alegra que al menos tenga compañía durante la vuelta. Cada día que pasa albergo más preguntas sobre él y, lo peor de todo, es que mentalmente las voy apilando unas sobre otras porque es evidente que nunca obtengo ninguna respuesta. La pila empieza a ser tan alta que temo que un día termine cayéndose y desparramando dudas y cuestiones aquí y allá, por todas partes.

Quizá por eso, al día siguiente, mientras recorremos el mismo trayecto de todas las noches, me armo de valor y formulo la primera pregunta de todas las que guardo en mi almacén particular. La pregunta que llevo haciéndome casi tres semanas, desde que llegué a Alaska.

—¿Por qué apenas hablas, Nilak?

Él se encoge de hombros. El vaho escapa de sus labios entreabiertos cuando suspira hondo. Sigue caminando; el ruido de sus pisadas es rítmico y firme.

—No tengo nada que decir.

—No te creo. —Arrugo la nariz, lo adelanto y me planto frente a él. Dirijo la linterna hacia el suelo para que el haz de luz no nos moleste. Apenas nos separan unos centímetros de distancia; puedo sentir el calor que desprende su cuerpo y sus ojos están fijos en los míos cuando vuelvo a hablar—. Sé lo que es estar roto por dentro en pedacitos muy pequeños. Y sé lo que es pensar que nunca conseguirás unirlos y sentirte entero de nuevo.

No sé por qué lo he dicho, pero es lo que pienso. Lo que pensé la primera vez que lo vi. Lo que me da miedo de él y me atrae a un mismo tiempo.

Cierra las manos con fuerza. Está enfadado. Su rostro se tensa, la mandíbula se contrae e inclina la cabeza hacia mí. Me planteo si debo dar un paso atrás y poner distancia entre nosotros, pero al final no me muevo. Creo que podría escuchar el latido de mi corazón incluso a través de las mil capas de ropa que llevo encima.

—¿Qué insinúas, Heather?

—Que estás roto. En pedacitos. Pequeños. —Lo digo a trompicones y en voz baja, como si cada palabra me la arrancasen a la fuerza.

—Bien. —Toma aire—. Sigue caminando.

Me esquiva y reanuda el paso.

—¿Eso es todo lo que vas a decir?

—Quiero acompañarte a casa, pero me lo estás poniendo muy difícil.

—¿De verdad? ¿Difícil? Difícil es pasarte el día al lado de alguien que no te habla y te mira como si fueses... —Me callo, ni siquiera sé cuál es la palabra exacta para definir esa mirada rara con la que a veces me taladra. Es como si sus ojos viesen una pepita de oro encima de un huevo podrido que huele fatal. Sé que suena extraño, pero es la descripción gráfica más cercana a la realidad—. No deja de ser curioso que esta sea la vez que más hemos hablado. Me refiero a una conversación de verdad, en la que yo digo algo y tú respondes.

Nilak chasquea la lengua.

—Claro, muy curioso y casual, no es porque estés forzando que sea así.

—Ah, mira, hasta puedes ser irónico. Qué sorpresa.

Él aprieta la mandíbula, furioso, pero sigue andando a mi lado y no vuelve a decir ni una palabra más. Supongo que he agotado su cupo de varios meses, pero no he podido evitarlo. Suspiro hondo cuando pongo un pie en el primer escalón y, al girarme para despedirme, como siempre, veo que Nilak ya ha dado media vuelta y se aleja en medio de la oscuridad. Me quedo allí unos segundos, de pie, con las llaves en la mano, mirando la nada.

10

Querido diario,

Ayer fue un día especial. Aunque, últimamente, todos los días lo son. Kayden vino a Seward, me recogió en casa y luego fuimos a un local donde había quedado con mis amigos para tomar algo y que pudiesen conocerle mejor. Kayden habló con todos; pronto terminó cantando en medio de la pista junto a Frank y Kunuk una canción de Nirvana, como si les conociese de toda la vida, y fue la persona más paciente del mundo cuando Yakone y Aria lo retuvieron para hacerle un montón de preguntas.

De vez en cuando me miraba desde el otro lado del local, mientras Yakone gesticulaba con las manos a su lado, y sentía que no existía distancia entre nosotros, que un hilo invisible e inquebrantable nos unía de algún modo especial, como si las demás personas a nuestro alrededor fuesen meros esbozos y nosotros líneas claras y firmes. Volví a pensarlo al terminar la noche jugando una partida al billar, con su cuerpo pegado a mi espalda, su mano en mi cintura mientras me explicaba cómo debía darle a la bola. Me dieron ganas de ignorar a todo el mundo que nos rodeaba, darme media vuelta y besarlo hasta dejarlo sin aire.

«Gracias por esta noche», dije en cuanto subí al coche y estuvimos al fin a solas. «De verdad, Kayden. Yo, no sé...».

«¿Qué no sabes, Annie?», preguntó, sosteniéndome la mejilla con una mano antes de que sus dedos empezasen a dibujar el contorno de mis labios.

«No sé por qué haces todo esto; no sé qué has visto en mí».

«Joder, Annie. Lo he visto todo en ti», susurró mientras sus labios atrapaban los míos con suavidad; se apartó para respirar. «Y lo que me queda por ver. Porque quiero descubrirte desde todos los ángulos; quiero ver lo bueno, lo malo e incluso lo peor».

«¿Qué intentas decir, Kayden?».

Le rodeé el cuello con los brazos y lo atraje hacia mí, ignorando que el freno de mano se me clavaba en las costillas. De verdad que me daba igual, solo tenía ojos para él, para el modo cautivador en el que sus labios se curvaban en una sonrisa traviesa, para esa forma de susurrar mil palabras con una mera mirada.

«Necesito descubrir a dónde nos lleva esto. Nos hemos encontrado, así, de repente, y no sé si seré todo lo que buscas, pero voy a intentar que cada día sea especial para nosotros. No quiero que seas mía; quiero que seas libre, tuya, y que aun así decidas que quieres estar solo conmigo».

Mi boca se encontró con la suya antes de que las palabras llegasen. Respiré agitada. Kayden sabía a felicidad; es el tipo de persona que consigue que te sientas como un pájaro que vuela en lo alto del cielo y tiene ante sus ojos un sinfín de posibilidades para elegir, sin presiones ni corrientes de aire que te hagan planear en otra dirección. Eso me hizo entender que Kayden era el destino al que quería llegar. Mi siguiente parada. Y con suerte, puede que la última, la definitiva.

No sé en qué momento exacto terminé sobre su regazo. Pude apreciar cada uno de sus músculos tensándose bajo mi cuerpo, despertando en mí un deseo que nunca antes había sentido. Temblé cuando el beso se tornó más desesperado y las manos de Kayden se perdieron bajo el anorak que llevaba puesto. Lo miré fijamente y dejé de respirar cuando la yema de su dedo índice acarició con delicadeza el contorno de mi ombligo.

«Kayden...», rogué en una especie de gemido, y saltaron chispas cuando me moví contra él y comprobé que estaba tan excitado como yo.

«Deberíamos parar».

«Iba a pedirte que siguieses».

Sonrió y apartó las manos de mi cuerpo antes de besarme con suavidad y dejar que volviese al asiento del copiloto. Dijo: «Tenemos todo el tiempo del mundo, Annie» y giró la llave del motor de arranque. Me ardían las mejillas y entendí que Kayden había deducido que mi experiencia sexual era más bien nula y había decidido ir despacio.

No hablamos mientras él conducía de regreso a casa con la mano derecha sobre mi rodilla, como si necesitase tocarme. Cuando aparcó cerca de la puerta, me aseguré de que mi madre no estuviese asomada a la ventana antes de mirarlo.

«Entonces... podría decirse que, oficialmente, eres mi novio. O algo así», dije e intenté no volver a sonrojarme.

«Algo así, no. Es así. Siempre que tú quieras».

Tardamos una eternidad en despedirnos. En realidad, ocurre lo mismo cada vez que tenemos que decirnos adiós. Ojalá los relojes se parasen cuando lo tengo enfrente. Ojalá.

Annie.

11

Llorar limpia el alma

La casa donde viven Naaja y su familia tiene dos plantas, una buhardilla y, en comparación a mi cabaña, es casi un palacio. Seth me da un empujoncito suave en la espalda cuando me quedo parada en el umbral de la puerta de entrada. Las paredes de madera y piedra grisácea están repletas de pequeñas fotografías que forman una especie de mosaico. Intento fijarme en los rostros que las protagonizan, pero antes de que consiga deducir quién es quién, Sialuk me recibe con un abrazo inmenso que por poco me deja sin respiración.

—No sabía si vendrías. Yo aposté por que lo harías, pero *babushka* tenía sus dudas. Me alegra que estés aquí. —Sonríe como si de verdad mi presencia fuese todo un acontecimiento para ella. Estoy tan abrumada que no sé ni qué decir.

—Te he traído algunos libros. —Alzo la bolsa que llevo en la mano—. Todavía no he podido terminarlos todos, pero...

—¡No tengas prisa! Ven, voy a presentarte a mamá y a un par de amigas de *babushka* y luego te enseñaré mi biblioteca; puedes llevarte más novelas, si te apetece.

Me dejo arrastrar por Sialuk hasta una cocina inmensa donde cinco mujeres se mueven entre los fogones. Huele a vainilla, a compota de manzana y pescado; hay tantos aromas en un sitio tan pequeño que cuesta clasificarlos. Naaja sonríe cálidamente en cuanto me ve y las demás imitan su gesto como si las sonrisas fuesen algo contagioso en esta familia tan inexplicablemente alegre. Yo termino haciendo lo mismo, para evitar ser la nota discordante en la plácida escena.

Sialuk me presenta a su madre, una mujer que es casi calcada a ella, y a las otras tres señoras que siguen con sus labores culinarias; a dos de ellas las veo a menudo en el bar, a media tarde, cuando se sientan a merendar y cuchichean mientras tejen gruesos jerséis de lana.

Me acerco a Naaja al concluir las presentaciones y le tiendo la cajita llena de bayas, arándanos y frutos silvestres que he ido recolectando a lo largo de la semana cada vez que acompañaba a John a pasear a los perros. No tenía nada que regalarle y él me aseguró que eso le haría ilusión porque los usa para la repostería y diferentes ungüentos.

Sus ojos oscuros se iluminan cuando descubre lo que hay dentro.

—Oh, Siqiniq, ¡justo lo que necesitaba! Gracias, Heather. Ha sido muy considerado por tu parte. Eres bienvenida a mi casa, espero que disfrutes de la comida y la compañía. Confío en que nos pidas cualquier cosa que necesites.

Asiento con la cabeza, confusa ante tanta amabilidad. Las demás mujeres vuelven a sonreír a la vez antes de regresar a lo suyo. Sialuk insiste en que subamos a su habitación. La sigo escaleras arriba; las tablas de madera crujen en cada peldaño, pero el sonido resulta agradable.

La habitación de Sialuk es sencilla, con muebles de diferentes estilos, como si los hubiese ido heredando. Al lado del escritorio hay una inmensa estantería repleta de libros perfectamente alineados. Me acerco para poder leer los títulos escritos en el lomo.

—Coge los que quieras.

Me giro hacia ella con curiosidad. Se ha sentado en el borde de su cama y le está quitando el envoltorio a un caramelo de menta.

—¿Nunca te han dicho que eres demasiado bondadosa?

—*Babushka* siempre dice que es mejor que te conozcan por tus virtudes que por tus defectos. Aunque todos los tenemos, claro, no es algo malo. Pienso que deberíamos comprometernos a dar lo mejor de nosotros mismos. ¿Por qué fruncir el ceño cuando puedes sonreír?

—Tienes razón —acepto—. Ojalá todos pensasen como tú. No soy precisamente un ejemplo de nada, sino más bien lo contrario, pero hay que ser valiente para tirar la toalla, aunque no lo parezca, y yo soy demasiado cobarde incluso para rendirme. Me da miedo el vacío. El silencio. Lo opaco. Y la nada. Ese tipo de cosas. Siempre procuro evitarlo. De hecho, Nilak lleva dos días sin hablarme, solo porque intenté saber por qué es tan poco comunicativo. Así que, bueno, en esencia no ha cambiado nada entre nosotros, ahora que lo pienso.

Sialuk escucha con atención, como si absorbiese cada palabra que digo. Es inteligente. Lo veo en sus ojos. El tipo de chica que hubiese calado a Alison a la primera de cambio; no se habría dejado manipular.

—Nilak es diferente.

—Ya. Eso está claro —suspiro y deslizo el dedo por el borde de una hilera de libros hasta que me decido a sacar uno de color rosa—. ¿De qué trata? Me gusta el título.

—Esa novela habla del amor, del dolor y las segundas oportunidades. Llévatela si te apetece leerla, te gustará. —Se pone en pie y coge otros dos libros que están apilados sobre el escritorio—. John no ha querido venir, ¿verdad?

—¿John? —Arrugo la nariz—. Ni siquiera sabía que estuviese invitado.

Sialuk saca una bolsa de tela púrpura y mete dentro los libros.

—Él siempre es bienvenido en esta casa, pero es un hombre taciturno, muy encerrado en sí mismo, y no es fácil convencerlo porque a testarudo no le gana nadie. —Sonríe con afecto—. No te asustes si Naaja te hace un par de preguntas indiscretas sobre la amistad que ha surgido entre vosotros. En el fondo, no deja de ser una vieja cotilla.

Me encojo de hombros.

—No veo qué podría interesarle.

—Porque es algo insólito.

—¿En qué sentido?

—John vive aislado, por y para sus perros, y tan solo se relaciona con el resto del pueblo porque vende leña y los dulces que hacemos son su perdición; si no, pasaríamos semanas sin verlo. Es un buen hombre, pero ha tenido una vida dura.

Estudio a Sialuk unos segundos sopesando si sus palabras son ciertas o está exagerando. Conmigo, John se porta bien; es cierto que no resulta transparente, más bien nebuloso, pero ni siquiera roza la brutal oscuridad que envuelve a Nilak.

—Es un tipo interesante. Y los perros, también. Ya sabes, buena compañía, de la que no te falla nunca —bromeo—. ¿Puedes creerte que la semana pasada, cuando Nilak fingió que me atacaba, *Caos* se lanzó a por él? A eso lo llamo fidelidad. —Sonrío.

Sialuk deja la bolsa con los libros sobre la cama y me mira seria.

—¿Nilak estuvo allí? ¿Con los perros?

—Chicas —Seth abre la puerta que estaba entornada—, la comida ya está lista. Será mejor que bajéis antes de que Naaja empiece a quejarse.

Ambas lo seguimos de inmediato. Se escucha algo más de jaleo en el comedor y, cuando entramos, la mayoría de los invitados ya están sentados a la mesa. Nilak también está. Tiene la mirada fija en las llamas que chisporrotean en la chimenea encendida, como si estuviese viendo algo concreto entre las lenguas de fuego que se alzan sobre los troncos de madera y crepitan. No sé si debo saludarlo, teniendo en cuenta que no me habla. Es decir, que antes asentía con la cabeza cuando parloteaba durante nuestro habitual paseo nocturno, y ahora ya ni eso.

—Querida familia, os presento a Heather Green. —Naaja me pilla por sorpresa al tirar de mí y obligarme a permanecer en mitad de la estancia—. Sé que muchos ya la conocéis, porque trabaja en Lemmini, pero otros aún no habíais tenido la oportunidad. Confío en que la trataréis como a uno de los nuestros. Ve, Siqiniq, siéntate ahí. —Aunque hay tres sillas todavía sin ocupar, ella señala la única que está al lado de Nilak y, dado que todos los presentes me están mirando, me acomodo allí sin rechistar. ¿Qué puedo decir? Ni siquiera sé qué narices significa *siqiniq* y me siento un poco aturdida entre tantos desconocidos—. Muchas gracias a todos por haber venido —prosigue Naaja—, para mí no existe mejor regalo que vuestra compañía; no todo el mundo tiene la suerte de alcanzar los noventa y un años rodeada de buenos amigos. Espero que disfrutéis de la comida.

Las voces de los invitados se mezclan cuando todos comienzan a hablar entre ellos. Los observo reír y estirar las manos para coger los diferentes cuencos que hay repartidos por toda la mesa; aquí hay comida para abastecer a todos los ciudadanos de Inovik Lake. Sialuk, su madre y Naaja están sentadas enfrente y, al verlas así, tan juntas, soy aún más consciente del parecido que hay entre ellas: pelo oscuro (a excepción de Naaja, que no oculta sus canas), nariz chata, ojos negros y achinados, y piel tostada. No llevan ni rastro de maquillaje y me pregunto qué pensarán de la sombra oscura que hay sobre mis párpados, el delineador y el rímel que me cubre las pestañas. Hoy no me he puesto base. En realidad, hace días que no lo hago.

—Come.

La voz de Nilak me estremece. Es como si lo sacudiese todo, y la sonoridad, ronca y profunda, me acariciase de un modo que no sé explicar. Intento mostrarme imperturbable. Sus ojos, de un azul pálido tan bonito que casi duele mirarlos, no se apartan de los míos.

—¿Piensas hablarme solo para lo que te convenga? —susurro, evitando que nadie más nos escuche—. Métete en tus asuntos y finge que no existo, que es básicamente lo que haces siempre.

Si percibe el evidente tono acusatorio que esconden mis palabras, no lo demuestra. Se limita a seguir mirándome unos segundos más, antes de alargar la mano, coger el cuenco más cercano y volcar una cucharada enorme en mi plato de un mejunje raro y blancuzco que huele a pescado y eneldo. Furiosa, estoy a punto de abrir la boca para descargar mi indignación, cuando Naaja se inmiscuye.

—¿Hay algún problema, chicos?

—No le gusta la comida —resume Nilak, impertérrito, y después se lleva un trozo a la boca de lo que sea que esté comiendo y sigue a lo suyo como si no acabase de entrometerse en mis asuntos, violando todas las barreras que él mismo ha impuesto entre nosotros durante casi un mes.

—¿Qué? ¡No, no es verdad!

—Estás en confianza, Heather, no te preocupes. Tenemos la nevera llena, ven conmigo y te preparé cualquier cosa que te apetezca —ofrece con dulzura la madre de Sialuk al tiempo que arrastra hacia atrás su silla en ademán de levantarse.

—No es necesario, ¡en serio! Me encanta esta comida. —Cojo una cucharada de la extraña mezcla que Nilak ha depositado sobre mi plato y me lo llevo a la boca. Mastico. En realidad sabe fatal, como si el pescado estuviese medio crudo, pero ignoro el intenso aroma y la explosión cítrica y trago mientras todos los comensales me prestan una atención innecesaria—. Está riquísimo —concluyo.

De pronto, Seth se ríe desde el otro extremo de la mesa y, aunque intenta disimular fijando la mirada en su plato y removiendo un par de patatas asadas con la punta del tenedor, finalmente emite una carcajada. Bien. O al menos está bien hasta que miro de reojo y veo que Nilak también sonríe. Me quedo sin aire. No sé cómo puede tener una sonrisa tan cautivadora y no usarla a todas horas. Soy incapaz de apartar la vista de él cuando, mientras más risitas se extienden a lo largo de la mesa, me mira fijamente con un amago de diversión en sus ojos.

—No me has dejado terminar —susurra Nilak, al tiempo que coge una rebanada de pan, la deja sobre mi plato, pone encima un trozo excesivo de carne y añade una cucharada de la mezcla que me he llevado a la boca—. Es el aliño —explica.

Lo fulmino con la mirada.

Ya nadie se molesta en ocultar lo divertida que les resulta la situación. Aún tengo el regusto ácido y fuerte del dichoso aliño en la boca. Sialuk le resta importancia con un comentario afable y Naaja pone orden y cambia de tema poco después. Permanezco con la cabeza gacha y les escucho hablar de las próximas carreras de trineos que se celebrarán pronto y los *musher* que este año están destacando especialmente. Me como en silencio la especie de tostada gigante que Nilak me ha preparado y no me levanto cuando la comida llega a su fin y gran parte de los invitados se ponen en pie mientras siguen charlando o van a la cocina para servir el café y las pastas.

Alguien ha puesto un tronco más en la chimenea y hace calor en la estancia. Me enfrento a Nilak cuando ya nadie parece prestarnos atención.

—Gracias por dejarme en ridículo.

—No era mi intención.

Se concentra en una arruga del mantel color lavanda y desliza el dedo por la minúscula imperfección hasta alisarla. «Qué divertido», pienso con ironía, porque no me explico cómo alguien de veinticinco años puede ser tan reservado, tan hermético. Vuelvo a sentir unas ganas inmensas de zambullirme en su mente para descubrir todos los secretos que esconde. Me pregunto qué le gustará hacer en sus ratos libres, si es que existe algo que le guste hacer, claro. O si es más de dulce que de salado. Seguro que no. Resulta tan frío y distante que no lo imagino ni llevándose a la boca un mísero grano de azúcar. Haría reacción química. Pum. Explosión.

Lástima que mi teoría no se sostenga, porque en cuanto sirven los postres lo veo coger una porción de tarta de queso y comérsela en silencio. Yo me pido un trozo de la de manzana, que está increíble. A mamá le encantaría. No solo sabe hacer buena repostería; también es experta en apreciar y valorar la de los demás. Intento dejar de pensar en ella, y en Matthew y en mi pequeña Ellie, cuando noto el abrazo del desánimo.

Media hora después, saciados tras el café y los numerosos dulces, deciden ocupar el resto de la tarde jugando al Scrabble. Intento disimular el miedo que me invade mientras Seth coloca el tablero sobre la mesa. Un miedo que se incrementa en cuanto proponen que, al ser muchos, juguemos por parejas. Nilak, que sigue a mi lado, da por hecho que vamos juntos y coloca en medio la cajita en la que va colocando las fichas que reparte otro de los invitados.

No quiero jugar. Sé que voy a bloquearme y pensará que soy tan tonta que ni siquiera puedo formar una palabra de cuatro letras y, lo peor de todo, es que estará en lo cierto. Odio esto, la presión que siento. Me llevo un dedo a la boca con nerviosismo y mordisqueo la uña del meñique mientras me esfuerzo en idear una buena excusa para no jugar. No se me ocurre nada y ya he hecho bastante el ridículo durante la comida.

Así que Nilak va a saber que soy medio idiota. Y en teoría, debería darme igual, pero me importa. Me importa mucho. No sé por qué.

Sacamos nosotros. Él observa las fichas unos segundos y luego se inclina hacia mí para susurrarme al oído sin que los demás nos escuchen. Aguanto la respiración.

—Azucena —dice muy bajito y me estremezco ante la intensa proximidad y el aroma masculino que desprende—. ¿Se te ocurre algo mejor?

Lo miro y susurro que no. Aún siento el cosquilleo de su aliento acariciándome la piel. Todo me resulta raro: la situación, la gente que me rodea, lo familiar y a la vez distante de la escena, las sensaciones que Nilak despierta en mí...

Me tranquilizo pensando que solo son eso, sensaciones. Como un pellizco. O una patada en la espinilla. En ese caso, sensación de dolor. En este, bueno, no sé qué palabra podría definirlo con exactitud, pero se trata de una mezcla cálida y sobrecogedora, y no tengo claro si es bueno o malo.

—Heather...

Reacciono al escuchar de nuevo su voz y advierto que los demás ya han jugado. La pareja formada por Seth y Sialuk va ganando después de conseguir colocar la palabra «zarcillo» aprovechándose de la «z» de «azucena» que, además, vale diez puntos. Respiro hondo. Ni siquiera sé qué coño significa «zarcillo». Repaso nuestras fichas de nuevo intentando pensar en una buena palabra que haga que todos digan «eh, pues no es tan tonta como pensábamos», pero solo se me ocurren estupideces como «dedo» o «dado», que en total serían seis míseros puntos, casi la mitad de lo que supone una sola letra de los demás.

—No veo nada —murmullo avergonzada.

—¿Te parece bien «Dédalo»?

Dado lo poco que aporto, me sorprende que tenga en cuenta mi opinión, pero respiro aliviada de que al fin haya pasado nuestro turno, y luego observo sus dedos largos y elegantes mientras coloca una ficha tras otra hasta formar la palabra. Me encojo en la silla, deseando que el juego termine pronto.

—Dédalo forma parte de la mitología griega —me dice Nilak al oído—. Hijo de Eupálamo, padre de Ícaro y Yápige. Es famoso por haber construido el laberinto de Creta.

No respondo.

No sé qué debería preocuparme más, si el hecho de que crea que no entiendo la mitad de las palabras que hay formadas sobre el tablero, o que de pronto se muestre inusualmente hablador.

Sigo sin pillarle el punto.

Hasta para la mismísima Alison resultaría complicado trazar un esquema emocional y psicológico sobre Nilak. Por regla general, ella buscaba los puntos débiles de la gente; señalaba a aquella chica de allá acomplejada por tener un culo gordo o se fijaba en ese tío con problemas paternos que va de chulo para enmascarar sus múltiples inseguridades. Pero, a primera vista, todavía no sé cuál es el punto débil de Nilak. Simplemente, se comporta como si vivir fuese una especie de obligación que le han impuesto, pero, desde luego, no parece disfrutar de la experiencia.

Seguimos en segundo lugar cuando vuelve a tocarnos el turno. La pareja anterior formada por dos mujeres, cuyos nombres no recuerdo, han escrito «radio». Me inclino un poco hacia Nilak mientras inspecciono las fichas.

—¡Vamos! ¡Nos haremos viejos esperando! —ríe otro de los jugadores.

—Espera —gruñe Nilak, y es más una orden que una sugerencia.

El silencio en la estancia se vuelve opresivo. Tamborileo con la pierna en el suelo sin dejar de observar las dichosas fichas y, cuando creo que estoy a punto de sufrir un infarto al corazón, encuentro una bastante decente: «jabón». No es que sea una maravilla, pero la «j» son ocho puntos. Miro a Nilak.

—Creo que tengo una.

—¿Cuál?

—«Jabón».

—Es buena.

Nilak asiente satisfecho y, acto seguido, forma la palabra en el tablero. Sonrío como una idiota y me siento realizada y liviana como si acabase de quitarme un enorme peso de encima. Pero entonces me fijo en Sialuk y en la forma atenta que tiene de mirarnos, como si estuviese viendo algo muy interesante detrás de nosotros. El problema es que, a nuestra espalda, solo hay una pared. Seth también parece advertir la rareza de su actitud y le da un codazo suave para llamar su atención y susurrarle algo al oído. Todavía sigo intentando deducir por el movimiento de sus labios qué están diciéndose, cuando Naaja entra en el salón y me llama.

—Ven conmigo, Heather. —Obedezco de inmediato y la sigo escaleras arriba; en parte me siento aliviada por dejar de jugar e intentar demostrar a los demás «lo lista que soy». Avanzamos por el oscuro pasillo hasta una habitación pequeña, con una sola ventana frente a una mesa llena de frasquitos de cristal y cajas de latón—. Este es mi pequeño laboratorio —dice Naaja con una mirada traviesa.

Giro sobre mí misma sin dejar de contemplar las paredes llenas de estanterías que, a su vez, están repletas de tarros con extraños ungüentos y hierbas. Naaja me explica que aquí es donde realiza las cremas y algunas recetas curativas para aliviar el dolor o ayudar a que una herida cicatrice antes.

—Ten, esto es un bálsamo labial. Te vendrá bien ahora que se acerca el frío; puedes ponértelo también en la nariz para evitar las rojeces. —Sonríe y me tiende un pequeño tarrito—. Pero en realidad te he traído aquí por esto. —Se inclina sobre la mesa y acerca un teléfono de aspecto antiguo que estaba oculto tras una caja abierta llena de ramitas de diferentes plantas que está dejando secar—. He pensado que querrías hablar con tu familia. Imagino que no estás acostumbrada a vivir tan incomunicada. Aquí puedes llamar tranquilamente y no solo ahora, sino cada vez que lo necesites.

Trago saliva para eliminar el nudo que me atenaza la garganta y le doy las gracias. Naaja me palmea el hombro con cariño antes de salir de la habitación y dejarme a solas, asegurándome que no tenga prisa por bajar junto a los demás. Es curioso que todos los que parecían quererme lejos cuando llegué, ahora sean más hospitalarios que algunos vecinos de San Francisco que conozco desde hace años.

Miro el teléfono con cierto resentimiento, como si el pobre aparato me hubiese hecho algo. Lo cierto es que estoy deseando escuchar sus voces, han pasado ya más de dos semanas desde que llamé a mamá cuando estuvimos en Rainter. Suspiro hondo, armándome de valor, porque creo que ha llegado el momento de confesarles dónde estoy realmente; seguro que se imaginarán que he ido a parar a cualquier casa okupa o que estoy viviendo con un par de desconocidos o algo así. La antigua Heather lo habría hecho sin dudar. Marco el número.

Mamá no lo coge. Tampoco me sorprende. Es la típica mujer muy ocupada, que siempre lleva un bolso enorme donde el móvil tiende a perderse entre múltiples trastos y que, a pesar de apuntarse a mil seminarios, llevar la contabilidad de la empresa de Matthew e ir a clases de yoga tres veces a la semana, tiene tiempo para preparar una cena deliciosa y pasar un buen rato con su familia.

Termino llamando a Matthew, que descuelga al tercer tono.

—¿Diga?

No reconoce el número, claro.

—Soy yo, Matt —susurro, porque así es como le llamo cariñosamente desde pequeña cuando sé que he hecho algo muy muy malo. El problema es que ahora ya soy adulta y debería comportarme como tal, pero de pronto me siento nostálgica y sola.

—¿Heather? ¿Eres tú? ¡Dios mío! No sabes, no te haces una idea de lo preocupados que hemos estado. Tu móvil no da señal desde hace semanas, ¿puede saberse dónde te has metido? —Alza la voz y guarda silencio en cuanto advierte el enfado que esconden sus palabras—. Siento haberte gritado, Heather. Yo... nosotros... solo hemos querido hacer siempre lo mejor para ti...

—Lo sé. No es culpa vuestra. —Trago saliva y parpadeo rápido para evitar llorar al notar que me escuecen los ojos—. Toda mi vida era un desastre y necesitaba irme. Ahora estoy bien. No estoy haciendo nada raro ni metiéndome en líos ni...

—¿Dónde estás, Heather? Si no quieres que tu madre lo sepa, no se lo diré, pero queda conmigo, hablemos. Solo un café. Puedo ayudarte si me dejas intentarlo.

—No podemos vernos.

—Heather...

—Porque estoy en Alaska.

Silencio seguido de más silencio.

—¿Has dicho «Alaska»? ¡Demonios! ¿Qué se supone que estás haciendo allí? ¿Es una broma? Porque puedo soportar cualquier cosa, pero no más mentiras. Eso no.

—Es la verdad. Fue un impulso. —A pesar de inspirar y espirar siento que me ahogo. Pobre Matthew, él solo cometió el error de enamorarse de una mujer que viajaba con un equipaje pesado y engorroso llamado «Heather Green». Claro que, cuando me conoció, yo todavía era una niñita dulce e inocente. Supongo que por eso me quiso—. ¿Recuerdas el póster que tenía en la pared frente a mi cama? Ese donde había un lago y montañas y un oso y... No sé, fue el primer lugar en el que pensé cuando decidí que tenía que marcharme durante un tiempo.

—No me lo puedo creer, Heather. —Percibo la desesperación en su voz—. No puedo creer que hayas hecho algo así. ¡Menuda locura! ¿Te das cuenta de que puede ocurrirte algo y estás a miles de kilómetros de casa?

—No quiero seguir siendo vuestra responsabilidad. Ya soy mayor de edad y estoy intentando salir del pozo. Lo que ocurrió... fue un accidente. Yo no quería. Jamás le haría daño a Ellie, sabes que es lo que más quiero en el mundo.

—Heather, no estamos enfadados contigo por eso. ¿Cuándo te cerramos las puertas? Siempre te hemos dado todo lo que has necesitado.

—¡Ya lo sé! Por eso tenía que irme, para no seguir haciéndoos daño. —Sorbo por la nariz sintiendo que estoy a un paso de derrumbarme—. Voy a quedarme un tiempo por aquí, no sé hasta cuándo. Trabajo en un bar durante el turno de tarde y mi vecino es una buena persona, de esas con las que no es fácil tropezar. Me ha enseñado a jugar al ajedrez. Y hasta estoy leyendo libros para matar las horas, porque la verdad es que aquí no hay mucho que hacer. —Me río entre lágrimas y me limpio la cara bruscamente con el dorso de la mano—. Os echo de menos —balbuceo.

—Dios, pequeña, nosotros también a ti. Ellie pregunta por ti a todas horas. —Se le quiebra la voz—. ¿Qué vamos a hacer? Cuando tu madre se entere de dónde estás...

—Se lo dirás con tiento, ¿verdad? —Vuelvo a reír, a pesar de que las lágrimas me están desbordando—. Prepárale una cena romántica de esas que solo tú sabes hacer y luego se lo vas diciendo poco a poco. —Sé que él también está sonriendo, a pesar de lo dramático de la situación—. Para suavizar la cosa puedes comentarle que he dejado de fumar. Y va en serio. No fumo desde que llegué aquí, dentro de poco hará un mes.

Matthew no cabe en sí de alegría. Qué triste que algo tan básico como que su hijastra no fume pueda hacerlo tan feliz; eso solo reafirma lo mucho que les he decepcionado. Accede a decírselo a mamá con suavidad a cambio de que le prometa que lo llamaré una vez a la semana, como mínimo. Acepto. Cuando cuelgo, tengo la vista borrosa y salgo del pequeño estudio de Naaja todavía sollozando y deseando encontrar el cuarto de baño. Aún estoy intentando deducir cuál de todas las puertas es, cuando una figura alta sale de la que está a mi derecha y choca conmigo.

Evitando que caiga, Nilak me sujeta por los hombros y tiemblo ante el contacto. Se inclina hacia mí y sus ojos revolotean por mi rostro algo ansiosos, como si no supiese lidiar con lo que ve.

—Estás llorando.

Es tan evidente que de poco sirve que lo confirme, pero sí, estoy llorando a moco tendido y no sé si voy a poder parar de hacerlo, porque ahora mismo me siento rota y muy triste. Echo de menos a mi familia y, al mismo tiempo, sé que hice bien alejándome de ellos. Y es duro tener esa certeza.

—Ven. —Nilak tira de mi mano y me mete en el cuarto de baño, que es justo la puerta por la que acaba de salir. Intento en vano no fijarme en la suavidad de sus dedos, en la forma firme y deliciosa que tiene de sostener mi muñeca mientras enciende el interruptor de la luz—. Voy a llevarte a casa, pero si no quieres que todos te hagan preguntas, antes lávate.

Tiene razón, llevo todo el maquillaje corrido. Cojo una toallita del paquete que hay sobre el mueble del lavabo y me limpio en silencio mientras los ojos de Nilak permanecen suspendidos en el espejo que tiene delante, contemplándome como quien mira un objeto que está colgado en la pared. Me pregunto si él también verá lo mismo que yo: a una chica frágil cuyas pocas durezas están repletas de grietas y, aunque por fuera parezca sostenerse, por dentro está hueca y se tambalea como si caminase sobre cáscaras de huevo.

Al terminar, bajamos las escaleras en silencio y él va al comedor para anunciar que nos marchamos. Agradecida, espero en el recibidor. Observo las fotografías que había visto al entrar y que adornan una de las paredes de madera; en muchas de ellas aparecen Seth y Sialuk, riendo, abrazados, mirando a la cámara con ese brillo especial en los ojos que les caracteriza a ambos. En otras, Naaja está en un corrillo junto a otras mujeres, tejiendo o simplemente con las manos entrelazadas sobre el regazo a la espera de ese *clic* que las inmortalice para siempre. También hay instantáneas de Sialuk con una amiga rubia de pelo ondulado y sonrisa inmensa. Y a un lado, casi como si desease escapar del extraño mosaico, está la única fotografía en la que sale Nilak junto a Seth, con la mano de uno sobre el

hombro del otro y cara de malas pulgas, como si le hubiesen obligado a posar (cosa que probablemente sea cierta); parece reciente, tiene el cabello negro algo revuelto y los pómulos marcados, y luego
está esa diminuta arruguita que suele aparecer en su entrecejo
cuando frunce el ceño y se comporta de un modo que...

—¿Nos vamos?

¡Joder! Me llevo una mano al pecho. Entre que estaba concentrada en las fotografías y que Nilak se mueve como un gato sigiloso,
me he asustado. Dudo sobre si pedirle que le diga a Naaja que salga
para poder despedirme, pero al momento veo que no es necesario,
pues se ha adelantado. La mujer me sonríe desde el final del pasillo y, cuando se acerca, me da un corto abrazo. Al separarnos, me
pasa los pulgares bajo los ojos, como si limpiase los restos del maquillaje, y es un gesto tan familiar y cercano que no sé qué decir.
Así que eso hago, no digo nada.

—Llorar limpia el alma. No sufras.

Creo que Nilak percibe mi incomodidad porque se apresura a
abrir la puerta y acortar la extraña despedida. Vuelvo a darle las
gracias a Naaja por la comida, el tarrito de bálsamo que llevo en el
bolsillo y por dejarme usar su teléfono.

El aire gélido de la calle nos azota al salir.

Ya ha anochecido y hace tanto frío que el vaho que escapa de
mis labios se queda suspendido en el aire como una espiral de
humo congelada. Humo. Eso me recuerda que no he visto fumar a
Nilak desde hace algunos días. Qué curioso. Lo sigo hasta un Jeep
negro. Tiemblo cuando él entra y cierra la puerta, y el silencio a
nuestro alrededor se vuelve aplastante. Suspira hondo, sosteniendo todavía las llaves en la mano, como si no tuviese claro qué hacer.

Lo miro.

Me mira.

—Sé que he sido duro contigo. —Mantiene la vista fija en el
cristal del limpiaparabrisas y se mordisquea con suavidad el labio

inferior—. Pero no era algo personal. Últimamente... —Creo que miente; lo veo repasar con la punta del dedo índice las costuras del volante del coche—. Me cuesta aceptar nuevas personas dentro de mi núcleo de confianza. Y hacía mucho tiempo que nadie aparecía y me forzaba a ser más...

—¿Abierto?

—Algo así. —Me dedica una sonrisa minúscula que me hace encogerme en el asiento de la impresión—. Si he de ser sincero, cuando llegaste, creí que no durarías aquí ni una semana.

—Tranquilo, todos lo pensaban —admito.

Me escruta unos segundos y temo que me pregunte por qué estaba llorando, pero por suerte no lo hace. Vuelve a girar la cabeza, mete la llave en el contacto y arranca el coche. Mientras conduce y atravesamos las calles del pueblo, me fijo en su perfil, en la marcada mandíbula, en las líneas rectas; algo en él me atrae de forma inexplicable, como si estuviese recubierto de miel y yo fuese una abejita que revolotea a su alrededor. Casi puedo oír el zumbido. Observo sus labios, la curvatura suave del inferior, e intento imaginar a qué sabrán. Seguro que son fríos. Y exigentes. E inflexibles. Hum.

—¿Qué miras?

—Nada. —Vuelvo a dirigir la vista al frente e intento decir algo coherente que no contenga la palabra «miel», ni «abeja», ni nada raro, ya puestos—. Así que te gusta la mitología...

—No especialmente.

—Antes me has contado la historia de Dédalo.

—Me interesa todo en general y nada en particular.

—¿Eres una de esas personas curiosas a las que les fascina cualquier cosa pero van de pasotas por la vida?

No contesta.

Sus manos se deslizan por el volante con suavidad. Así son casi todos sus movimientos, controlados, sutiles. Los faros iluminan y rompen la oscuridad del sendero y Nilak sigue conduciendo.

Dejamos atrás mi casa y la de John. Nos dirigimos hacia la derecha, justo el camino que nunca tomo cuando salgo a correr con *Caos*, porque el bosque por allí es más espeso y la orilla del lago resulta demasiado desnivelada como para trotar bien por ella.

—¿Adónde vamos?

—Solo necesito un momento para pensar —dice y frena el coche junto a la cuneta. Después, sale del vehículo, cierra de un portazo y desaparece de mi vista.

Pero, ¿qué coño hace...?

Me quedo ahí un par de minutos hasta que su ausencia termina por desesperarme y salgo a buscarlo. Fuera hace un frío espantoso y noto los deditos de los pies entumecidos; parece ser que dos pares de calcetines y unas botas de invierno son insuficientes. Lo veo apoyado contra la carrocería del maletero del coche, con los brazos cruzados y la mirada fija en un cielo a rebosar de estrellas; hay tantas que las imagino dándose codazos entre sí para intentar hacerse un hueco en el firmamento. Imito su postura.

—¿He dicho algo malo?

—¿Tú? No, qué va.

Nilak niega con la cabeza como dándole aún más énfasis a sus palabras y luego aparta la mirada de las estrellas para inclinarse hacia mí.

—Así que piensas quedarte aquí un tiempo —tantea.

—Esa es la idea.

—¿Por qué Alaska, Heather?

—¿Por qué has salido del coche?

—Tú primero.

Me froto las manos con la esperanza de entrar en calor. No sé si darle la única respuesta que tengo, porque es bastante patética, pero al final lo hago.

—Tenía un póster en mi habitación. Un póster de Alaska. Con las montañas, altas, el lago y un prado donde había un oso. Fue el primer lugar en el que pensé cuando decidí que tenía que... —No lo digo, no admito en voz alta que estoy huyendo, aunque sé que él lo sabe tan bien como yo.

—Así que estás aquí por un póster.

Lo hace parecer aún más ridículo de lo que ya es de por sí, pero le sostengo la mirada, me trago la vergüenza y asiento en silencio.

—Espero que tu excusa para que estemos congelándonos en plena noche sea mejor que la mía porque, ciertamente, John tenía razón. Este frío es insoportable. —En vano, intento que no me castañeen los dientes.

Nilak suspira profundamente.

—No tengo excusa. Solo necesitaba salir para despejarme y pensar en ti, en mí, y en que voy a intentar no ser un capullo contigo de ahora en adelante, porque tú no tienes la culpa de que esté...

—¿Jodido?

—Un poco, sí.

Es curioso que, aunque se sobreentiendan, ninguno de los dos hayamos sido capaces de terminar las frases. Puede que tengamos más en común de lo que parece. No le pregunto por qué está jodido. Sé que no me lo dirá.

—Entremos, Heather. Estás temblando.

Cada uno rodea el coche por su lado y, una vez dentro, nos quedamos allí, en silencio, observando el cristal empañado. Solo se escucha el silbido del viento, que parece haberse enfadado con los árboles, porque no deja de sacudirlos con fuerza.

—¿Has dejado de fumar?

—No —contesta.

—Pues hace días que no te veo hacerlo.

—Pensé que podría molestarte.

—¿Por qué?

—Aún lo tienes reciente, no quería tentarte.

No digo nada cuando mete la llave en el contacto y vuelve a poner el coche en marcha. Acerco las manos a la rejilla de la calefacción y sonrío. Los árboles se convierten en borrones oscuros conforme avanzamos por el camino y pienso en que es bonito que se tome la molestia de aguantar las ganas de fumar solo para que yo no termine haciéndolo de nuevo.

—¿Qué te hace tanta gracia? —Nilak me mira con curiosidad antes de volver a centrarse en la solitaria carretera.

—Nada. Tú. Todo. Oye, puedes fumar delante de mí. Creo que ya lo tengo bastante superado, pero gracias por el gesto. Es raro, pero me gusta saber que he podido vencer en esto, aunque no sea un enemigo de carne y hueso. Casi nunca gano. No estoy acostumbrada a ganar. Y sienta bien. Tú también deberías dejarlo.

Nilak parece perdido en sus propios pensamientos. No apaga el motor del coche cuando aparca frente a mi casa. Da unos golpecitos con la punta del dedo sobre el volante.

—Buenas noches, Heather.

—Buenas noches, Nilak.

12

Querido diario,

Esta semana tenía un examen de química, así que no he podido quedar con Kayden y, aunque lo echo mucho de menos, mamá tiene razón cuando insiste en que debo esforzarme un poco más este año para conseguir subir la media y poder elegir una buena Universidad. Por suerte, él se lo tomó bien, me animó a ello y no dejó de llamarme cada noche para preguntarme qué tal me había ido el día y charlar un rato.

A veces hablamos de todo. A veces de nada. A veces, simplemente nos quedamos en silencio y escuchamos la respiración del otro. Imagino su mejilla pegada al teléfono, sus labios entreabiertos inhalando y exhalando con lentitud, su rostro tranquilo, relajado. Han pasado dos semanas desde que, oficialmente, estamos juntos, aunque hemos decidido que la fecha de nuestro aniversario sea la de aquel día que nos conocimos en el festival de Seward.

«¿Sabes qué pienso hacer en cuanto nos veamos?», me preguntó anoche y antes de que pudiese contestar, añadió: «Besarte, besarte hasta que me pidas que pare».

Me reí.

«Dudo que te lo pida».

«Mejor para mí», contestó y, a pesar de no poder verle, supe que estaba sonriendo.

Annie.

13

Somos como esas migajas que se caen de una magdalena y ya nadie quiere

Caos no coopera.

¿Cómo puede un perro ser tan testarudo? No entiendo qué tipo de trauma tiene para comportarse así y no querer usar el arnés, porque sé que no ha pasado por ninguna experiencia trágica: nació en casa de John, junto a sus hermanos; el dueño, un tal Denton, trajo aquí a la madre cuando estaba en un periodo avanzado de gestación y se la llevó hace un tiempo, en cuanto los cachorros dejaron de mamar y de necesitarla.

Hoy hemos salido a correr, como siempre, y me he llevado el arnés. Me ha dejado ponérselo, aunque no paraba de gimotear y de restregar el hocico contra mis zapatillas. Y luego se ha negado en rotundo a correr. No, no y no. Solo camina, despacito, como si fuese pisando minas.

Respiro sonoramente sin dejar de andar a su lado.

—¿No entiendes que solo quiero demostrarle a los demás que puedes hacerlo? Creen que te pasa algo. —Ladea la cabeza y me mira, como si me entendiese—. Y me encantaría restregárselo por las narices. Piénsalo, chucho, ¡sería genial! Tú y yo aliados contra el resto del mundo. John dijo que eras el más rápido de toda tu camada, pero nadie lo sabrá nunca si no lo demuestras. La vida es así de injusta, ¿sabes?

Me pregunto dónde irá a parar si no conseguimos adiestrarlo. No quiero ni pensarlo; me he encariñado demasiado con él. De hecho, no debería haber dejado que se acercase tanto a mí, pero ahora es demasiado tarde. En el fondo admiro que sea un tanto desobediente, aunque no consigo entender por qué no quiere correr conmigo ahora que lleva el arnés. A mí me encantaría probarlo. Sería algo casi íntimo. Los dos juntos. Los dos unidos trotando y sintiendo los músculos tensos al avanzar y avanzar...

Subimos por el caminito que conduce a la casa de John. El viento es mucho más frío que cuando llegué aquí hace un mes, y las hojas de algunos árboles han mudado de color. John está apilando troncos de leña y sonríe al vernos.

—¿Qué tal ha ido el paseo?

—Mal, como siempre.

Libero a *Caos* del arnés, pero se queda ahí, a mi lado, sin ni siquiera hacer el amago de irse con los demás perros a jugar. Es raro en todos los aspectos. *Vivaldi, Bach* y el viejo *Schubert* están tumbados a un par de metros, mirándonos.

—Quédate a comer, prepararé algo caliente. —Percibo el reproche en la voz de John—. Sigues igual de delgada, pareces un pajarito que se ha caído del nido antes de tiempo, ¿cómo pretendes correr si apenas tienes fuerza?

—Sí que tengo fuerza.

—Está bien. Carga esos troncos.

—¡Eh, eso no vale!

Mientras se aleja hacia la casa, John me mira por encima del hombro con un amago de sonrisa asomando a sus labios.

—¡Te vendrá bien para fortalecer esos bracitos enclenques tuyos!

Protesto por lo bajo, pero ya no me oye. Se ha metido en casa, supongo que para hacer la comida, y me ha dejado aquí, sola, rodeada de perros y troncos. Bien. Alzo la vista al cielo, que es casi como mirar hacia una lámina de plata a plena luz del día, lo suficientemente gruesa como para no permitir que el sol la traspase.

Empiezo a cargar los primeros troncos. Solo hay que ir unos metros más allá, donde John los ha cortado y dejado desperdigados por el suelo musgoso, recogerlos y trasportarlos hasta el montón apilado contra una pared. Hago una nueva fila, porque no llego hasta los de más arriba. *Caos* me sigue de un lado a otro en cada viaje que hago y, conforme pasan los minutos, un par de perros más se ponen en pie, se acercan, y me miran con interés. Creo que uno de ellos es *Pamiiyok*, porque tiene la cola enroscada.

Cuando ya estoy pensando seriamente en lanzar por los aires el último tronco que acabo de cargar, John sale por la puerta principal que da al porche y me llama a gritos, avisándome de que la comida está lista. Dudo sobre si soltar el tronco en mitad del prado, pero al final hago de tripas corazón y lo llevo a la pila, junto a los demás. Me sacudo las virutas de madera de la ropa, me despido de los perros y entro en la casa.

Un aroma a especias diversas y carne flota en el aire. La mesa ya está preparada en el comedor, al lado del tablero de ajedrez y frente a los sofás. Me quito el abrigo y agradezco que la chimenea esté encendida, porque hace un frío terrible. Acerco las manos para entrar en calor mientras John va a la cocina y regresa con dos vasos y una botella de agua. Después, comemos en silencio la especie de guiso que ha preparado. Lo cierto es que está bastante bueno y eso que tiene un sabor fuerte y especiado y yo siempre he sido más de cosas suaves tirando a insípidas.

—Deberías comer proteínas todos los días y más saliendo a correr como lo haces. El cuerpo las necesita para regenerar los músculos, ¿nadie te lo ha dicho? —farfulla y luego mastica y traga el último bocado de su plato—. Es una irresponsabilidad por tu parte no hacerlo.

—Y tú eres demasiado duro.

—¿Duro? Muchacha, no tienes ni idea de lo que realmente significa esa palabra; si hubieses conocido a mi padre... Él sí que era duro. Si no hacías las cosas tal y como pedía, te daba con el cinturón hasta dejarte la piel en carne viva. —Lo miro horrorizada—. Era otra época —añade, como si eso lo justificase—. Afortunadamente, ahora las cosas han cambiado. El mundo se ha vuelto flexible; antes era una canica girando alrededor del Sol y ahora es más bien como una pelotita antiestrés, blanda y maleable. —Se pone en pie—. Termínate la comida, Heather.

Obedezco. Él va a la cocina y, por el ruido de los platos y las cacerolas, deduzco que está fregando. Me acabo la carne, aunque estoy tan llena que creo que podría explotar en cualquier momento. Después, lo ayudo a secar los cacharros y a colocarlos en el armario.

Jugamos una partida de ajedrez mientras suena de fondo *Tchaikovsky*. Según me ha explicado John, este disco se llama *Symphony Winter Reveries*. La verdad es que sigo sin distinguirlos entre sí, aunque de vez en cuando reconozco alguna canción suelta, pero me gusta y me he acostumbrado tanto a ello que ahora me resultaría muy raro jugar sin oír música.

—*Piotr Ilich Tchaikovsky,* un genio. Imagino que conocerás *El lago de los cisnes* o *El Cascanueces.* —Asiento con la cabeza—. ¡Menos mal! —exclama tras eliminar otro de mis caballos.

—¿Cómo lo haces? ¿Cómo puedes hablar y, a la vez, jugar y ganarme?

—Práctica. Y no te des por vencida hasta que escuches «jaque mate».

—Ya, pero es que...

—Jaque mate —concluye.

Mi rey la ha palmado. Otra vez.

Empieza a frustrarme no ganar jamás, pero sé que John no es el tipo de hombre que se dejaría vencer solo para complacer a una cría idiota. Al contrario. Me reta con la mirada y sonríe, como si supiese que me da rabia sentirme tan impotente.

—Guárdate el enfado para cuando salgas a correr —bromea—. Y a propósito, si realmente quieres practicar *canicross* con *Caos,* sé de alguien que puede ayudarte. Yo estaría encantado de cooperar, pero no es mi modalidad, nunca la he ejercido, ni tampoco el *skijöring*; lo mío siempre han sido los trineos —suspira hondo, se frota la barba rojiza y me mira fijamente—. Lo difícil será que consigas que lo haga, porque es testarudo. Pero si cede... te aseguro que logrará que el perro corra.

Es irracional, pero incluso antes de preguntar, en el fondo, ya sé cuál es la respuesta.

—¿Quién puede ayudarme?

—Nilak.

Esa noche, en el bar, intento no fallar ni una sola vez. Apunto las comandas lo mejor que puedo, con una letra perfecta (Seth siempre se queja diciendo que escribo medio en chino, cosa que no es cierta), y luego me dedico a secar los vasos a pesar de que se supone que no es mi trabajo. Nilak ya me está vigilando, como si notase algo raro en mi forma de actuar. Es observador. Se fija en los detalles.

—Deja eso. —Me quita el vaso de las manos y lo coloca en la estantería de atrás.

—Solo quiero ayudar, ya están todas las mesas servidas y no tengo nada que hacer.

—¿Desde cuándo te ofreces voluntaria para hacer tareas extras?

—¿Desde hoy? —Lo enfrento, pero ante su penetrante mirada termino desinflándome como un globo abandonado tras una fiesta de cumpleaños—. *Vaaaale*, estoy intentando ser más maja de lo normal porque necesito que te ablandes y me ayudes. Es por *Caos*. No consigo que corra con el arnés, y John me ha dicho que tú podrías echarme una mano.

No aparta sus ojos azules de los míos y noto la tensión crecer y crepitar entre nosotros, como si se acabase de crear una burbuja a nuestro alrededor. Las voces de los pocos clientes que aún quedan en el bar se escuchan lejanas, apenas un murmullo indescifrable. La mirada de Nilak es feroz e intensa y hay muchas posibilidades de que ahora mismo me esté asesinando mentalmente.

—No, Heather —contesta al fin.

—¿Por qué?

Lo sigo cuando se aleja de la barra e incluso al verle salir a la calle. Supongo que no pasa nada por ausentarme un minutito de nada. Esto es importante. Se trata de *Caos*. Y, aunque me cuesta reconocerlo, también de mí.

No he cogido la chaqueta antes de salir y me estoy congelando. Nilak se enciende un cigarrillo, le da una calada profunda y luego suelta el humo con lentitud. Hacía días que no lo veía fumar, así que supongo que acabo de aniquilar todo su autocontrol. Bueno, tampoco le he pedido tanto, solo necesito un empujón y podré apañarme sola. Creo. Espero. Jolines, ¿por qué es tan inflexible?

—Dame una explicación —pido.

—No quiero hacerlo.

—¡Pensaba que éramos amigos!

—¿De dónde sacas eso?

—La otra noche dijiste que intentarías no ser un capullo conmigo.

—De no ser un capullo a la amistad existe un paso considerable.

—Qué gracioso —mascullo con sarcasmo—. Solo te he pedido un favor. Cualquier persona con corazón lo haría. *Caos* no es tonto, ¿qué será de él cuando su dueño no lo quiera porque piense que no sirve para nada?

Nilak me mira implacable.

—¿Un favor? Heather, llevo haciéndote favores desde que pusiste un pie en este estado. Te he dado trabajo, te acompaño a casa cada noche porque eres una irresponsable que no piensa en las consecuencias de andar sola por ahí y te he arreglado las goteras de la cabaña. Gratis —matiza—. ¿Qué más quieres?

Uff. ¡Qué frase más larga! Seguro que se ha quedado sin saliva. Nunca le había escuchado hablar tanto y tan rápido, así de golpe, sin hacer pausas ni mirar al infinito ni nada de nada. Todo un récord. Intento pensar en ello para no centrarme en lo que dice, porque es evidente que lleva razón, pero aun sí..., aun así necesito que me eche una mano por última vez.

—Por favor, Nilak...

—Entra en el bar, Heather. Vas a resfriarte. —Da otra calada y vuelve a mirarme. Veo en sus ojos un atisbo de duda, pero el momento es muy efímero y, antes de que pueda añadir algo, la determinación se apodera nuevamente de él—. Te he dicho que entres. Y ahora te lo digo como tu jefe —añade con sequedad.

Alzo el mentón, dolida, pero obedezco. Me doy media vuelta y lo dejo allí, en la oscuridad del callejón.

El miércoles, temprano, decido ir al pueblo a comprar provisiones; las latas de conserva empiezan a escasear y los paquetes de fritos, que constituyen el cincuenta por ciento de mi dieta, se han acabado. Como el Lemmini me pilla de paso, entro y saludo a Seth, que hoy se ocupa del turno de la mañana (hasta que no cae la tarde, la afluencia de clientes es escasa, así que suelen turnarse). Me invita a un café y estamos un rato hablando de todo y de nada; le cuento la historia de mi familia por encima, la muerte de papá, la vida en los moteles y la posterior aparición de Matthew. Él me explica que su padre es el dueño de la única quitanieves que hay en el pueblo y que el bar realmente perteneció a su abuelo y pasó a ser suyo porque su padre detesta la cocina y no soportaba estar encerrado entre cuatro paredes, pero sí en la cabina de un vehículo.

Me despido de Seth cuando me doy cuenta de que llevamos casi una hora charlando, pero antes de llegar al irrisorio supermercado, vuelvo a distraerme al pasar por delante de la tienda que regenta la familia de Naaja. Solo está Sialuk y me ve a través de la puerta de cristal de la entrada. Entro y aprovecho para comprar un par de cosas que tienen buena pinta. A decir verdad, mis ahorros empiezan a escasear, así que elijo bien y señalo con el dedo las galletas de mantequilla que tienen mejor pinta.

—Ten, llévale a John un trozo de pastel de queso con frutos rojos. Es su preferido —explica Sialuk mientras saca una cajita y mete dentro una porción; después, con dedos hábiles, lo ata todo con un cordón marrón que finaliza en un lazo. Me sonríe y niega cuando voy a pagar—. No, de verdad, no me des nada. Es un regalo. Acéptalo.

La miro cohibida, dentro de la diminuta tienda familiar que es parte del bajo de la casa donde viven y celebramos el cumpleaños de Naaja la semana pasada.

—¿Por qué eres tan adorable? Es injusto. Y me haces sentir horrible conmigo misma por tener un corazón tan negro —bromeo, aunque mis palabras esconden más verdad de lo que parece. ¿Qué puedo decir? Sialuk es tan transparente... La envidio por eso. Ahí está, otro sentimiento malo: la envidia. Pero no consigo evitarlo y no quiero añadir la mentira a mi colección de pecados.

—¡Tú no tienes un corazón negro! —grita y luego se ríe como si fuese algo de lo más divertido—. Ojalá pudieses verte tal y como te vemos los demás.

—Eso no es muy esclarecedor.

—Eres inofensiva, Heather. Tu único problema es que tienes ciertas carencias y todavía no has encontrado el modo de fortalecerte y cubrir esos vacíos. Pero no es importante y tampoco es lo que te define. Ya te darás cuenta. A Seth le hizo falta un minuto para deducir que no eras una mala persona y que no intentarías abrir la caja registradora del bar en cuanto se diese la vuelta.

—Supongo que debería alegrarme de no parecer una ladrona de poca monta.

—Lo digo en serio, Heather —sonríe—. Esa es otra de las cosas que sueles hacer, utilizar la ironía y el cinismo cuando algo te afecta. No tienes que protegerte de mí, no tengo intención de hacerte daño. ¿Sabes...? Por si no te has dado cuenta, no hay mucha gente joven por aquí. Me llevé una alegría cuando me dijeron que habías aparecido en el pueblo. —Suelta una risita dulce que me recuerda a un montón de campanillas navideñas balanceándose con suavidad.

Me remuevo incómoda. Es demasiado sincera. Demasiado. Miro en derredor, fijándome en los botes de cristal con hierbas, en las cajitas de latón llenas de té y diversos ungüentos, en los dulces delicados y artesanales que hay en el mostrador; no hay mucha variedad, pero todos tienen una pinta tan increíble que dudo que al final del día quede una sola migaja.

Sé que debería responder algo halagador como «a mí también me alegra tenerte aquí» o «joder, Sialuk, eres la tía más increíble que he conocido en mi vida y Alison se moriría solo por conseguir tener un pedacito de esa bondad tuya», pero no lo hago, porque no puedo; se me dan fatal este tipo de conversaciones, me atasco, y atascarme siempre me hace sentir tonta e inútil.

—¿Conoces a alguien que sepa de *canicross*?

—¿Por qué lo preguntas? —Sialuk anota con mimo algo en la etiqueta de un tarrito pequeño que parece estar lleno de miel.

—Porque necesito ayuda con *Caos,* uno de los perros de John, y Nilak no quiere dármela; así que he pensado que, quizás, alguien de por aquí sabría algo.

—¿Nilak se ha negado a ayudarte? La gente de la zona es aficionada a los trineos, a las modalidades más tradicionales de *mushing.* ¿Te doy un consejo? Insiste. Estoy segura de que terminará cediendo. Eres una debilidad para él.

—Estás de broma, ¿no?

Anonadada, vuelvo a dejar la bolsita con los dulces sobre el mostrador. Si se supone que yo soy su debilidad, las personas que le caen mal deben de tenerlo muy jodido con él.

—Ha hecho el esfuerzo de relacionarse y hablar contigo. —Se inclina sobre el mostrador y baja la voz; sus ojos se achinan todavía más cuando los clava en mí—. Yo no debería contarte esto, Heather, pero cuando él llegó aquí..., bueno, fue difícil. Tardó tres meses en empezar a dirigirse a Seth y a mí con monosílabos; la única persona con la que se abrió fue con Naaja y eso es porque ella es un hueso duro de roer, créeme.

¿Va en serio? No me puedo creer que todavía «haya tenido suerte» con Nilak. Es decir, ¿qué problema tiene? Estoy a punto de abrir la boca para preguntárselo, cuando me silencia con una mirada feroz. Pillo la indirecta. Nada de hablar sobre Nilak. Su madre entra en la tienda por la puerta trasera que conduce a la casa familiar y me sonríe con afecto; lleva una trenza larga y brillante igual que la de Sialuk.

—Heather ya se iba, mamá —dice, y luego arranca una hoja de la libreta pequeña que usan para anotar las reservas, garabatea algo a toda velocidad y me la tiende—. Toma, por si realmente estás dispuesta a insistir —añade guiñándome un ojo.

No miro el papel hasta que salgo fuera y me alejo un par de pasos.

Es una dirección. Supongo que la de Nilak.

Menudo dilema. Me quedo quieta en medio de la acera, sin saber qué hacer. Decisiones, decisiones. Los vecinos de Inovik Lake caminan por la calle, resguardados por gruesos abrigos y botas hechas para enfrentarse al punzante frío. Casi todos tienen un aspecto rudo y serio, pero no se mueven de manera rápida y ausente como la gente de San Francisco, que parece que siempre tengan prisa por llegar a quién sabe dónde.

El cielo sigue encapotado.

Al final, suspiro hondo, y decido tomar la vía de la insistencia. Avanzo distraída por las calles angulosas, leyendo los letreros, hasta que encuentro la dirección que Sialuk ha anotado en el papel.

Es una de las últimas casas del pueblo, justo en el otro extremo, es decir, a unos diez minutos andando del sendero que conduce a la mía, porque en un lugar tan pequeño cualquier distancia es corta. No es muy grande y, por fuera, apenas quedan restos de la pintura roja que en su día debió de cubrir la madera. Lo cierto es que da la sensación de que nadie vive aquí, así que compruebo una segunda vez la dirección y sí, sí que estoy en el lugar indicado.

Llamo a la puerta.

Silencio. Vuelvo a llamar.

Camino en círculos para combatir el frío y estoy a un paso de marcharme por donde he venido cuando, al fin, la puerta se abre y Nilak desliza su afilada mirada por mi cuerpo, de los pies a la cabeza, como si realmente necesitase cerciorarse de que, efectivamente, estoy frente a él, en la puerta de su casa.

—¿Qué coño haces aquí?

—Eso es ser un capullo.

—Vale. —Da unos toquecitos con el dedo en el dintel de la puerta, nervioso—. Querida Heather, ¿a qué debo el honor de que estés aquí?

Me río. Creo que es la primera vez que Nilak me hace reír. A él no parece hacerle ninguna gracia, pero me da igual, ha sido divertido. Y, Dios, echo de menos divertirme y estoy cansada de tener la mente llena de pensamientos oscuros y recuerdos amargos que me encantaría borrar.

—¿Puedo pasar?

—No, Heather.

—Tengo frío.

—Maldita seas —masculla entre dientes antes de hacerse a un lado, dejarme entrar y cerrar la puerta a mi espalda—. ¿Qué quieres?

—No sé, ¿tienes té?

—Heather...

Como siempre, ahí está la amenaza que va implícita en su voz. Lo ignoro, porque me he dado cuenta de que es la única forma de tratar con él e ir abriéndome paso en su diminuto corazoncito, a base de codazos moralmente cuestionables. Alzo la vista y observo la decoración rústica y casi inexistente.

Inexistente porque apenas hay muebles. Hay una cocina americana, con una barra que comunica con un salón que es más bien una habitación, porque solo hay una mesa baja, un colchón en el suelo y una mesita con varios libros apilados que probablemente se caerían con un suave soplido. Al fondo, contra una pared, veo un baúl enorme al lado de un armario y ya está, no hay nada más.

Escucho a Nilak suspirar hondo antes de moverse a mi espalda y llegar a la cocina con dos zancadas. Abre uno de los armarios altos de madera y la sudadera gris jaspeada que viste se le sube unos centímetros, mostrando un trocito de piel. Solo por eso, se me disparan las pulsaciones. Trago saliva. No sé qué demonios me pasa.

—Solo tengo té rojo.

—Servirá.

Me acerco a él, todavía algo tocada por las reacciones irracionales de mi cuerpo. Está claro que a mi estómago le ocurre algo, porque no deja de sacudirse, de encogerse y dar pequeños tirones;

son como señales, y creo que se traducen en que nunca he deseado a alguien así. Nilak me gusta. Físicamente. Y nada más. Pero no estoy acostumbrada a lidiar con esta sensación y me enfurece no poder llevar las riendas y decidir cuándo sentir esto o aquello. Se supone que soy yo la que sabe morderse el labio inferior con gesto seductor, batir las pestañas y tener a los tíos comiendo de la palma de mi mano. Alison me enseñó cómo hacerlo y es sencillo, casi aburrido.

Pero con Nilak es diferente.

El mundo al revés.

Lo miro con cierta desconfianza mientras vierte el agua hirviendo en una tacita de té de color azul pálido y un estampado de margaritas. Nada de lo que hay en esta casa, incluidos los pocos muebles, tiene pinta de pertenecerle. Es como si simplemente hubiese acabado aquí, plof, como un monigote que alguien decide colocar dentro de una estancia en la que no encaja.

—¿Azúcar?

—Sí. Dos.

—¿Cuándo vas a decirme qué haces aquí? —pregunta mientras me tiende el té. Parece cansado, como si lidiar conmigo y vivir fuesen los peores males del mundo.

—Ya sabes por qué estoy aquí.

—Joder, Heather. Eres como un dolor de cabeza muy persistente.

—Eh, ¿gracias? Es que no sé si halagas mi tenacidad o te parezco insufrible.

—Insufrible.

—Ah. Vale.

Intento darle un sorbo al té, pero está tan caliente que termino dejando la taza en la repisa de la cocina. Sigo a Nilak cuando me deja ahí, como si no existiese, y se dirige al raro comedor medio habitación. Me da la espalda, coge un par de papeles y fotografías que estaban desperdigados entre las sábanas deshechas y los guarda en el primer cajón de la mesita repleta de libros.

Capto la indirecta. Nada de meterme en sus asuntos.

Me siento en la cama sin pedir permiso (al fin y al cabo, no hay ningún otro lugar donde hacerlo), y observo las paredes desnudas, el suelo impoluto, pero con algunas tablas de madera desiguales y la ventana de la derecha que da al bosque y ofrece un paisaje de árboles frondosos y ramas enroscadas que casi tocan el cristal.

Respiro hondo. Las sábanas huelen a él.

Me estremezco, incómoda.

Nilak está enfrente, de pie, mirándome fijamente como si no pudiese creer que esté sentada en su cama. Todo en él es siempre demasiado intenso. Cada minúsculo gesto. Cada palabra. Cada respiración. Me oprime. Abro la boca, dispuesta a romper la tensión del momento:

—No quiero que el futuro de *Caos* sea cosa del azar. Merece tener una oportunidad, ¿no crees? Quiero decir, vale que sea un poco cabezón, pero no es justo que solo por eso se convierta en algo «inservible». Tiene sentimientos. —Noto una sensación muy rara en el pecho, como si me estuviesen aplastando contra el suelo; me levanto, alterada, evitando cruzarme con esos ojos azules insensibles—. Solo te pido que me eches una mano durante un par de días, hasta que aprenda cómo manejarlo. Y después, yo me encargaré de él, lo entrenaré y conseguiré que haga bien las cosas.

Parpadeo rápido; me escuece la nariz, no sé qué me está pasando, pero es como si todas las emociones que siempre mantengo resguardadas se estuviesen desbordando de pronto, sin ninguna razón lógica y sin que pueda hacer nada para detenerlas.

—¿Sabes? A muchos nos pasa lo mismo, no todos reaccionamos igual ante los estímulos; somos como esas migajas que se caen de una magdalena y ya nadie quiere, y es injusto y cruel esa manera de dejar atrás las cosas que no encajan dentro de una perfección compacta y elitista. —No sé ni lo que digo, pero las palabras se precipitan fuera, nadan en mi garganta y salen de mis labios sin que las controle—. Quiero correr con *Caos*. Quiero que lo hagamos juntos. Se me daba bien en el instituto, ¡te lo juro! Siempre quedaba en primer o segundo lugar y corría más que la mayoría de los chicos; de hecho, es lo único en la vida que sé hacer, lo que pasa es que luego... luego...

Me atasco.

Trago saliva.

Nilak da un paso al frente. Estamos muy cerca, ninguno de los dos dice nada y no sé durante cuánto tiempo voy a soportar este silencio sin echarme a llorar. Porque si echo la vista atrás, si recuerdo todo lo que fui antes de Alison, siento el peso del fracaso a mi espalda. Desvío la mirada hacia la puerta. Necesito marcharme.

—¿Cuánto corres?

—¿Qué? —Lo miro aturdida—. No lo sé. Mucho.

—¿Kilómetros?

—No los cuento. Simplemente corro hasta que me canso o hasta que me aburro y decido dar media vuelta y volver.

Nilak ladea la cabeza. Ojalá pudiese explicarle sin ofenderlo que la lentitud de sus gestos me pone muy nerviosa. Es como si cada movimiento supusiese un esfuerzo para él, pero, al mismo tiempo, es grácil, sereno. No encaja con su aspecto rudo y masculino, y eso le hace parecer aún más interesante y atractivo.

—Imagino que no tendrás ni idea de los tiempos...

—No, nunca me he molestado en cronometrarme.

—Ya veo.

—¿Eso significa que me ayudarás? —Me convierto en su sombra cuando se mueve por la estancia como un animal enjaulado—. Nilak, por favor. Y estaré en deuda contigo, ¡pídeme lo que quieras! De verdad. Lo prometo.

Casi tropiezo con él cuando frena en seco y paro a su espalda antes de rodearlo y enfrentarlo cara a cara. Si fuese otro tío estaría poniéndole ojitos y haciendo un puchero, pero, joder, con Nilak no me sale; es como si eliminase de un plumazo «mi parte más Alison» y eso me gusta, pero también me asusta, porque entonces me quedo sin armas, indefensa y vacía, tal y como soy.

—Lo haré.

—¡Ay, joder, gracias, gracias!

Presa de la alegría, me lanzo a su cuello sin pensar. Lo abrazo. Y noto tensarse todos y cada uno de los músculos de su cuerpo. El corazón me late atropellado y es muy probable que él pueda oírlo y darse cuenta. Huele tan increíblemente bien que me dan ganas de lamerle el cuello, a riesgo de que piense que estoy todavía más pirada, pero me da igual, ahora mismo su cuerpo es como una especie de imán para mí y hago el esfuerzo de mi vida cuando me aparto de él de golpe. Mejor. Es algo así como recolocar un hombro dislocado, más vale hacerlo rápido y sin vacilar.

—Perdona, ha sido... la emoción. Conociéndote, ya imagino que no te irá mucho lo de que te toquen extraños y todo eso. Entonces, vas a ayudarme —repito—. ¿Y cuándo empezamos? ¿Qué tengo que hacer para que *Caos* corra?

Nilak permanece callado tanto tiempo que temo que haya cambiado de opinión.

—El viernes iremos a Rainter para comprar algunas cosas. Si quieres que me comprometa a hacerlo, tú también tienes que aceptar ciertas condiciones. No me gusta perder el tiempo, Heather.

—¿A qué te refieres?

—Disciplina, alimentación, lo más básico.

—Vale —contesto, y espero que no sea demasiado duro con el tema de la comida, porque entonces tendré que mentirle y detesto sentirme acorralada como un ratón y tomar la vía del engaño.

—Y espera, ya que estás aquí... —deja entrever un leve tono acusatorio, coge un sobre y me lo tiende—. La paga del primer mes.

Abro el sobre y le echo un vistazo rápido al contenido. No me hace falta ser Einstein para advertir que abulta más de lo previsto. Levanto la barbilla.

—Hay más de lo que me corresponde.

—Las propinas. No discutas.

14

Querido diario,

Los últimos exámenes me salieron tan bien que mamá me ha ampliado un poco el toque de queda y ahora confía más en mí, aunque nunca ha tenido razones para dudar. Siempre me han preocupado las clases, no iba a cambiar por el hecho de tener novio (aunque eso ella todavía no lo sepa).

El fin de semana pasado me tocó ir con papá, así que no pude ver a Kayden, pero sí a todos mis amigos y les hablé de él durante lo que parecieron horas. De lo especial que me hace sentir. De que sé que jamás me decepcionará. De esa forma tierna que tiene de mirarme y lo paciente que es conmigo. De todo. Porque Kayden es calma y luz y un montón de sentimientos a los que todavía no me atrevo a ponerles nombre.

Así que este sábado quedé con él a primera hora de la mañana, casi antes de que el perezoso sol se alzase, porque no queríamos perder ni un solo segundo del tiempo que teníamos para estar juntos. Desayunamos café, tostadas y huevos revueltos en un local de comida tradicional cuya terraza acristalada da al puerto de Seward, y luego Kayden me dijo que me iba a enseñar parte de su mundo, incluyendo el pueblo donde vive y el pequeño apartamento que tiene alquilado allí.

Y es... muy bonito. El apartamento, quiero decir. Esperaba algo destartalado y caótico, pero no; la decoración es sencilla, típica de cualquier tío que lo último que quiere es complicarse la vida, pero estaba limpio y era muy confortable.

Cocinamos juntos. Kayden abrió una botella de vino entre risas mientras se iban dorando las verduras salteadas y bailamos por la cocina e hicimos el tonto hasta que, no sé muy bien cómo, terminé tumbada en el suelo, con él encima, al tiempo que la comida seguía chisporroteando en la sartén. Estuvimos besándonos una eternidad, descubriéndonos con los labios y las manos. Kayden respiró hondo cuando me quitó la camiseta y me vio temblar y sé que pensó que estaba yendo demasiado rápido, porque vi el deseo reprimido en su mirada. Con una lentitud arrolladora, deslizó la boca por mi hombro derecho y bajó hasta la clavícula y luego hasta el borde del sujetador...

«Por favor, no pares ahora», rogué cuando se contuvo y los besos se tornaron menos apasionados y más dulces.

Él gruñó, indeciso, antes de volver a hundir la lengua en mi boca. Empezó a moverse suavemente contra mí y entendí lo que hacía cuando, a pesar de que ambos seguíamos llevando la ropa puesta, sentí una oleada de deseo atravesarme y volverse poco a poco más intensa. Gemí y me aferré a sus hombros; nunca había sentido nada igual, nada tan arrollador. Y justo cuando estaba a punto de acabar, la mano de Kayden se coló bajo el sujetador y sus dedos acariciaron con suavidad mi pecho, terminando con todo mi control mientras me retorcía bajo su cuerpo presa de un placer sofocante.

Tardé casi cinco minutos en volver a respirar a un ritmo normal. Kayden no se movió. Nos quedamos allí, en el suelo de la cocina, mirándonos con una sonrisa tonta en los labios. Apartó de mi rostro algunos mechones rubios y revueltos, y me dio un beso tierno en la punta de la nariz antes de decir: «Será mejor que nos levantemos, porque estoy muerto de hambre», y no supe si lo decía por la comida, o por mí y el deseo más que evidente que todavía brillaba en sus ojos.

Annie.

15

Azúcar glas y merengue

Ha nevado.

Y es precioso, como si al anochecer un montón de duendes hubiesen rociado el prado con azúcar glas y merengue. La nieve, blanca e impoluta, brilla bajo el sol y se asienta en los picos escarpados de las montañas y sobre cada brizna de hierba que días atrás se alzaba orgullosa y ahora se ha visto derrotada por la llegada del crudo invierno.

Salgo de casa dando saltos, todavía en pijama, con las botas y la chaqueta puesta por encima a toda prisa. Los pies se hunden en la nieve blanda y hace un frío de mil demonios, pero todo es tan bonito que nada puede enturbiar mi felicidad. Escucho ladridos de perro a lo lejos y corro a trompicones por el sendero que conduce a casa de John; *Caos* se lanza hacia mí como un loco en cuanto me ve llegar.

—Hoy ha madrugado la bella durmiente —grazna John burlón, antes de girarse y caminar hacia el cobertizo donde se resguardan los perros y tiene las herramientas. Lo sigo sin dejar de sonreír.

—¡No me digas que vas a sacar el trineo! ¿Vamos a ir en trineo, John?

Suelta una jovial carcajada.

—Todavía no, muchacha. Hay muy poca nieve. No sufras, te aseguro que de aquí a que pase la temporada odiarás el color blanco.

—Imposible. Me encanta. —Tras agacharme, y a riesgo de que se me congelen los dedos, toco la nieve—. Es alucinante. Y mira los perros, ¡están más contentos que nunca!

—Eso es verdad. Es su entorno.

John entra en el enorme cobertizo para coger los utensilios que usa para cortar leña y, mientras tanto, los perros se mueven ágiles de aquí para allá, persiguiéndose y jugando entre ellos. De hecho, *Caos* intenta escapar despavorido de una revoltosa *Akicha* que no deja de ir tras él. Sonrío. Me gusta que se relacione con los demás.

—¿Tú no tenías hoy una cita? —pregunta John.

—¿Una cita?

—Pensaba que habías quedado con Nilak para ir a Rainter. —Cojo una de las herramientas que lleva en las manos porque va cargado hasta los topes y camino junto a él hasta el lugar donde suele cortar la leña—. No deberías hacerle esperar; ese chico no regala oportunidades así todos los días.

—¿Qué quieres decir?

—Hace tiempo fue un gran *musher*. Y mejor entrenador. Créeme, yo también me dediqué a ello cuando era más joven y sé lo que digo. Escúchalo cuando te hable y no le lleves la contraria solo por tu orgullo.

—¡Yo no soy orgullosa! —protesto con voz de pito, pero ambos sabemos que miento. ¿Qué le voy a hacer? A veces me ofusco y no controlo mis inseguridades. Me sorprende que John sepa tanto de mí cuando me conoce desde hace tan poco—. Bueno, tienes razón, será mejor que me vaya ya. Ten, te dejo aquí esto —añado y deposito la herramienta junto al montón donde John ha dejado las demás. *Vivaldi* pasa a mi lado y me da un lametazo en la mano que me hace reír.

—¡Pasadlo bien! ¡Y hazle caso! —grita John mientras me alejo sendero abajo.

Efectivamente, cuando llego a casa, el coche de Nilak ya está aparcado a un lado del arcén y él está en mi porche.

—¿Vas en pijama? —Baja la vista hasta mis pantalones de algodón de rayas amarillas y negras en honor a las abejas—. ¿En serio, Heather? Son las diez. Ya deberíamos estar de camino.

—Lo siento, es que nunca había visto la nieve así, tan... brillante. —Abro la puerta de casa—. Entra. No tardaré nada en cambiarme, de verdad.

—Más te vale.

Lo dejo en el salón y voy a vestirme al dormitorio. Me pongo unos leotardos bajo los vaqueros (muy) ajustados; debo de haber engordado porque nunca antes me había costado subírmelos. No tengo un espejo cerca, pero bajo la mirada hasta mis muslos antes de emitir un suspiro de derrota y coger del armario un jersey de color verde menta. Me pongo las botas y, al salir, veo que Nilak sigue de pie en medio del comedor, como si le incomodase estar aquí, sentarse o tocar cualquier cosa.

—¿Duermes en el sofá?

La manta y el edredón de plumas están ahí, revueltos.

—Sí. No me gusta la habitación. Es fría.

—¿Adónde vas?

—¿Al cuarto de baño? —Alzo una ceja—. Me falta maquillarme.

—De eso nada. Vámonos. —Se encamina hacia la salida.

—¡No! ¡Espera! Solo será un momentito. ¡Nilak!

El aire gélido penetra en la estancia cuando abre la puerta. Mierda. Ni se molesta en considerarlo. Me trago mi mal humor, cojo las llaves y la chaqueta más gruesa que tengo y lo sigo por el camino repleto de nieve que conduce al coche. Una vez dentro, arranca, enciende la calefacción y nos ponemos en marcha.

Bajo el parasol y me miro en el espejo rectangular. Mi rostro está vacío, como si reflejase mi propia personalidad, y eso no me gusta nada. Los ojos de un gris apagado me devuelven la mirada y las pequitas que hay en el contorno de mi nariz están a la vista y parecen resaltar más que nunca en contraste con la palidez de la piel, como si alguien las hubiese repasado con la punta fina de un rotulador en plena noche.

—¿Por qué has hecho eso?

—¿El qué? —Gira el volante con suavidad en la curva.

—No dejar que me maquille.

—Porque es tarde —masculla y luego hace una pausa—, y porque estás mejor así.

—No es verdad. Sabes que no es verdad.

Recuesto la cabeza contra el respaldo e intento relajarme y disfrutar del paisaje, que es tan bonito que parece un óleo gigante que alguien ha pintado con mimo y tiento. No hay nieve en la carretera, pero sí a los lados, en los arcenes, y sobre las copas de los abetos y algunos matorrales, aunque parece que no durará mucho.

Tardamos poco más de media hora en llegar a Rainter. Nilak para en un aparcamiento y nos acercamos andando hasta una tienda deportiva que también vende suplementos nutricionales y un montón de material de montañismo.

—Necesitarás ropa de abrigo para correr —comenta mientras recorremos un largo pasillo que conduce hacia otra hilera repleta de mochilas y prismáticos.

Cuando llegamos a la sección de ropa femenina me quedo mirando las mallas, camisetas y chaquetas que cuelgan de las perchas. Meto en la cesta un conjunto azul y otro negro. Nilak coge el último y vuelve a dejarlo en su sitio.

—Oscuro no. Este sí. —Pilla el mismo modelo en un rosa fosforito que hace que me sangren los ojos del horror—. Pronto será de noche casi todo el día; cuanto más visible resultes, mejor.

—¿Qué quieres decir con eso?

Lo sigo hasta el pasillo donde están las zapatillas.

—¿Es que no sabes nada de Alaska? Las horas de luz son escasas durante buena parte del invierno. Acabaré pensando que no mentías al decir que llegaste aquí por un póster.

—Es que no mentía —siseo.

Sus ojos encuentran los míos y se quedan ahí unos instantes, mirándome incrédulo. Luego chasquea la lengua y evalúa la suela de una de las zapatillas como si en ese trozo de goma hubiese algo la mar de interesante.

—¿Eres pronadora o supinadora?

—¿Qué? No lo sé. Ya te he dicho que simplemente corro.

—Está bien. Haz eso. Corre delante de mí.

Se aparta a un lado del pasillo para dejarme espacio.

—¿Es necesario que me mires así, tan fijamente?

—Intento saber cómo es tu pisada, Heather.

Emito un suspiro lastimero. Pensar en él contemplándome me pone muy nerviosa. De pronto, recuerdo que esta mañana casi no me entraban los vaqueros y que estoy más gorda, y me pregunto cómo seré ante sus ojos.

—Heather. Corre. Ya —ordena.

—Vale, vale.

Troto hasta la pared del final sintiéndome como un pato cojo entre tanta ropa gruesa y ajustada. Al llegar allí, doy la vuelta y regreso hacia él con la mirada clavada en el suelo.

—Levanta la cabeza. Llevas mal la postura.

—Es la costumbre —digo y paro a su lado.

Asiente sin dejar de ojear otra vez la sección de zapatillas y, después de tocar la suela de una de ellas y doblarla para valorar la flexibilidad del material, me pregunta el número que gasto y un minuto más tarde avanzamos hacia otro pasillo con unas deportivas nuevas en la cesta.

Salimos de la tienda con un montón de cosas, incluido un arnés con una cuerda más larga para que *Caos* tenga más libertad.

Una vez hemos dejado las bolsas en el maletero del Jeep, lo convenzo para ir al mismo supermercado que visité con Sialuk y Seth hace semanas.

Él cede a regañadientes y vamos hacia allí caminando por las resbaladizas calles. Una fina película de hielo recubre los adoquines y todavía hay nieve acumulada sobre el capó de muchos vehículos y las esquinas que el sol no consigue acariciar. Observo el cielo, tan liso, tan limpio, y sonrío tontamente, porque por fin siento un poco de calma en el pecho y creo que estoy en el lugar indicado, en el momento indicado, y...

—¡Joder, Heather, ten cuidado!

Nilak me sostiene cogiéndome de la solapa del abrigo. He estado a punto de caer. Las suelas de estas botas son muy escurridizas y eso me recuerda que debería comprarme ropa de invierno. Nuestras respiraciones se alzan como humo blanco frente a nosotros. Él se queda quieto, todavía sujetándome, y yo contengo el aliento cuando sus ojos lapislázuli descienden con lentitud por mi rostro y permanecen suspendidos en mis labios durante unos instantes que se me antojan eternos.

—Perdonen, ¿podrían decirnos si el pico Dima queda lejos?

Nos giramos hacia el coche que acaba de parar a nuestro lado y Nilak me suelta de golpe como si hubiese estado sosteniendo una bomba nuclear. Me aparto y espero tras él mientras les explica cómo llegar hasta Inovik Lake y, de ahí, dirigirse al pico Dima. El vehículo desaparece por la calle poco después escupiendo humo y ambos retomamos el paso como si no hubiese ocurrido nada.

Pero ha ocurrido. Creo.

Tomo aire. Estoy delirando.

Hay bastante gente en el supermercado y tardo unos minutos en conseguir preguntarle a la dependienta si han llegado barritas Twix. Sus cejas perfectamente depiladas se arquean con suavidad.

—¿Barritas Twix? No, cariño, lo siento.

—¿Hemos venido aquí solo para buscar eso? —Nilak me fulmina con la mirada en cuanto la chica desaparece para atender a otros clientes.

—Sí —admito—. ¿No las has probado? Están de muerte.

Tuerce el gesto.

—Nos vamos.

Pienso en detenerlo antes de que atraviese las puertas del supermercado con paso decidido, pero al final lo sigo. Quería comprar paquetes de fritos, pero no creo que a Nilak le haga mucha gracia. Casi todos saben ya que en eso se resume a menudo mi alimentación; puedo comerme una bolsita al mediodía y aguantar sin nada más hasta el día siguiente. O abrirla por la mañana, racionarla, e ir picoteando hasta que cae la noche. Aunque ahora que John está empeñado en cebarme como si fuese un pavo de Navidad, lo hago mucho menos. Voy a temporadas. Siempre he sido así. Hago las cosas a trompicones, como si me atascase y luego avanzase de golpe, sin fluidez. Nunca fui una de esas personas que tienen un problema de manual, porque mi gran problema en sí era el caos, las contradicciones, los altos y bajos, la inestabilidad; podía pasarme una semana atiborrándome de comida basura y no comer nada durante la siguiente, o tener varios meses buenos y luego volver a caer.

—Al menos me dejarás ir a algún centro comercial, ¿no?

—Lo más parecido a eso es una tienda familiar que vende todo tipo de cosas. —Camina sin mirarme—. ¿Qué es lo que necesitas?

—Más ropa de abrigo. Aquí una nunca tiene suficiente. También un champú para el pelo que no me lo deje como un estropajo, a ser posible. Y bastoncillos para los oídos, unas orejeras, ambientador para el hogar, detergente en polvo...

—Vale. No hace falta que lo enumeres todo.

—Tú has preguntado.

Escondo una sonrisa al verlo presionar los labios para no caer en la tentación de contestarme. Andamos un buen tramo por las calles de Rainter y, esta vez, estoy pendiente de dónde piso para no volver a tropezar. En algunos rincones todavía queda nieve, aunque está sucia y derritiéndose. Quiero que vuelva a nevar. No sé cómo John puede pensar que terminaré cansándome de algo tan alucinante; el sol de San Francisco está sobrevalorado.

Al llegar al pequeño comercio voy directa a la sección de ropa. Casi todo parece hecho para amas de casa con pinta de hornear pasteles de lunes a domingo, pero la sección de vaqueros es bastante decente. Cojo un par de distinto color y los alzo frente a las narices de Nilak mientras lo miro dubitativa.

—¿Cuál te gusta más? ¿Negros o grises?

—Te espero fuera —gruñe, y desaparece de mi vista, así, sin más.

Una dependienta que lleva el pelo recogido en un moño informal se acerca a mí; su cabello es de un color rubio muy claro, como el de Seth. Me sonríe.

—Casi todos los hombres odian ir de compras —dice con tono dulce—. Dime qué necesitas y te echaré una mano.

—Este odia cualquier cosa —murmullo por lo bajo y luego suelto un suspiro—. Buscaba un pantalón, pero ahora mismo no sé cuál es mi talla y menos si me pongo leotardos debajo, porque entonces cambia.

—Tenemos unos leotardos térmicos, muy finos, que aíslan del frío y abultan poco. Ven, sígueme, te los enseñaré.

Veinte minutos más tarde, arrastro una cestita a rebosar de ropa y estoy buscando en la estantería llena de champús uno especial para cabello seco. Nilak aparece a mi lado. Huele a tabaco. Ha estado fumando. Me tiende una cajita con bastoncillos para los oídos y yo la acepto y la dejo junto al resto de la compra tras tomármelo como un gesto en son de paz.

—¿Qué te falta?

Cojo un champú con un envase de color rosa pálido que promete dejarte el pelo liso y brillante gracias a unas perlas del Himalaya o no sé qué. Da igual. Casi nunca funcionan.

—Ya está todo.

Nilak me quita la cesta de la mano y la lleva él hasta la caja. Al salir, los dos vamos cargados con un par de bolsas y, aunque no había mucho entre lo que elegir, estoy bastante satisfecha con la compra. Regresamos al coche, lo dejamos todo en el maletero, y, cuando estoy a punto de abrir la puerta del Jeep, él me frena al hablar.

—¿Te apetece comer aquí?

—¿Aquí? ¿Dónde? —Miro confundida a mi alrededor.

—En un sitio que conozco. Está al otro lado del pueblo.

—Vale.

No digo nada más porque todavía no estoy segura de que esto no sea una especie de broma, aunque es bastante difícil teniendo en cuenta que Nilak carece de sentido del humor. De cualquier tipo. Aun así, permanezco expectante mientras avanzamos con el coche entre las calles y aparcamos en otra zona diferente.

Deduzco cuál es el sitio del que habla de inmediato, porque es el único local de comida que hay a la vista. Al entrar, mis ojos se pierden en la caótica pero confortable decoración. El suelo ajedrezado apenas llama la atención frente a los banderines de colores, las numerosas matrículas de diferentes estados que cuelgan de las paredes y las botellas vacías de cristal que antes de ser decorativas fueron refrescos.

Nos sentamos al fondo, alejados de las otras dos parejas que ya están comiendo. Los sillones son granates y forman una ele; una vez trabajé durante catorce días en un bar típico de carretera que tenía unas mesas similares. Nilak me tiende una carta y suspira hondo; sus piernas casi tocan las mías bajo el reservado.

—Hacen las mejores hamburguesas de la zona —dice.

—Ya veo. —Termino de leer la carta, que es básicamente un homenaje a la hamburguesa—. Creo que pediré una extra de queso.

Cuando la camarera se acerca para tomarnos nota, Nilak pide lo mismo que yo. Luego se queda mirando con atención un póster enmarcado de aspecto retro con varios triángulos encajados entre sí y el dibujo de un oso grizzly en el centro. Yo también lo observo unos instantes, pero no veo qué tiene de especial.

—¿Te gustan los osos? —pregunto animada.

Baja la vista hacia mí.

—Los odio.

—Ah, vale.

Nos sirven las hamburguesas y, antes de hincarle el diente, le doy un trago a la Coca-Cola. Nilak no mentía. Tienen una pinta increíble: el queso se funde por el borde, las patatas fritas están doradas, en su punto, y los aros de cebolla crujientes y sabrosos. Cuando vuelvo a alzar la mirada, descubro que él ya se ha comido casi la mitad de dos bocados. Doy un mordisco a la mía.

—¿Siempre has vivido aquí, en Alaska?

Emite un gruñido que tomo como un sí y sigue comiendo. Me remuevo incómoda. ¿Por qué es tan difícil mantener con él una conversación normal? Ese «fenómeno inusual» que consiste en que una persona diga algo y la otra responda dando pie a otro comentario y creando una cadena de frases que, en resumen, se conoce como «hablar». Lo que en teoría implicaría que ahora él me preguntase a mí algo sobre San Francisco, pero no lo hace. En cambio, tras un largo minuto de silencio, dice:

—¿No estás leyendo nada ahora?

Lo miro y luego sonrío lentamente.

Sé que está intentando ser simpático.

—Sí, ¿te lo cuento?

Él asiente con la cabeza. Dejo la hamburguesa en el plato y me limpio los dedos con la servilleta de papel. Lo cierto es que el libro que estoy terminando no es demasiado interesante. Y entonces pienso en qué pasaría si me inventase una historia. Aún mejor.

Una historia sobre mí. Mi historia. Mi vida. Nunca he sido sincera con nadie, ni siquiera con el psicólogo que me asignaron a los diecisiete. Podría desahogarme sin que él llegase a saberlo jamás.

Nerviosa, trago saliva.

—La novela se centra en la historia de una chica que se hace amiga de otra que le cambia la vida. —Nilak apoya un codo en la mesa y me presta toda su atención. Dudo unos segundos, pero al final prosigo—. Al principio todo es genial, hasta que ocurren cosas y se da cuenta de que Alison es una manipuladora que se mueve por interés, que no deja nada al azar y necesita controlarlo todo. Como ocurrió hace cuatro capítulos, cuando le enseñó a la protagonista cómo vomitar. —Me obligo a dejar de mover la pierna bajo la mesa; tengo un nudo en la garganta.

Nilak alza las cejas con suavidad.

—¿Vomitar?

Asiento, cojo una patata frita y la mordisqueo sin apartar los ojos de las vetas de madera que recorren la superficie de la mesa.

—Sí. Piensa que está un poco gorda. Así que, bueno, antes del baile de otoño, insistió durante semanas para que fuese a su casa a probarse la mitad de su armario y luego la humilló diciéndole que era imposible que le cupiese su ropa y que, aunque lo hiciese, no se la dejaría porque la ensancharía. Entonces le explicó cómo lo hacía ella. La manera que utilizaba para deshacerse de todo lo que... todo lo que sobraba.

—¿Y terminó haciéndole caso?

—No en ese momento, pero sí poco después. Por desgracia. La verdad es que la protagonista es un poco tonta, así que sí, unas semanas más tarde, se sintió llena y grande y poco atractiva, así que se metió en el cuarto de baño e hizo lo que Alison le había explicado; luego se quedó allí, en el suelo, con la garganta ardiendo y lágrimas en los ojos no por lo que acababa de hacer, sino porque entonces fue cuando se dio cuenta de que no se quería nada a sí misma.

De pronto, el silencio que nace entre nosotros me parece demasiado denso y temo haberme implicado más de la cuenta en el relato, así que pienso en algo distendido que añadir como «en realidad la historia es un poco lineal y no pasa gran cosa», o «peca de exceso de drama», pero él se me adelanta.

—Se te está enfriando la hamburguesa.

—No puedo comer y hablar al mismo tiempo.

—Vale. No hables. Come.

Suspiro sonoramente haciéndole partícipe de lo que siento y, mientras me como otra patata frita, lo veo lamerse los labios antes de terminar la Coca-Cola y recostarse sobre el respaldo del sillón granate.

—También podrías hablar tú —propongo—. Cuéntame algo.

—¿Cómo qué?

—No sé, cualquier cosa. Algo curioso.

Con aire pensativo, se frota el mentón con el dorso de la mano mientras vuelve a fijar los ojos en el póster enmarcado del dibujo del oso. Su gesto se contrae.

—¿Sabes de dónde viene el nombre del bar?

—¿Lemmini? Ni idea.

—Los lemmini son una tribu de roedores que viven en las tundras de Alaska. Los abuelos de Seth se conocieron de niños, cuando ella perseguía a uno de esos animales y tropezó con él, así que años más tarde su marido llamó así al bar, a modo de broma, como algo romántico y fue una buena idea, porque a los turistas les gustan los lemming. —Le doy otro bocado a la hamburguesa sin dejar de prestarle atención y no sé si es por el hecho de verme comer o porque realmente ve que me interesa lo que dice, pero sigue hablando—. Se alimentan sobre todo de hierbas, raíces y frutos, y existe un mito sobre ellos que los hizo muy famosos.

—¿Qué mito?

—Cómete también los aros de cebolla.

—Vale.

—Antiguamente se creía que, para regular su propio ciclo de reproducción y evitar la sobrepoblación, los lemmings se suicidaban en masa arrojándose al mar. De hecho, *Disney* ganó un Oscar con el documental *White Wilderness,* donde un grupo de lemmings saltaba a un río. —Hace una pausa y apoya los dedos en la mesa; me gustan sus manos, la forma angulosa de los dedos, las cutículas algo levantadas, masculinas. Bajo la manga del suéter oscuro apenas quedan a la vista dos o tres centímetros de la cicatriz que le recorre el brazo; cuando advierte que la estoy mirando, aparta la mano—. Pero los científicos no están de acuerdo con el mito. Además, el documental causó cierta controversia porque se sospecha que cogieron los lemmings, los llevaron al lugar de rodaje y luego los asustaron y los obligaron a tirarse por el acantilado.

Lo miro horrorizada.

—Pobres lemmings. ¿Hablas en serio?

—Sí. —Se estira un poco.

—Entonces no es cierto. No se suicidan.

—No. Solo es un mito nacido a raíz de su mala orientación. —Se inclina hacia delante, señala el último aro de cebolla que queda y yo obedezco sus órdenes silenciosas y me lo llevo a la boca—. ¿No sería extraño que un ser vivo sin capacidad para sentir tristeza o desolación se suicidase? Es tan contradictorio que carece de lógica; que la naturaleza haga que algo nazca y que ese algo quiera eliminarse a sí mismo. Estamos hechos para vivir. Incluso deseando morir, el instinto te impulsa a seguir adelante un día más. —Se queda unos segundos en silencio y luego se pone en pie bruscamente, como si acabase de darse cuenta de que lleva hablando más tiempo de lo que probablemente lo ha hecho en meses—. Termínate la comida. Iré a pagar.

Abro la boca para contestar, pero me silencia con la mano y se encamina hacia la barra tras la que aguarda la camarera.

Estoy llena cuando regresamos al coche. Apenas hablamos durante el camino de regreso. A pesar de que es poco más de mediodía, ya está oscureciendo y las primeras estrellas empiezan a aparecer en el cielo. Me pregunto si Nilak sabrá sobre constelaciones y formas y curiosidades relacionadas con la astrología. Apoyo la frente en la ventanilla lateral y me aflojo el cinturón de seguridad con la mano porque llevo tanta ropa que me siento apretujada contra el asiento.

—No hagas eso. Ponte bien el cinturón.

Suelto la cinta grisácea y Nilak aumenta un poco la calefacción cuando ve que me froto la nariz enrojecida. Al llegar a casa y antes de que pueda abrir la puerta del coche, me coge del brazo y me obliga a mirarlo.

—¿Sigues vomitando?

—¿Qué?

—No hagas que te lo vuelva a preguntar.

—¡Te estás equivocando!

—Heather...

Me tiemblan las manos cuando busco el seguro de la puerta, pero al final consigo abrir y salir del vehículo. Aquí todavía queda nieve en el suelo, la quitanieves solo pasa por el camino principal que conduce al pueblo. El corazón me late en los oídos, porque lo escucho fuerte, acelerado. Nilak también sale del coche, lo rodea y me tiende las bolsas.

Se inclina hacia mí.

—No pretendía sonar tan brusco, solo...

—Pues lo has hecho.

—Ya lo sé. Y lo siento.

Nos miramos en silencio, arropados por el susurro de las hojas de los árboles que se agitan movidas por el viento. Vuelvo a frotarme la nariz. Tengo ganas de llorar. Bajo la vista cuando hablo.

—Dejé de hacerlo hace años.

Nilak parece sopesar mi respuesta unos segundos. Luego me da un beso en la frente que es apenas un roce, y vuelve a subir al coche. No me muevo mientras la oscuridad engulle la luz que desprenden los faros del vehículo.

No sé qué ha sido eso, pero estoy temblando y no por culpa del aire gélido.

Me quedo ahí un par de minutos, recreando el tacto de sus labios cálidos contra mi piel, hasta que al final entro en casa. *Caos* no está e imagino que se debe a que es la hora de su segundo paseo del día. Me siento en la alfombra, frente a la chimenea, y reflexiono sobre la posibilidad de encenderla porque hace un frío de mil demonios, pero al final no lo hago; tan solo coloco los troncos y los dejó ahí, sin encender, formando una especie de tienda de campaña.

Cierro los ojos e intento recordar esa primera vez. El tacto de los azulejos fríos del baño contra la espalda y lo difícil que fue volver a ponerme en pie, salir de allí y regresar a mi habitación como si no hubiese pasado nada. No había nadie en casa. Me senté en el escritorio y observé a contraluz el pisapapeles que Matthew me había traído la semana anterior de uno de sus viajes; era de cristal, y en el centro había una piedra de ámbar que guardaba en su interior un diminuto insecto. Matthew sabía que el ámbar me encantaba. Me gustaba porque, a pesar de su color caramelo, era translúcido y permitía ver lo que ocultaba dentro. Era esa transparencia engañosa lo que me atraía.

Me pregunté por qué yo no podía ser igual. Ser ámbar, colorida, y a la vez no tener sombras ni rincones opacos. El rostro de Alison acudió a mi mente y entonces lancé el pisapapeles y se hizo añicos contra el suelo. Cuando mamá llegó a casa, me había lavado los dientes más de cuatro veces y todavía me dolía la garganta. Miró los cristalitos que brillaban por el suelo de la habitación.

—¿Qué te pasa, Heather?

—Nada. —Pestañeé para no llorar—. Se me ha caído el pisapapeles que me regaló Matthew.

—Qué lástima.

Dejó el bolso sobre mi cama, cogió la papelera que había bajo el escritorio y tiró dentro los trozos más grandes. Me dolió verla ahí, agachada como antaño, recogiendo algo que yo acababa de romper. Por aquel entonces, tenía dieciséis años y seguíamos estando unidas, a pesar de que cada día que pasaba compartía menos con ella y más con Alison. Me senté sobre el edredón.

—¿Puedes hacerme una trenza?

—¿Ahora, Heather? Acabo de llegar. Y mira cómo tienes tu habitación, está hecha un desastre. Me prometiste que doblarías y guardarías la ropa limpia en el armario.

—Por favor, mamá...

Creo que notó algo en mi voz que hizo que se acercase a mí y me soltase el oscuro cabello de la goma que lo sujetaba. Me dio un beso cálido en la sien y luego empezó a separar con mimo los mechones. Cerré los ojos. Me encantaba que me trenzase el cabello. Sentir sus manos moviéndose a mi espalda, el pequeño tirón que me daba cada vez que tensaba un mechón para rodear el siguiente y después, al terminar, la sensación de limpieza y de orden al tenerlo recogido.

Lo necesitaba, porque por dentro me sentía defectuosa, enredada.

16

Querido diario,

Hace unos días le comenté a Kayden que me gustaría presentarle pronto a mamá, ahora que llevamos varios meses saliendo y los exámenes parciales ya han pasado. A él le pareció bien, pero cuando le pregunté si quería que yo también conociese a su familia, me dijo que hacía más de cuatro años que no se hablaba con ellos, desde que se marchó de casa, y lo soltó así, sin pestañear, como si no fuese algo importante.

No sé, ahora mismo estoy confundida y no entiendo cómo ha podido ocultármelo durante tanto tiempo. Sé que nunca antes había salido el tema, pero es una de esas cosas de la vida que te marcan y que se supone que uno necesita hablar con alguien de confianza. No deja de ser su familia. Sus padres. Su hermano. ¿Cómo puede no echarlos de menos? Kayden no es frío. Nunca es frío, sino todo lo contrario, pero cuando los nombró... vi algo diferente en su mirada.

Últimamente hemos tenido algunas discusiones.

Y odio discutir con él, porque es como echar a perder el poco tiempo que tenemos para estar juntos. Ni siquiera hemos podido encontrar un hueco para volver a quedar en su piso. Kayden me aseguró que la próxima vez que fuese allí me prepararía una cena especial y luego veríamos una película en el sofá y dormiríamos juntos, abrazados. Pero al final ha estado liado con temas de trabajo; tuvo que viajar el fin de semana pasado y yo tenía algunos trabajos que terminar y tampoco quise recordarle que me lo había prometido y meterle más presión.

Todavía seguimos algo tensos tras la última discusión. No ha dejado de llamarme cada día, a veces más de una vez, pero lo noto inquieto. O puede que solo sean imaginaciones mías porque le doy demasiadas vueltas a las cosas, pero no consigo evitarlo; siempre he sido así, un poco obsesiva cuando un pensamiento se me queda atascado en la cabeza, como si tuviese que encontrar una solución. Y lo peor es que, cuando intenté hacerlo, las cosas se complicaron aún más. Sabiendo que no tenía con quién celebrarlo, decidí invitarlo a pasar el día de Navidad en mi casa. No hacemos nada muy especial, pero suele ser agradable; viene una vecina que enviudó hace poco y es encantadora, y la familia de Yakone (nuestras madres se han vuelto íntimas y llevan desde octubre hablando de recetas y salsas para la cena).

Pero Kayden dijo que no.

Se negó a venir y me aseguró que él estaría bien, que está acostumbrado a pasar solo esas fechas. ¿Quién puede «acostumbrarse» a algo así? Es triste. No me gustó imaginármelo solo, en su piso, cenando cualquier cosa, y apenas pude probar bocado a pesar de las insistencias de mamá. Cuando se lo dije a Kayden, contestó que «no entendía cuál era el problema». Y no pude evitar enfadarme y explicarle que el «problema» era que ahora éramos dos, estábamos *juntos en esto, y no podía hacer las cosas sin pensar en cómo se sentirá la otra persona. Eso es lo que él dice siempre, ¿no?, que soy su mitad. Pues supongo que tendrá que dejar de mirarse solo su propio ombligo y comportarse en consecuencia. ¿Qué sentido tiene que sea esa otra parte de él si no me necesita para tomar sus propias decisiones?*

Annie.

17

Siqiniq

Nilak es implacable.

La primera semana me hizo trabajar duro. No entrenamos con *Caos,* sino que se centró en mí, en corregir la postura, en reducir los tiempos, en evaluar cada mínima cosa que hacía mientras corría. Me sentí como una rata de laboratorio ante sus ojos, pero agradecí que no volviese a sacar el tema de la comida ni a preguntarme nada personal. Tan solo corrimos cada día un rato en silencio, bordeando el lago, juntos.

Nuestra rutina siguió intacta cada día, menos el jueves, cuando él paró en el muelle, como si acabase de llegar al fin del mundo, y se quedó allí, unos metros alejado, con la capucha de la sudadera puesta y los ojos clavados en el agua en calma. No sé explicar por qué, pero supe que estaba pensando en lo que sentiría al caer, al hundirse en la profundidad del lago, al notar el agua gélida rodeándole y colándose en sus pulmones...

—Vámonos. —Lo cogí de la manga y Nilak despertó de aquella especie de letargo—. ¿O es que ya no puedes más? —Me burlé con la intención de distraerle y él me siguió por el prado que conducía hacia el sendero, el único lugar donde no había rastro de nieve.

Ahora tengo los gemelos doloridos tras el duro entrenamiento de ayer y me cuesta hasta dar un par de pasos para atender a los clientes que van llegando. No pensé que se tomaría tan en serio lo de ayudarme a practicar *canicross,* pero no me quejo y no solo porque sea una distracción en este lugar donde apenas hay nada más que hacer, sino porque además me gusta pasar tiempo con él. Creí que después de que descubriese uno de mis muchos pequeños secretos me sentiría incómoda a su lado, pero ha sido justo al revés. Liberador. Como respirar muy profundamente.

Y luego está el hecho de que correr es realmente lo único que sé hacer. No se lo dije de broma en su momento. Educación física era mi asignatura preferida en el instituto; concentrarme solo en mi cuerpo, en lo que podía o no podía hacer, en lo fascinante que resultaba forzar el músculo un poco más cuando parece gritarte que pares de una vez por todas; es como desobedecer las señales que envía tu cerebro, retarte a ti mismo.

—Faltan dos halibut con crema de calabaza —digo en cuanto entro en la cocina y repaso las comandas que he colgado allí hace un rato.

—Ya casi están. —Seth se inclina sobre uno de los platos y añade la crema a un lado del pescado blanco—. Ten, llévatelos. Y esto es lo que tienes también tú para cenar, ve haciéndote a la idea —añade riéndose.

«Genial», pienso con sarcasmo.

Creo que, en toda mi vida, jamás había comido tanto pescado. Se me acabará quedando cara de pez.

Resulta que, como una de las condiciones era mejorar la alimentación, Nilak pensó que cada noche podría llevarme las sobras a casa. Ayer le dije que estaba engordando demasiado y contestó algo así como que «el músculo pesa más que la grasa», pero me sigue preocupando, a pesar de que estoy en un buen punto en comparación a donde estaba antes. No quiero volver a caer ni verme horrible frente al espejo.

Cuando acaba la jornada, cojo la tartera con mi cena y me despido de Seth con un beso en la mejilla. Nilak ya está fuera. Ahora sale siempre cinco minutos antes de cerrar, se fuma un cigarro mientras va hacia el coche y luego me recoge en la puerta del bar. Sé que sigue fumando, no porque me lo diga o le vea hacerlo, sino porque el olor del tabaco es demasiado característico como para pasarlo por alto.

—Promete que vendrás el domingo —insiste Seth.

—No sé si podré.

—¿Tienes que matar las horas cazando moscas o algo así?

—Qué gracioso. Te recuerdo que ahora tengo un entrenador personal muy exigente con complejo de *Forrest Gump*. Hago cosas. Y tengo pendiente una partida de ajedrez con John.

Seth me regala una sonrisa inmensa mientras se pone su gorro de lana azul y luego coge las llaves de la persiana del bar que están sobre la barra.

—La hora del té es a las tres. Ya sabes que a Naaja no le gusta la impuntualidad.

—¡No he dicho que iría!

—Más te vale hacerlo si no quieres que Sialuk te lleve a rastras. —Abre la boca y vuelve a cerrarla y, de pronto, se muestra confuso y vacilante; se toca con los dedos los mechones rubios que le caen por la frente—. Me está volviendo un poco loco con esta boda, ¿sabes? Creo que necesita una amiga con urgencia. Cambia de opinión unas mil veces al día y el otro día estuvo tres horas hablándome de una tarta de frutos rojos de tres pisos que, finalmente, no quiere. Entonces, ¿para qué me explicó las cantidades exactas de cada ingrediente y cada paso de la receta? Sialuk no es así. No es tan... chica. No en un mal sentido. No, no he querido decir eso. Me refiero a que a ella no suelen preocuparle cosas de ese estilo.

No consigo reprimir la risa.

—No sufras, es muy normal. Ya se le pasará.

—Pero, ¿vendrás a tomar el té? Habrá un montón de pastas. Vamos, Heather, sé una buena amiga.

Seth se tambalea cuando lo abrazo con fuerza. No sé si ha sido porque la falta de cariño que arrastro empieza a ser preocupante o por el hecho de oírle decir en voz alta que me considera su «amiga», pero necesitaba hacerlo. Huele a especias. Seth es cocina. Y seguridad. Y cosas buenas. Tan transparente...

La puerta de la persiana chirría cuando Nilak la levanta un poco para entrar. Tras romper el abrazo, le aseguro que iré el domingo a casa de Naaja y cojo la bolsa con mi cena antes de seguir a Nilak hasta el coche, que ha dejado en marcha y con la calefacción encendida. No me mira ni una sola vez.

—¿Qué te pasa? —pregunto.

—Nada.

Pone el freno de mano con brusquedad en cuanto llegamos a casa. La nieve que todavía queda brilla bajo la luz de los faros del vehículo.

—¿Mañana entrenamos?

—Sí. Lo haremos con *Caos*.

—De acuerdo.

La voz de Nilak me frena antes de que abra la puerta.

—Sabes que Seth se va a casar, ¿no?

—¿Perdona?

—Olvídalo.

—¡No, no quiero olvidarlo! —Me giro hacia él alzando la voz. Nilak sujeta el volante, impasible, y su rostro no muestra ni rastro de emoción—. ¿Qué estás insinuando?

—Estabas abrazándole —susurra.

—¿Y qué? Los amigos se abrazan.

—Bien. Entra en casa.

—¿Qué demonios te pasa? ¿Estás celoso?

Nilak frunce el ceño con lentitud, como si no se le hubiese pasado esa posibilidad por la cabeza. No sé por qué lo he dicho, pero, joder, me ha dolido lo que sugerían sus palabras. Puede que me haya tropezado con todas y cada una de las piedras que he ido encontrándome en el camino, y quizá por ello hiciese daño a personas que no se lo merecían, pero jamás le haría nada malo a Seth o a Sialuk. Ni a John. Ni a nadie. Odio que Nilak me siga viendo como a una intrusa que ha llegado aquí para desbaratar su vida y la de los suyos.

Ante su silencio, el corazón me late con fuerza y se me seca la boca.

—¿Por qué no contestas?

—Porque no quiero hacerte daño. Baja del coche, Heather.

—No, no te cortes, di lo que tengas que decir.

Nilak suspira hondo y tamborilea con los dedos sobre el volante antes de clavar su mirada en mí. Y es intensa y profunda; me sobrecoge y me deja sin aliento.

—Jamás podría sentir celos por alguien como tú, Heather. ¿Por qué iba a hacerlo? Eres ignorante e impulsiva y no hay nada en ti que...

Se calla. Lo veo contenerse, tensar la mandíbula, pero deduzco lo que quiere decir, «no hay nada en ti que me guste». Lo sé porque llevo muchos años pensando lo mismo, pero en este momento lo odio. Lo odio por recordármelo y notar de nuevo esta ansiedad en el pecho. Dice algo más, pero lo ignoro y salgo del coche, y camino a toda prisa hasta llegar al porche y meterme en casa.

Respiro hondo.

Oigo cómo golpea la puerta, pero no abro. Pasados unos minutos, se marcha. Bien. Es mejor así. Me quedo un rato más sentada en el suelo, con la espalda recostada en la pared, hasta que el frío se vuelve insoportable. Dejo en la cocina la cena, me cambio de ropa y me tumbo en el sofá, bajo las mantas. No quiero leer. No quiero comer. No quiero pensar en nada. Ojalá pudiese desaparecer del mundo un par de horas al día y luego regresar, sonreír y fingir ante los demás que todo está bien en mí.

Pero no es verdad.

Nada está bien. Nada.

El sábado no voy a trabajar. Le digo a John que me encuentro mal y le pido que cuando vaya al pueblo pase por Lemmini para avisar a los chicos. No tengo fiebre ni me he resfriado, pero me duele el corazón. Los médicos deberían poder escribir algo así en sus diagnósticos: «Dolor profundo en el pecho, caída de autoestima, alto riesgo de muerte por tristeza. Se recomienda reposo urgente».

No me siento así por lo que Nilak piensa de mí, por el hecho de que le parezca poco interesante e ignorante. Me siento así por todos los recuerdos que sus palabras han despertado, por todas esas veces que me he visto diminuta y estúpida. Ahora no quiero encontrarme con él, volver a enfrentarme a sus palabras.

Así que me quedo toda la mañana haciendo nada, esperando a que el tiempo pase, hasta que decido ir a ver a los perros y me siento con ellos, en el prado, a la espera de que John regrese del pueblo. Cuando lo hace, damos un paseo por el bosque con la mitad de la manada y no me pregunta por qué no parezco estar enferma. Más tarde, me ocupo de llevar los troncos al cobertizo mientras él los va cortando, y después comemos y pasamos el resto de la tarde escuchando a Bach y jugando al ajedrez. Para seguir con nuestra tradición habitual, me gana todas las partidas.

Al día siguiente me digo que una promesa es una promesa y voy andando hasta casa de Naaja. Cuando llego es aún temprano y estoy agotada y muerta de frío. Todos me reciben con su característica hospitalidad y, mientras preparan el té y se terminan de cocer las pastas, subimos a la habitación de Sialuk.

Seth se sienta en la cama, al lado de una revista abierta que muestra un vestido de novia con veinte capas de tul y gasas que caen por la falda como si fuesen escamas hechas de vaporosa tela. Lo señalo con la cabeza y le sonrío a Sialuk.

—¿Haciendo planes?

—Eso intento. Es más difícil de lo que parece.

—Ya veo... —Cojo la revista y le echo un vistazo mientras advierto por el rabillo del ojo cómo Seth le da a su novia un beso tierno en la sien y luego la abraza antes de que ella proteste por el fuerte achuchón y se aparte a un lado—. ¿Tienes algo pensado?

—Algo, pero poca cosa. —Sialuk se trenza el pelo con gesto ausente y manos hábiles, sin necesidad de mirarse al espejo—. Me gustaría que fuese al aire libre, en la temporada de nieve. Lo que todavía no tengo claro es dónde podríamos celebrar la comida; tampoco quiero nada exagerado, solo la familia y los amigos.

—Podría ser en Lemmini —propone Seth, vacilante.

—¿Allí? Es un poco..., no sé, raro. —La nariz chata de Sialuk se arruga con suavidad.

—Elegiríamos juntos un menú y yo me encargaría de dejarlo todo a punto. En el Lemmini cabrían todos los invitados sin problemas y sería algo íntimo y sencillo.

—Pero ahí estamos todos los días. —Sialuk me mira—. ¿Tú qué opinas, Heather? ¿Te gusta la idea?

Sonrío entusiasmada.

—Creo que es perfecto.

Seth cobija la mano derecha de Sialuk entre las suyas y alza las cejas al mirarla fijamente a los ojos. Ella le presta toda su atención.

—Yo solo quiero casarme contigo —susurra—. Elige un vestido que te guste y disfruta planeando ese día, pero recuerda lo que nos prometimos cuando éramos pequeños: que nunca olvidaríamos las cosas que de verdad importan. Lo último que quiero es que nuestra boda termine haciéndote infeliz.

Sialuk lo estrecha entre sus brazos y esconde el rostro en su hombro. Permanezco quieta, en medio de la habitación e intento no mirarles, pero es imposible, porque una parte de mí anhela lo que veo y, egoístamente, quiero que este recuerdo también me pertenezca incluso aunque no sea mío. Parpadeo conteniendo las lágrimas. Creo que Alaska fomenta mi sensibilidad o algo así. Demonios.

—Podríamos cambiar la decoración del bar para que siga siendo el mismo sitio pero parezca totalmente diferente —propongo y me siento aliviada cuando se separan y la tensión del momento se rompe—. A mí me encantaría hacerlo. Si es lo que queréis, claro.

Sialuk se pone en pie de un salto.

—¡Sería genial! ¡Me encanta la idea!

—A mí también. —Seth me mira agradecido.

—Será mejor que bajemos, seguro que el té está casi listo. Luego puedes subir y llevarte un par de libros más.

Los tres bajamos las escaleras. Antes de entrar en el comedor, Seth me coge del codo para que lo mire y sus labios dibujan un «gracias» silencioso que acepto con una sonrisa. Nos acomodamos y Naaja sirve el té humeante y deja la bandeja con las pastas en el centro. Al otro lado está sentada la madre de Sialuk y dos mujeres que veo a menudo en el bar por las tardes; hablan entre ellas mientras mordisquean las galletas caseras que todavía están calientes.

La puerta del comedor vuelve a abrirse unos minutos más tarde. Nilak entra y sus ojos se clavan en mí como si fuese la única persona que hay dentro de la estancia. Su mirada es cauta. Me encojo un poco en la silla y él atraviesa la habitación y se sienta en uno de los sitios libres, en un extremo de la mesa.

—Qué agradable sorpresa —canturrea Naaja—. Creí que dijiste que no vendrías.

—He cambiado de opinión —contesta en una especie de gruñido contenido.

—¿Quieres té?

—No, gracias.

—¿Café, zumo de arándanos?

—Estoy bien así, Naaja.

Ella asiente y se lleva la tacita a los rugosos labios para dar un trago. Nilak no bebe ni come nada, se queda ahí, sentado, de brazos cruzados, mientras Sialuk le explica a su familia la posibilidad de hacer la boda al aire libre y la comida en el bar.

—¿Qué te parece, *babushka*?

—Creo que será una boda preciosa. —Naaja me ofrece una segunda galleta de mantequilla con pasas y yo la acepto—. ¿Y tú, Heather? ¿Te gustaría casarte algún día?

Se me caen unas migajas cuando muerdo.

—No, no me va todo el tema de las bodas. Creo que cuando encuentre a esa persona especial me bastará con eso, con haberla encontrado. Que no es poco. —Recuerdo las palabras que Nilak me dijo dos días atrás y siento la misma irritación que entonces—. Además, soy impulsiva e ignorante, así que dudo mucho que alguien vaya a querer casarse conmigo. Un problema menos.

Es posible que, si me esfuerzo, pueda escuchar el rechinar de los dientes de Nilak, que me fulmina con la mirada desde el otro extremo de la mesa. Pues vale. Me da igual. Si esto es ser impulsiva, sí, lo soy; tampoco he dicho nada que, según él, no sea cierto.

—¿De dónde sacas eso? —pregunta Sialuk horrorizada.

—Solo es un decir. Todos tenemos nuestras taras.

—Siqiniq, ¿un poco más de té?

—Sí, por favor. —Naaja me rellena la taza—. ¿Puedo saber qué significa *siqiniq*? Llevo preguntándomelo desde el día de tu cumpleaños.

Naaja sonríe con ojos entrecerrados y entrelaza sus manos arrugadas antes de apoyarlas sobre el tapete lila de la mesa.

—Es el nombre que te pondría si no tuvieses ya uno o quisieses desprenderte del tuyo. *Siqiniq* significa «sol».

—¿En serio? ¿Sol? No me pega nada.

—¿Por qué no? —Naaja se ríe y sus dos amigas le siguen la gracia, como si solo ellas entendiesen el chiste—. *Siqiniq* representa vida, calidez y esperanza.

Bajo la mirada tan solo por consideración, porque es anciana y no sabe lo que dice. ¿Qué coño voy a ser yo lo más parecido a un sol que hay en Inovik Lake? No entiendo cómo todos los demás pueden aguantar la risa, pero lo hacen, están serios. Sobre todo Nilak. No necesitan clases de teatro, eso desde luego.

Me levanto y me excuso diciendo que voy a usar el teléfono. Naaja me dedica una sonrisa afectuosa. Ya en su curioso laboratorio, y después de echarle un vistazo a un par de tarritos de cristal, marco el número de casa. Esta vez, mamá sí que está. Llora en cuanto escucha el primer «hola» y lo sigue haciendo diez y quince minutos después, y cuando le digo que debo colgar.

Matthew le contó lo de Alaska la semana anterior, así que lo tenía medio asimilado. Hemos hablado de mí, de ella, de Ellie y de cosas banales del día a día, y era justo lo que necesitaba. No quería más reproches, tan solo charlar como antaño, cuando podía contarle cualquier cosa con la seguridad de que me entendería.

No vuelvo a sentarme cuando bajo al piso inferior. Cojo la chaqueta y, mientras me la pongo, me despido de todos. Estoy cansada, pero tengo ganas de gastar las pocas energías que me quedan con *Caos*, saliendo a correr, y luego dormir como un bebé y disfrutar del lunes libre por delante.

El coche de Nilak frena a mi lado antes de que llegue al inicio del sendero. Sigo andando. ¿Por qué tiene que complicarlo todo más? Es mejor dejar las cosas como están. Baja la ventanilla.

—Sube al coche, Heather.

—Deja de darme órdenes. Te comportas como si fueses mi jefe no cinco horas al día, sino todo el jodido tiempo. —Sigo caminando por el suelo resbaladizo y alumbro el sendero con la linterna—. Vale, ¿sabes qué? Tienes razón. Cometí un error pidiéndote ayuda. Lo siento. Siento haberte hecho perder el tiempo.

—Heather, para. No vas a ir andando con este frío que hace. Vamos, sube. —Noto cierto nerviosismo en su voz—. No hagas que *Caos* te escuche y venga hasta aquí.

Eso me hace dudar. Qué cabrón. Ilumino los alrededores para asegurarme de que no esté ya allí, esperándome por algún sitio, pero no lo veo. Me trago mi orgullo y me siento en el asiento del copiloto, pero evito mirarlo hasta que llegamos a casa y para el coche.

—Buenas noches.

—Heather, joder...

«Pues no está mal como disculpa», pienso, «muy elaborada, con una argumentación irrebatible. Ajá». Es decir, que después de básicamente dejar caer que le parezco aborrecible, todo lo que se le ocurre añadir para solucionarlo es «Heather, joder...». Y no quiero pensar en el segundo sentido de la frase como posible solución, aunque incluso eso sería más útil y creativo que su triste intento.

Entro en casa, enciendo la calefacción del cuarto de baño y, mientras se calienta un poco, busco el conjunto rosa cutre que Nilak eligió la semana pasada, porque el otro está sucio. Encima tengo que parecer un algodón de azúcar andante por su culpa. Me subo la cremallera hasta arriba y me pongo también orejeras y un gorro de lana porque el frío hace que me den pinchazos en los oídos cada dos por tres; es de lo más molesto.

Caos ya está en el porche cuando salgo. Con Nilak. Dejándose acariciar.

—¿Qué pretendes hacer?

—Correr con el perro, que es lo que tendría que haber hecho desde hace semanas. Ya estoy harta de intentar complacer a los demás; haré las cosas a mi manera —mascullo mientras le pongo a *Caos* el arnés e ignoro sus gemidos lastimeros. Algún día entenderá que solo lo hago por su bien.

—¡Espera, Heather! ¡No seas cabezota!

Me sigue al bajar los escalones del porche y cuando me dirijo hacia la orilla del lago. *Caos* frena con sus patas traseras; se ha levantado un viento fuerte que sacude los árboles y creo que eso lo inquieta, porque no deja de mirar a su alrededor manteniéndose alerta. Tirito. Me aprieto bien la correa del arnés y empiezo a trotar a paso muy lento, con la esperanza de que *Caos* reaccione y me siga. Necesito que me siga. Por favor, por favor, por favor.

—¿Te has vuelto loca? —Nilak eleva la voz y entreicerra los ojos ante una sacudida brusca de aire—. ¡Hostia! ¡Para! ¿Es que no ves que se acerca una tormenta?

Lo ignoro y corro más rápido hasta tirar de la correa de *Caos,* que se asusta y se agita descontrolado cuando Nilak vuelve a gritar a su espalda. El perro me adelanta e intento seguirle el ritmo, pero se comporta como si estuviese huyendo de Nilak. Y de mí. De nosotros. Procuro frenarlo, estoy a punto de coger la correa con las dos manos para hacer fuerza y retenerlo, cuando *Caos* estira más de la cuenta y tropiezo y caigo al suelo. Me arrastra apenas medio metro por el camino terroso antes de darse cuenta de que no lo sigo y ladrar asustado sin dejar de caminar en círculos a mi alrededor.

—¡Heather! —Nilak se arrodilla a mi lado e intenta evaluarme a pesar de que está oscuro—. ¿Estás bien? ¿Te has hecho daño?

—Solo... me he dado en la cabeza. —Noto palpitar la sien derecha y me he raspado en la caída la palma de una mano, así que apoyo la otra para ponerme en pie con cierta dificultad.

—Ven, sujétate a mí. Yo te llevo. Pero antes, deja que te quite esto.

Aguanto la respiración mientras abre el cierre del arnés y luego dejo que me coja de la cintura con un brazo mientras caminamos juntos hacia casa. *Caos* se mueve intranquilo a nuestro alrededor, como si supiese que ha hecho algo malo, pero no ha sido por su culpa. Al contrario. El cambio inesperado del clima y nuestros gritos lo han puesto muy nervioso.

—Iré a llevarle el perro a John y a pedirle el botiquín. No te toques, tienes una herida en la frente. Espérame dentro.

Le hago caso, pero antes me inclino hacia *Caos* y lo achucho entre mis brazos y dejo un reguero de besos por su suave pelaje. Me lame la mano agradecido en cuanto me aparto y, a pesar de todo, a pesar de lo que acaba de ocurrir y de la tristeza de los últimos días, sonrío. No sé por qué, pero *Caos* es terapia y siempre consigue arrancarme un pellizco de felicidad.

Aguardo en casa hasta que Nilak regresa diez minutos después y me pide que me siente en el sofá mientras le echa un vistazo a las heridas. Me duele la cabeza y tengo un par de rasguños en la palma de la mano izquierda.

—¿Es grave?

—Sobrevivirás.

—¿Eso es un intento de broma?

—Algo así.

Empapa un algodón y luego lo presiona sobre mi frente arrancándome un quejido de dolor. Escuece. Mucho. Aprieto los labios con el firme propósito de no volver a darle la satisfacción de verme sufrir. Nilak se inclina más hacia mí mientras limpia la herida, y la proximidad y su característico aroma cítrico y masculino me pone nerviosa, así que rompo el silencio.

—Pues lo haces fatal. Lo de bromear, digo.

—Ya. Será por falta de práctica.

—¿Odias ser feliz o algo así? —tanteo.

—No exactamente. Un poco sí, quizá. —Pestañea pensativo y me concentro en el azul pálido de sus ojos. Suspira y le quita el plástico a una tirita—. Lo que dije el otro día no era cierto. Estaba enfadado conmigo mismo, no contigo.

Supongo que esto es lo más parecido a una disculpa que puedo esperar de él. Me pide que extienda la mano y lo hago. Fuera, el viento azota con fuerza las paredes de madera y da la sensación de que el techo se va a desplomar de un momento a otro porque se escuchan un montón de crujidos nada prometedores y el clima está empeorando.

Me estremezco cuando los dedos de Nilak se deslizan por la palma de mi mano. Pasa el algodón por las heridas con cuidado y luego coge una gasa fina, me venda la mano y ata los extremos sobrantes.

—Listo. Ya está.

—Gracias.

Muevo los dedos para aflojar la venda y, al levantarme del sofá, veo que ha empezado a nevar. Me acerco a la ventana. Los copos de nieve se balancean con suavidad en medio de la oscuridad como si estuviesen representando una coreografía que todos se han aprendido a la perfección; el gélido viento los agita y provoca que se deslicen a un lado, como si los asustase. Apoyo la mano en el cristal.

—¿Habías visto antes nevar?

Nilak aguarda a mi espalda, cerca.

—No. Y es precioso.

—Te cansarás de esto. Todos lo hacen —respira hondo—. Será mejor que intente traerte algo de leña antes de que la tormenta empiece de verdad.

Lo sigo hasta la puerta.

—¿Piensas salir ahora? No, espera. ¿Has visto el viento que hace? Dobla las ramas de los árboles. Quédate.

—¿La leña sigue en la parte de atrás?

—Sí, pero...

El viento helado entra en casa como un vendaval en cuanto abre la puerta y algunos copos de nieve se cuelan y aterrizan en el suelo de madera. Nilak sale y le pierdo de vista. Esto no es una tormenta, es más bien el fin del mundo; los matorrales que crecen cerca del lago se sacuden bruscamente y hace tanto frío que tomar una bocanada de aire supone un esfuerzo sobrehumano. Hago uso de toda mi fuerza para conseguir entornar la puerta. Nilak vuelve un par de minutos más tarde cargado con varios troncos gruesos. Le sacudo la chaqueta, que está llena de nieve.

—Estás helado. No pensarás coger el coche con este tiempo, ¿verdad? —Camino tras él cuando se acerca a la chimenea, deja a un lado los troncos de madera y empieza a buscar las pastillas de carbón—. ¡Eh, contéstame! ¿Por qué me ignoras?

Nilak sonríe. Una sonrisa muy, muy pequeña.

—No te ignoro, solo estaba... pensando qué hacer. Me quedaré un rato, hasta que amaine un poco —responde y luego vuelve a concentrarse en encender el fuego.

—Está bien. Voy a cambiarme al baño, estoy deseando quitarme este modelito espantoso —protesto por lo bajo y juraría que le oigo reír antes de cerrar la puerta del servicio.

Me miro en el espejo. Todavía llevo el maquillaje que me puse al mediodía para acudir a tomar té a casa de Naaja. Cojo una toallita y me lo quito con cuidado de no despegarme la tirita de la frente. No es que me guste volver a quedarme «vacía» delante de Nilak, pero, total, ya me ha visto y, además, también sabe eso, que estoy vacía. Suspiro hondo, me desprendo de la ropa y me visto a toda prisa con un pijama gris repleto de estrellitas que, a su vez, están rellenas de *paillettes* amarillas.

El fuego está encendido cuando regreso al comedor. Me siento frente a la chimenea, junto a él, que me observa con curiosidad. Extiendo las manos buscando el calor de las ondulantes llamas.

—¿Qué miras? —pregunto con brusquedad.

—Nada. Me gusta tu pijama. No tanto como el navideño del otro día, pero, bueno, podría decirse que tienes buen gusto para la ropa de estar por casa.

—Viniendo de la persona que me hizo comprarme un chándal fucsia no sé si tomármelo como un halago o un insulto.

Nilak sonríe. La segunda del día. Debería hacerlo más.

Me dan ganas de besarlo cuando sonríe.

—Sabes que solo lo elegí por la visibilidad.

—Si tú lo dices...

El viento golpea con insistencia la cabaña. Cojo una de las mantas que hay sobre el sofá, la bajo a la alfombra y me cubro con ella. Estoy temblando.

—¿Crees que puede tirar abajo las paredes?

—¿Qué? No, claro que no. Las casas de aquí están preparadas para este tipo de tormentas de nieve; son muy frecuentes durante el invierno. Ya te dije que te cansarías de tanta nieve y tanto frío y tanta... soledad. —Fija la mirada en las llamas y parece reflexionar sobre algo—. Si hubieras leído sobre los alaskeños antes de venir aquí, sabrías que son los habitantes de América que más drogas consumen y que la tasa de suicidio es una de las más altas del país.

—¿Lo dices en serio?

—Totalmente.

Se incorpora un poco, acercándose más al fuego y su rodilla roza la mía; cuando lo hace me sacude una sensación desconocida. No sé qué demonios me pasa con este chico, pero es horrible no poder controlar mis propias reacciones.

—Creo que estás intentando asustarme para que desaparezca de aquí —deduzco—. ¿Por qué tienes tantas ganas de que me marche? Quizá no lo haga pronto, ¿sabes? Quizá me apetezca quedarme un par de años, lejos del mundo que conozco, tranquila.

Nilak tarda una eternidad en contestar.

—Te irás. Sé que te irás —insiste—. De todas formas, mientras estés aquí... Bueno, has llegado a un buen sitio. Casualidad o no, Inovik Lake es un lugar apacible, hacia el norte hay sitios mucho más inhóspitos.

Me pongo en pie, sin desprenderme de la manta que arrastro por el suelo, y me acerco de nuevo a la ventana. Estar con Nilak en un espacio tan pequeño es un poco opresivo, como si su presencia encogiese las paredes. El viento hace que apenas se vea nada de lo que pasa fuera, aunque, por los sonidos que se escuchan, no parece agradable, desde luego. La nieve casi roza la parte baja del cristal de la ventana.

Me giro hacia Nilak.

—Espero que te gusten las latas de conserva o los paquetes de fritos, porque presiento que vas a tener que quedarte a cenar quieras o no. A ver, ¿qué te va más, albóndigas con salsa de guisantes o carne de arcc con setas?

18

13 de enero

Querido diario,

No es verdad lo que escribí el otro día. No es verdad. Kayden debería poder tomar sus propias decisiones sin consultarme. Al fin y al cabo, es su vida, tiene una manera peculiar de ver las cosas y yo no puedo entenderlo igual. Por ejemplo, en el tema de las festividades, él piensa que cualquier día puede ser más especial o memorable que Acción de Gracias, que todo depende del valor que queramos darle a un momento concreto. Y eso lo aplica a todo lo demás. A cualquier cosa.

Ayer estuvimos en su piso, pero no llegamos a hacer nada más que la última vez. Y de verdad que necesitaba eso. Necesitaba preparar la cena a su lado y reírme, y luego tumbarme en el sofá acurrucada junto a él para ver una película y no enterarme ni de quién la protagonizaba porque estaba demasiado ocupada concentrada en el cuerpo de Kayden, en la placidez de su respiración profunda, en sus manos grandes y firmes rodeándome la cintura y pegándome más a él...

Es adictivo. Esa es mi teoría.

Y vivo con un miedo profundo a que se dé cuenta de que no soy lo suficientemente buena para él, de que solo soy una cría que todavía no ha terminado el último curso de instituto mientras que él tiene su trabajo, su autonomía, su piso, sus ideas claras. Es el tipo de persona que sabe qué esperar de la vida y el futuro que desea dibujar.

Annie.

19

Es que... lo complicas todo

Nos quedamos sentados frente al fuego, en silencio, hasta que Nilak coge el libro que está sobre el sofá. Se queda mirando la cubierta unos segundos.

—¿De qué trata?

—Es una novela de intriga. La chica tiene un acosador, hay cinco sospechosos y la cosa está empezando a ponerse muy fea.

—¿Y ya has adivinado quién es el malo? —pregunta mientras vuelve a dejar el libro a un lado y su rodilla roza otra vez la mía cuando se gira.

—Todavía no, soy torpe para esas cosas.

Nilak me mira con los ojos entrecerrados.

—¿Quién te hizo creer ese tipo de cosas sobre ti misma? Fue Alison, ¿verdad?

—Alison no existe —susurro.

—Heather, puedes decirme directamente que no quieres hablar, pero no me mientas. Es lo único que te pido si vamos a ser amigos.

—¿Amigos? ¿Desde cuándo? Perdona, pero no estoy muy al tanto de tus planes. De hecho, hasta hace unos veinte minutos no pensaba volver a dirigirte la palabra.

—Siento lo del otro día.

—Vale.

—¿Y eso qué significa?

—¡Que acepto tus disculpas! Dejemos el tema —digo nerviosa—. Y tienes razón, sí, fue Alison la persona que fue agujereando mi autoestima lentamente, pero también fui yo, porque si hubiese puesto una barrera para impedirle entrar en mi mente y ver todas las debilidades que tenía... En fin. Ahora ya es tarde.

Observo las llamas anaranjadas que se mecen con suavidad frente a nosotros; el suave chisporroteo se ahoga a veces tras los violentos sonidos del viento en el exterior. Veo a Alison si miro el fuego. Veo su mano sosteniendo el mechero, sus labios rodeando un cigarrillo apagado y la sonrisa lobuna que se apodera de ellos cuando decide no encender eso, sino otra cosa. Solo para hacerme daño. Consecuencias de no darle lo que quiere. Y me quiere a mí.

—Heather. —Giro la cabeza hacia él mientras me mordisqueo el labio inferior intentando encontrar pielecitas sueltas que arrancar; los ojos de Nilak descienden hasta mi boca y vuelven a ascender segundos después—. ¿Cuándo dejaste de vomitar?

Todavía no he decidido si me gusta o me disgusta que sea tan directo.

—Poco después de empezar a hacerlo. No, no es como piensas. No lo hacía siempre y mi madre se dio cuenta enseguida de que me ocurría algo, pero no por eso, sino porque comía menos. Comía nada, en realidad. Adelgacé demasiado y empezó a vigilarme. Me llevaron al médico y Matthew pagó un pastizal para que pudiese acudir a la consulta de uno de los mejores psicólogos especializados en desórdenes alimenticios. En parte sirvió, aunque nunca fui totalmente sincera con ese hombre. Pero dejé de vomitar. Odiaba hacerlo. —Bajo la voz—. Me cuesta más controlar el otro tema, pero él dijo que siempre quedaría... un rastro de la enfermedad, incluso habiéndola pillado a tiempo. A veces me olvido y soy normal, como normal, hasta que pasan unas semanas y me miro en el espejo y descubro que he engordado. O simplemente el pensamiento vuelve. Es como un bucle. Pero ahora estoy bien. Estoy... controlándolo.

Nilak tarda casi un minuto en volver a hablar y el silencio que se propaga durante ese tiempo es casi doloroso. Quiero romperlo.

—El otro día lo dije en serio: estás perfecta sin maquillaje.

—Vacía.

—¿Te preocupa encontrarte?

—No, no lo entiendes. Lo que me preocupa es no encontrar nada.

Los ojos de Nilak se mueven inquietos por mi rostro como si estuviese intentando memorizar cada señal, cada peca, cada gesto. Me gustaría cubrirme con la manta para impedir estar tan expuesta, pero sería muy raro, así que aprieto los dientes sin que lo note y aguanto el escrutinio.

—¿Lo dices en serio? —pregunta.

—¿Por qué te sorprende?

Tensa la mandíbula y sus dedos, apoyados sobre la colorida alfombra, se encojen con suavidad en un movimiento casi imperceptible.

—Porque veo en ti justo lo contrario. Te veo llena, muy llena, casi caótica; como alguien con demasiados pensamientos, todos enredados entre sí y no sé..., no sé ni lo que digo.

—Júrame que ves eso.

—Te lo juro, Heather —dice serio—. ¿Por qué te importa tanto?

—Nadie desea ser un cascarón vacío y frágil, todos queremos ser el huevo y, a ser posible, con yema; es evidente que es la mejor parte. Luego existen una serie de fenómenos puntuales que llegan al mundo con dos o tres yemas, pero aspirar a eso sería casi un alarde de egocentrismo.

—¿Estás comparando la vida con un huevo?

—La vida y lo que cada uno puede aportar al mundo. Lo que somos. Yo lo único que sé es que no quiero ser solo cáscara. Y si lo soy... intentaré ocultarlo. Ya está. Eh, ¿por qué te ríes? —Lo miro enfurruñada—. ¡Para! ¡Deja de reírt...!

Pero me callo de golpe, en el mismo instante en el que me doy cuenta de que nunca lo había visto reír así, despreocupado. Su risa es como una lluvia veraniega, de esas que llegan en una tormenta inesperada y te empapan de arriba abajo. Deseo memorizarla, quedármela para siempre.

—Deberíamos hacer la cena —dice poco después—. Yo me encargo. Quédate aquí frente al fuego, si quieres.

—No. Voy contigo.

Arrastro la manta hasta la diminuta cocina; no pienso desprenderme de ella y morir congelada. Nilak abre los armarios de madera e inspecciona mi triste despensa con el ceño fruncido. Al final se decide por una lata de carne en conserva y otra de guisantes. Pone una sartén al fuego, vuelca el contenido de ambas latas y, mientras se calienta, añade especias y sirope de arce, imagino que para enmascarar el lamentable sabor habitual de las conservas; por suerte, las compré al poco de llegar y no me había visto en la tesitura de tener que usarlas hasta ahora.

—¿Tan horrible sabe?

—Lo suficiente como para ahorrarte el mal trago. Literalmente.

Me gusta el Nilak que hace el esfuerzo de intentar bromear, incluso aunque no sea precisamente su fuerte. Creo que eso es lo más gracioso de todo. Le sonrío.

—Vaya, gracias.

—¿Tienes huevos? —pregunta con un rastro de diversión y deduzco que está recordando nuestra última conversación.

—Creo que quedan un par.

—Puedo hacer un revuelto.

—Buena idea. Un *desayucena*.

—Eres increíble. —Niega con la cabeza, sin ser consciente de que su «eres increíble» provoca que me dé un vuelco el estómago y eso que no tengo muy claro si significa algo bueno o malo—. Está bien, hagamos un *desayucena*; ¿me pasas los huevos?

Poco después, los dos volvemos a estar sentados frente a la chimenea, en la alfombra, cenando en silencio. Por una vez, la ausencia de palabras no me parece tan terrible. Miro por la ventana mientras mastico; la nieve sigue empeñada en conquistarlo todo a su paso, porque no deja de caer.

—Come más revuelto. Es proteína.

Acepto el plato cuando Nilak me lo tiende y pincho con el tenedor los trocitos amarillentos del huevo para llevármelos a la boca. Él no se deja ni un solo guisante y, cuando terminamos de cenar, me pregunto si se habrá quedado con hambre. Regreso al salón tras llevar los platos vacíos a la cocina.

—Si tuviera barritas Twix... —suspiro.

—¿Qué tienen de especial?

—Llevan caramelo. Me gusta el caramelo.

—¿Has probado a comprar caramelo?

—No tiene gracia, ¡no es lo mismo!

Nilak no contesta, se levanta y mete otro tronco en la chimenea. Las llamas se desvanecen unos instantes para luego resurgir con más fuerza y apoderarse del nuevo invitado, rodeándolo hasta hacerle arder. Parpadeo, me escuecen los ojos después de mirar fijamente el fuego durante tanto tiempo.

—¿Seguiste viendo a Alison después de aquello?

—Sí.

—¿Por qué?

—Porque sí, porque la necesitaba. —Nilak me mira fijamente, intentando encontrar una respuesta que no le doy—. No es justo que solo hablemos de mí y que tú te guardes todos tus secretos.

—No me has preguntado nada.

—Claro, porque sabía que no contestarías.

—Prueba a ver.

Vuelve a acomodarse a mi lado y yo tardo unos segundos en advertir que me está dando carta blanca. No me lo creo. Este «momento transparencia» es falso.

—¿Qué significa tu nombre? Sé que es una palabra inuit, pero cuando se lo pregunté a John me mintió y me dijo que no representaba nada.

—«Nilak» significa "trozo de hielo".

Me quedo callada.

Qué nombre más... desolador.

—Es triste. No me gusta.

—Es lo que es. —Él se encoje de hombros—. Así que necesitabas a Alison en tu vida —prosigue, como si no hubiese habido una pausa en la conversación—. ¿Y a tus padres les parecía bien?

—Todo el mundo pensaba que Alison era encantadora; es el tipo de chica que sabe captar la atención cuando entra en una habitación y que parece angelical. Solo las personas que tuvieron la mala suerte de enfrentarse a ella conocían la verdad —explico y emito un suspiro cansado—. Yo la quise. En algún punto que no sé concretar, conectamos de un modo insano. Lo hacíamos todo juntas. Nunca había sitio para una tercera persona entre nosotras; era obsesivo y al final empecé a agobiarme. Más que eso, me di cuenta de que Alison me conducía por caminos que no quería recorrer.

Nilak se recuesta un poco hacia atrás y se apoya en un codo. Le paso un almohadón que no llega a usar, porque no cambia de postura.

—¿Y adónde llevaban esos caminos?

—Antes tú. Los perros. John me dijo que tiempo atrás competías y entrenabas. Cuéntamelo. Quiero saber la historia.

Se queda callado. El viento ulula fuera y arranca quejidos a las ramas de los árboles que encuentra a su paso. De pronto, la luz del comedor se apaga. Y también la de la cocina. Nilak se pone en pie de inmediato.

—Mierda, han saltado los plomos.

—¿Y ahora qué hacemos?

—Nada, no toques nada.

Lo sigo hacia la cocina y antes de poder cruzar el umbral de la puerta, él regresa sobre sus pasos y chocamos. Me sujeta por los codos y noto su aliento cerca, muy cerca.

—Vamos al comedor, intentaré que el fuego dure hasta que se calme la tormenta.

—Esto no me gusta nada —murmuro mientras volvemos sobre nuestros pasos.

—¿Te da miedo la oscuridad?

—Sí, y también la muerte.

—No exageres, solo es un poco de mal tiempo. Coge las mantas y siéntate, las vas a necesitar porque de madrugada bajan aún más las temperaturas.

—Dios. Esto es demencial.

Veo a Nilak sonreír; el fuego proyecta sombras y luces en su rostro de marcadas facciones, los ojos brillan de un modo extraño ante el fulgor y, en vez de azules, parecen dorados. Junta las brasas bajo los troncos y añade un par más de los finos. Quedan tres, dos gruesos y uno pequeño. Me da que esta noche vamos a conocer la palabra «frío» en su máxima expresión.

Dejo en la alfombra todas las mantas con las que suelo taparme en el sofá (nunca parecen suficientes), y Nilak para de toquetear el fuego y vuelve a sentarse a mi lado. Estamos muy juntos, los dos cara a la chimenea, nuestras piernas rozándose. Tengo que controlarme para no hacer ninguna estupidez.

—Ibas a hablarme de los perros —le recuerdo.

—Sí, eso. Es una larga historia.

—Presiento que tenemos tiempo de sobra, ¿o es que tienes una cita con el dentista? No jodas. Creo que entonces llegarás con retraso —bromeo.

Él sonríe débilmente.

—Terminé ahí por casualidad. Llevaba toda mi vida viendo carreras de *mushing* y nunca me había llamado la atención como para querer dedicarme a ello. Pero entonces la encontré a ella. *Pirsuq.*

—¿Una chica? —pregunto con un nudo en la garganta.

—No. —Su voz se tiñe de nostalgia—. Era una hembra alaskan malamute. Estaba herida, en la cuneta de una carretera. La habían abandonado por ser mayor; supongo que no les servía, no quisieron alimentar una boca más y la dejaron a su suerte. Yo... estaba un poco solo en aquella época, así que me la llevé y, cuando se curó unas semanas más tarde, fui incapaz de dársela a la familia de acogida que ya había encontrado para ella. Se quedó conmigo. Teníamos un vínculo bastante especial, algo parecido a lo que tú has desarrollado con *Caos* —suspira y echa la cabeza hacia atrás—. Pero como te digo, *Pirsuq* tenía ya cierta edad y murió tres años más tarde.

—Es una historia bonita. Y triste, también.

—*Pirsuq* hizo que me diera cuenta de lo que quería hacer. Se me daba mejor estar con los perros que con las personas, y me topé con un adiestrador que era un buen tipo, un tío justo, como John. Te sorprendería cuántos criaderos maltratan a los animales o los abandonan si no les son útiles. Me enseñó todo lo que sé. Empecé en competiciones pequeñas y fui escalando poco a poco de nivel. No hay mucho más que contar, Heather.

—¿Y por qué dejaste de hacerlo?

—Eso es otra historia.

Ante la sequedad que percibo en su voz, no insisto. Lo noto cómodo a mi lado por primera vez casi desde que nos conocemos y no quiero estropear este momento. Sé que tendrá sus recovecos, igual que yo, y lo respeto. Me froto las manos delante de la chimenea y lo miro por encima del hombro.

—¿Qué significa *Pirsuq*?

—Te vas a reír...

—Dímelo —pido sonriente.

—«Tormenta de nieve».

—Menuda casualidad.

Me tumbo boca arriba y observo la oscuridad del techo. No espero que lo haga, pero Nilak me imita apenas un minuto después. Se tumba a mi lado, hombro con hombro, y permanecemos callados durante una eternidad, escuchando el rumor del fuego y nuestras respiraciones acompasadas.

Las palabras nacen sin más, primero se atascan unos instantes en la garganta, densas, hasta que salen de golpe, sin avisar.

—¿Has estado enamorado alguna vez?

Escucho a Nilak respirar hondo.

—Sí.

Lo imagino. Lo imagino feliz y enamorado de alguna chica transparente de esas que regalan sonrisas complacientes. En menos de una milésima de segundo me alegro por él y, a la vez, le odio. Y luego me odio a mí por ser tan egoísta. Tengo la boca seca y trago saliva antes de hablar.

—¿Y es cierto lo que dicen? ¿Vale la pena?

—Sí.

—¿Te arrepientes?

Él tarda unos segundos en contestar.

—No. Nunca —admite—. ¿Y tú?

—He estado con muchos chicos, pero ninguno ha sido especial. Antes lo buscaba, pero después dejé de intentarlo. No me enorgullezco demasiado de cómo me comporté durante esa época.

—¿A qué te refieres?

Contengo el aliento. Su proximidad disminuye mis niveles de concentración. Su mano está a tan solo unos centímetros de la mía. Podría alargar los dedos y tocarlo; solo un roce para memorizar el tacto de su piel. Cierro los ojos.

—A que me gustaría cambiarlo. Si pudiese volver atrás, cogería una goma y borraría sus rostros; eliminaría el calor de esos cuerpos y las caricias, y todas las estupideces que dije en ese momento porque tan solo eran palabras vacías.

—No vale la pena pensar en lo que pudo haber sido pero no fue —susurra Nilak, sin moverse—. De algún modo retorcido, tu pasado te ha conducido hasta aquí, a cómo eres en este instante.

—¿Y si no me gusta cómo soy? La vida debería ser como cuando compras un electrodoméstico y al cabo de un par de semanas te das cuenta de que no es lo que querías; así que vas a la tienda, explicas tus razones, lo devuelves, te reembolsan el dinero y todos tan contentos. ¿Hola? ¿Dónde está el mostrador en el que cambian vidas? Tengo mi ticket preparado desde hace tiempo.

—Creo que iba sin garantía y no leíste bien las condiciones —contesta divertido—. Pero, si te sirve de consuelo, a mí me gusta cómo eres. Me gustas así. Y piénsalo, a saber dónde estarías ahora si las cosas fuesen diferentes; seguro que no en Alaska, atrapada en una cabaña por culpa de una tormenta de nieve.

En eso tiene razón.

Supongo que cada acción tiene consecuencias, algunas buenas, otras malas y la mayoría inesperadas. Alaska es una de esas consecuencias inesperadas. Y Nilak también. Me giro un poco hacia él y, gracias al resplandor del fuego, distingo el contorno de su rostro, la mirada clavada en el techo, y esos apetecibles labios entreabiertos.

Me muevo por un impulso raro cuando tanteo en la oscuridad y encuentro su mano derecha. Lo toco. Mis dedos cubren los suyos con suavidad. Veo que Nilak contiene el aliento ante el gesto. Acaricio los nudillos y deslizo la yema por las uñas cortas hasta el borde, y luego trazo un camino en dirección contraria y me estremezco al palpar el inicio de la cicatriz; es rugosa, enigmática.

—Heather... —Es casi como un ruego.

—¿Cómo te la hiciste?

—Fue un accidente.

—¿Qué pasó?

—Me atravesó la rama de un árbol.

Casi puedo sentir el profundo dolor mientras mis dedos continúan ascendiendo por el brazo sin perder esa especie de guía en forma de cicatriz que dibuja una línea recta. Me gusta tocarlo. Me hace sentir viva; es como si provocase una especie de vibración que zarandea cada célula dormida.

No sé cuánto tiempo pasa hasta que me acurruco a su lado, pero, cuando lo hago, él no se mueve. Su cuerpo está en tensión, como si de un momento a otro fuese a sonar una alarma de incendios. No me importa. Apoyo la cabeza en la almohada, cerca de su hombro, y le rodeo la cintura con un brazo, pegándome más a él. Me quedo así, quieta, tranquila al fin. No sé qué es más relajante, si el apacible crujido del fuego o poder escuchar cómo late el corazón de Nilak. Lo oigo débil, pero constante; apenas un susurro rítmico.

Huele endemoniadamente bien.

Tengo que hacer ejercicios de autocontrol para no hundir la nariz en su nuca y respirar contra su cuello. Porque eso es exactamente lo que ahora mismo deseo hacer, entre muchas otras cosas. Cosas que no debería sentir. Cosas que no sé cómo ni dónde catalogar y sobre las que me gustaría leer en algún tipo de guía sobre «sensaciones y emociones desconocidas».

Cuando, pasado un rato, empiezo a pensar que se ha dormido, su voz ronca se alza en la estancia y lo envuelve todo. Me envuelve a mí, para empezar.

—¿En qué estás pensando? —pregunta.

Trago saliva sin dejar de abrazarlo.

—En cómo sería besarte.

—Joder, Heather.

—Lo siento. No tengo filtro.

—Es que... lo complicas todo.

—¿Qué complico?

—Me complicas a mí.

Y entonces se gira y me besa. Sus labios presionan los míos con fuerza, como si se estuviese ahogando y necesitase mi aliento para respirar. Jadeo. Nunca había sentido nada igual. Es como subir a la cima de una montaña y lanzarse al vacío y caer, caer, caer. La sensación de vértigo no se desvanece y, en este instante, el mundo, mi mundo, se reduce tan solo a esta diminuta cabaña. Él. Yo. Nada más.

Entreabro la boca, aturdida. Las mariposas que llevo echando de menos toda mi vida han dejado de aletear al morir fulminadas por algo mucho más poderoso e intenso. Nuestras lenguas se encuentran en el preciso instante en el que empiezo a temblar bajo su cuerpo, abrumada por él, por esto, por la forma en la que su boca encaja sobre la mía, como si estuviesen hechas para permanecer unidas, saborearse y descubrirse.

—Nilak...

Su cuerpo se contrae cuando susurro su nombre. Siento un hormigueo en la piel y me arqueo con suavidad hasta percibir lo excitado que está. Lo quiero. Lo quiero dentro de mí. Sentirlo. Jamás había deseado a nadie como lo deseo a él. Su mirada me quema y me deja sin aliento. Hay pánico en sus ojos, pero también anhelo, y advierto cómo se debate. Es como ver una cuerda tensándose. Una cuerda que está a punto de romperse.

Y se rompe cuando hundo los dedos en su oscuro cabello y alzo la barbilla y atrapo sus labios en un mordisco dulce que se transforma en otro beso y otro y otro más. Sus manos se deslizan por mi cuerpo, llegan a mi cintura y se aferran a la ropa con violencia mientras nuestros cuerpos se mecen en un vaivén desesperado, brusco. Apenas puedo respirar. Gimo. Alarga un brazo y me acaricia la mejilla sin dejar de besarme. Tengo calor. Nunca imaginé que querría desprenderme de toda la ropa en mitad de una tormenta de nieve. En Alaska. Pero ahora mismo es la única idea que cruza por mi mente. Eso, junto a lo mucho que me gustan sus labios: suaves, exigentes, cálidos.

Meto una mano bajo su suéter, toco la cinturilla de los vaqueros y luego subo por su espalda y cierro los ojos al notar sus músculos tensarse bajo el roce de mis dedos. Murmulla algo incomprensible contra mi boca y luego rompe el beso y esconde el rostro en mi hombro. Lo escucho tomar aire, agitado, intentando recuperar el control.

—Eres tan increíble, Heather... —Su voz está rota y no sé por qué. Aguanto la respiración mientras sus labios húmedos dejan un reguero de cálidos besos por mi cuello. Se me eriza la piel. Parpadeo. Tengo ganas de llorar. De alegría. De tristeza. De todo—. Alguien debería habértelo dicho cada día de tu vida, todas las mañanas, hasta que terminases creyéndote esa verdad y diciéndotelo a ti misma al mirarte al espejo. Porque es cierto. Lo eres. Ella tiene razón. En algún momento te darás cuenta de que eres *Siqiniq*. El Sol.

Se aparta de golpe. Y el frío regresa del mismo modo. No consigo reaccionar, todavía estoy demasiado aturdida, así que me quedo ahí, con la mirada clavada en el techo, intentando volver a respirar con normalidad. Pero no puedo. No puedo. Aún tengo las pulsaciones por las nubes. Ahogo un gemido cuando sus brazos me rodean y me aprietan contra él; hunde la nariz en mi pelo y respira sobre mi nuca.

—Siento haberte besado, Heather. Lo siento mucho.

Y entonces entiendo que el beso no ha sido un «comienzo», sino más bien una especie de despedida. Agradezco que no me vea, porque a pesar de morderme el labio no consigo contener las lágrimas que caen en silencio. Ni siquiera sé si lloro de tristeza o por el cúmulo de emociones que me ha sacudido de golpe, pero es triste tener al alcance de la mano algo así y dejarlo ir. Es tan triste...

Los tímidos rayos del sol que acarician el cristal de la ventana se muestran brillantes al reflejarse en la nieve. Parpadeo, confusa, y me doy la vuelta entre las mantas para descubrir algo que ya sabía: Nilak se ha ido.

Me quedo un rato ahí, rememorando el tacto de su piel y el sabor de sus labios. Hemos dormido en la alfombra y en la chimenea apenas quedan brasas tras el fuego de ayer. Supongo que simboliza bien cómo me siento. Tardo un poco en levantarme, sin valor para desprenderme de las mantas que arrastro a mi paso, y, al llegar a la puerta de la cocina, me quedo quieta, mirando el plato que hay sobre la encimera.

Nilak ha hecho el desayuno.

Revuelto con guisantes.

Sé que debería odiarlo por haberse ido, pero mis labios se curvan en una sonrisa sin antes pedirme permiso y me digo que, muy en el fondo, sabía que ese beso era solo un momento de debilidad. No puedo enfadarme con él después de lo que me ha hecho sentir. Podría haberme pasado la vida caminando en círculos por el mundo sin llegar a descubrir jamás cómo es que alguien te bese así, como si fueses el destino al final de un largo recorrido por el desierto. Le debo eso a Nilak. Se lo debo.

Cojo el plato, me lo llevo al comedor y lo apoyo en mis rodillas tras sentarme en el sofá. Pincho un trozo de revuelto y me lo llevo a la boca. Mastico y, mientras lo hago, pienso en sus palabras. Ojalá pudiese creerle.

Pero no puedo. Sigo escuchando la voz de Alison en mi cabeza, los comentarios que dejaba caer como pequeñas minas que yo lucgo explotaba cuando no soportaba verlas más, rodeándome. Los «no sé qué te estará diciendo ese psicólogo, pero dudo que te quepa el vestido que te compraste a principios de mes, ¿has vuelto a probártelo? Deberías hacerlo». O «existen tres tipos de chicas: las delgadas y follables, las regordetas y monas, y las gordas horribles. Si sigues comiendo esas barritas Twix tuyas terminarás pasando del primer club al segundo y es una pena, porque tienes unos ojos bonitos. Me encantan tus ojos, Heather».

Hasta que un día debió de tocar alguna tecla equivocada que me hizo saltar y gritarle que cerrase la puta boca. Y no sé si fue por el tono áspero y duro que usé o por la mirada asesina que le dediqué, pero bajó el mentón mientras tragaba saliva con dificultad, fijó la vista en sus zapatos de tacón rojos y nunca más volvió a decirme nada.

No vuelvo a ver a Nilak hasta que acudo a trabajar al bar al día siguiente. Tan solo hay un par de clientes ya servidos y él está tras la barra, anotando algo en una libreta. Alza la cabeza y me mira con cautela. Me quito la chaqueta, la cuelgo en el perchero y me pongo el delantal negro que siempre uso mientras rodeo la barra. Me detengo a su lado. Noto la tensión en los músculos del brazo que mantiene apoyado sobre la madera.

—¿Alguna novedad? —pregunto.

Le oigo suspirar y veo cómo sus dedos sostienen con una fuerza injustificada el débil y desamparado bolígrafo que ha tenido la desgracia de caer en sus manos.

—Yo... Heather...

—¿Seth está en la cocina? —Lo corto, porque advierto lo mucho que le cuesta hablar y no quiero una de esas conversaciones incómodas que solo lo complican todo mucho más.

—Sí, está ahí.

—Vale, iré a saludarlo. Ahora vuelvo. —Me alejo un par de pasos, pero me giro antes de dejar la barra atrás—. Por cierto, Nilak, seguimos con el plan de siempre, ¿no? ¿Entrenamos mañana al mediodía?

Tarda en hacerlo, pero al final asiente y me dirige una mirada cargada de cariño; no sé descifrarla, pero me basta. De momento, me conformo con que las cosas estén bien entre nosotros, algo que no quita que lleve más de veinticuatro horas rememorando el beso que nos dimos, la vehemencia con la que sus manos se aferraban a mi cintura, las palabras que escaparon de sus labios...

—Eh, ¡menos mal! Ya has llegado. —Seth sonríe, como siempre—. He estado a punto de enviar a alguien para que fuese a buscarte esta mañana. Nilak no se encontraba muy bien y además ha tenido que ir a Rainter por unos asuntos, así que pensé que quizá tú podrías sustituirlo, pero no estaba seguro de si me mandarías a la mierda, así que, bueno, llevo un poco de retraso. Toma, ¿puedes rallar un poco de jengibre?

Me tiende una especie de raíz que huele a limón, cojo el rallador y empiezo a frotar hasta ver las virutas húmedas caer en el cuenco.

—¿Nilak estaba enfermo?

—Eso me dijo, así que sí.

—Mañana tenemos pensado entrenar y no me ha comentado nada.

Seth sonríe de medio lado, me quita el cuenco con el jengibre y me pide si puedo machacar unas cuantas bayas en un mortero de barro. No pongo objeciones. Seth sabe que en la cocina soy un poco limitada y siempre me encomienda las tareas más mecánicas y simples.

—Se toma muy en serio ese tema. Y más ahora que vas a participar en esa carrera. Mi teoría es que lo echaba tanto de menos que era incapaz de acercarse de nuevo al mundillo sin una buena excusa que le obligase a hacerlo. Ya sabes, Nilak tiende a castigarse de formas un tanto raras. Bueno, no, no he querido decir eso. Es difícil de explicar. Yo solo...

—Seth, ¿de qué carrera hablas? —lo interrumpo.

—¿De la que te has inscrito? En Tok, dentro de dieciséis días. Ocho kilómetros.

Frunzo el ceño y dejo de remover las coloridas bayas.

—Espera un momento, ahora vuelvo.

Seth sonríe inocente antes de que salga de la cocina. Nilak está tan serio como de costumbre, cobrándoles a un par de clientes.

—¿Me has apuntado a una carrera?

—Pensaba decírtelo en cuanto tuviésemos un rato a solas.

—¿Después de todo lo que...? —Me callo y entierro ese beso en algún lugar muy profundo, aunque fue tan bonito que no merece que lo esconda de esta forma ruin, pero lo hago al ver su expresión suplicante—. Deberías habérmelo consultado antes.

—Sé que te habrías negado.

—¿Por qué?

—Porque siempre piensas que no puedes hacer las cosas incluso antes de intentarlo. Vi el pánico que te entró hace semanas en cuanto dejaron el tablero del Scrabble sobre la mesa; temías tanto hacerlo mal que ese miedo te impedía concentrarte. Yo confío en ti. Y necesitamos una meta para avanzar en los entrenamientos. Ahora la tenemos. Querías tomártelo en serio, ¿verdad? Pues esto es serio, un compromiso. Estamos juntos en esto, Heather.

20

5 de febrero

Querido diario,

Llevo un tiempo sin escribir aquí. He estado ocupada con las clases, los trabajos de fin de curso que ya empiezo a preparar, mis amigas y... Kayden, claro.

El pasado fin de semana le dije a mi madre que me quedaría a dormir en casa de Aria, aunque en realidad pasé la noche con él. Odio mentirle, pero sé que no lo entendería, no sería capaz de ponerse en mi lugar y ver que lo que siento por Kayden es especial, diferente; ella perdió hace tiempo la fe en el amor. Estoy segura de que papá fue su alma gemela, pero, en algún momento indefinido, sus caminos se separaron; por eso a día de hoy, incluso a pesar de ya no estar juntos, siguen teniéndose tanto cariño.

Volvimos a preparar la cena entre risas y anécdotas. Parece mentira que, a pesar de llevar juntos ya casi medio año, todavía tengamos tantas cosas que contarnos. Kayden es el típico chico al que le interesa cualquier tema. Da igual sobre qué le hables, todo le resulta fascinante, siempre escucha, atento. Es intuitivo. Y tiene una personalidad marcada, fuerte, y sí, eso da pie a que de vez en cuando discutamos, porque es muy firme en lo que a sus ideas se refiere, pero al mismo tiempo me encanta que sea diferente al resto del mundo, que tenga sus principios y esté dispuesto a defenderlos.

Después de cenar, pusimos una película y nos tumbamos en el sofá. Lo besé. Lo besé hasta hacerle perder el control, porque sabía que sería cauto conmigo y no era eso lo que necesitaba. Lo necesitaba a él. Ir un paso más allá. Y sé que lo único que pretendía era darme tiempo, dejarme un margen para pensar y decidir si realmente quería que mi primera vez fuese suya. Pero claro que quería. Tuve la certeza de que él era esa persona especial desde el primer día que lo conocí, cuando me quitó con la punta de los dedos la nata que había resbalado por mi barbilla y sentí esa conexión...

Nunca creí que hacer el amor sería tan doloroso y placentero a un mismo tiempo. Creo que el contraste de sensaciones no me dejaba pensar con claridad, pero Kayden estaba sobre mí, besándome en la frente, susurrándome que me quería muchísimo y haciéndome sentir la persona más especial sobre la faz de la tierra.

Lo hizo con cuidado y no dejó de preguntarme si necesitaba parar. Y cuando por fin encajó en mí, cuando sentí su cuerpo en mi interior, fue como un fogonazo de emociones que se enredaron en la parte baja de mi estómago y me impulsaron a pedirle que se moviese más rápido. Fue mágico y bonito y tierno, y sonrío como una tonta cada vez que recuerdo el momento y los que vinieron después: las horas tumbados en la cama, abrazados, hablando en murmullos mientras nos tocábamos y nos decíamos mil «te quiero» con la mirada.

No dormimos ni diez minutos.

Había imaginado muchas veces cómo sería mi primera vez, pero ninguna de esas fantasías podría haberle hecho justicia. No dejo de pensar en lo afortunada que soy por tener a Kayden en mi vida. Debería sonreírle al mundo todas las mañanas. De hecho, pienso hacerlo. Voy a sonreír. Voy a sonreír todos los días.

Annie.

21

¡Pum! Abro los ojos de golpe

Me duelen las rodillas, los gemelos, los hombros, los tobillos y hasta las pestañas. De verdad, no exagero. Nilak nació para dirigir un ejército, pero el destino lo llevó por senderos diferentes y yo he tenido la mala suerte de cruzarme en su camino. Esas son mis conclusiones después de dos semanas entrenando a muerte como si el premio de la carrera fuese un millón de dólares y la certeza de conseguir la paz mundial.

En realidad, la carrera es para aficionados. Se supone que queda a menos de una hora de Inovik Lake y piensa que me vendrá bien para ver cómo es una competición de *canicross* y hacer una primera toma de contacto. Nuestro mayor miedo es que, delante de tanta gente, *Caos* reaccione de forma diferente porque, hasta ahora, y tras un par de trucos poco ortodoxos que Nilak ha utilizado, ha respondido bien. Corre con el arnés. Lo hacemos juntos. Y es... es mágico. Hemos forjado una especie de conexión silenciosa. Nos compenetramos.

Sé que no me sentiría cómoda corriendo con cualquier otro perro que no fuese *Caos*. Esto no tiene nada que ver con ganar o perder ni con el hecho de competir, sino con nosotros, con que podamos hacer algo unidos; sentirnos libres, orgullosos. Me gusta ver que disfruta trotando a mi lado, que se alegra de correr y de que yo sea la persona que está con él, acompañándole.

—Vamos, Heather, ya falta poco.

Nilak avanza a nuestro lado, pero siempre a una distancia prudencial, como si necesitase dejar claro que los alumnos somos *Caos* y yo, mientras que él está en otra élite por ser el entrenador. Pues vale. No me importan esas tonterías de las jerarquías. He seguido tratándolo exactamente igual que de costumbre. A excepción, claro, de que ahora tengo que hacer grandes esfuerzos para no abalanzarme sobre él a la primera de cambio.

Es injusto que te den a probar el caramelo más delicioso del mundo y te lo quiten antes de que puedas hincarle el diente y saborearlo a gusto. Aunque, más a menudo de lo que seguramente él estaría dispuesto a admitir, lo veo mirándome y, casi por inercia, sus ojos azules se deslizan hasta mis labios. Me pregunto qué pensará. Quizá que cometió un gran error. O puede que simplemente el beso que nos dimos le pareciese horrible; lo cierto es que me convertí en un pececillo falto de oxígeno que boquea estúpidamente, pero, en mi defensa, Nilak me pilló por sorpresa y tardé un poco en asimilar lo que estaba ocurriendo.

—Quedan cinco minutos —señala tras mirar el reloj; apenas le veo el rostro bajo la capucha de la sudadera, pero imagino que sus gestos son duros, como su voz.

En tres días estaremos en Tok participando en una de esas carreras para principiantes que no interesan a mucha gente, pero que servirá como motivación. O eso asegura él. Le agradezco lo que está haciendo. Y sí, correr me libera; es como respirar con el estómago, muy hondo, muy profundamente. Pero sé que Nilak también necesita esto, lo sé.

Es curioso. En realidad, los tres lo necesitamos.

No tengo claro a dónde nos conducirá; quizá valga la pena solo por el recorrido y el final sea lo de menos. Eso es lo que pienso de la mayoría de las historias de amor que últimamente caen en mis manos; sé que acabarán juntos, pero no cómo. Y soy lo suficientemente cotilla como para desear averiguarlo.

—¿Quieres... que te hable... del último libro? —jadeo, sin dejar de correr.

—Ahora no, Heather. Concéntrate. —Vuelve a mirar el reloj—. Dos minutos.

Pongo los ojos en blanco sin dejar de trotar. *Caos* no conoce la palabra «cansancio», el muy canalla; avanza acoplándose a mi ritmo, que es mucho más lento de como a él le gustaría ir, pero ¿qué se le va a hacer? Ni tengo su energía ni desciendo del lobo. La vida es así de injusta para algunos, pienso cuando al fin suena el pitido del reloj, paramos y lo veo sacar la lengua, fresco como una rosa.

—Lo has hecho a cinco con cuarenta y dos. Buen trabajo.

Apoyo las manos en las rodillas e intento recuperar el aliento. Lo malo de este frío atroz es que el simple acto de respirar resulta casi doloroso. Además, tengo la nariz llena de mocos y la garganta irritada, y me dan pinchazos en los oídos. No importa cuánto me abrigue, nunca será suficiente. Para ser más exactos, hoy llevo leotardos bajo el chándal, orejeras, gorro de lana y guantes, pero ni por esas. Y luego está el problema de que todo está tan lleno de nieve que solo podemos correr por un lado de la carretera. Me gustaban las vistas al lago que antes podía disfrutar.

—¿Estás bien, Heather?

—Sí, sí. Solo necesito... tomar aire.

—Volvamos a casa —susurra antes de emprender el camino.

Eso hacemos. Él permanece callado, como en los viejos tiempos, y yo me entretengo explicándole la historia de Aurelia, una joven que heredó el rancho de su padre justo cuando la despidieron de su maravilloso trabajo en Nueva York. Regresó a su tierra natal y tuvo que hacerse cargo del negocio familiar a pesar de no tener ni idea de cómo ocuparse de ello, razón por la cual aparece el protagonista en escena; uno de esos vaqueros tremendos con tal tableta de chocolate que es posible rallar zanahorias sobre ella.

Nilak sonríe débilmente ante mi último comentario.

—¿Y qué pasa al final?

—Pues lo de siempre. Se dan cuenta de que, a pesar de sus diferencias, están hechos el uno para el otro y ella entiende que su vida en Nueva York era superficial y vacía. Se quedan a vivir en el rancho y blablablá, comen perdices.

—Tu entusiasmo dice mucho de la historia.

—¡Eh, no! Quiero decir, que me ha gustado mucho aunque sea predecible. El hecho de saber algo de antemano no quita que sea bonito, ¿sabes? No tiene nada que ver.

De pronto, tensa la mandíbula.

—Shh. Espera, Heather.

—¿Qué está...?

Nilak me tapa la boca antes de que alce la voz, pero es demasiado tarde. Un hombre que no llegará a la treintena, de cabello rubio engominado, fija sus ojos claros en nosotros. Está al lado de un turbado John que sigue hablándole como si nuestra presencia no fuese importante. Pero el otro le ignora y da un paso al frente mientras baja la mirada hasta la correa que todavía nos une a *Caos* y a mí.

—¿No decías que el perro no servía? —escupe. Su voz está cargada de desdén. Desciende por el caminito hasta donde estamos, al lado de mi casa, y antes de que me dé tiempo a entender qué está haciendo, estira de un lado de la correa y la tensa hasta que *Caos* gime y se ve obligado a moverse hacia delante.

—¿Qué estás haciendo? ¡Suéltalo! —grito horrorizada.

—Denton, aparta las manos del perro —sisea Nilak.

El tono amenazante de Nilak no parece apaciguar su mal humor. Frunce los labios en una mueca desagradable y alza el mentón.

—¿O si no qué? Ni siquiera sabía que seguías vivo. —Lo estudia unos segundos—. Así que ahora te escondes aquí, en Inovik Lake. Ya veo. Qué bajo has caído.

No sé a qué se refiere con eso, pero Nilak es un cúmulo de tensión andante y John se interpone entre ambos cuando entiende que está a punto de perder el control. Aprovecho el momento de confusión para acercarme a *Caos* y abrazarlo; está asustado y no sabe qué ocurre. Yo tampoco. Hasta que veo la furgoneta que está aparcada a un lado de la de John y distingo a los tres hermanos de *Caos* allí, esperando.

Denton es su dueño.

Es como si me estrujasen muy fuerte el corazón. No puedo permitir que se lleve a *Caos*. No puedo. No, no, no.

—¿Has intentado engañarme, Bale? —brama el tal Denton enfrentándose a un imponente John; nunca antes lo había visto así, con la barbilla erguida, los hombros firmes—. ¿Qué pasa? El perro es bueno y quieres quedártelo, ¿es eso? ¿Quién dejará a tu cargo a sus animales cuando se empiece a rumorear que intentas sabotear a tus propios clientes?

—Denton, maldito mocoso, te hice el favor de criar a los husky porque tu padre era un buen tipo, pero veo que no heredaste precisamente sus virtudes. El perro solo responde ante la chica, no te miento —gruñe—. Entra en casa y hablemos. Estoy seguro de que podemos llegar a un acuerdo.

John comienza a ascender el camino sin pronunciar una sola palabra más y Denton lo sigue, aunque en absoluto parece dispuesto a dialogar. Cuando se han alejado varios metros, Nilak se inclina hacia mí para que sus ojos queden a mi altura y apoya las manos en mis hombros.

—Quiero que te metas en casa y te lleves a *Caos* contigo —ordena.

—¿Qué va a pasar? ¿Qué pensáis hacer?

—Heather, no discutas ahora.

Respiro hondo e intento aguantar las ganas de llorar mientras veo a Nilak seguirlos a paso apresurado. Los tres entran en casa de John. La puerta se cierra con un golpe seco. Tiro de *Caos* con suavidad, lo meto en la cabaña y me aferro a él como si fuese una tabla de salvación en medio del océano. Me mira con sus ojos pálidos y el hocico levantado, sin entender que quizá no volvamos a vernos nunca más. Parpadeo de nuevo, pero esta vez no logro contener las lágrimas. Ahogo un gemido y escondo el rostro en su lomo. No es justo. Sé que el perro es suyo, pero yo lo quiero; nadie lo hará nunca de forma tan incondicional. Lo quiero tal como es, con sus defectos y virtudes. Nosotros nos entendemos.

—*Caos*... —le sujeto la cara entre las manos y fija la mirada en mí; está sentado sobre sus patas traseras y golpea el suelo de madera con la cola—. Te prometo que no dejaré que se te lleven. Y si lo hace... —sollozo—. Si lo hace, me pasaré la vida ahorrando para poder darle el dinero que pida por ti. De verdad. Porque tu sitio está aquí, con John, conmigo. —Respiro hondo—. Has sido el mejor amigo que nadie hubiese podido desear. Gracias por ser el único que se dignó a recibirme cuando llegué... —Se me rompe la voz y me siento estúpida por estar hablándole a un perro, pero no puedo dejar que se marche sin haberme despedido, sin decirle que valoro todo lo que ha hecho por mí.

Lo abrazo fuerte. Él apoya el hocico en mi hombro y río entre lágrimas cuando me lame la oreja. Dios. No quiero que se vaya con ese hombre horrible. Puede que ya me hubiese hecho a la idea de que nadie querría a *Caos*, ¿por qué ha tenido que vernos con el arnés? Maldita casualidad.

Se me para el corazón cuando escucho un par de golpes en la puerta. No abro. Pienso en la posibilidad de resguardarnos aquí; todavía quedan bastantes botes de conserva. Vuelven a llamar y

Caos se remueve inquieto entre mis brazos. Ojalá pudiese hacer algo, pero ¿qué?

—¡Heather, abre! Soy yo.

Contengo la respiración al escuchar la voz de Nilak, pero no llego a darle la vuelta a la llave.

—¿Estás solo?

—Sí, abre.

—¿Seguro que no hay nadie?

—¿Qué te pasa? ¿No confías en mí?

No lo sé. A veces sí, a veces no.

Creo que Nilak es una de las mejores personas que he conocido en mi vida, pero es más que evidente que tan solo me permite ver la punta del iceberg; oculta cosas y eso me hace dudar. Al final me trago mis miedos, porque tampoco me queda otra, y abro. Él entra, me mira con el ceño fruncido y cierra.

—Qué pensabas hacer, ¿eh? ¿Atrincherarte?

Eso mismo. Ya me va conociendo.

—Dime qué está pasando.

Sonríe. Una sonrisa pequeña, pero cargada de ternura.

—*Caos* se queda —anuncia y, antes de que pueda añadir nada más, me lanzo a sus brazos y escondo el rostro lloroso en su pecho firme. Tarda unos segundos en reaccionar, pero me sostiene la cabeza contra él, a pesar de su evidente incomodidad, y nos mecemos en un vals silencioso, porque no puedo dejar de balancearme sobre mis talones, todavía temblorosa—. John ha conseguido llegar a un acuerdo con él.

—¿Qué clase de acuerdo?

—No te preocupes por eso.

—Creía que se lo llevaría... —susurro—, y no me había dado cuenta de hasta qué punto me importa. Siempre está conmigo. Siempre.

Me aparto de Nilak y me froto la nariz enrojecida con el dorso de la mano. Seguro que mi cara es un horror, pero me da igual. *Caos* da vueltas a nuestro alrededor, enérgico, como si la salida de ocho kilómetros hubiese sido un mero paseo de calentamiento para él y estuviese a la espera del segundo asalto.

—Será mejor que vuelva con John para asegurarme de que todo marcha bien —dice y avanza hasta la puerta, pero se gira antes de salir—. Pero, eh, Heather. Yo nunca habría dejado que se lo llevase.

Le sonrío y él me devuelve el gesto.

John es mi nuevo héroe. Me he pasado el resto del día haciéndole la pelota. Hasta me he comprometido a ayudarlo a cargar los troncos todas las mañanas durante una semana.

—Heather, basta. Ya está bien, me has dado las gracias mil veces. Vuelve a lo tuyo, no ha sido para tanto.

—¿Cómo puedes decir eso? ¡Ha sido increíble! Aunque te niegues a decirme qué trato has hecho con esa sabandija. Vamos, John, ¿por qué no quieres que lo sepa? No tengo a nadie a quien contárselo; seré como una tumba.

Suspira y parece hacer acopio de toda su paciencia. Deja el tronco que iba a cortar en el suelo y se sacude el serrín de las manos. Sus oscuros ojos entrecerrados están cargados de determinación.

—El día que me ganes una partida al ajedrez, te lo diré.

—¿Qué? ¡Eso es injusto! ¡Sabes que es imposible!

Una carcajada escapa de la boca de John.

—Lo que tengo que aguantar... —masculla.

—¡Lo digo en serio! No te ganaré en la vida, me llevas años de ventaja y tú lo sabes. Es como si compitiéramos a ver quién se maquilla mejor. Está claro que no tendrías ninguna posibilidad, es totalmente ilógico...

—Deja de escupir tonterías por la boca.

—No son tonterías —contesto enfurruñada.

—¿Le dices lo mismo a Nilak? ¿También a Seth o Sialuk?

Lo taladro con la mirada, algo que a él parece hacerle mucha gracia.

—¡No! Es que no quiero que ellos sepan que me cuesta... concentrarme —aclaro, intentando suavizar la conversación—. Aunque es probable que ya lo hayan descubierto, dudo que me consideren demasiado avispada; sirvo mesas, nada más. Y a veces hasta me equivoco con las comandas.

—Es mi única oferta.

John es la persona más testaruda que he tenido el «placer» de conocer, obviando a Alison, claro. Medito las posibilidades que hay de que ceda y deduzco que, en resumen, el baremo oscila entre «cero» o «ninguna». Así de benévolo es mi vecino.

—Está bien, tú ganas —accedo—. Pero solo si aumentas la apuesta. Me dirás el trato que has hecho con Denton y cualquier otra cosa que quiera preguntarte. Y sobra añadir que serás sincero.

John sonríe, me tiende la mano y me da un apretón tan fuerte que por poco me quedo sin dedos. Supongo que esto sella nuestro acuerdo, así que, en cuanto nos separamos, le propongo que juguemos una partida.

Suena Franz Schubert de fondo cuando pierdo. Otra vez. No puedo decir que me sorprenda, pero admito que siempre dejo espacio a la esperanza. En fin, ¿qué se le va a hacer? Jamás sabré a cambio de qué han conseguido que *Caos* se quede conmigo.

—No te desanimes, Heather. Puede que lo logres el día menos pensado, la perseverancia es una gran cualidad. Y ahora, será mejor que hagamos algo de comer. ¿Eso que escucho son tus tripas?

—No —miento.

—Andando a la cocina, muchacha.

Nilak me recoge el domingo por la mañana, puntual como siempre. Esta vez, *Caos* nos acompaña y yo ya estoy vestida con ropa deportiva y lista para la carrera que dará comienzo en un par de horas. Llevo guantes y calentadores en los pies y parezco un muñeco de peluche.

—¿Estás lista para correr?

—Supongo. Espero que *Caos* no pierda el control.

—No lo hará. Ya verás, confía en mí.

—¿Por qué estás tan seguro?

Salimos del sendero que conduce a las cabañas junto al lago y nos incorporamos a la carretera principal. La nieve recubre los arcenes, a ambos lados, y espolvorea las copas de los árboles y las frondosas ramas del tupido bosque que nos rodea.

—Porque hace tiempo fui bueno en esto, ¿recuerdas? Así que hazme caso, pero tienes que ser firme con *Caos*. —El perro gime en la parte trasera del Jeep al oír su nombre—. Se rigen por una jerarquía, así es como entienden las cosas; si tú no te comportas como él espera que lo hagas, tan solo consigues confundirlo más.

Ya hemos hablado antes de esto.

Nilak tiene sus métodos y estoy segura de que son irrebatibles, pero no me gusta darle órdenes a *Caos*, me hace sentir violenta. Sé que es utópico, pero me encantaría que nuestra relación fuese de tú a tú, que estuviésemos a un mismo nivel.

—Lo intentaré —cedo y luego me fijo en sus manos, en la rigidez de sus brazos mientras sostiene el volante del coche—. Por cierto, conocías a Denton, ¿verdad? Él comentó que te escondías en Inovik Lake o algo así.

Nilak frunce el ceño.

—Eso no es verdad —contesta con hosquedad—. Denton es un capullo mimado que apenas sabe nada de mí. Nos vimos hace años en algunas competiciones y, en resumen, me odia porque nunca consiguió ganarme.

—Entonces, ¿por qué llegaste a Inovik Lake?

—Heather...

—¿He entrado en terreno pantanoso?

Suspira sonoramente y luego se inclina hacia mí y abre la guantera sin dejar de conducir ni apartar la mirada de la carretera. Encojo el estómago cuando me roza la rodilla con la mano. ¡Maldito sea! No es justo que me provoque tantas cosas. ¡Agh!

—Toma, te he preparado un sándwich para que comas algo antes de la carrera —dice y me lo tiende envuelto en papel de aluminio.

¿Por qué tiene que ser tan tierno?

No tengo hambre, pero supongo que el detalle merece un esfuerzo. Le doy las gracias, lo desenvuelvo y veo que es de salmón y queso. Me gusta. Él sabe que me gusta. El halibut, en cambio, no me hace tanta gracia; siempre protesto cuando es lo que sobra al final del día y me toca llevármelo para cenar.

—¿No te gusta la corteza? —Pone los ojos en blanco al ver que la estoy quitando—. No la tires, dámela. —Y acto seguido abre la boca. ¿Espera que le dé de comer? Parece ser que sí. Me encojo de hombros, le acerco la horrible corteza y él muerde, mastica y traga. Sonrío y me mira de reojo—. ¿Qué te hace tanta gracia?

—Tú. Esto es tan impropio de ti...

Gruñe por lo bajo y luego busca una emisora en la radio, pero no consigue pillar ninguna. Deja de intentarlo y vuelve a concentrarse en la serpenteante carretera que se dibuja al frente. Yo me como la mayor parte del sándwich e ignoro las protestas de Nilak cuando decido darle el último bocado a *Caos*. Pobrecillo. Está salivando. Le encanta el salmón.

Dejamos atrás Tanacross antes de pasar junto a un cartel donde puede leerse «Tok, Alaska». El ambiente de la carrera se palpa poco después, cuando paramos cerca de una tienda de regalos de todo tipo y material para perros y trineos llamada «Burnt Paw».

Hay bastantes coches aparcados por los alrededores. Fulmino a Nilak con la mirada y le recrimino que me lo vendiese como si tan solo fuesen a participar tres ancianas cojas y ya estuviese todo medio hecho, pero él se limita a reír. Qué bien. En cuanto salgo del coche, deduzco que todos los habitantes de los alrededores están aquí, esperando ver el espectáculo, cobijados bajo gruesos abrigos y gorros peludos. Vaya suerte la mía.

—¿Nerviosa?

—Más bien enfadada.

Sonríe de lado mientras seguimos caminando hacia el gentío. Hay una pancarta un poco cutre atada a dos balcones de sendas casas de madera que cruza la calzada y anuncia la carrera. En fin. Supongo que podría ser peor. *Caos* empieza a mover la cola, excitado, en cuanto ve a los perros de los otros participantes. Le acaricio para calmarlo.

Nilak nos deja a solas un par de minutos y, cuando regresa, lo hace con un dorsal pequeño que sujeta en mi espalda con un par de imperdibles.

—¿Qué número es? —pregunto, nerviosa.

—El treinta y tres.

—Me gusta. Es una señal. —Tomo aire con brusquedad e intento expulsarlo lentamente mientras nos acercamos a la línea de salida en la que casi todos están ya preparados—. Estoy nerviosa.

—Vamos, Heather, puedes hacerlo. Cálmate.

Le lanzo una mirada aniquiladora.

—¿Sabes? Creo que me gustabas más cuando no hablabas, ni sonreías, solo gruñías todo el rato como si tuvieses complejo de perro...

Me callo de golpe al ver la agitación que se desata en sus ojos. Trago saliva con inquietud. No he debido decirle eso. Estoy segura de que está haciendo un gran esfuerzo para sacar a relucir su mejor faceta y las últimas semanas con él han sido estupendas; no quiero que cambie. Abro la boca, pensando en qué decir para arreglarlo, pero él me sorprende con una especie de sonrisa que me desarma. No era lo que esperaba. Pensé que se lo tomaría a la tremenda. Quizás últimamente esté empapándose de libros sobre el zen, el karma, el Tíbet, los astros y derivados varios.

Observo a los otros participantes mientras intento que ningún perro se acerque a *Caos*. No es por nada, todos parecen simpáticos, pero no los conozco y no me fío de lo que no conozco. Hay más hombres que mujeres, pero no está tan desigualado como pensaba. Nos situamos tras la línea de salida, en la cuarta fila.

—No hagas nada raro —me advierte Nilak—. Cíñete al entrenamiento de las últimas semanas. No dejes que *Caos* tire de ti; sé firme en eso. Tampoco te quemes en los primeros kilómetros.

Blablablá. Le encanta repetir las cosas.

—Sí, mi general.

—Heather... eres...

—¿Qué? —Alzo la barbilla y él se ríe.

—Nada. —Se inclina, me da un beso en la frente y luego le acaricia a *Caos*, que entrecierra los ojillos ante sus mimos—. Ve con cuidado. Mucha suerte.

Caos y yo nos quedamos a solas. Los nervios de los presentes se entremezclan con los murmullos de los espectadores. Recuerdo la sensación, el cosquilleo previo que me sacudía en las competiciones de atletismo en las que participaba representando al instituto. Me sorprendo desviando la mirada e intentando encontrar a mamá y Matthew entre la gente. No están. Claro que no están. En cambio, mis ojos tropiezan con los de Nilak y veo en ellos el apoyo que ahora mismo tanto necesito. Le sonrío, vuelvo a fijar la vista al frente y flexiono las rodillas con suavidad, lista para la salida.

«Aquel día fue bonito», pienso. Nos dirigíamos los tres hacia el recinto donde se llevarían a cabo las competiciones júnior femeninas; yo participaba en relevos y también en los 800 metros lisos como prueba de medio fondo tras clasificarme semanas atrás. Matthew no dejaba de sonreír mientras conducía y sonaba una canción de Blur, no recuerdo si era *Girls and boys* o *Coffee and TV*, pero sí sé que mamá la tarareaba. Tenía diecisiete años, había ganado algo de peso y el psicólogo al que acudía todas las semanas parecía satisfecho con mi evolución. Fue una buena época. Y corta, muy corta. Siempre he tenido subidas y bajadas, me he acostumbrado a vivir encima de un balancín. Pero me llevé ese momento conmigo: la satisfacción en sus rostros cuando volvimos a casa con una medalla que anunciaba que había quedado en segunda posición, el orgullo que leía en sus ojos, la paz efímera.

Caos se remueve inquieto a mi lado cuando están a punto de anunciar la salida e intento calmarlo y enterrar los recuerdos que emergen de pronto; no es el mejor momento para pensar en ello. Empieza la cuenta atrás. Vuelvo a buscar a Nilak con la mirada, pero no lo veo. Respiro hondo. Tres, dos, uno... ¡listos!

Salgo disparada.

Mis pies se mueven solos por el asfalto e intento desmarcarme de los demás corredores. La nieve se acumula a los lados de la calzada, pero el suelo no resbala gracias a la sal. Procuro controlar el ritmo de la respiración, entreabro la boca y me concentro en el vaho, que dibuja formas fantasmagóricas.

Caos tira de mí en un momento determinado e intento que se acople a mi ritmo. No puedo ir más rápido. Estoy jadeando y el resonar de las pisadas contra el suelo va casi al mismo ritmo que mi corazón. Parece entenderlo después de un minuto en el que vamos algo descompensados y recula, avanza más lento.

Los kilómetros van quedando atrás. La ruta es una especie de vuelta por la carretera principal que rodea una pequeña urbanización de típicas casitas de madera hasta regresar a la meta, que se sitúa en el mismo punto de salida. Casi siempre voy acompañada por algún otro participante. No tengo ni la más remota idea de en qué posición me encuentro, he dejado de controlarlo. Solo corro, corro sin mirar atrás; *Caos* galopa a mi lado, apenas dos pasos por delante y sin tirar del arnés. Observo sus patas chocar contra el asfalto y coger impulso antes de alzarse de nuevo; tiene las orejas levantadas y el pelaje algo erizado por el constante movimiento. Es hipnótico.

Y cuando vuelvo a alzar la mirada distingo a lo lejos la línea de meta. Cojo aire con brusquedad y centro la vista en el cielo, que es de un gris verdoso, e ignoro al público que observa y aplaude y cuchichea. Me gustaría decirle a *Caos* alguna palabra de ánimo (aunque siga sin tener la capacidad de entenderme), pero gasto mis últimas energías en seguirle el ritmo y llegar al destino que se dibuja ante mis ojos.

¡Ya está! Lo alcanzo. ¡Cruzo la meta!

Estoy a punto de palmarla, aunque ahora mismo es lo de menos, porque lo he conseguido. Lo he hecho. Y un regocijo extraño me sacude, pero apenas puedo concentrarme en esa sensación, porque estoy demasiado ocupada intentando respirar. El granuja de *Caos* no parece compartir mi cansancio y se mueve a mi alrededor e intenta lamerme la cara cuando me inclino y me apoyo sobre las rodillas para calmar el dolor de estómago.

—Eh, Heather, ¿estás bien?

—¿Tengo... pinta de estarlo...? —jadeo.

Escucho la risa vibrante de Nilak a mi lado y me rodea la cintura con un brazo para ayudarme a erguirme de nuevo. Me falta poco para decirle que el hecho de que me toque no me ayuda precisamente a recuperar el ritmo normal de las pulsaciones. Al contrario. Creo que se descontrolan más (si es que eso es posible). Me aparta a un lado de la calzada y tropiezo con el montoncito de nieve que está apilada en el borde; él me sostiene con una sonrisa.

—¿Estás mareada?

—Un poco.

—Lo has hecho muy bien, Heather. —Aparta de mi rostro los mechones de cabello que han escapado de la coleta. De verdad que tiene que dejar de tocarme ya o no me responsabilizo de mis actos—. Te has clasificado tercera en la categoría femenina.

—¿Tercera? —Frunzo el ceño.

Me mira divertido.

—¿Te parece poco? Hasta hace tres semanas no sabías ni lo que era el *canicross*.

Nos quedamos allí un rato más observando al resto de participantes que todavía están llegando a la meta. La sensación de satisfacción que he experimentado minutos atrás se refleja también en los rostros de casi todos los corredores (menos en el de un tío que está muy enfadado y le ha dado una patada a un poste de madera). Una simpática alaskan malamute se acerca a *Caos* y dejo que se olisqueen un rato antes de que la carrera llegue definitivamente a su fin.

Media hora más tarde, los tres estamos dentro del coche y Nilak desenvuelve los sándwiches que ha comprado en un local cercano de comida rápida y me tiende un zumo. Hemos decidido comer aquí para no dejar solo a *Caos*. Doy un mordisco e intento no poner cara de asco (es de carne, procedencia desconocida, prefiero no preguntar). Hago un esfuerzo por tragar mientras contemplo la diminuta figurita de metal con forma de perro que me han dado por quedar tercera. Probablemente sea el trofeo más cutre del mundo, pero pienso guardarlo como si valiese su peso en oro.

—¿Ya no fumas? —pregunto—. No hueles a tabaco.

Nilak mastica pensativo.

—Quería dejarlo desde hace tiempo.

Le sonrío e ignoro las arruguitas de crispación que aparecen en su frente cuando le doy a *Caos* un bocado de mi comida. Debe de ser muy aburrido atiborrarse todos los días de pienso.

—¿Sabes? Quizá deba buscarle una novia; creo que le ha gustado la perrita esa que se ha acercado al terminar la carrera.

Los ojos azules de Nilak reflejan diversión.

—Es un animal. No sufras por él, te aseguro que cuando llegue el momento sabrá bien buscarse... ¿Cómo has dicho? ¿Novia? —Alza las cejas sin dejar de sonreír—. Lo que sea.

—Qué insensible. *Caos* no necesita solo un desahogo rápido, sino una compañera que lo quiera y lo entienda. Los perros de John no le tienen mucho aprecio; *Vivaldi* es el único que no le ignora.

Nilak vuelve a reír y repite la palabra «insensible» imitando mi voz, burlón. Creo que nunca antes lo había visto feliz durante tanto tiempo seguido. Me gusta esta faceta suya. Me gustan todas sus facetas, en realidad.

En cuanto terminamos de comer nos ponemos en marcha y volvemos a adentrarnos en la carretera que conduce a Inovik Lake. Como sé que queda casi una hora de trayecto, me recuesto y observo las diferentes tonalidades de verde de los árboles que forman el paisaje y se convierten en meros esbozos borrosos conforme Nilak conduce a más velocidad. Se me cierran los ojos del cansancio; la pasada noche apenas pude dormir un par de horas por culpa de los nervios y ahora soy incapaz de mantenerme despierta ni un minuto más. Bostezo y dejo que el sueño me envuelva.

¡Pum! Abro los ojos de golpe.

Miro a mi alrededor, desorientada.

Nilak acaba de frenar en seco y el cinturón de seguridad me oprime las costillas. Cojo aire mientras los ladridos de *Caos* se alzan a mi espalda y el sonido agudo se me mete en los oídos. Y entonces lo veo. El oso. Hay un oso en medio de la carretera. Es enorme e imponente; una bestia de pelaje marrón y cabeza ancha.

Miro a Nilak.

Está pálido, temblando, con las manos aferradas al volante con tanta fuerza que tiene los nudillos blancos. No reacciona. Estoy a punto de decirle que bordeemos la carretera por el carril contrario cuando lo veo apretar los dientes y salir del coche. ¿Qué demonios está haciendo? *Caos* ladra más fuerte, consciente de la presencia del oso y yo intento pensar... Intento encontrar una explicación lógica que me ayude a comprender lo que ocurre...

El animal se mueve a un lado caminando sobre sus cuatro patas y Nilak coge una piedra que hay en la cuneta antes de avanzar hacia él. Se ha vuelto loco. Ese oso podría matarle de un solo zarpazo. Trago saliva para deshacer el nudo que me aprieta la garganta, me armo de valor y salgo del coche. Lo llamo a gritos.

—¡Nilak!

Casi no puedo respirar.

Les separan varios metros de distancia y él sigue acercándose decidido, como si no fuese una bestia lo que tiene enfrente. De pronto, el oso se alza sobre sus patas traseras, emite un violento rugido y vuelve a dejar caer el peso de su cuerpo sobre las extremidades superiores antes de adentrarse entre la espesura del bosque.

Nilak lo sigue.

¿Por qué lo hace?

En cuanto consigo salir del entumecimiento mental, corro hacia él y, antes de que pueda adentrarse entre la maraña de árboles, lo abrazo por la espalda e intento retenerlo con todas mis fuerzas. Nilak se queda paralizado, roto, respirando entrecortadamente; tengo la mejilla apoyada entre sus omoplatos y las manos sobre su estómago, así que noto el esfuerzo que hace cada vez que inspira. Abre la mano y deja que la piedra caiga al suelo y ruede entre la hojarasca húmeda.

—Volvamos al coche, por favor...

El oso podría regresar en cualquier momento y ni siquiera tendríamos tiempo para huir. Nilak no responde, no con palabras, pero reacciona, se gira y me coge de la mano con demasiada fuerza mientras se encamina hacia el vehículo donde *Caos* sigue ladrando. Aguanto la presión que ejercen sus dedos sobre los míos hasta que me abre la puerta del copiloto y me empuja con suavidad para que entre. Él rodea el coche y ocupa su asiento instantes después. Arranca el motor y vuelve a frenar tras desviarse hacia un lado. Deja la llave colgando del contacto.

Retuerzo los dedos, nerviosa. Lo miro.

Y entonces descubro que está llorando.

Su rostro es un lienzo en blanco, totalmente inexpresivo, pero veo las lágrimas silenciosas, el azul acuoso de sus ojos que se ha convertido en un mar encrespado. Insegura, alargo una mano y recojo con la punta de los dedos una gota salada que resbala por su mejilla izquierda. Se estremece, sorprendido, y creo que hasta ahora ni siquiera él mismo se había dado cuenta de que lloraba. Se limpia la cara bruscamente con el dorso de la mano y apoya la frente en el volante del coche.

—Tranquilo... —susurro y trago saliva, angustiada, porque no sé qué hacer para que se sienta mejor. Ni siquiera soy capaz de ordenar en mi mente lo que acaba de ocurrir—. Estoy aquí, Nilak. No estás solo.

Le froto la espalda con cariño, pero él me aparta cuando se yergue, se inclina hacia mí y me abraza. Me aprieta tan fuerte que me levanta un poco del asiento y me tira contra él. Escondo el rostro en su pecho y dejo que sus brazos me estrechen el tiempo que necesite. Oigo el latido de su corazón. Agitado. Furioso. Ojalá pudiese hacer algo para calmarlo.

No sabría decir cuánto tiempo transcurre hasta que me suelta y vuelve a fijar la mirada en la carretera. La luz del día es más opaca que la de esta mañana y las nubes que surcan el cielo son rasas, esponjosas, y están tan cerca que casi parece que acaricien las copas de los árboles. Nilak suspira hondo. Luego, gira la llave y retomamos el camino de regreso.

Me paso medio trayecto debatiéndome entre hacer alguna pregunta o seguir callada e inmóvil. Por más que lo observo, no consigo encontrar ninguna emoción clara en su rostro; me recuerda a un lago después de una tormenta, cuando el agua se queda en calma y nadie diría que minutos atrás la superficie estaba siendo golpeada por la insistente lluvia.

Quiero decir algo, pero temo meter la pata. No sé qué narices ha ocurrido hace un rato y no quiero que nuestra relación cambie por abrir la boca más de la cuenta. Así que, al final, empiezo a hablar de las cosas más estúpidas que se me pasan por la cabeza con la intención de que se olvide de lo que sea que lo atormente. Le cuento el argumento del libro que empecé esta semana y todavía no he terminado. Él no da muestras de estar escuchándome, aunque sé que lo hace. Cuando llegamos a casa, para a un lado y no apaga el motor, señal de que quiere que bajemos rápido.

Cojo aire e intento pensar algo, cualquier cosa que rompa esta tensión.

—Podríamos volver a comer algún día en esa hamburguesería a la que fuimos el mes pasado —propongo—. O hacer un muñeco de nieve. Algo divertido —digo, mientras observo el color blanco que recubre el prado, el tejado de la cabaña y parte del camino. Parece un paisaje de fantasía.

—No somos unos críos. Al menos, uno de nosotros dos no lo es —replica con sequedad y luego su rostro se contrae en una mueca que no logro descifrar. Es casi como si sintiese un dolor físico—. Heather, vete ya, por favor. Te lo ruego.

—¿Por qué tienes que ser así?

—¡Porque estás diciendo idioteces!

Salgo del coche en silencio, saco a *Caos* y me alejo sin mirar atrás, porque no me hace falta hacerlo para saber que ya se ha marchado; escucho distante el ronroneo del motor. Entro en casa con *Caos*. Me apetece pasar un rato más junto a él. Recuesto la cabeza en su lomo cuando se tumba sobre la alfombra y, todavía con el abrigo puesto, alzo frente a mí la figurita con forma canina que me recuerda que hace apenas unas horas este estaba siendo uno de los mejores días en mucho, mucho tiempo. La aprieto con fuerza entre los dedos. Sé que debería subir a casa de John y contarle la noticia, porque seguro que se alegrará y una sonrisa bonachona cruzará su rostro, pero ahora soy incapaz de fingir que no ha pasado nada y todo va bien. El oso sigue adueñándose de todos mis pensamientos: su cuerpo robusto, su mirada incisiva. Y Nilak. Temblando. Enajenado. Perdiendo el control.

No vuelvo a ver a Nilak en los siguientes dos días. Ni viene a los entrenamientos ni acude al trabajo. Seth me asegura que está enfermo. Gripe, dice. Yo sé que no es cierto, pero reprimo las ganas de gritarle que no me mienta porque entiendo que no tiene la culpa. Así que me ocupo de la clientela y él lleva las cuentas, de las que normalmente se encarga Nilak, y, al terminar la jornada diaria, me trae en coche hasta la cabaña. Realizar el camino con Seth es muy diferente. Hablamos. Los dos. Y lo hacemos de cosas tontas, de la nueva receta que probará la próxima semana, de si es una buena idea celebrar la boda en la época navideña, de canciones y grupos de música de los noventa que nos gustan a ambos...

Al tercer día, mientras desayuno un café con nata algo aguado, me planteo la posibilidad de ir a casa de Nilak para ver si está bien. Me preocupa. Me importa. Y mucho más de lo que estaría dispuesta a reconocer en voz alta. Sin embargo, cuando abro la puerta y salgo al porche dispuesta a entrenar por mi cuenta, tal como he hecho las últimas mañanas, lo veo frente a la cabaña, en medio de la explanada blanca que se extiende entre varios abetos. Está de espaldas. No sé qué es lo que está haciendo ahí. Desciendo las escaleras y la nieve cruje bajo mis pies cuando empiezo a andar sobre ella.

—¿Nilak?

Me mira por encima del hombro. Una expresión de culpabilidad ensombrece su semblante y siento que se me para el corazón en el pecho cuando veo lo que ha terminado de hacer.

Un muñeco de nieve.

Alzo la vista hasta encontrar sus ojos pálidos. Le sonrío, me sonríe, y reprimo las ganas de llorar como una imbécil mientras muevo una de las ramitas que ha colocado a modo de brazo y la pongo bien, recta, como debe estar.

Ahora sí. Ha quedado perfecto.

22

2 de marzo

Querido diario,

Anoche Kayden vino a cenar a casa y se lo presenté por fin a mamá.

No negaré que al principio fue un poco raro. Digamos que, para empezar, no le hizo demasiada gracia que le hubiese escondido durante medio año que tenía novio. A veces mamá piensa que es mi mejor amiga y creo que no se da cuenta de que siempre habrá una línea divisoria entre nosotras y eso no es malo. Simplemente, es mi madre. Y quiero que siga siéndolo, con todas sus consecuencias. Tu mejor amiga no te pega la bronca cuando sales pitando de casa y olvidas hacer la cama, resumámoslo así.

La cuestión es que, cuando se lo dije, me hizo un montón de preguntas sobre él, su familia, su trabajo, su personalidad... Quería saberlo todo, ¡hasta la talla de calcetines! Después, como ya esperaba, llamó a papá y, tal como también era de suponer, él la tranquilizó y le dijo que era de lo más normal que tuviese pareja. Menos mal que él está cuerdo, tengo suerte de tenerlo en mi vida. Así que, un poco más calmada, se puso a mirar el último libro de recetas que le

regaló la madre de Yakone en busca de la cena perfecta. Yo
insistí en que no era necesario que preparase algo especial,
pero... en fin, así es ella.

Cuando llegué el viernes por la tarde con Kayden, la
casa olía a pescado, hinojo y cilantro. El vapor de la sopa
de gambas y marisco flotaba en el aire y, al entrar en la
cocina, encontramos a mamá trajinando entre un mon-
tón de sartenes. Se dio la vuelta y se quedó paralizada
mirando a Kayden mientras se retiraba tras la oreja un
mechón de cabello rubio. Le sonrió, supongo que por
inercia. Es lo que tiene Kayden en una primera toma de
contacto, que impacta por la serenidad que se refleja en
sus gestos.

Le tendió la mano y le aseguró que estaba encantado
de poder conocerla al fin. Después la sorprendió al arre-
mangarse el suéter y ofrecerse voluntario para ayudarla a
terminar la cena. Mamá insistió en que no era necesario,
pero al final terminamos los tres en la cocina, hablando
de todo un poco, mientras la sopa de marisco se enfriaba
y preparábamos los entrantes: patatas asadas con salsa
de soja y bocaditos de hojaldre con salmón y mermelada de
tomate.

Fue una velada agradable.

No podía dejar de mirar embelesada a Kayden desde
el otro lado de la mesa y darle las gracias en silencio por ser
tan considerado y paciente con mamá. Respondió a todas
sus preguntas y, cuando casi antes de marcharse ella hurgó
más en sus problemas familiares y le preguntó a qué se de-
dicaban sus padres, él vaciló un momento, como si estuviese
valorando la posibilidad de mentir, pero finalmente contes-
tó que eran dueños de una refinería de petróleo.

Nunca me lo había dicho.

Me quedé muda, con un nudo en el estómago mientras lo miraba en silencio. Y luego intenté ocultar mi decepción, porque me di cuenta de que no conocía tan bien como pensaba al chico que tenía enfrente.

Annie.

23

Es tan... tan él, tan suyo, tan único

Durante las últimas semanas hemos caído en un extraño patrón que se resume en entrenar por las mañanas, trabajar hasta que cae la noche, y hablar de asuntos no demasiado personales mientras me acompaña a casa. Ahora vuelve a salir cinco minutos antes para ir a por el coche. Ha vuelto a fumar.

El sábado pasado asistimos a otra carrera. Era parecida a la de Tok, con pocos participantes, básicamente para el entretenimiento de los vecinos de la zona. Quedé sexta. No me encontraba bien, me dolía el estómago y tenía náuseas, probablemente porque la noche anterior no quise cenar y, ya de madrugada, me atiborré con un paquete de patatas fritas. No se lo dije a Nilak, pero creo que empieza a conocerme lo suficientemente bien como para saber cuándo le escondo cosas y que, aunque intento mejorar cada día, sigo teniendo ciertas debilidades. La diferencia es que ahora quiero vencerlas. De verdad que sí. Pienso superar todo lo malo.

Tampoco hemos vuelto a hablar del oso.

El oso. Estoy obsesionada con él. No dejo de pensar en lo que ocurrió, en el bloqueo que sacudía a Nilak, en la rareza de su reacción... Es como un rompecabezas que se me resiste. Uno más de tantos, porque sigo sin poder ganar a John al ajedrez y por mucho que me repita la importancia del tesón y la constancia, no veo la luz al final del túnel. Quiero ganar, pero no sé cómo, y eso solo consigue frustrarme más cada vez que nos sentamos por la tarde, a la hora de la merienda, y tomamos café o té mientras la música suena y él se regocija machacándome.

El viernes, después de la comida, decido pasar por la tienda de Naaja y su familia, y me quedo allí un rato con Sialuk hablando de los últimos libros que he leído y acabo de devolverle. Debatimos sobre el prototipo de protagonista que más nos gusta. Ella es de chicos buenos y dulces. Yo tiro más hacia el tópico de malote que en el fondo tiene buen corazón. Supongo que era predecible. Y durante un momento efímero, mientras charlamos y le hago compañía tras el mostrador, me tienta la idea de contarle que Nilak me besó. Cada día que pasa tengo más confianza con la gente de aquí, pero, a la vez, me da la impresión de que si lo digo en voz alta será más real y ese instante ya no nos pertenecerá solo a nosotros, sino también a todos los demás.

Además, me da miedo hablar de sentimientos.

No quiero pensar en ello. Temo perder el control.

La madre de Sialuk entra en la tienda cargada con una caja llena de bolsitas de té, nos sonríe y nos dice que podemos irnos y que ella terminará el turno de la tarde. Le damos las gracias y subimos a la casa familiar por la puerta trasera. Naaja no está y no negaré que me decepciona un poco no verla; le he cogido cariño.

La habitación de Sialuk está tan ordenada como de costumbre. Me enseña los tres vestidos entre los que debe decidirse y me asegura que una amiga de su abuela lo confeccionará según el diseño que finalmente elija. El primero me horroriza: capas y capas de tul aquí y allá, muy pomposo. El segundo no está mal: la tela parece ligera y suave, de esa que resbala por la piel. Pero el tercero me enamora: también es sencillo, tiene pedrería en la zona del escote y la falda me recuerda a las alas de una mariposa, vaporosa y etérea. Sonrío y señalo la foto con el dedo.

—Te quedaría precioso, Sialuk. Es... es impresionante —admito y eso que no soy de las que se emocionan con las bodas y ese tipo de cosas—. ¿Cuál te gusta a ti?

—Estaba entre ese y el segundo, pero, ¿sabes qué? Tienes razón, es muy bonito y delicado. Creo que será perfecto.

Me dejo caer en la cama, a su lado, y apoyo un codo en el colchón y la cabeza sobre la palma de la mano.

—¿Cómo empezasteis a salir Seth y tú?

A Sialuk se le iluminan los ojos. Abre un cajón de la mesilla de noche y saca un par de fotografías que me enseña. En ambas están ellos, de pequeños, rodeados por otros tres o cuatro niños de su misma edad. Qué bonito.

—Ni siquiera sé en qué momento exacto surgió, ¿sabes? Simplemente, conforme íbamos creciendo, sentía con él cosas que no notaba con ningún otro. Ya me entiendes, eran tonterías, como reaccionar ante un roce, una mirada, una sonrisa. Hasta que un día una amiga se hartó de vernos tontear sin llegar a nada y nos dejó encerrados una noche en el bar del abuelo de Seth, después de que celebrásemos allí un cumpleaños. Cerró con llave por fuera. —Una carcajada nostálgica escapa de sus labios—. Y hacía tanto frío que casi nos vimos obligados a abrazarnos y... ya sabes, una cosa llevó a la otra...

—Y ahora estáis a punto de declararos amor eterno —resumo sonriente.

—Todavía no me lo creo —admite entre risas—. ¿Y tú? ¿Te espera alguien especial en San Francisco? —indaga.

Recuerdo la sonrisa de Alison, dulce y perversa a la vez. Destenso los nudillos cuando me doy cuenta de que tengo la mano izquierda encogida en un puño. Seguro que es porque en algún lugar de mi subconsciente la estoy estrangulando.

—No, no tengo a nadie.

Sialuk sonríe con los ojos.

—No sufras. Ya llegará.

Intento ignorar el cosquilleo que me sobrecoge cuando el rostro de Nilak sustituye el recuerdo de Alison. ¿A quién quiero engañar? Me estoy pillando, pero no pienso confesarle algo así a Sialuk. Trago saliva, nerviosa, y me pongo en pie con la excusa de ir al estudio de Naaja para llamar a mi familia.

Sialuk no interfiere, complaciente como siempre.

Marco el número de casa tras cerrar la puerta y, mientras suena un par de veces, me entretengo girando un tarro de cristal y contemplando el reflejo de la luz del halógeno que cuelga del techo; hay una pequeña etiqueta sobre la que han escrito con letra irregular «*Achillea borealis*, Milenrama». Pues vale. Ni idea de qué es.

Mamá descuelga al quinto tono. Sonrío.

—Ya empezaba a preocuparme... —refunfuña, pero la noto contenta—. El otro día hasta llamé a este teléfono, pero creo que el número debía de estar mal o algo así, porque colgaron enseguida.

—¡Mamá! No vuelvas a hacerlo. Te dije que el número es de una casa particular, no quiero que les molestes, solo vengo aquí de vez en cuando. Además, estoy cumpliendo con lo que le prometí a Matthew, llamo todas las semanas.

—Tienes razón.

—¿Cómo estáis? Háblame de Ellie.

Mamá me hace sonreír cuando me explica que a mi hermana sigue sin hacerle ninguna gracia ir a la guardería. Siempre ha tenido carácter y berreaba y montaba un escándalo todas las mañanas. Escucho sus últimas travesuras e intento recrear en mi cabeza todos esos momentos que me estoy perdiendo.

Toqueteo otro tarrito, este lleno de semillas rojizas que suenan como un sonajero cuando lo sacudo suavemente. Leo la etiqueta: «*Sambucus racemosa*, Saúco rojo». Tampoco sé para qué sirven, aunque la mayoría de las *bayas* de por aquí suelen ingerirse, pero hay cientos, miles de especies, algunas de ellas venenosas. Le digo eso mismo a mamá cuando me pide que le cuente algo interesante.

—También he vuelto a correr —confieso de pronto. No entraba en mis planes decírselo hasta más adelante, porque si mañana vuelvo a caer y dejo de hacerlo la decepción será mayor.

—¿Lo dices en serio, Heather?

—Sí. Ahora es diferente. Corro con *Caos*.

—No sabes cuánto me alegro por ti.

«Por favor, que no se ponga a llorar», ruego para mis adentros. Mi madre es tan expresiva y emotiva que siempre deja que sus sentimientos fluyan y, a veces, ser consciente de cuánto me quiere y de cuánto daño le he hecho hace que me sienta como si me oprimiesen los pulmones.

—Te noto mejor. En todo. Sé que estás bien, Heather. Si tuviese alguna duda, habríamos ido a por ti de inmediato, lo sabes, ¿verdad? No me importa que seas mayor de edad, sigues siendo mi pequeña —suspira hondo—. Y además, ya no tienes que preocuparte por Alison Breth. Se acabó.

Me quedo sin aire. Aprieto el teléfono.

—¿Qué quieres decir?

—Sus padres llamaron a casa esta semana y me contaron lo que les dijiste; querían saber qué tal estabas. Alison está recibiendo la ayuda que necesita. Ayuda especializada.

Intento que no note que me tiembla la voz:

—Tengo que colgar, mamá. Te llamo pronto, te lo prometo. Y dale un beso a Ellie y a Matthew de mi parte. Cuídate.

Dejo escapar de golpe el aire que estaba conteniendo.

No sé qué pensar.

Quiero reír y llorar a la vez. Y esta sensación tan contradictoria se parece mucho a lo que siempre he sentido respecto a Alison.

Porque la odiaba. Pero también la quería muchísimo. Era demencial. Me desgastaba vivir en ese vaivén de emociones.

Supongo que de eso se valen las personas altamente manipuladoras. Así te hacen dudar de ti mismo. Con mentiras, atacando las debilidades, haciéndote sentir insignificante para después halagarte y volver a mantenerte dentro de su pegajosa tela de araña. Tiemblo al recordar el juego emocional, las amenazas con hacerse daño a sí misma casi al final, cuando empecé a desprenderme de esa venda tejida de engaño que no me dejaba ver la realidad.

Alison era tóxica.

Y ahora ya no está en mi vida. Por primera vez desde que era casi una cría soy libre, estoy sola conmigo misma, no formo parte de un *pack* indivisible.

Respiro hondo y regreso con Sialuk, que me recibe con una sonrisa, una taza de chocolate caliente y un montón de tortitas recién hechas y regadas con jarabe de arce. Seguro que no se imagina lo mucho que valoro una merienda tranquila y una buena conversación después de años donde lo «normal» era cualquier cosa menos eso.

Me gusta nuestra rutina.

Nilak tiene el don de conseguir que un día sea perfecto solo con estar presente en él. ¿Cuántas personas pueden decir lo mismo? Es probable que mi conclusión tenga mucho que ver con lo que siento por él. Me gustaría decir que, a medida que lo conozco más, me convenzo de que estamos bien así, limitándonos a un par de miradas anhelantes al día. Pero no. No sería cierto. De hecho, empieza a resultar incómodo fingir que solo me interesa como amigo, porque lo que siento cuando lo veo está lejos de parecerse a la calma que me produce encontrarme con Seth, por ejemplo.

Y, además, no lo entiendo.

No entender las cosas es algo que siempre me ha frustrado. Y no solo en referencia a las emociones de otra persona, sino también cuando se trata de algo más banal, como un tonto problema matemático. Hace que me sienta impotente, como si me atasen las manos con una soga transparente y, encima, nadie más pudiese ver precisamente eso, ¡que estoy atada! Así es imposible que pueda resolver nada.

Nilak es uno de esos problemas sin respuesta.

A veces lo miro, lo miro durante horas, como si una parte de mí hubiese deducido que, si mantengo los ojos fijos en él durante una eternidad, la respuesta correcta aparecerá ante mí con un tintineante «¡Ding, ding, ding!». Tendré una solución, me darán quince puntos y ganaré el concurso, y correré hacia él con los brazos en alto, eufórica y radiante y...

—Heather. —Me llama secamente, pero no aparta la mirada del reloj con cronómetro que lleva en la muñeca—. Estás bajando el ritmo, concéntrate. Si no puedes ir más rápido, dímelo, pero no hagas estos cambios bruscos; vamos a intentar mantenernos a cinco.

—Vale —logro decir entre jadeos.

El suelo resbala un poco y voy con tiento. El sendero que conduce al pueblo es el único lugar que no está recubierto de nieve. Los primeros días, hace semanas, se derretía al poco de caer. Después adoptó una consistencia blanda y caminar por ella era similar a hacerlo sobre una nube esponjosa, y ahora es una cosa intermedia. Está por todas partes; el frío manto recubre las rocas, las montañas, el tejado de las casas, las copas de los árboles y el suelo. El mundo es blanco.

—¡Hace frío! —protesto—. Y me duele la garganta. —Es verdad, me escuece un poco, no es que me esté muriendo, pero...—. ¿Cuánto falta todavía?

Lo veo debatirse mientras me mira de reojo.

—Está bien, para ya.

—¿En serio?

No me creo que «el general» haya accedido a que dejemos un entrenamiento a medias a no ser que sea un milagro divino. Puede que tenga que ver con que la Navidad está cerca. Bromas aparte, Nilak es exigente. Me gusta que lo sea, porque nadie nunca me ha instado a que dé lo mejor de mí. Hace que me esfuerce. Y después de esforzarme siempre noto una satisfacción cálida en el pecho.

—Hace un rato que pasaste el objetivo de hoy —dice, al tiempo que da media vuelta y empieza a caminar de regreso a casa. *Caos* se resiste un poco cuando entiende que el paseo ha llegado a su fin, pero nos sigue porque no le queda más remedio.

—¿Y por qué has hecho eso? ¡Me estaba muriendo!

Se ríe y niega con la cabeza.

—Eres un drama con patas.

—No tiene gracia —refunfuño y piso sobre la nieve con todas mis fuerzas como método infalible para reflejar mi enfado—. ¿De dónde sacas eso? ¿Qué tengo de dramática?

—¿Todo? —Alza una ceja y luego sus rasgos se suavizan; acaricia a *Caos* cuando este se acerca y camina a su lado—. La meta tiene que variar. Lo hago para que no te condiciones inconscientemente. Solo era una prueba para ver si podías dar más de ti. Y sí que puedes.

Avanzamos un rato en silencio. Los abetos que crecen aquí y allá parecen susurrar entre ellos cuando el viento los sacude, como si estuviesen contándose un montón de secretos. Miro a Nilak. Está relajado. Mantiene la vista al frente mientras anda con pasos largos y seguros.

—¿Cuándo se irá el frío? —pregunto.

Arruga la frente.

—Acaba de llegar.

—¡Eso no es verdad! Ya hace un mes que empezó a nevar —insisto, y no es que no me guste la nieve como tal, lo que no me gusta es este aire gélido que te cala hasta los huesos y se queda ahí para siempre; tengo la piel seca, los labios algo agrietados y ya no recuerdo esa sensación de cerrar los ojos y notar el sol acariciándote hasta las pestañas con esa suavidad que desprende el calor.

—Tienes la suerte de haber ido a parar a una zona bastante agradable, créeme. El norte de Alaska, eso sí que es duro —señala y después ralentiza el ritmo hasta casi dejar de caminar y se moja los labios con lentitud; si supiese los pensamientos que cruzan mi mente cada vez que hace eso, probablemente lo evitaría—. ¿Estás pensando en marcharte?

—¿Qué? No, claro que no.

Sigue mirándome.

—Si en algún momento necesitas que alguien te lleve hasta la estación de tren más cercana, sabes que puedes pedírmelo, ¿verdad?

—¿Por qué haces esto?

—No quiero que te sientas atrapada aquí.

—No estoy atrapada. —Lo veo pasarse una mano por el oscuro cabello y suspirar nervioso. Intento pensar en algo para cambiar de tema—. ¿Es cierto lo que dicen? Que cada copo de nieve es único y no existe otro igual.

Nilak tarda unos segundos en contestar. Retomamos el paso.

—En realidad, creo que el dicho nace por las muchas variedades que existen, depende de la temperatura y otros factores. Están las estrellas hexagonales delgadas, las agujas, las columnas huecas, placas, dentritas...

—Madre mía. Eres un friki de la nieve.

Me río y él me mira sorprendido, y luego sus labios dibujan una sonrisa traviesa, de esas que casi nunca se permite esbozar. Se agacha con su serenidad habitual, coge un poco de nieve y la moldea entre las manos.

—¿Qué estás haciendo? —pregunto.

Aunque empiezo a ser inmune a sus rarezas, todavía consigue sorprenderme de vez en cuando. Ahora es una de esas ocasiones. Está serio, parado en medio del camino, con *Caos* moviendo la cola a su lado y las manos formando una... una...

—Heather.

El sonido ronco de su voz provoca que alce la mirada hacia su boca. Y ese es el momento en el que una bola de nieve me golpea en el hombro derecho. Miro el lugar del impacto, todavía alucinando porque Nilak haya hecho algo tan... ¿inesperado?, ¿divertido?, ¿impulsivo?

Sonrío, cojo un puñado de nieve y se lo lanzo como si fuese confeti de colores antes de salir corriendo. *Caos* me sigue animado, con la lengua fuera; creo que el pobre se piensa que continuamos con el entrenamiento. Nilak hace otra bola de nieve, la aprieta entre sus manos para darle consistencia y me da de lleno en la cabeza. Suerte que llevo un gorro de lana.

—¡Eh, ahí no vale! —protesto, me agacho y lo imito apretando la nieve entre las manos enguantadas.

—¿Desde cuándo existe esa norma?

—Desde ahora. Eres tan aburrido que jamás pensé que fuésemos a necesitar fijar ciertas reglas. No te pega nada lanzar bolas de nieve, ¿sabes? Pero si quieres guerra...

El azul de su mirada se ensombrece bajo las pestañas oscuras cuando entrecierra los ojos. Hum. Quizá me he pasado un poco.

—Aburrido, ¿eh? —sisea.

—No quería decir eso. No exactamente.

Sonrío con timidez, en son de paz, pero tan solo recibo a cambio otra bola de nieve que me impacta en la cintura. Grito como una histérica y corro hacia un lado del camino. Me escondo tras un abeto pequeño y *Caos* me sigue, como siempre. Se mueve a mi lado, agitado.

—¿Qué haces ahí parado, colega? ¡Ataca al enemigo! Vamos, ¡ataca! —insisto y escucho la risa profunda de Nilak apenas a unos metros de distancia.

Separo una frondosa rama entre los dedos para ver cómo viene hacia aquí y, en cuanto nuestras miradas se cruzan, lanza otra bola que impacta en el árbol. *Caos* ladra. Le acaricio un segundo para tranquilizarlo y luego hago una enorme pelota de nieve. Me encojo de cuclillas hasta que escucho sus pasos cerca, muy cerca, y entonces salgo disparada lo más rápido que puedo, lo cojo por sorpresa y el montón de nieve golpea su mejilla derecha. Cierra los ojos un segundo, probablemente procesando mi buen tiro y, cuando los abre de nuevo, leo la venganza en su mirada.

Vuelvo a gritar, esta vez entre risas.

Y corro, corro, corro.

Me sigue. Creo que ha olvidado las bolas de nieve y su máximo objetivo ahora es atraparme. Distingo la cabaña a lo lejos y hago un último esfuerzo, pero no puedo dejar de reír, y eso hace que respire entrecortadamente y pierda la concentración.

Nilak me atrapa.

Ahora sé cómo se siente una inocente gacela frente a un león hambriento.

Me empuja por la espalda, resbalo y, cuando intenta sostenerme, los dos terminamos cayendo al suelo. Y sí, antes me he equivocado. La nieve tiene poco que ver con lo que imagino que será caminar sobre una nube, porque caer sobre ella es doloroso, está dura y, obviamente, helada.

Tardo unos segundos en recuperar el control. Estoy tumbada boca arriba, respirando agitada, exhausta; el cielo es liso, de un tono gris luminoso que me recuerda al nácar, y las copas de los árboles se estiran para alcanzarlo. O eso es lo que contemplo hasta que el rostro de Nilak interfiere en mi campo de visión.

—Conque aburrido, entonces.

—¿Todavía sigues con eso? —bromeo—. Lo dije hace como un millón de años. Empezará a estudiarse en los libros de historia clásica dentro de poco.

—Ah, encima listilla. —Le brillan los ojos y el azul es intenso, turquesa; me sujeta las manos y el gesto me desconcierta, momento que él aprovecha para coger un montón de nieve y restregármela por la cara—. Esto sí que pasará a la posteridad.

—¡Estás tarado!

Nilak se ríe con todas sus fuerzas cuando escupo un trozo de nieve. Y de pronto, soy muy consciente de que su cuerpo, todo él, está sobre mí, sacudiéndose a causa de las carcajadas. Me arden las mejillas y mi corazón mete quinta de golpe, sin avisar. Se me seca la garganta y tengo que tragar saliva para deshacer el nudo que me oprime. Es tan... tan él, tan suyo, tan único, que quiero besarlo. No, «querer» no es la palabra.

Necesito besarlo.

Y antes de que pueda pensar en los pros y los contras o valorar las posibles consecuencias, lo hago.

Lo beso.

Rodeo su nunca con una mano para acercar su rostro al mío y su risa se extingue en cuanto nuestros labios se rozan. Los suyos son suaves, perfectos, pero están rígidos y noto cómo se debate interiormente y enfrenta su lucha particular. Me gustaría saber por qué duda. Yo no tengo ni un ápice de indecisión. Me gusta Nilak, a pesar de ser opaco, incluso con todos los huecos que faltan por rellenar. Suena irracional, pero sé de lo que hablo por la sencilla razón de que nunca antes había sentido nada igual. Es vértigo. Es estar en el filo de un acantilado, mirando hacia abajo, decidiendo si te atreves a precipitarte al vacío o das un paso atrás y regresas a la seguridad, a tu confortable existencia sin sobresaltos.

Yo me arrojé hace tiempo. Salté sin más.

Imprimo en el beso todo el deseo reprimido durante estas últimas semanas y él lanza una especie de jadeo contenido antes de entreabrir los labios y dejarse encontrar. La tentadora y cálida cavidad de su boca contrasta con el frío que noto en la espalda, pero dejo de ser consciente de que sigo tumbada sobre un inmenso montón de nieve cuando nuestras lenguas se rozan y casi puedo ver fuegos artificiales detonándose a mi alrededor.

Nuestras bocas encajan. Conectamos.

Una oleada de calor me sacude cuando Nilak presiona mis labios con más fuerza. El beso se vuelve apremiante, furioso, y sus manos se aferran a mi cintura. ¿Cómo era eso de respirar? Creo que tenía que ver con inspirar, espirar o algo así. No importa. Ahora mismo no me importa nada más allá de lo que estoy sintiendo; la sensación burbujeante en mi estómago, su lengua húmeda, el cosquilleo que se apodera de mis extremidades.

He dejado de tener frío.

Quiero más.

Quiero que este beso sea eterno.

Noto lo rápido que le late el corazón al posar una mano en su pecho, y luego la deslizo hacia arriba, hacia sus hombros, el cuello y la mandíbula. Nilak emite un gruñido seductor y se aprieta más contra mí. Nunca había estado tan excitada y, por lo que puedo deducir a través de la ropa, él siente lo mismo. Ese chispazo que surge en cuanto lo veo se está transformando en un incendio que avanza implacable; deberíamos levantarnos, entrar en casa y acabar con esta tortura de una vez por todas. De hecho, creo que es la mejor idea que he tenido en mi vida cuando, de pronto, abrumado y jadeando, Nilak se aparta y se queda inmóvil.

Abro los ojos. Me mira con tal intensidad que me pregunto qué demonios estará viendo. Dejo escapar un suspiro ahogado al sentir sus dedos ascendiendo por mi mentón hasta acariciarme con el pulgar el labio inferior; su mirada se queda ahí, detenida en mi boca. Después, cuando ya estoy a punto de suplicarle que vuelva a besarme, niega con la cabeza para sí mismo y su rostro revela la angustia y la desolación que es incapaz de trasmitir con palabras.

—Lo siento, Heather...

—No, ¡no hagas eso otra vez! —Apoyo una mano en su mejilla y lo obligo a mirarme—. ¿Por qué? No lo entiendo. Explícamelo.

—No puedo.

—Por favor...

Siento el viento helado colarse entre ambos cuando su cuerpo se separa del mío. El miedo, latente, tiñe su mirada mientras se pone en pie. Me incorporo, todavía confusa, y me quedo sentada en la nieve, incapaz de dejar de mirarlo.

—¿Qué es lo que pasa? —pregunto con un hilo de voz.

Nilak suspira con brusquedad y se lleva una mano a la frente al tiempo que camina de un lado a otro con la vista fija en el cielo. Pasa una eternidad hasta que se deja caer junto a mí, en la nieve, y me sostiene la barbilla con la punta de los dedos. Hay una súplica silenciosa en sus ojos, pero no, no quiero verla, no quiero.

—Pasa que soy un puto egoísta —contesta con la voz rota—. Te lo dije, Heather. Estoy jodido, muy jodido. Y odio hacerte daño, porque cuando estoy contigo, durante ese tiempo, lo olvido... todo.

Vuelve a levantarse y da un paso atrás, y luego otro y otro.

Ignoro el dolor que refleja su rostro.

—No te vayas, Nilak. No lo hagas —ruego y me siento horrible y débil por hacerlo—. Por favor, habla conmigo. Sea lo que sea.

Tiene la mirada perdida.

—No puedo. Lo siento.

Se gira y se aleja dejando tras de sí un rastro de huellas en la nieve. Tengo la mente nublada. El Jeep oscuro atraviesa el camino un minuto después y desaparece tras las curvas cercadas por los árboles. Estoy sola. O eso pienso, hasta que advierto la presencia de *Caos* a mi lado. Se mantiene quieto. Fiel. Sentado sobre sus patas traseras.

Cierro los ojos con fuerza y el rostro de Nilak se dibuja de nuevo ante mí.

Y por un momento lo veo. Sí, lo veo hundiendo su mano en mi pecho, traspasando músculos, tendones y quebrando huesos hasta llegar a mi frágil corazón para estrujarlo, sacarlo y tirarlo al suelo como si fuese algo carente de valor. Eso. Eso es lo que acaba de pasar. Lo que siento.

Me quedo ahí, sentada en la nieve junto a *Caos*, tiritando. Tengo ganas de llorar, pero hace tanto frío que los ojos me escuecen y no me salen las lágrimas, así que me trago todo el dolor. Y cuando lo mastico y lo saboreo en un bocado de decepción, entiendo lo que ocurre. Me he enamorado. Creo. ¿Qué otra cosa puede explicar esta presión agonizante en el pecho? Inconscientemente, me llevo una mano ahí. Sigo con la mirada clavada en la nieve que me rodea y me gustaría ser capaz de hacer algo, levantarme, gritar, llorar o patalear, pero estoy bloqueada. Así que no hago nada, no me muevo, casi ni respiro. Solo tiemblo.

No sé cuánto tiempo ha pasado exactamente cuando John llega con su furgoneta, da marcha atrás al verme a un lado del camino, y baja del vehículo. Parece consternado.

—¿Qué demonios haces ahí, muchacha?

Tardo en encontrar las palabras exactas, que se limitan a un triste «no lo sé», pero antes de que pueda formularlas en voz alta, John me coge por los codos y me pone en pie como si pesase menos que una bolsa de papel. *Caos* ladra a mi lado.

—Estás helada, Heather. —Me rodea la cintura con un brazo y me obliga a caminar a su ritmo hasta el coche. Abre la puerta del copiloto y entro. Él hace lo mismo y conduce hasta su casa—. Prepararé chocolate caliente.

—Vale.

Mi voz carece de emoción.

No sé qué debería sentir en estos momentos. Ha sido todo como una especie de revelación. Una revelación horrible. Cuando entramos en el comedor, enciende la chimenea y me deja a solas mientras va a la cocina y escucho el ruido de tazas y cacerolas. Sin antes pedirle permiso, me acerco al tocadiscos, bajo la aguja hasta que roza el surco del extremo del disco y lo enciendo. La música empieza a sonar, las notas se engarzan, flotan en el aire y me envuelven.

Me siento frente al fuego con las piernas cruzadas.

Es el karma. Es eso.

Me he pasado toda mi vida utilizando a los hombres. No exactamente como lo hacía Alison, porque ella, como descubrí más tarde, siempre supo que jamás podría llegar a enamorarse de ninguno de ellos. Yo, en cambio, albergaba la esperanza. Pero, mientras no llegaba, disfrutaba, reía, follaba, me divertía. Nunca le prometí nada a nadie, pero ahora me pregunto si alguno de esos rostros sin nombres sentiría algo más por mí. Antes solo miraba mi propio ombligo. Quizá le rompí el corazón a alguien sin ser consciente de que lo estaba haciendo. Quizá le hice daño a otra persona.

Dudo que Nilak sepa lo que hoy me ha hecho sentir. No se imagina hasta qué punto alcanza todo lo bueno y, también, todo lo malo, y lo complejo de mezclar ambas emociones, contrarias, que se repelen y a partir de este instante deben permanecer juntas dentro de mí.

Quiero sacarlas.

Quiero quedármelas.

No sé qué quiero.

—Tengo tarta de queso, pero es de ayer, está un poco dura. Puedo calentarla en la sartén por el lado de la galleta, si te apetece.

—John se agacha a mi lado y deja la taza de chocolate en el suelo, frente a la chimenea—. Creo que también tengo arándanos maduros y algún fruto seco debe de quedar en la despensa.

Lo abrazo antes de que pueda decir nada más. Es un abrazo un poco torpe y raro, porque él está de cuclillas y yo tengo que estirarme hacia un lado para alcanzar su hombro, pero no se aparta. Por fin noto las lágrimas calientes, pugnando por salir hasta que lo consiguen. Me estremezco mientras John me acaricia el pelo valiéndose de su serenidad habitual. Huele a madera; es un aroma cálido y familiar. Deseo esconderme en algún lugar perdido y no volver a salir en mucho, mucho tiempo.

—Tranquila, muchacha.

Me aparto de él todavía con ojos llorosos.

—Siento molestarte a todas horas —murmuro balbuceante—. Debes de pensar que soy una cría estúpida, peor que un grano en el culo.

John sonríe y se sienta a mi lado, cruza las piernas con cierta dificultad y me da una palmadita en la espalda con una de sus enormes manos. El piano que suena de fondo enmascara el crepitar del fuego.

—Tengo la suerte de no saber aún cómo es un grano en el culo, así que debo de ser un hombre afortunado —dice y luego su voz se torna más suave—. Heather, no eres estúpida, ni mucho menos una molestia para mí. Al revés. Estás aquí, ¿no? Antes de que tú llegases... —hace una pausa y suspira hondo—, hacía mucho que no tenía visitas. Creo que me había olvidado de lo que era compartir un rato agradable con alguien, con un amigo. Así que no digas cosas que no son verdad. —Vuelve a adoptar su habitual tono severo—. Piensa que al menos tu presencia hace feliz a un viejo como yo, no es que sea mucho, pero...

—Sí que es mucho. Para mí, sí.

Sonrío entre lágrimas y después vuelvo a abrazarlo.

No recuerdo cuándo fue la última vez que me sentí así de triste. Existen muchos tipos de tristeza: está la que va acompañada de dolor, la que se esconde tras la rabia, la que simplemente aparece un día y se queda y no sabes por qué ni cómo, y la tristeza por amor, que es muy extraña, porque estar deprimido por algo tan bonito es un sentimiento complejo y difícil de manejar.

—¿Qué ha pasado, muchacha? Te dije que Nilak no era un mal tipo, todo lo contrario, pero de ahí a que tuvieses que elegirle justamente a él de entre todo el pueblo... —Chasquea la lengua—. Se ve de lejos que tiene sus demonios.

—Nilak no me gusta.

—Heather...

—¿Por qué piensas que estoy mal por él? Podría ser por cualquier otra cosa. Por los pobres caribús. Por el horrible frío que hace. Porque aquí es casi imposible encontrar un poco de leche decente.

John arruga la frente y se frota la barba con la palma de la mano.

—Pasáis juntos todo el día. Y todavía llevas puesta la ropa de entrenar.

—No quiero hablar de esto contigo, John. Es incómodo —admito al fin mientras fijo la vista en el fuego.

—Como quieras. Puedes quedarte a pasar la noche aquí, si no te apetece estar sola. Tengo una habitación de invitados y salmón fresco para cenar.

Asiento con la cabeza y le sonrío.

Nos quedamos un rato más ahí, los dos sentados frente a las llamas anaranjadas y amarillas que bailan dentro de la chimenea. Me gusta la casa de John, es acogedora, con todos sus muebles rústicos y sus antiguallas. Cuando vuelvo a rememorar por enésima vez el tacto suave de los labios de Nilak, me giro y le pregunto si podemos jugar una partida al ajedrez. Él accede entusiasmado. Le doy la espalda a la chimenea, pero no me levanto de la alfombra.

Cojo mis fichas, las negras, y las coloco en mi lado del tablero mientras John hace lo mismo con las suyas. Saco un peón. Él también. Muevo el mío otra casilla en la siguiente jugada y espero al turno de John.

—¿Has estado enamorado alguna vez?

Levanta la mirada del tablero.

—Sí, hace años —carraspea.

—¿Y cómo era? ¿Qué pasó?

Sonríe burlón y avanza con un alfil otra casilla.

—Así que la señorita quiere que respete su intimidad, pero quiere poder hurgar en los amoríos de los demás. Interesante posición.

—No, bueno, no es exactamente así. —Bajo la mirada hacia el tablero—. Vale, tienes razón. Soy muy cotilla —digo—. Resulta que a Nilak no le gusto. Fin de la historia. Ahora te toca a ti; háblame de ese amor del pasado.

John deja escapar una brusca carcajada.

—Le importas más de lo que crees, Heather.

—¿Cómo lo sabes?

—Porque antes apenas hablaba y ahora, al menos, está intentando volver a comportarse como una persona normal. Se esfuerza. Tú también has cambiado desde que llegaste aquí, en el buen sentido.

—¿A qué te refieres?

Reprimo una mueca de angustia cuando veo morir cruelmente a una de mis torres. Creo que la partida acabará pronto. No es el mejor día para exigirme concentración.

—Tus gestos son más suaves, ya no estás tan a la defensiva y pareces más contenta. Además, has dejado de ponerte tanta cosa de esa... ¿Cómo lo llamabas...?

—¿Sombra de ojos?

—Eso —afirma—. Y estás más llena. Estás mejor.

—Es decir, que estoy más gorda.

—¿En qué cabeza cabe eso?

—Da igual. Olvídalo —suspiro—. Cuéntame esa historia.

—No hay mucho que explicar y tampoco se me da bien hablar de estos temas, pero ella era especial. Preciosa. Y muy alegre, aunque tenía carácter. Era testaruda para sus cosas. Siempre me gustó eso, hay defectos que tienen su encanto. Éramos jóvenes cuando nos conocimos y vivimos un amor apasionado, sin horarios ni barreras. Por aquel entonces, viajaba mucho durante la época de competiciones, hacía contactos, me relacionaba con gente del mundillo, y ella siempre me acompañaba; sabía de negocios y era buena calando a la gente. Tiempo después, llegaron unos años más tranquilos... pero muy felices... —Veo que parpadea más de lo normal antes de ponerse en pie de golpe—. Será mejor que vaya a la cocina y lo deje todo listo antes de la hora de la cena.

Asiento y desaparece de la estancia.

Creo que estaba a punto de llorar.

No es justo que amar resulte tan doloroso.

Cuando regresa al comedor, sigo sintiendo curiosidad por saber qué le pasó, pero no hago más preguntas y él no vuelve a tocar el tema. Jugamos otra partida antes de preparar juntos la cena y, después, nos comemos el salmón en silencio, disfrutando de la mutua compañía. Cuando bostezo por cuarta vez consecutiva, John insiste en que debo descansar y me acompaña hasta el cuarto de invitados.

Es una habitación pequeña con una cama individual y varias cajas de cartón en el lado opuesto, apoyadas sobre la pared. Hay una mesita de madera y una lamparita con forma de media luna. Las sábanas y las mantas huelen a polvo, pero no se lo digo. Me acurruco entre ellas y John me observa durante unos segundos antes de darme las buenas noches y apagar la luz.

24

4 de marzo

Querido diario,

Ayer tuvimos una fuerte discusión.

    Nunca había visto a Kayden así, hablando con tanta frialdad y desdén. No parecía el mismo. Se muestra siempre tan tranquilo, tan sereno, que era como si estuviese saliendo a relucir una parte muy oscura que nunca me había permitido ver. Y no me gusta que exista. No me gusta. Quiero al chico que sonríe y que siempre encuentra esa palabra que me levanta el ánimo, el chico que me limpia la barbilla de nata y me mira fijamente cuando piensa que no le veo.

    Le pedí explicaciones por lo de su familia y eso pareció molestarle. Acababa de recogerme para ir a merendar y, ya en el coche, empezó a comentar que la cena con mi madre la noche anterior había ido genial. Yo le corté antes de que girase la llave del contacto y le pregunté por qué nunca me había comentado que sus padres eran poco menos que los dueños de media Alaska.

    «¿Qué importa eso?», contestó.

    «No sé, creo que si vamos a tener un futuro juntos y en común, lo normal es que lo sepamos todo el uno del otro».

«Pues ahora ya lo sabes».

«Kayden, no. Tendrías que habérmelo dicho antes».

«¿Por qué?», su ceño empezó a fruncirse.

«¡Porque es tu familia, demonios! ¿Cómo puede importarte tan poco? ¡No me lo creo, no es posible que ignores que existen de esta manera!».

Kayden se humedeció los labios y su mirada adquirió un tono sombrío.

«Para mí están muertos. Todos», sentenció. «Siento no ser siempre moldeable a tu gusto, Annie, pero no cederé en esto. Tuve que vivir en esa maldita casa hasta que cumplí los dieciocho y me marché el mismo día de mi cumpleaños, sin nada. Tú no sabes cómo son. Tenemos formas diferentes de pensar; sé que para ti la sangre condiciona cualquier cosa, pero para mí no. Esa es mi filosofía de vida y no pienso cambiarla, ni siquiera por ti...», se mordió la lengua. «Annie, te quiero, pero necesito que confíes en mí, que entiendas que si tardo más en hablar algo contigo no es por ti, es porque a veces yo no estoy preparado».

Me quedé mirándolo en silencio unos segundos.

«¿Cómo son?», insistí, ignorando sus palabras.

Kayden suspiró hondo y apoyó la cabeza en el respaldo del vehículo. Parecía agobiado y sin ganas de hablar, pero, demonios, ¡yo también tengo derecho a saber sobre su vida! Él lo sabe todo de mí. Todo.

«Son malas personas. Tratan a los trabajadores del servicio como si fuesen escoria y prefieren quemar el dinero en la chimenea antes que dárselo a alguien que lo necesite. Literalmente. Mi padre se dedicaba a darle guantazos a mi madre cada vez que estaba furioso por cualquier tontería, y ella aceptaba ese trato a cambio de poder comprarse joyas, ropa y otras cosas inútiles. Cada vez que le pedía que se divorciase y nos marchásemos lejos, me miraba como si fuese un crío gilipollas; nunca he conocido a nadie que adorase tanto el dinero y el lujo como ella. Tiempo después, mi hermano mayor se casó y fue como si la historia se repitiese, pues trataba a Loria, su mujer, como a un trozo de mierda y ella lo permitía. Intenté ayudarla e incluso le conté mis planes de fuga, pero supongo que no le tentó la idea de renunciar a la riqueza de la familia y tener que empezar a trabajar con sus propias manos», Kayden cogió aire de golpe. «Y esa es la historia de mi vida, Annie, ahora ya lo sabes. Pero esto no cambia nada, no cambia lo que soy ni todo lo que conoces de mí. Lo que ves en este instante es la única realidad, todo lo demás forma parte del pasado».

Tragué saliva e intenté asimilar sus palabras.

«Siento que tuvieras que pasar por todo eso».

«No lo sientas, ya es historia».

Metió la llave en el contacto, pero cerré mi mano en torno a la suya antes de que pudiese girarla y arrancar el coche.

«De verdad que si en algún momento necesitas desahogarte o hablar con alguien del tema, sabes que estoy aquí».

Me miró y ahí fue cuando vi ese tono más sombrío en sus ojos.

«No te preocupes. Ya te lo he dicho, para mí están muertos», concluyó.

Annie.

25

Me siento libre

Seth está sentado a mi lado en el sofá, en casa de Naaja, mientras Sialuk intenta elegir el menú perfecto para la boda. Hemos insistido en que la mejor opción es dejar esa decisión en manos de su futuro marido, pero ella no parece estar por la labor.

—Salmón es demasiado típico.

—¿Y qué más da? Nos gusta a todos.

—Había pensado en algo más original.

—¿Costillas? —pregunta Seth esperanzado.

—Más. Original —sisea Sialuk.

—Podríamos usar esos mismos productos de forma diferente. Por ejemplo, hacer un pastel de salmón o saquitos de hojaldre rellenos —propongo.

—¡Se puede! —Seth sonríe—. Un menú degustación con bocados pequeños en vez del habitual primer plato, segundo plato, postre...

—Me gusta. Suena interesante —admite Sialuk.

—Está bien. Cariño, tú dame un par de días para que piense en posibles recetas y eliges las que quieras de todas las propuestas, ¿qué te parece?

Sialuk sonríe y se deja caer sobre él en el sofá y lo abraza. Me aparto a un lado, incómoda. Vale, ahora se están besando. No quiero decir nada, pero, ¡sigo aquí! Por suerte, Naaja aparece en el umbral de la puerta y reprime la risa al ver a su nieta protagonizando la escena de una película de sobremesa muy azucarada. Me llama y yo me levanto como si se acabase de declarar un terremoto de siete en la escala Richter.

—Vosotros seguid a lo vuestro —bromea y se regocija cuando ve a Seth sonrojarse hasta las orejas. Es tan rubio y tiene la piel tan pálida que es incapaz de disimular—. Vamos, *Siqiniq,* acompáñame arriba.

Sigo a Naaja por las escaleras y avanzamos por el pasillo tenuemente iluminado hasta llegar a su despacho. Una vez dentro, cierra la puerta a mi espalda.

—Ya tenemos fecha para la boda.

—¿Perdona?

—Será una sorpresa para Sialuk. —Sonríe encantada—. El día uno de enero. ¿Qué mejor forma de empezar un nuevo año, Siqiniq? Vamos a dejar que elija el menú y el vestido ya está casi listo; ¡oh, tendrías que verlo! Ha quedado precioso —asegura—. La cuestión es que hemos decidido decorar el bar con motivos navideños. Sialuk adora la Navidad, es su época preferida. Cuando era pequeña, insistía en colocar el árbol a finales de octubre y luego lloraba cada vez que había que quitarlo.

—Es muy bonito, Naaja. Me gusta la idea y también la fecha, aunque es probable que le dé un infarto cuando se entere.

—¡Ahí está la gracia! El día de su boda debe ser divertido, alegre y memorable, más allá de ostentaciones innecesarias. Seguro que no se lo espera.

—¿Seth lo sabe?

—Claro que sí.

—Es genial.

Sonrío y Naaja me devuelve el gesto.

—El bar cerrará el día anterior para que tengáis tiempo de prepararlo todo. —Se inclina y coge un tarrito que hay sobre la mesa y me lo tiende. Leo la etiqueta «*Epilobium angustifolium*. Epilobio»—. He oído que a veces sufres dolor de estómago. Debes hervir las hojas y tomarlo en forma de té. Funcionará, ya verás.

—Gracias, Naaja —contesto y trago saliva, sintiéndome algo culpable; es cierto que a menudo me duele la tripa, pero también he usado esa excusa más de una vez cuando todos intentan cebarme.

Me doy la vuelta.

—Espera, Heather. ¿Hay algo más que desees preguntarme?

La miro dubitativa.

—Eh, no, creo que no.

Naaja arruga más el ceño, si es que eso es posible, porque su piel aceitunada ya está surcada de diminutos pliegues.

—Sialuk me comentó que te preocupaba lo que pensé sobre ti el día que te conocí en la puerta del supermercado —comenta—. La oscuridad puede ser superficial y no siempre es mala, a veces lo bueno se protege tras ella. Es un recurso lícito que muchas personas usan porque necesitan sentirse seguras, resguardarse del resto del mundo. Heather, las cosas casi nunca son blancas o negras, lo más habitual es que sean grises. No creo que debas preocuparte; estás conociéndote y no es tarde para ello. Hay personas que cruzan al otro mundo sin haber empezado a hacerlo. Tú tienes que aprender a acallar esa voz maliciosa que vive en tu cabeza y te habla de fracasos y decepciones.

—Lo intento.

—Lo sé. —Coge otro tarro más, este opaco, y me lo tiende—. Llévaselo a John. Es una crema para su dolor de espalda. Y, a propósito, quería pedirte otro favor. Necesito que lo convenzas para que asista a la cena de Navidad que celebraré en casa en Nochebuena. Por supuesto, cuento también con tu presencia, Siqiniq.

Arrugo la nariz.

—¿Que convenza a Nilak?

—No. A John Bale.

—Ah. —Noto que me arden las mejillas—. Vale, prometo poner todo de mi parte, pero no te aseguro nada. Es un cabezón. Y gracias por las hierbas para el té. —Levanto en alto el tarrito y lo agito a modo de despedida.

Naaja se muestra dubitativa un instante, algo raro en ella, que siempre parece segura y tranquila, como si retuviese «la verdad» del universo en la punta de la lengua. Apoya una mano en mi hombro y presiona los labios en una mueca antes de hablar.

—Hay algo más que veo, aunque existe la posibilidad de que me equivoque y aún me aferro a esa duda. —Le aguanto la mirada a duras penas—. Veo un corazón roto.

—No es verdad. No estoy enamorada de él.

Ella niega con la cabeza suavemente.

—Mientes —sentencia—. Pero no importa, porque no me estaba refiriendo a tu corazón, sino al de Nilak. Vas a rompérselo. Tú te irás y hay cosas que son frágiles, cosas que hay que saber manejar con cuidado...

Que sea el día de Nochebuena no le parece una «excusa de peso» para interrumpir nuestra rutina de entrenamiento. Nilak asegura que tenemos toda la mañana libre para hacerlo y yo cedo. Al fin y al cabo, disfruto corriendo, incluso en esos días en los que la pereza me atrapa y me cuesta motivarme.

Así que eso estamos haciendo ahora. Correr.

Correr por el sendero principal en silencio. Es como últimamente pasamos juntos nuestro tiempo. Callados. Él nunca ha sido un gran conversador, las cosas como son, y yo no consigo fingir que no ha pasado nada, así que prefiero esto a tener que convertirme en actriz profesional.

No puedo sacármelo de la cabeza.

Me gustaría hacerlo, arrancar ese pensamiento de raíz, *clac*, fuera, y seguir adelante con mi vida vacía. Pero no puedo porque ahora... ahora simplemente no lo entiendo. Me paso el día intentando averiguar qué es lo que no le gusta de mí. ¿Por qué empieza algo que no quiere acabar? Es que lo ha hecho dos veces. Dos. Demonios. ¿Tan horrible le parezco? Nunca me había rechazado un hombre por partida doble y no sé en qué lugar deja eso a mi frágil autoestima.

Intento no pensarlo. Intento cerrar los ojos cada vez que recuerdo que he engordado, que apenas me queda base de maquillaje, que soy poco inteligente y que me paso el día vestida con un chándal rosa chicle que, desde luego, no me favorece. Pero cuando cae la noche y me tumbo en el sofá, todas esas estúpidas ideas que mantengo apartadas, vuelven a mí y me atrapan. No sé a quién pretendo engañar. Naaja dijo que tenía que acallar esas voces que siempre parecen cuchichear en mi mente todo lo malo, pero cuanto más lo intento, más me acuerdo de todos mis defectos; es casi como si les estuviese sacando brillo. Y quiero dejar de hacerlo, de verdad que sí, pero no puedo.

Recuerdo el día en que el profesor Ethan Larvin me obligó a salir a la pizarra para hacer una raíz cuadrada. Matemáticas era la asignatura que peor se me daba, con diferencia, y eso que tampoco destacaba en las demás. La cuestión es que no tenía ni idea. Me quedé paralizada, con la tiza en la mano, rezando para que sucediese un milagro divino que me salvase de la situación. Un incendio o algo así, qué sé yo. Empezaron a sudarme las palmas de las manos y hasta me costaba sostener la tiza; me ponían de los nervios los murmullos de los compañeros que escuchaba a mi espalda.

—¿Cómo puedes no saber hacer el ejercicio a estas alturas del temario? Empieza por el principio. ¿Cuál es la raíz cuadrada de nueve?

Lo miré. Estaba totalmente en blanco.

—No lo sé.

—Es imposible que no lo sepas, piensa en un número que puedas multiplicar por sí mismo. Es fácil, Heather.

—No lo sé —insistí, temblando.

No podía hacer que los engranajes de mi cerebro se pusiesen en marcha, de verdad que no. El profesor se puso en pie emitiendo un suspiro cansado, pero antes de que pudiese decir nada más, la voz almibarada de Alison flotó en el aire.

—¡Oh, Dios mío! Señor Larvin, debería subirse la cremallera de la bragueta, a no ser que tenga intención de dar un espectáculo. Por lo que se ve, parece bastante dispuesto —agregó.

La mitad de la clase ahogó una exclamación de asombro. El profesor bajó la vista hasta su pantalón para descubrir que tenía la cremallera en su sitio y la fulminó con la mirada.

—Alison, al despacho de la directora.

—¿Qué despacho? —Enroscó en el dedo índice uno de sus tirabuzones de oro y puso morritos. La mayoría de los alumnos rieron.

—Señorita Breth...

—A riesgo de que me pierda, me temo que tendrá que llevarme usted mismo —concluyó poniéndose en pie de un salto. Llevaba una falda cortísima que dejaba al descubierto sus largas piernas torneadas y, antes de seguir al profesor fuera de la clase, me miró, sonrió y me guiñó un ojo. En ese momento la amé. La amé por conocerme tan bien, por saber cuándo me podía la presión y echarme una mano, por hacerme reír cuando minutos atrás estaba a punto de hacer un ridículo espantoso delante de todos.

—¿En qué estás pensando?

La voz de Nilak me distrae.

—En nada —miento.

—Tenías el ceño fruncido.

—Pensaba en Alison.

Sigo corriendo sin añadir nada más. *Caos* está contento y va rápido, así que hago lo posible por acoplarme a su ritmo mientras Nilak avanza a mi lado, con la capucha puesta.

—¿Era un mal momento?

—Prefiero... guardármelo.

—Como quieras.

Seguimos trotando un rato más. La tensión entre nosotros me resulta casi insoportable. Lo que de verdad me apetece es gritarle, pedirle algún tipo de explicación, entenderlo; pero lo único que hago es correr más y más, y concentrarme en el sonido rítmico de mis pies golpeando contra la calzada.

—¿Qué estás leyendo?

—Nada interesante.

No puedo creer que ahora sea él quien intente que hablemos cuando siempre se ha mostrado más cómodo entre silencios eternos. Necesito guardar las distancias. Naaja no tiene ni idea de lo que dice, esa vieja está perdiendo la cabeza. ¿Cómo puede pensar que le romperé el corazón a Nilak? Para empezar, ni siquiera estoy segura de que tenga uno y, además, no hace falta ser muy intuitivo para predecir que la única que está saliendo mal parada de esta situación se llama «Heather», de apellido «Green».

Jadeo cuando llegamos a la puerta de casa.

Estoy agotada y solo quiero darme una ducha, descansar un rato y prepararme para la cena de Nochebuena que se celebrará en casa de Naaja dentro de un par de horas. Me ha costado lo mío convencer a John, días de súplicas y ruegos, pero al final ha accedido. Le aseguré que me quedaría con él si se negaba a ir, porque no pensaba dejarlo solo, y eso fue lo único que hizo que cambiara de opinión, aunque a regañadientes.

—Nos vemos esta noche. —Tras despedirme de Nilak, subo los escalones del porche todavía respirando algo agitada.

—Espera, Heather. —Me coge de la muñeca y tira de mí con suavidad. Bajo la mirada al lugar donde sus dedos parecen quemarme y luego vuelvo a alzarla lentamente hacia sus ojos—. Estás enfadada.

No jodas.

Enhorabuena, Sherlock.

Hace más de una semana que me rechazó por segunda vez y no sé si ha necesitado todo ese tiempo para advertir mi cambio de actitud o si, simplemente, la tensión creciente ha anulado su aparente indiferencia.

—¿Eso te sorprende?

Nilak no deja de mirarme.

—¿Qué puedo hacer?

—Supongo que nada.

Me encojo de hombros y suspiro con resignación. No es que tenga demasiadas opciones partiendo de la base de que se niega a contarme qué le ocurre, y tampoco puedo obligarlo a que sienta algo por mí. Eso surge, no se busca. Lo peor es que me gustaría sentir más rabia cuando lo miro, pero no puedo; en cuanto encuentro sus ojos me derrito, me siento... otra persona. Yo antes no era así. No era ñoña ni tan sensible ni me pasaba el día recreando en mi mente tontas fantasías propias de una adolescente que compra revistas juveniles solo para rellenar el test que viene al final y que te revelará si tienes un admirador secreto. Este frío está aniquilando la poca cordura que me queda. Es eso.

—Tengo tu regalo en el coche.

—¿Mi regalo?

—Es Navidad.

Vacilante, me sujeto a la barandilla del porche y vuelvo a bajar el escalón que ya había subido. No se me había ocurrido que fuésemos a intercambiar regalos navideños.

—Yo no te he comprado nada.

—Lo sé. Solo es... una tontería. —Se frota el mentón con el dorso de la mano y me hace gracia verlo así, algo indefenso, después de mostrarse siempre tan serio y frío—. Quédate aquí un minuto —pide, y baja por el sendero hasta el coche, abre el maletero y vuelve a subir cargado con una bolsa y una cajita de regalo diminuta que lleva en la mano derecha.

—Sé que es típico lo que estoy a punto de decir, pero creo que no debería aceptarlo. Nilak, ni siquiera sabía que ibas a... —Extiendo las manos frente a mí, impotente—. Si me lo hubieses dicho, habría intentado comprarte algo. Esto es como hacer trampas.

Él me mira serio.

—Ya me has regalado algo.

—¿El qué?

—Correr.

—¡Eso no es un regalo! —protesto.

—Va, deja de quejarte y cógelo.

Suspiro sonoramente al aceptar los regalos. La cajita está envuelta en papel rojo brillante y tiene una estrellita dorada en la parte superior. Antes de que pueda quitar el primer trozo de celo, Nilak me da la espalda y camina de nuevo hacia el coche.

—¡Eh! ¿No te esperas a que lo abra?

Parece algo incómodo cuando me mira y niega antes de subirse al coche. «Es raro de cojones», pienso mientras veo desaparecer el vehículo por el sendero. Vuelvo a fijar la vista en el regalo, cojo la bolsa que he dejado en la escalera y entro en casa. No negaré que tengo un nudo en el estómago y estoy nerviosa, pero, en mi defensa, abrir regalos siempre me ha sumido en un estado de excitación digno de estudio. Es emocionante.

Me siento en el sofá y desnudo la cajita que se escondía tras el envoltorio rojo. La abro. Es un colgante. Un colgante precioso que parece representar a la chica que soy ahora, en este preciso instante. Me acerco a la ventana, saco la cadena plateada y la balanceo entre mis dedos frente a la luz. Sonrío al ver el diminuto copo de nieve que cuelga de ella. Es tan bonito... Más que eso; este collar es también Alaska, es *Caos*, John y los demás. Pero, sobre todo, es Nilak. Y sé que suena ridículo, pero me gusta la idea de llevarlo conmigo, cerca del corazón.

Casi mejor que no haya querido ver cómo lo abro, porque habría caído en la tentación de abrazarlo solo por lo mucho que me ha gustado. Me aparto el cabello a un lado y quito el cierre antes de ponérmelo. Después, cuando saco el otro regalo que está sin envolver dentro de la bolsa de cartón, estallo en una carcajada.

Es una caja.

Una caja con veinte barritas Twix.

Soy feliz.

La casa de Naaja es un cúmulo de voces, risas y gritos, todo salpicado por el agradable aroma a comida casera que flota en el ambiente. John parece un poco abrumado en un primer momento, como si desease salir corriendo de allí, pero lo cojo de la mano y lo guío hasta la cocina, donde Naaja, su hija y otras dos mujeres lo reciben encantadas, y él se muestra algo más animado cuando le tienden una cucharita de café y le dan a probar el menú de la cena.

En el comedor hay un árbol de Navidad gigantesco que, literalmente, toca el techo; las ramitas de la copa están algo dobladas. Está cubierto de adornos y luces que parpadean al son de una acogedora melodía navideña. Sialuk y Seth están sentados en el sofá frente al tablero de Scrabble, enzarzados en una batalla silenciosa. Nilak está de pie, apoyado en la pared, cerca del árbol, observándoles.

Alza la vista hacia mí cuando se percata de que he entrado en la estancia. Sus ojos resbalan con una lentitud demencial por mi barbilla hasta posarse en el cuello y encontrar el pequeño copo de nieve de plata. Le sonrío. Ha empezado a sonar *White Christmas*, afuera nieva y, si hace unos meses alguien me hubiese dicho que me sentiría en casa con todas estas personas, me habría parecido un comentario de lo más gracioso.

—¿Quién gana? —pregunto.

—Ella, como siempre —gruñe Seth.

Sialuk se ríe. Dejo el abrigo en el brazo del sofá y me acomodo frente a ellos, en la mullida alfombra, cerca del fuego que calienta la estancia. Me fijo en los calcetines que cuelgan de la parte superior de la chimenea, los espumillones de brillantes colores metalizados y la mesa ya medio puesta, decorada con un mantel color cereza y un centro navideño hecho con piñas, bolas y lazos dorados.

Nilak se sienta a mi lado y, al cruzar las piernas al estilo indio, su rodilla roza la mía. Mientras Sialuk y Seth siguen concentrados en su partida de Scrabble, él también mira a nuestro alrededor, valorando la decoración.

—Nada ostentoso —bromea—. Bienvenida a la casa de Santa Claus.

Me río y retuerzo los dedos bajo los guantes, de los que todavía no me he desprendido.

—Gracias por los regalos. No tenías por qué hacerlo y son perfectos. —Medio en broma, medio en serio, añado—: No deberías conocerme tan bien. ¿Cuándo lo compraste?

—Hace tiempo, el día que te apunté a la primera carrera. No era algo que hubiese previsto, pero lo vi y no sé... —Nilak toma una bocanada de aire—. Mi intención era dártelo entonces, después de correr, pero ocurrió lo del oso y ya sabes...

—El oso —repito.

Él se apresura a romper la tensión.

—Lo de las barritas fue solo para no tener que oírte lloriquear más por ellas.

Le doy un codazo entre risas, aunque, en el fondo, estoy intentando reordenar mis ideas. No sé cómo debería sentirme. Nilak siempre consigue desbaratar todos mis «planes» y hacerme dudar. Es demasiado opaco. El día que me apuntó a esa carrera fue justo después del primer beso que nos dimos durante la tormenta de nieve, cuando no apareció por el trabajo por la mañana.

—¡Maldita sea! —grita Seth.

—¡Gané! ¡Otra vez! —exclama Sialuk sonriente—. Te toca hacerme la cama durante una semana.

—Cariño...

—Sin excusas. Una apuesta es una apuesta.

John entra en el salón cargado con un par de platos que deja sobre la mesa. Saluda a los chicos con un gesto de cabeza y le da una palmadita a Nilak en la espalda cuando se acerca.

—La cena está casi lista.

—Menos mal. —Seth se levanta aliviado—. A este paso me iba a convertir en su esclavo.

Nos dirigimos entre risas a la cocina y ayudamos a llevar los platos que faltan a la mesa. Hay una cantidad ingente de comida. En serio. Bolitas de patata, salsa de arándanos, *bisque* de langosta, sopa, pan tostado, melaza de abedul y un pollo relleno enorme que corona el centro de la mesa.

Madre. Mía.

Una tropa del ejército entera se dejaría la mitad. De hecho, algunos platos no caben en la mesa y Naaja le pide a su nieta que aparte el tablero de Scrabble para usar también la mesita central. Antes de que dé comienzo la cena, por suerte, llaman a la puerta y se unen a la fiesta los padres de Seth. A él lo veo a menudo con la quitanieves; ella es algo más escurridiza y no suele frecuentar el bar.

Me siento junto a John. Los invitados empiezan a comer, a charlar y a contar anécdotas divertidas de gente que no conozco, así que intento seguir el hilo de alguna conversación mientras me llevo una bolita de patata a la boca. El padre de Seth grita más que habla y es el único que consigue acallar la melodía navideña que sigue sonando de fondo. Aunque estoy acostumbrada a comerlo con panqueques, unto un poco de melaza de abedul en el panecillo.

—Eso se come al terminar la cena —me sermonea John.

—Ya casi he terminado —bromeo.

—Heather, no tiene gracia. Come.

—¿Has probado la sopa de raíces? —pregunta la madre de Sialuk—. Solemos hacerla cada Navidad, es típica de los nativos de Alaska. Lleva varias raíces: *negaasget*, *iitat* y *marallat*.

«Hum. Sopa de raíz. ¡Genial!»

Intento fingir una sonrisa mientras me sirvo un par de cucharadas en un cuenco. Me llevo una a la boca. Bueno, no está tan mal, podría ser peor. Tomo una segunda y, al levantar la vista, advierto que Nilak me mira desde el otro lado de la mesa. El corazón me late más rápido. Qué triste. En esta situación, Alison diría algo así como: «No pensé que fueses a caer tan bajo. ¿Una mirada estúpida y ya estás a punto de palmarla? Pensaba que eras más inteligente que todo eso», y después se limpiaría una uña y se iría caminando con la cabeza bien alta.

Odio seguir pensando en qué haría o dejaría de hacer Alison si estuviese aquí. Parece mentira que una persona, una normal de carne y hueso, pueda meterse tanto en la piel de otra, apropiarse de sus pensamientos. No sé si algún día conseguiré eliminarla del todo. De momento, me conformo con haberla dejado atrás. Me siento libre. Ya no tengo una sombra que se dedique a juzgar cada uno de mis actos.

—¿Probaste las hierbas que te di? —pregunta Naaja.

Le digo que sí, pero sin añadir que el té sabía a rayos porque, además, lo importante es que Naaja estaba en lo cierto y me alivió el dolor de estómago hace un par de noches.

—Sí, y funcionó.

—Nunca hay que subestimar lo que nos ofrece la naturaleza. Te prepararé más para que te lo tomes la noche antes de la carrera. La próxima es dentro de dos semanas, ¿cierto?

—Sí —responde Nilak sin levantar la mirada de su plato.

—¿Es la de Fairbanks? —pregunta Seth.

Nilak asiente y se sirve más *bisque* de langosta.

—¿Con esquís? —se interesa su padre.

—No, ella todavía no ha probado el *skijöring*.

—Quizás el próximo año —agrega Sialuk—. Es diferente, pero a la gente de por aquí le encanta. Vas sobre esquís y uno o dos perros ayudan a tirar de ti, aunque no es sencillo controlarlos, mantener el equilibrio, la dirección...

—Dudo que el año que viene Heather siga aquí —la interrumpe Nilak, y creo que no solo yo percibo el tono áspero que desprenden sus palabras. Suspira incómodo cuando casi todos los presentes centran su atención en él.

—Bueno, ¿quién sabe? —me apresuro a añadir—. De momento no tengo intención de marcharme, así que... Hum, realmente esta sopa de raíces está mucho mejor de lo que su nombre promete —concluyo con la intención de zanjar el tema.

Sialuk sonríe e ignora la palpable tensión.

—¡Hay tantas cosas que hacer en Fairbanks! Seguro que os lo pasaréis genial. Deberíais hospedaros en Aurora-Express. Seth y yo estuvimos allí hace un par de años y nos encantó.

Levanto la mirada del plato.

—¿Dormiremos allí? —pregunto.

—Sí. Está a más de cuatro horas de camino en coche —contesta Nilak.

—¿Iréis por la AK-2 E? —pregunta el padre de Seth y desconecto un poco de la conversación cuando empiezan a comentar posibles desvíos o cambios de ruta si cortan algunos tramos de carretera por culpa de la nieve.

John se muestra tranquilo, mejor de lo que había previsto. No deja de picotear y probar todos los platos y Naaja insiste en que coja una porción más grande cada vez que se sirve de nuevo. No me puedo creer que lleve años celebrando solo la Navidad, es muy injusto que alguien tan bondadoso como él no tenga con quién compartir estas fechas.

Cuando la cena termina, y antes de que saquen los postres, subo arriba y llamo a casa. Matthew descuelga y toca un par de botones con su graciosa torpeza habitual antes de conseguir darle al indicado y activar la opción de manos libres. También ellos tienen villancicos puestos de fondo y me echo a llorar en cuanto escucho a Ellie canturreando como puede *Silent Night*. Mamá intenta animarme contándome qué es lo que han preparado para cenar y lo divertido que ha sido cuando Matthew se ha reído por un anuncio de la televisión y ha terminado atragantándose con el vino entre carcajadas.

No podría estar en un lugar mejor. En casa de Naaja me siento segura, pero es imposible que nadie pueda jamás sustituir a mi familia. Y los echo de menos. Los echo mucho de menos. Su olor (mamá suele usar un suavizante con aroma a lavanda), las sonrisas que no puedo ver a través del teléfono y el puré de calabaza que cocina cada Nochebuena. Dios. Me arrepiento tanto, tanto, tanto de haberme comportado como una cría gilipollas durante las últimas Navidades. ¿Cómo podía no valorarlo? ¿Cómo podía darme igual colocar el árbol o pasar un rato junto a ellos en el sofá, bajo la luz tenue del comedor? Lo tenía todo y no fui capaz de coger las riendas de mi vida y disfrutarlo.

—Cariño, deja de llorar —pide mamá con suavidad.

—Es que... —Aprieto el teléfono—. He sido una idiota.

—*Ibiota*. —Escucho que repite Ellie balbuceante.

—¡Recórcholis! Ellie, palabrotas no —la riñe Matthew mientras mamá intenta no reírle la tontería—. Vamos, despídete de tu hermana antes de lavarte los dientes e irte a dormir, ¿o es que quieres que Santa Claus vea que estás despierta y no te deje regalos?

—¡Noooo!

—Vale, pues venga. Dile adiós a Heather.

—*Abios, Heder* —gorjea.

—Buenas noches, pequeñaja.

Tengo que morderme el labio inferior y tragarme las lágrimas para no derrumbarme. Es doloroso oír esa vocecita y saber que está tan lejos, que no puedo achucharla y que tuve que alejarme por su propio bien.

—Cariño, escúchame —dice mamá en cuanto se despide de ambos y se queda a solas—. Lo estás haciendo muy bien, lo sabes, ¿verdad? Echaba de menos a mi pequeña, a la verdadera Heather. Que volviésemos a hablar, que me contases tus cosas y nos riésemos de tonterías como hemos hecho estas últimas semanas, pero no sabía cómo llegar a ti. Lamento no haberlo hecho mejor. No, no me interrumpas —se apresura a añadir—. Sé que es horrible que sea Navidad y estemos a miles de kilómetros de distancia, pero, cariño, en el fondo, estamos mucho más cerca hoy de lo que lo estuvimos el año pasado o el anterior.

Lloro en silencio.

Tiene mucha razón.

Los últimos años me comporté fatal. Les dije que me dejasen en paz cada vez que intentaron convencerme para ir a comprar los regalos, me negué a visitar a los padres de Matthew el día de Año Nuevo diciéndole que el plan me parecía «un tostón» porque tenía una resaca increíble después de despedir el año de forma poco saludable en una fiesta y, en resumen, no participé en nada que implicase sostener un adorno en la mano.

Lo peor es que esos años son irrecuperables y no vale de nada que me lamente por ello. Suspiro hondo, me calmo y le cuento a mamá el menú de la cena, porque sé que le encanta cotillear qué se cuece (literalmente) por otras casas, y después le hablo de la gente que está ahí abajo y ya conoce de otras conversaciones. Antes de colgar, la pongo al corriente sobre la próxima carrera, y vuelve a decirme que me quiere, que tiene ganas de verme y que está orgullosa de mí.

Orgullosa. Me lo repito mentalmente un par de veces antes de regresar junto a los demás y mordisquear un trozo de chocolate con gesto ausente mientras Sialuk me propone ser su pareja en la próxima partida de Scrabble.

Hemos pasado la tarde cargando cajas repletas de adornos con motivos navideños y llevándolas hasta el Lemmini. Es 31 de diciembre, el último día del año, y tenemos que dejar el bar listo y decorado para que mañana se celebre la boda más bonita del mundo. Porque no será la más cara, ni la más planificada, pero siendo Sialuk y Seth los protagonistas, estoy segura de que estará llena de magia y amor.

Rebusco con John entre las cajas que están en la habitación de invitados, en la que he dormido un par de noches hasta la fecha, pero aquí ya no quedan más adornos, tan solo recuerdos polvorientos y olvidados; libretas, diarios, una bufanda y un gorro azul, una caja de latón, una vela roja, un par de lápices...

—No importa, creo que tendremos suficiente con la cantidad de trastos que hemos recogido esta tarde —digo sacudiéndome las manos—. Gracias de todas formas.

Al salir, veo a Nilak fuera, en medio del prado cubierto de nieve, rodeado por los perros; se inclina, coge una rama y la lanza lejos, consiguiendo que *Bach, Pamiiyok* y *Tchaikovsky* salgan disparados a por ella.

Sonrío mientras camino hacia él.

—¿Te diviertes?

Nilak asiente con la cabeza.

—¿Lo echas de menos? —pregunto.

—Casi todo el tiempo.

—¿Y por qué no vuelves a dedicarte a esto? Y me refiero a regresar en serio, no a lo que ahora hacemos tú y yo.

—¿Estás de coña? —Me mira burlón—. ¿Lo nuestro no es serio? Te recuerdo que en una semana tenemos una carrera en Fairbanks y, si quedas entre las veinticinco primeras, podríamos participar en la de Anchorage.

—¿De verdad?

—Claro.

En cuanto *Caos* ve que estoy acariciando a *Mozart*, se acerca a toda velocidad. Aguanto la risa; me encanta ponerle celoso. Le doy su dosis de mimos mientras él mueve la cola y pienso en las palabras de Nilak.

—De todas formas, sigue sin ser lo que hacías antes.

—Ya, pero algunas cosas es mejor dejarlas atrás. —Estira los brazos en alto y se da la vuelta—. Vamos, será mejor que nos pongamos en marcha si no queremos pasar la madrugada entre adornos navideños.

Unas horas más tarde, ambos nos hacemos a la idea de que vamos a pasar lo que queda de noche decorando el bar. La madre de Sialuk y unas amigas que han venido a ayudar se han marchado hace ya un rato, son las once y todavía faltan muchos adornos por colocar. De momento, hay un árbol inmenso que John ha traído al mediodía, y que hemos llenado de relucientes bolas de colores y esponjosos espumillones. También le hemos dado un aire nuevo a la barra del bar, que está rodeada por un lazo rojo de gasa, y todas las mesas están cubiertas por manteles color frambuesa con ribetes plateados y centros con piñas, acebo y angelitos tallados de cristal.

—Faltan algunos adornos más —comento—, pero lo importante son las luces y los farolillos. Le darán un toque diferente al ambiente.

Nilak mira a su alrededor, cansado. Cada vez que pronuncio la palabra «lazo», parece a punto de vomitar. Me gusta que sea capaz de tragarse su opinión al respecto y ponga todo de su parte para conseguir que la boda de sus amigos sea memorable.

—¿Qué cara crees que pondrá Sialuk cuando la despierten mañana y le digan que es el día de su boda? —pregunto riendo y él también sonríe.

—A saber. Mejor no dejar a mano en la mesita nada punzante. —Nos quedamos un par de minutos en silencio antes de que Nilak vuelva a hablar—. ¿Lo dijiste en serio en su momento? Aquello de que cuando encontrases a esa persona especial, te bastaría con eso. Que no quieres casarte.

—Sí. Nunca me ha tentado la idea de una boda, al menos no una tradicional, con el vestido, el esmoquin, los invitados... todo eso, ya sabes. No va conmigo, aunque verlo en los demás me gusta, no sé por qué. ¿Tú quieres casarte?

Niega con la cabeza.

—Quédate aquí, iré a preparar algo para cenar.

Abandona el comedor y se mete en la cocina. Yo me entretengo colgando de las paredes unos muñecos de felpa que representan renos, campanillas y diversos motivos navideños. Después, saco de las cajas todas las luces que encuentro y las dejo a un lado pensando en lo mucho que nos va a costar separar los cables. Hay unas guirnaldas redondas de color nacarado que irían genial decorando la pared que está tras las sillas en las que se sentarán los novios.

Nilak regresa diez minutos más tarde y deja sobre la barra un plato y sendos vasos de zumo de arándanos. Me limpio las manos en los vaqueros y me subo a uno de los taburetes; él se sienta a mi lado, muy cerca. Son dos sándwiches. A uno le ha recortado la corteza. Sonrío, lo cojo y me lo llevo a la boca.

—Tengo esto para el postre —digo en cuanto trago el primer bocado y saco del bolsillo de la sudadera dos barritas Twix.

—Gran aportación —opina tras coger una—. Eres consciente de que vamos a celebrar el año nuevo aquí, ¿verdad?

—Bueno, podría ser peor.

—¿Peor? —pregunta divertido.

—El año pasado me pasé la mitad de la noche vomitando.

—¿Vomitando? ¿Por... eso?

—No, no es lo que estás pensando. Ya te dije que hace años que no he vuelto a hacerlo, no a propósito, quiero decir. Vomité porque había bebido demasiado, entre otras cosas. Un desastre.

—¿Qué otras cosas?

—¿Para qué necesitas saberlo? Prefiero ahorrarme los detalles más escabrosos, no quiero resultarte aún menos atractiva. Quédate con la idea de que me pasé años haciendo todo lo que no debía. Es un buen resumen.

Frunce el ceño.

—¿Eso piensas? ¿Que me pareces menos atractiva por todo lo malo que me has contado sobre ti? —Asiento lentamente y bajo la mirada—. Dios, Heather, no es eso. No. Jamás te juzgaría por algo que ya has hecho y por lo que además te arrepientes. Cuando te miro sólo veo a alguien muy humana, real, que no esconde sus errores. ¿Sabes cuánta gente está dispuesta a admitir sus defectos con tanta sinceridad? Casi nadie. De hecho, te adjudicas más fallos de los que realmente tienes.

—¿Tú lo haces?

Nilak niega con la cabeza.

—No puedo. No soy tan valiente.

—¿Por qué?

—Porque me volvería loco.

Se levanta y recoge los platos vacíos.

Respiro hondo. Recuerdo las fiestas a las que acudíamos, los desconocidos entre los que nos mezclábamos y la música ensordecedora, las luces, el ardor en la garganta por el alcohol, la sensación de estar flotando, de ser etérea, de estar rota. Y luego los ojos de Alison, brillantes, dilatados, y su lengua sosteniendo una pastilla con un dibujo de un elefante que termina pasándome con un beso húmedo. Después se echa a reír, me coge de la mano y me arrastra a la marea de gente que se balancea al son de la música. Cierro los ojos, alzo los brazos y me dejo llevar.

Partes de mí, de la antigua Heather.

Cuando Nilak regresa al comedor y empieza a desenredar el manojo de lucecitas, me paro a su espalda y, al hablar, lo hago en voz baja:

—Probé cosas —confieso y agradezco que él no se gire—. Y hubo más. Me expulsaron una semana durante el último año de instituto porque me pillaron fumando en los servicios, no pude mandar la solicitud a ninguna Universidad al no conseguir aprobar matemáticas y me pasé los siguientes tres años aceptando trabajos de todo tipo que dejaba al poco tiempo. Lo único que hacía era salir de fiesta, conocer chicos y fundirme el poco dinero que ganaba. —Cojo aire bruscamente—. Una vez intenté conducir el coche nuevo de Matthew después de haber bebido y rayé toda la carrocería del lateral derecho. Cuando lo vio al llegar a casa, ni siquiera se molestó en echarme la bronca. Creo que estaban cansados de hacerlo, de sermonearme y ver que no servía para nada, de intentar amenazarme con cosas que a ellos les dolía más cumplir que a mí que lo hiciesen. Me ausentaba de casa algunas temporadas. Fui... la peor hija del mundo. Y por eso, por eso me odio tanto, porque no tenía razones para ser así, no tuve unos padres abusivos ni egoístas, así que no existe ninguna excusa a la que pueda aferrarme más allá de que el problema siempre fue mío y solo mío. Esa es la triste verdad.

Nilak permanece inmóvil unos segundos, con el cable de las luces todavía enredado entre sus manos. Después, emite un sonoro suspiro, las deja en el suelo, se gira y me abraza muy fuerte. Escondo el rostro en su pecho, sintiéndome arropada entre sus brazos. Escucho su corazón. No quiero soltarlo, pero cuando el abrazo empieza a ser más largo de lo normal, me obligo a distanciarme de él.

Lo miro. Ojalá pudiese saber qué piensa.

—¿Recuerdas lo que hablamos la noche de la tormenta de nieve? —pregunta con la voz ronca—. Todos cometemos errores, Heather. Algunos, reversibles. Los tuyos, por ejemplo. No es que debas alegrarte por las malas decisiones que tomaste, pero, de algún modo retorcido, todo lo que fuiste te condujo aquí, a este instante, a estar ahora mismo decorando un bar de un pueblo perdido para una boda de dos personas increíbles, con un tío que dice cosas raras como única compañía para pasar la última noche del año.

—Entonces... —Trago saliva—. ¿Por qué te arrepientes de haberme besado? Lo hiciste dos veces. Y no lo entiendo. Pensaba que era por mí, por todo lo malo que arrastro conmigo. Cuando vine a Alaska... recuerdo que pensé que, si algún día me enamoraba de alguien, nunca le contaría la parte más fea de mi vida, lo oscuro, y fingiría que ese pasado no existe. Quería dejarlo atrás, olvidarme de quién había sido.

—¿Qué quieres decir?

Bajo la voz al volver a hablar.

—Que me he dado cuenta de que eso no tendría sentido. Si lo hiciese, la otra persona no podría enamorarse de mí, tan solo de lo que le dejase ver, ¿qué valor tendría eso, entonces? Sería un engaño. Y tiene que ser un todo.

—Un todo —repite.

—Sí.

—No es tan sencillo, Heather.

—¿Por qué?

Vuelve a centrarse en las dichosas luces. Esta vez sus movimientos son menos elegantes, más bruscos; tira sin delicadeza de un par de cables y solo consigue que el nudo central se apriete más. Tensa la mandíbula.

—¿De verdad quieres saberlo?

—Joder, sí, ¡claro que quiero!

Me paro frente a él aunque intenta evitarlo. Tiene que inclinarse para poder encontrar mis ojos. Me gustaría tocarlo, extender las manos y posarlas en su pecho, que sube y baja y sube y baja al compás de su profunda respiración.

—¿No te das cuenta de que solo complicaría más las cosas? Heather, no puedo darte lo que tú estás buscando. Ya no me queda nada. Y aunque las cosas fuesen diferentes, seguiría siendo una estupidez. ¿Para qué? ¿Para echarte de menos cuando decidas marcharte? Yo... —Se frota el mentón y aparta la mirada—. Lo siento. Me dejé llevar. No debería haberte besado. Fue un error.

Le sujeto de la manga de la sudadera oscura que viste antes de que me esquive y vuelva a fingir que la decoración le parece algo de sumo interés. Sus ojos no se desvían esta vez, aunque sé que desea hacerlo; está agobiado, como si se sintiese enjaulado.

—¿Y si no me marcho nunca?

—Heather, deja de decir chorradas.

—¿Por qué? Esa posibilidad existe.

—¿Qué coño pasa contigo? —Alza la voz, furioso—. ¿Quieres quedarte toda tu vida sirviendo mesas? ¿Esas son tus expectativas? No me hagas reír. Joder, pensaba que eras más lista. Solo estás aquí de paso; Alaska es tu purgatorio personal pero no tu destino.

Intento esconder mi decepción.

—No has entendido nada, Nilak. Si piensas que servir mesas es poca cosa o peor que la vida que llevaba en San Francisco, es que no has escuchado ni una sola palabra de todo lo que te he contado hasta ahora.

—No, no quería decir eso. —Expulsa el aire entre dientes y su mirada clara se enternece—. Es solo que te mereces algo mejor, algo mejor que esto, que yo, que todo lo que puedes tener aquí. —Zanja el tema y coge las dos barritas Twix que hay sobre la barra; me tiende una, le quita el envoltorio a la suya y le da un mordisco justo antes de mirar su reloj. Sonríe cuando levanta la mirada—. ¡Eh, Heather!

—¿Qué? —Saboreo el caramelo y Nilak sigue el movimiento de mis labios al hacerlo. Se acerca, me rodea la cintura y me pega a él con suavidad antes de darme un beso en la mejilla, muy cerca de la comisura de la boca. Aguanto la respiración.

—Feliz año nuevo, copo de nieve.

26

12 de marzo

Querido diario,

A veces lo miro y me parece casi imposible que ni siquiera haya pasado un año desde que lo conozco. Tengo la sensación de que llevamos juntos un montón de tiempo, de que siempre ha estado ahí, escuchándome, apoyándome. Necesitaba un fin de semana a su lado como este, sin problemas ni discusiones tontas, tan solo cocinando, viendo películas, riéndonos y haciendo el amor. Anoche, la última vez que lo hicimos, fue perfecto, conectamos, hubo un momento en el que nos miramos y todo lo demás quedó lejos, fuera. Solo estaba Kayden.

Un rato después, con el codo apoyado en el colchón, me recreé observándolo, recorriendo la línea de su mandíbula con la punta del dedo índice mientras él respiraba hondo con los ojos cerrados y se dejaba acariciar. Me incliné, llena de felicidad, y le besé en la nariz, en el pómulo, en los párpados cerrados. Terminé tumbándome sobre él entre risas y Kayden se dejó mimar y me rodeó con sus brazos.

Nos miramos. Había amor en sus ojos.

«Estamos bien», dijo.

«Estamos bien», repetí sonriendo.

Annie.

27

Copo de nieve

—¡Vamos, dormilona! ¡Arriba!

—¡Eso, despierta, Sialuk!

—¿Qué? ¿Qué ocurre? ¿Qué queréis? —Aturdida, se da la vuelta en la cama frotándose los ojos antes de pestañear y procesar que hay más de cinco mujeres en su habitación.

—¡Te casas! ¡Sorpresa! —exclama su madre.

—¿De qué estás hablando?

—Sialuk, levántate. Ahora. O me veré obligada a tirarte encima un vaso de agua helada. —Alzo la mano con la que sostengo el vaso—. Lo siento, pero tu abuela me ha encomendado esta gratificante tarea. —Me encojo de hombros con resignación.

Me mira como si estuviese loca. La entiendo, pobrecilla, la entiendo. La vida a veces es así, imprevisible; todo el tiempo pasan cosas que no hemos planificado y, en muchos casos, se convierten en la pimienta necesaria dentro de la monótona crema sin sal del día a día.

Sialuk sigue medio atontada cuando Naaja le repite que debe darse prisa y meterse en la ducha antes de vestirse. Dos mujeres la cogen de los brazos y la ayudan a incorporarse en la cama. Ella me mira como si fuese ese faro que la salvará de chocar contra las escarpadas rocas. Pero no. No soy ningún faro, eso está claro. Le sonrío.

—¡Feliz día de tu boda!

—¡No, esto no puede estar pasando! Es una broma, ¿verdad? *Babushka,* ¡dime que no ha sido idea tuya o te juro que...! —Las presentes nos echamos a reír cuando empieza a balbucear—. Oh, Dios, oh... ¡No puedo creer que esté ocurriendo! ¿Voy a casarme? ¿Hoy? ¿Ahora?

Su madre mira el reloj que cuelga de la pared.

—En unas dos horas, cariño.

No hace falta decir nada más para que Sialuk se ponga en pie de un salto mientras suelta tacos y maldiciones por lo bajo y su abuela disfruta de lo lindo del espectáculo y ríe entre dientes llevándose una mano a la boca. Se encierra en el baño dando un portazo y la oímos gritar a través de la puerta.

—Nada mejor para no dar las cosas por sentadas que desbaratar los planes más minuciosos —opina Naaja sonriente—. Vamos, Siqiniq, ayúdame a extender la capa en la cama para que la vea en cuanto salga.

Obedezco encantada. Los hombres están colocando fuera el altar tallado en madera con rosas malvas engarzadas, que se alzará en medio de la nieve frente a un camino cubierto de pétalos del mismo color. Las mujeres y amigas de la familia le han regalado a Sialuk una capa preciosa, de color blanco, con capucha, y de una tela tan suave que resbala entre los dedos; por dentro está cubierta de pelo y es tan calentita que dan ganas de envolverse en ella y no soltarla.

Una vez la dejamos sobre la cama, al lado del vestido y las joyas familiares que se pondrá, me ausento un momento con la excusa de ver cómo le van las cosas a Seth. Subo a la habitación donde él está y llamo con los nudillos antes de entrar.

Está guapísimo.

El negro del traje contrasta con sus ojos claros y con el cabello rubio. Está intentando hacerse el nudo de la corbata y parece nervioso. Nilak está frente a él, diciéndole que debería pasar la tela que tiene en la mano derecha por el hueco entre los otros dos extremos. Se equivoca. Me coloco frente a Seth y le quito la corbata.

—Déjame a mí —digo.

—Gracias a Dios. —Expulsa el aire contenido—. Llevamos como quince minutos intentándolo. Desactivar una bomba atómica es más sencillo.

Nilak se ríe a mi espalda y me mira mientras hago un nudo perfecto. He visto tantas veces repetir este gesto en Matthew que me lo sé de memoria. Le sacudo los hombros, aunque apenas tiene una pelusa, y después sonrío y lo abrazo con tal ímpetu que por poco lo ahogo.

—Hostia, ¿de dónde sacas esa fuerza inhumana?

—Las apariencias engañan. Recuerda que me entrena «el general Nilak», en algo tendría que notarse, ¿no? —comento con una sonrisa—. Ahora hablando en serio, Seth, pareces salido de una película. Sialuk se va a morir cuando te vea.

—¿La habéis despertado? —pregunta Nilak.

—Sí, está duchándose.

—Me va a matar cuando se entere de que hace semanas que sé todo esto. Es más, puede que cancele la boda. —Seth suelta una carcajada nerviosa—. Madre mía, joder. Me voy a casar. En unas horas... estaré... casado. Para siempre.

No sé si son imaginaciones mías o está poniéndose un poco pálido, pero antes de que pueda preguntarle si se encuentra bien, Nilak da un paso al frente y le palmea la espalda y le envuelve en uno de esos abrazos masculinos que parecen decir mucho más de lo que son capaces de expresar con palabras. No es que ninguno de los dos sea especialmente comunicativo a la hora de hablar de sentimientos o cosas cursis, así que supongo que se entienden a su manera porque, de pronto, Seth intenta disimular que tiene los ojos algo húmedos.

—Mierda —susurra—. Me estoy acordando de tantas cosas...

Nilak parpadea de un modo extraño, da media vuelta y sale de la habitación dejándonos a solas. «Tan raro como siempre», pienso. Dejo escapar un suspiro, me acerco a Seth y le peino el cabello hacia atrás, apartándole los mechones.

—Va a ser una boda preciosa.

Sonríe débilmente.

—Ya lo creo que sí. Gracias por todo, Heather. Por decorar el bar, por tu amistad, por lo que estás haciendo por Nilak... —Me tiende la mano y yo la acepto—. El día que decidas marcharte, bueno, no puedo prometer que no vaya a intentar secuestrarte. ¿Dónde encontraré a otra camarera que me entretenga en las horas muertas?

—No lo sé, pero quizá puedas dar con una que no se equivoque en cuanto hay más de tres comandas.

Seth se ríe y tira de mi mano escaleras abajo.

—Si vamos a empezar a decir tonterías, más vale que nos pongamos a tono. Creo que necesito un trago. O dos, o tres. A ver qué encontramos en la cocina.

La boda fue preciosa.

Sialuk parecía una princesa de las nieves, de esas que salen en los cuentos de hadas, ataviada con aquel vestido y con la suave capa cubriéndole la espalda. Lloré mientras la maquillaba. Lloré cuando caminó hacia el altar. Lloré al ver la mirada de Seth llena de amor. Y lloré cuando acabaron de pronunciar los votos y, como si fuese cosa de magia, empezó a nevar.

El bar se había convertido en un lugar encantado decorado con las guirnaldas de luces, los farolillos anaranjados y el ambiente navideño por todas partes. A Seth debieron de dolerle los labios de tanto sonreír y Sialuk se pasó la mitad de su boda alucinada y la otra mitad dándonos las gracias y comiéndose al novio a besos.

Yo me llevé el recuerdo conmigo.

Aún hoy, cuando ya ha pasado una semana, sigo emocionándome cada vez que hago memoria y les veo cortar el pastel de tres pisos recubierto de frutos rojos y arándanos púrpuras, o probar entusiasmados todos los saquitos de hojaldre rellenos y los bocados de degustación que se convirtieron en un desfile de platos que iban y venían durante lo que duró la comida. Y mientras tanto, en una de esas pausas, ambos bailaron en el centro del salón mientras sonaba de fondo una familiar melodía navideña. Sialuk tenía las mejillas encendidas y le brillaban los ojos como si estuviesen hechos de caramelo fundido. Seguro que mientras danzaban y se miraban, ambos pensaron que ese instante era perfecto, irrepetible.

La siguiente semana, no les vimos el pelo a ninguno de los dos. Creo que hicieron una escapada rápida a un lugar cercano que era especial para ellos y después pasaron el resto de la luna de miel metidos en la cama. En mi opinión, el mejor plan del mundo cuando estás tan enamorado de la persona que tienes al lado.

Nilak y yo no tuvimos problema en ocuparnos del Lemmini durante la ausencia de Seth. Él se encargó de la cocina (supongo que para evitar riesgos innecesarios), y yo me quedé fuera atendiendo la sala. Al anochecer, mientras limpiaba, Nilak cuadraba las cuentas y luego me acercaba a casa, como siempre.

Ahora las tornas han cambiado.

Vamos a ausentarnos dos días para asistir a la carrera de Fairbanks. Según Nilak, es una competición de nivel medio, con su consecuente dificultad; llevamos entrenando para ello el último mes. Estoy nerviosa, sí, pero también muy emocionada. Recuerdo la sensación de correr junto a *Caos*, saber que ambos hacemos algo bien y sentirme satisfecha conmigo misma. No me importa ganar, me importa disfrutarlo, tomar consciencia de ese momento y retenerlo en mi memoria.

Así que no puedo dejar de sonreír como una idiota cada vez que aparto la mirada de la ventanilla y observo la parte trasera del Jeep, donde viaja *Caos*, o a Nilak, que mantiene ambas manos sobre el volante y conduce con gesto de concentración. Ha vuelto a dejar de fumar, hace días que no huele a tabaco. Cuando descubre que estoy observándolo de nuevo, alza una ceja con gesto divertido.

—¿Hay algo que quieras decirme, Heather?

—¿Falta mucho?

Me río porque es la cuarta vez que lo pregunto y sé que le saca de quicio que lo haga. Pero, ¿qué puedo decir? Picar a Nilak siempre es tentador, aunque no suela caer en la trampa.

—Solo llevamos una hora de camino, quedan casi cuatro —responde paciente—. ¿Por qué no descansas un rato? Te vendrá bien reponer fuerzas.

—Para una vez que salgo de Inovik Lake quiero disfrutar del paisaje.

Es la verdad.

Las vistas que nos ofrece el trayecto son preciosas y hacía una eternidad que no amanecía un día tan apacible. Las águilas planean en lo alto de un cielo despejado, se balancean gráciles y con elegancia mientras buscan posibles presas entre los frondosos árboles y las puntiagudas montañas. Sus movimientos sosegados y calculados me recuerdan a Nilak. Sonrío al pensar en él. Lo miro de nuevo.

—En la novela que estoy leyendo el protagonista es un capullo. El tipo de chico que ni come ni deja comer. Es decir, le dice a la protagonista, Babette, que no la quiere, que haga su vida. ¿Y a que no sabes qué ocurre cuando se reencuentran en una fiesta de exalumnos tres años después y ella está cogida del brazo de un macizo?

Nilak pone los ojos en blanco al darse cuenta de que espero su innecesaria confirmación antes de seguir destripándole el libro.

—¿Qué? —pregunta secamente.

—Que se pone celoso. Sí. Eso es lo que pasa.

—Suena interesante —murmulla irónico, aunque noto un leve deje de tensión en los músculos de su mandíbula.

—Así que terminan discutiendo y alejándose de los demás asistentes a la fiesta y él la mete en el armario de la limpieza y, a ver, adivina qué viene a continuación.

—Sorpréndeme.

—La empuja contra la pared y la besa apasionadamente.

—Muy atípico. Original. Inesperado.

—¡Eh, deja de burlarte! —Le doy una palmada en el brazo y ambos reímos. *Caos* ladra; no sé por qué, pero cada vez que alguno de los dos alzamos un poco la voz se piensa que estamos discutiendo o algo así. Me giro hacia él y lo tranquilizo diciéndole cosas bonitas. Me he dejado sus galletitas de premio en la mochila y ahora no puedo cogerla.

Dejamos atrás Dot Lake, Dry Creek y seguimos hacia Deltana. El paisaje cambia y el bosque se vuelve menos tupido, dando paso a un terreno más ralo en el que los árboles son de menor tamaño y están más dispersos. La nieve sigue revistiéndolo todo a su paso, implacable. Ya casi no recuerdo cómo era la vida sin ella.

Cuando llegamos al Triángulo, la milla 1.422 de la autopista Alaska, le digo a Nilak que necesito hacer pis. Y es urgente. Después de asesinarme con la mirada, paramos en Delta Junction y compro dos cafés con nata para llevar en una gasolinera tras usar los servicios. Hace muchísimo frío y tengo las manos congeladas cuando vuelvo a subir al coche y nos incorporamos a la autopista Richardson. Tan solo le he dado dos sorbos al café cuando veo el rebaño de enormes animales de oscuro pelaje que pastan a un lado del camino. Pego la cara al cristal de la ventanilla e ignoro la risa suave de Nilak.

—Son bisontes —explica y aminora un poco la velocidad.

Les veo meter sus patas en la nieve para apartarla y buscar los hierbajos que hay debajo. *Caos* vuelve a ladrar y también toca el cristal con la nariz, incapaz de apartar sus ojos de los animales. Suelto un suspiro cuando los dejamos atrás y me termino el café, que ya se ha enfriado.

En algún momento indeterminado del trayecto, caigo rendida en un sueño profundo y, cuando vuelvo a despertarme, hemos dejado atrás Salcha y Moose Creek. Tengo la boca pastosa y creo que necesito beber agua y estirar un poco las piernas; odio los viajes largos por carretera.

—¿Qué tal has dormido?

—Bien. —Me giro y veo que *Caos* también está descansando, hecho un ovillo—. ¿Por dónde vamos?

—Ya estamos cerca, antes tenemos que pasar por la casa de Santa Claus.

—¿Has tomado algún tipo de sustancia rara en mi ausencia?

—Va en serio. —Nilak aparta un momento la vista de la carretera para mirarme con una sonrisa—. Vamos a pasar por el Polo Norte antes de llegar a Fairbanks.

—¿De verdad? —Seguro que los ojos me hacen chiribitas ahora mismo—. ¿Y podemos hacer una parada rápida? ¡Por favor, por favor! Llevo tres meses en Alaska y no he visto ballenas, ni auroras boreales, ¡ni siquiera he ido de pesca! Es casi indignante.

—Iba a decir que sí, pero si quieres seguir argumentando...

Nilak se ríe con suavidad. Le doy un codazo y luego encuentro la idea de mirarlo fijamente una gran fuente de entretenimiento durante lo que queda de trayecto. Memorizo su perfil: los pómulos marcados, la mandíbula masculina, lo sensual que me resulta contemplar cómo la nuez de su garganta se mueve cada vez que traga saliva y la rigidez de sus manos sobre el volante.

—Deja de mirarme.

—¿Por qué?

—Es incómodo.

—¿Dónde vamos a dormir esta noche? —pregunto e intento centrar la vista en la carretera desértica que se extiende a lo lejos.

—Conozco un sitio que está bastante bien. En cuanto lleguemos, cenamos algo y a descansar. La carrera es a las diez. Nos levantaremos pronto para que desayunes con un par de horas de antelación.

—¿Y podemos hacer algo de turismo al terminar?

—Ya veremos...

El ambiente navideño se palpa en cuanto nos acercamos al Polo Norte. No puedo creer que esté aquí. Pienso en Ellie y en lo mucho que disfrutaría en este lugar. Los pies de las farolas de las calles simulan ser bastoncitos de caramelo blancos y rojos, y la nieve se asienta sobre tejados y aceras. Hay una estatua gigante de Santa Claus en la entrada del pueblo y su casa es en realidad una enorme tienda de regalos, decorada con los típicos colores de la Navidad. Hay un coche de policía aparcado a un lado y juro que es de color verde y blanco. Maravilloso. Sonrío y me fijo en que cada calle tiene un nombre representativo, como Snowman Lane, St. Nicholas Drive o Santa Claus Lane.

—Hay sándwiches en la mochila. Comemos algo, le damos una vuelta a *Caos* y volvemos a ponernos en marcha, ¿de acuerdo?

Apenas ha terminado de pronunciar la última palabra cuando alzo la vista y me encuentro con esa inmensa «M» que conozco tan bien.

—Oh, Dios, ¿eso es un McDonald's? ¡Dime que no estoy soñando!

—No sueñas —responde con el ceño fruncido.

—¿Podemos parar? Lo necesito. Es como... volver al mundo civilizado o algo así. No puedo creer que haya un McDonald's aquí.

—Es comida basura —protesta.

—Vamos, una vez al año no hace daño —bromeo.

Gruñe, pero accede ante mis súplicas y estaciona enfrente del local de comida rápida. Estaba deseando bajar del coche, estirar las piernas y los brazos y respirar hondo, a pesar de que aquí hace todavía más frío que en Inovik Lake, y eso que parecía algo imposible. *Caos* corretea a nuestro alrededor con la lengua fuera.

—Iré a pedir, esperad aquí —dice Nilak mientras busca la cartera en el bolsillo trasero de los vaqueros con gesto distraído—. ¿Qué es lo que quieres?

—Vale, a ver, una Chicken Burguer BBQ para mí y una hamburguesa doble para *Caos*. También patatas, Coca-cola light y una cajita de McNuggets. Y recuerda pedir mostaza.

—No voy a comprarle a *Caos* una hamburguesa —sisea.

—¿Por qué no?

—Porque es un perro, Heather.

—Ya, pero solo será una vez en su vida. Tiene derecho a disfrutar, está siempre en Inovik Lake, sin hacer nada divertido y comiendo pienso a todas horas.

Nos retamos con la mirada unos segundos antes de que Nilak termine rindiéndose con un suspiro de resignación y me tienda su cartera.

—Pide tú, ya no recuerdo la mitad de todo lo que me has dicho.

—Vale. ¿Tú qué quieres?

—Una hamburguesa normal.

—¿Normal? ¿Con beicon, de pollo, de pescado, con extra de ración de queso...?

—Lo dejo a tu elección.

Caos y él se quedan fuera mientras entro, hago el pedido y pago. Estoy guardando el cambio en la cartera cuando veo el papelito desgastado y doblado en dos que hay entre los billetes. Dudo, pero al final lo abro y encuentro una caligrafía sencilla y clara, y una frase escrita a lápiz con algunas letras algo borrosas:

«Eres la caricia del sol, la risa inesperada que se
atasca en la garganta, eres lluvia suave, besos
húmedos. Y más, más besos. Eres la pieza que
faltaba en el puzle que llevaba toda la vida intentando
terminar».

Vuelvo a guardarlo en el mismo sitio mientras el dependiente
me tiende la bolsa de papel con el pedido y salgo fuera. Ya no tengo
hambre. ¿Qué significa eso? No estoy segura, pero creo que he visto
antes esa letra. En la habitación de Sialuk. Quito el pan de la hamburguesa de *Caos* y le doy el trozo de carne, que devora en menos
de un segundo. Ese mensaje es de Seth o para Seth, estoy segura.

—¿Qué te pasa?

Nilak acaba su hamburguesa de dos bocados y me mira. Estamos dentro del coche, con la calefacción al máximo, y soy la única
de los tres que apenas ha empezado a comer.

—Nada.

—Heather...

Me jode que me conozca tan bien.

—¡No me pasa nada! —exclamo y me sorprende mi propia reacción, pero soy incapaz de cerrar la boca—. Y aunque me pasase,
no te lo contaría. Estoy cansada de abrirme y decirte todo lo que
siento y que tú jamás me cuentes nada. Se supone que somos amigos, ¿no? Pues la confianza debería ser recíproca.

Sus ojos se deslizan nerviosos por mi rostro como si estuviese
buscando la raíz del problema. Ahora me doy cuenta de que esa
raíz brotó en mí hace tiempo y ha ido creciendo lentamente. Siento
que no importa cuánto crea haberme acercado a él, siempre habrá
una barrera divisoria entre nosotros. Y, además, me quiere lejos.
Una parte de él está deseando que regrese a San Francisco y menti-
ría si dijese que no me duele. La idea de pensar en irme y no volver
a verlo es... es... insoportable. Esa es la palabra. Insoportable. Y a él

le da absolutamente igual. Me llevaría sin dudar al aeropuerto más cercano ahora mismo si se lo pidiese.

Al hablar, lo hace tan bajo que es apenas un susurro.

—Estabas bien hace un momento. ¿Qué ha pasado ahí dentro, Heather? Eh, mírame, por favor. ¿Te ha dicho algo ese tío? —indaga.

Niego con la cabeza.

—No, no es nada de eso. Déjalo, Nilak. Estoy cansada, quiero llegar a Fairbanks y dormir un rato.

—¿No te apetece ir a la casa de Santa Claus? —pregunta, incrédulo.

Le digo que no y apoyo la frente en el cristal de la ventanilla. Él suspira y luego arranca el coche. Volvemos a incorporarnos a la autopista Richardson y no hablamos en lo que queda de trayecto. Mejor. Necesito aclararme, reforzarme.

No quiero que mi vida pase de depender de una persona con problemas mentales, como era Alison, a depender de otra con problemas a la hora de afrontar sentimientos y compromisos. Y sí, soy dependiente por naturaleza, soy esa bolsa de *American Beauty* que se deja mecer por la corriente de aire y flota sin ningún tipo de control sobre qué dirección quiere tomar.

Pero quiero cambiar.

De hecho, ya he cambiado.

Me siento más fuerte, incluso al caer.

Cuando llegamos a Fairbanks me sorprende descubrir una ciudad de tamaño considerable, de avenidas anchas y edificios bajos. No sé por qué, pero esperaba un pueblo decente, no algo tan grande. De hecho, me siento cosmopolita de nuevo. Me dedico a contemplar las calles iluminadas que dejamos atrás, la nieve algo sucia que queda en los arcenes y los locales abiertos de tiendas, restaurantes y servicios de todo tipo.

Paramos frente a un hostal de tres alturas con un tejado a dos aguas y un cartel con una flecha que da la bienvenida a los futuros huéspedes. El vaho escapa de mis labios en cuanto salimos del coche. Ya es de noche y el aire es gélido, y no sé cómo, pero consigue colarse entre la gruesa chaqueta y los guantes, el gorro y la bufanda. Tirito mientras le pongo a *Caos* la correa, lo bajo del vehículo y nos encaminamos dentro. Nilak lleva la mochila y las dos maletas que hemos traído.

Alquilamos una habitación doble en recepción y, aunque insisto en pagar y montamos un pequeño espectáculo delante de la recepcionista, finalmente Nilak se sale con la suya y se hace cargo de los gastos.

—Mañana invito yo al desayuno —farfullo mientras subimos las escaleras y llegamos al primer piso.

Él mete la llave en la cerradura y se aparta para dejarme pasar antes de coger las maletas y meterlas en la habitación. Es una estancia sencilla, con dos camas pequeñas separadas por una mesita de noche, una ventana amplia que da a la parte trasera del hostal y un cuarto de baño minúsculo pero limpio.

Lo primero que hago es prepararle a Caos su cuenco de agua y le doy un poco de pienso, a pesar de que hace poco que se ha zampado una hamburguesa. Mientras tanto, Nilak enciende la calefacción y sube al máximo el termostato. Tengo el presentimiento de que hasta eso será insuficiente, porque la habitación está helada.

—Toma, la cena.

—¿Más comida?

Cojo el sándwich envuelto en papel film.

La tensión entre nosotros va en aumento.

—Cómete la mitad, al menos.

Lo último que me apetece ahora es discutir. Estoy cansada y algo triste y finalmente desenvuelvo el sándwich e intento no emocionarme al ver que se ha molestado en quitarle la corteza. Nilak hace cosas así todo el tiempo. Detalles que me hacen pensar que le importo, para luego asestarme uno de esos golpes que me dejan tocada y moribunda. Y el problema no es ese misterioso papel que he encontrado en su cartera; el problema es saber que no puedo preguntarle por qué lo tiene. Sé cómo reaccionaría. Sé que fruncíría el ceño y gruñiría cualquier tontería como «no te metas en mis asuntos» o «ahora no me apetece hablar de eso». Es lo que hace siempre, cada vez que quiero saber más cosas sobre él.

Mastico sin ganas el bocado que acabo de llevarme a la boca, sentada en la cama, todavía con la chaqueta puesta. *Caos* ya se ha adueñado del mejor sitio y está tumbado bajo la calefacción disfrutando de un sueño reparador. Chico listo.

—Eh, Heather, ven aquí. —Nilak está frente a la ventana, de brazos cruzados, y me mira por encima del hombro—. Apaga la luz.

—¿Por qué?

—Hazme caso.

Una vez más, cedo y obedezco.

Emito un suspiro de resignación mientras camino hacia él a tientas. Me coge de la mano cuando estoy cerca e intento ignorar el leve tirón en mi estómago, el cosquilleo en los dedos. Me pega a él y con un gesto me indica que mire hacia el cielo.

—¿Lo ves? Se está formando una aurora. Eso de ahí, la línea fina que parece una serpiente y cruza la parte baja.

Es cierto. Sonrío y pego la frente al cristal. Me quedo así un rato, observando el espectáculo, aunque las luces son débiles todavía y los colores suaves se entremezclan en el cielo repleto de estrellas. Esa es otra de las cosas más mágicas de Alaska; puedes ver toda la vía láctea, puedes pasarte media vida contando y contando estrellas que titilan brillantes.

Dejo de respirar cuando los dedos de Nilak se escurren por mi mejilla y me aparta un mechón de cabello con suavidad. Está a mi espalda, muy cerca, y su aliento me hace cosquillas en el lóbulo de la oreja.

—Estás enfadada —susurra—. Dime qué puedo hacer para arreglarlo. No me gusta estar mal contigo, Heather.

—Olvídalo. En serio. Ha sido... una tontería. —No, no lo ha sido—. Estoy cansada. Será mejor que intente dormir ya.

Consigo apartarme de él, me agacho frente a mi maleta y empiezo a buscar ropa cómoda. Salgo del servicio cinco minutos después envuelta en el pijama navideño que tiempo atrás tanta gracia le hizo. Esta vez, no dice nada. Me meto en la cama más cercana a la ventana y me giro hacia ella; la calefacción que hay debajo lucha contra la escarcha que recubre el cristal, permitiéndome ver el cielo oscuro y el fulgor suave de las luces del norte. Es relajante. Cierro los ojos.

Alison está aquí.

Pasa sin pedir permiso en cuanto abro la puerta de casa. Tiene un aspecto estupendo, como siempre: pestañas oscuras, uñas de porcelana pintadas de un tono rosa chicle, cabello suelto y brillante, sonrisa lobuna. Es ella en todo su esplendor, en uno de esos días en los que su ego alcanza su punto álgido.

No sé en qué momento pierdo el control. Discutimos. Nos gritamos. Otra vez. Llevamos casi un año teniendo problemas. Luego el escenario cambia de golpe y siento su cuerpo junto al mío, el olor que desprende el perfume floral que usa, sus labios blandos contra mi boca, sus manos tocándome.

Y después fuego. No un fuego figurado, fuego literal. Las llamas se estiran y se enganchan a los bajos de la cortina, a la colcha de la cama y al póster que cuelga sobre ella y recrea las montañas heladas, el lago y el oso que mira hacia la cámara. Lo observo arder, confundida, hasta que una mano tira de mí con brusquedad.

Grito.

—Heather, tranquila.

Abro los ojos. Todo está a oscuras.

—Eh, solo ha sido una pesadilla. —La voz de Nilak me envuelve y me reconforta, su dedo pulgar traza círculos sobre mi mejilla—. ¿Estás bien?

—Sí.

—¿Segura?

Asiento con la cabeza. Tengo un nudo en el estómago; creo que la hamburguesa y la mitad de ese sándwich unido al trayecto en coche me han sentado mal. Nilak me pide que me haga a un lado y obedezco antes de ser consciente de lo que se propone. Se tumba junto a mí. El corazón hace de las suyas y empieza a latirme muy rápido; casi puedo oírlo entre el silencio de la noche. Él extiende los brazos y me rodea con ellos, me aprieta contra su cuerpo hasta que tengo la espalda pegada a su pecho y puedo sentir cómo respira. Su mano busca la mía y nuestros dedos se encuentran y se entrelazan. Noto su cálido aliento en la nuca, haciéndome cosquillas.

—¿Qué soñabas?

—Con unicornios —bromeo.

—¿Unicornios diabólicos?

—Por ahí va la cosa.

Volvemos a quedarnos callados.

—Sé por qué estás enfadada, Heather. Y lamento no poder darte más. En otra vida... —suspira hondo y me aprieta más fuerte—, lo nuestro habría sido diferente. ¿No piensas a menudo en todos los «Y si...» que dejamos atrás? En los caminos que elegimos, las decisiones y los instantes que lo cambian todo.

—Intento no hacerlo.

—Yo también, pero no puedo evitarlo.

Agradezco estar de espaldas y no poder verle.

—Siento que no te conozco, que eres como humo, poco sólido, irreal. Y tengo la sensación de que yo soy todo lo contrario, transparente a tus ojos. Me molesta que ni siquiera te esfuerces por cambiarlo.

—Te equivocas.

—¿En qué?

—En todo, Heather. Me esfuerzo, pero es complicado. Y me conoces mejor de lo que crees. Que no sepas algo concreto de mí no significa tanto como crees. Lo que ves es lo que soy ahora, en este preciso instante. Tú me gustarías igual, sabiendo o no todas esas piezas que te han llevado hasta aquí, porque lo único que me importa es eso, que estás aquí. Que cuando te miro, siento cosas. Muchas cosas. Aunque sea irracional.

—No estás mejorando la situación, lo sabes, ¿verdad? Eres demasiado difícil. ¿Recuerdas las luces de Navidad que nos pasamos horas desenredando la noche de fin de año? Pues tú eres así. Enrevesado, con un montón de nudos. Me sacas de quicio.

Nilak se mueve a mi espalda, sin despegarse de mí, y me da un beso en la cabeza antes de esconder el rostro en mi cuello y respirar hondo.

—Duérmete ya, copo de nieve.

—No me llames así.

—Vale.

—No, lo retiro. Puedes llamarme así.

—Está bien.

28

Querido diario,

No sé qué hacer. Estoy siendo egoísta, pero no puedo evitar seguir deseando aquello que he anhelado toda mi vida. Me he esforzado mucho para conseguir sacar matrícula en más de la mitad de las asignaturas y tener la segunda mejor nota de todo el curso. Y ahora me siento confundida, porque no me siento tan feliz como pensé que lo estaría el día en que llegase a casa la carta de admisión de la Universidad de Kansas. Mamá estaba emocionada y llamó a papá por teléfono, y empezó a gritar y a gesticular con las manos sin parar. En cambio, cuando se lo dije a Kayden, sonrió y me felicitó, pero noté que parecía un poco forzado.

«Así que Kansas», comentó pensativo. «Creí que querías ir a la Universidad de Fairbanks y que enviaste la solicitud», agregó.

«Quería. Y quiero. También me han admitido en Fairbanks, pero...», me mordí el labio inferior, indecisa. «Llevo años soñando con salir de aquí, Kayden. Sé que amas Alaska y sé que no lo entiendes, pero el futuro en este lugar nunca será exactamente lo que había pensado. Me gustaría estudiar

Veterinaria en una gran Universidad, una de prestigio, y luego montar mi propio negocio y, ¿quién sabe?, formar una familia, venir aquí de vacaciones para ver a mis padres en Navidad y yo... ahora no sé cómo encajarlo todo...».

Kayden apartó la mirada.

«¿Y qué pasa con nosotros?», preguntó.

«Ese es el problema. No puedo irme si tú estás aquí».

«¿Qué intentas decirme?».

«Ven conmigo. Por favor», lo miré suplicante, temblando. Ni siquiera sé cómo me atreví a pedirle algo así, pero lo que tenemos es real, es muy real, y no quería tener que elegir, porque sabía que si me ponía en esa tesitura echaría al traste mi futuro.

«Annie...».

«Lo sé, sé que estoy siendo caprichosa», y hasta ese instante no me di cuenta de que había empezado a llorar, «pero te quiero y no soporto la idea de estar lejos de ti o poder perderte. Necesito compartir mi vida contigo».

Kayden suspiró profundamente, salió del coche donde estábamos hablando y dio un par de vueltas alrededor del vehículo, nervioso. No bajé. Lo dejé a solas, porque a estas alturas lo conozco lo suficiente para saber que necesita su espacio y su tiempo. Cuando volvió a entrar, parecía contrariado.

«Tendría que dejar mi trabajo».

«Lo sé».

«Creí que renuncié a esa vida el día que rechacé mis solicitudes».

«¿Qué quieres decir?».

Tenía la mirada perdida.

«Que me admitieron en tres universidades y no quise ir a ninguna. Ni siquiera a Stanford. Mi madre me obligó a

mandarlas, eso es todo. Las rechacé. Me fui de casa. Ya sabes el resto».

Me quedé callada, incrédula.

Tengo la sensación de que no siempre lo entiendo. Me gusta Kayden. Me gusta muchísimo. Es comprensivo, divertido y travieso cuando se deja llevar. Es inteligente y cariñoso y atento. Pero hay algo, algo más profundo, que nunca consigo comprender. ¿Cómo pudo rechazar todas las admisiones? Incluida la mejor Universidad de San Francisco. ¿En qué cabeza cabe? Allí, en el coche, me dieron ganas de decírselo, de gritarle que era una locura que prefiriese una vida aquí antes que un futuro prometedor, pero ya me sentía suficientemente mal después de pedirle que viniese conmigo, así que me tragué mis palabras y cubrí su mano con la mía.

«Siento haberte puesto en este compromiso. Me quedaré aquí, iré a Fairbanks. No quiero acabar lo nuestro, Kayden», admití.

Me miró muy serio.

«Dime lo que verdaderamente deseas, Annie».

«No».

«Dímelo».

Me limpió una lágrima con el pulgar.

«Lo que quiero es egoísta».

«No me importa, necesito oírtelo decir».

«Quiero ir a Kansas. Quiero encontrar un piso cerca de la Universidad y vivir contigo y despertarme a tu lado todas las mañanas. Quiero acabar los estudios y que nos casemos algún día y seas tú el que esté esperándome cuando llegue al altar. Quiero todo lo que quiere la mayoría de la gente», sorbí por la nariz.

Suspiró y permaneció pensativo unos segundos, con los ojos fijos en mis labios. Luego me besó, y fue un beso largo y ansioso. Metió una mano bajo el suéter y la posó sobre mi estómago, como si necesitase cerciorarse de que bajo la ropa seguía estando yo, mi piel. Se separó unos centímetros, apartó con suavidad los mechones de pelo rubio que se interponían entre nosotros, y habló contra mis labios:

«Seguiremos tu plan. Encontraremos el apartamento perfecto y después yo buscaré un trabajo y tú terminarás de estudiar. Nos casaremos. He ahorrado algún dinero durante estos últimos años, podemos empezar con eso, ¿qué te parece?».

No podía hablar. Ni dejar de llorar.

«Eh, ¿qué pasa, Annie?».

«Es que es demasiado perfecto para ser real».

Me sonrió.

«Solo somos dos personas que han tenido la suerte de encontrarse y no están dispuestas a separarse. Saldrá bien, Annie. No sé qué pasará, pero sí sé que estaremos juntos. Y sobre todo lo demás, bueno, ya me conoces, me gusta improvisar. Iremos tirando», concluyó mientras giraba la llave del coche.

No lo dejé arrancar. Me abalancé sobre él, lo abracé y lo besé hasta que paré por miedo a parecer una loca a ojos de los transeúntes que cruzaban por la acera en la que estaba aparcado el vehículo.

«Te quiero, te quiero, te quiero, Kayden».

Annie.

29

Quiero besarte a todas horas

No quiero levantarme de la cama.

Nilak sigue a mi lado, dormido, con un brazo sobre mi estómago. Sus rasgos son más suaves, no hay tanta tensión en ellos y me gustaría guardar esta imagen en mi memoria. Me muevo intentando no despertarlo, porque se me ha dormido la mano derecha, pero es como un gato al acecho y se agita antes de entreabrir los ojos y fijarlos en mí.

—Lo siento. Necesitaba sacar la mano.

Parece confundido. Observa su propio brazo, el que rodea mi cintura, y lo aparta con suavidad. Bosteza. Sus ojos son de un azul limpio e intenso esta mañana.

—¿Qué hora es? —pregunta.

—No lo sé. Espera. Tengo que levantarme. Pis —resumo y él se ríe con esa voz algo ronca típica del recién despertar.

Llego hasta el cuarto de baño tiritando. El frío que hace no es normal, nada normal. Cuando termino, me miro en el espejo y encuentro una maraña de pelo negro algo ondulado y una piel pálida, con pecas, con las mejillas encendidas por culpa del chico que aún está tumbado en la cama. Regreso a la habitación y busco mi ropa deportiva en la maleta. Él sigue entre las mantas, extiende los brazos y vuelve a bostezar. *Caos* tampoco parece tener demasiadas ganas de levantarse, aunque lo hace en cuanto le sirvo el desayuno en su cuenco de comida. Le acaricio el lomo mientras alzo la mirada hasta Nilak.

¡Qué sorpresa! Nunca habría dicho que eres de los que les cuesta ponerse en pie.

—Odio madrugar —gruñe—. Necesito una ducha.

Se levanta, se mete en el servicio y escucho el ruido que producen las tuberías cuando deja correr el agua caliente. Respiro hondo. Por mi bien, será mejor que deje de imaginármelo desnudo, embadurnado de jabón, bajo una fina lluvia de agua...

Ay, joder. Es tentador.

Media hora después, tras dar un corto paseo con *Caos*, entramos en The Crepery, una de las cafeterías más conocidas de la ciudad. Yo pido café y la crepe de Nutella y banana, y Nilak bebe lo mismo, pero elige la crepe de salmón ahumado, aguacate y miel. La barra de madera oscura cruza el local, que es acogedor. Nos sentamos en una mesa redonda frente a la cristalera que da a la calle. Las aceras están cubiertas de nieve y hielo.

—¿Nerviosa?

—Un poco.

Desde que me he levantado no he dejado de pensar en la carrera. Conforme se acerca, mis nervios se incrementan. Supongo que es natural. La sensación me gusta, ese cosquilleo de anticipación, pero, a la vez, me da miedo hacerlo mal. Acuden a mi mente ideas tontas, como qué pasaría si quedase en último lugar, o si algún espectador se burlase de mi forma de correr o si...

—¿En qué estás pensando?

—En nada. Bueno, no, miento. Pienso en todo lo que puede salir mal. Así me hago a la idea, previamente. No sé en qué momento me dejé convencer para empezar a competir, eres muy persuasivo, ¿sabes?

—Persuasivo.

—No aparecerá confeti del cielo solo porque repitas cada palabra que digo. Búscate tus propias palabras. —Me burlo—. Lo haces mucho, lo de hacer hincapié en algo concreto sin venir a cuento.

—Hincapié —dice serio y después prorrumpe en una carcajada. Yo también me río y le lanzo la servilleta de papel que tengo en la mano. Nos tranquilizamos cuando nos sirven los crepes. Tienen una pinta estupenda y están ardiendo. Bien—. Así que estás barajando todo lo malo que podría suceder, pero, ¿a que no has hecho el mismo análisis de lo bueno?

—Es lógico, no me importa que lo bueno me sorprenda.

Nilak corta un trozo de crepe y se lo lleva a la boca. Mastica mientras me mira fijamente, y luego traga y apoya un codo sobre la mesa.

—¿Con qué estabas soñando anoche? Aparte de con unicornios, quiero decir —añade como si deseease quitarle hierro al asunto.

—Ya sabes con qué. Con quién —especifico.

—Alison —dice—. Nunca me has contado cuál fue el detonante para que vuestra relación se rompiese del todo. ¿Qué pasó? ¿Tiene que ver con esa pesadilla?

Uf. Quiero contárselo, deshacerme de todo, de la última pieza que queda, pero me da rabia que él no se abra a mí de la misma manera. Y tampoco quiero que sea algo «obligado», una especie de «yo te confieso esto y tú me cuentas lo otro...». No, no busco eso. Quiero que confíe en mí porque le apetece, no por sentirse en deuda.

Remuevo con el tenedor lo que queda de crepe, que está increíblemente sabroso, y me dedico a restregar los restos de chocolate por el plato mientras hablo.

—Soñé con eso, con lo que pasó. Ya llevábamos mucho tiempo mal, fue algo paulatino. Discutíamos constantemente. En algún momento me di cuenta de que Alison solo tenía ojos para ella y empecé a distanciarme. Cada vez que intentaba alejarme, conseguía volver a hacer algo para retenerme a su lado; Alison podía ser muy tenaz cuando deseaba algo y, si no lo conseguía con regalos o diciéndome todo lo que sabía que quería oír, amenazaba con hacerse daño a sí misma. Era... complicado. Sobre todo, porque la odiaba y la quería a un mismo tiempo y no sabía lidiar con lo que sentía. —Nilak me presta tanta atención que ha olvidado su desayuno—. La odiaba porque durante años se dedicó a atacar mi autoestima y me hizo sentir la persona más horrible del mundo. Aún hay días en los que me levanto y sigo viendo a esa misma chica insegura frente al espejo. Pero luego estaba su parte buena... —Tomo aire—. Me defendía ante los demás, me decía lo genial y divertida que era, lo bien que me sentaba ese vestido nuevo o cualquier otro halago. Y era generosa. No le importaba lo material, darme las llaves de su coche o gastarse más de mil dólares en prepararme una fiesta de cumpleaños. Alison siempre jugaba con esa dualidad. Era su mejor baza.

—Te mantenía enganchada, ¿es lo que quieres decir?

Asiento con la cabeza. Esa es la palabra. Estaba enganchada a Alison. Y tuve que poner tierra de por medio para dejar de escuchar su insistente voz en mi mente.

—Después de la última discusión, estuvimos casi un mes sin vernos, hasta que un día apareció sin avisar en mi casa. Entró sin preguntar. Mis padres no estaban. Primero probó con la táctica uno, que era pedirme perdón, admitir que a menudo se comportaba como una zorra egoísta y decirme lo mucho que me echaba de menos. Como esta vez no coló, pasó a la táctica dos, que puede resumirse en gritos e insultos diversos. La ignoré, me fui a mi habitación y me encendí un cigarrillo. Recuerdo que me temblaban las manos por culpa de los nervios.

—Heather, no tienes por qué seguir. —Alarga el brazo y cubre con sus dedos los míos, sobre la mesa. Miro nuestras manos entrelazadas—. Quizá no sea el mejor momento para recordarlo.

—No. Quiero hacerlo. Es como arrancar la última espina. —Y es verdad, hasta ahora no me había dado cuenta de lo difícil que era no compartir esta parte de mi vida con nadie. Durante años—. El caso es que entonces pasó algo diferente a las demás veces. Alison me besó. No reaccioné. Al principio, me quedé... congelada. Hasta que se apartó y la miré, y entonces entendí muchas cosas. Como por qué nunca dejaba espacio para una tercera persona entre nosotras o por qué usaba a los tíos solo para fines estúpidos. No los deseaba. Nunca lo hizo.

—Te quería a ti —confirma Nilak.

—Sí. Eso dijo. Le expliqué que no sentía nada y volvió a besarme. Me aparté, así que volvió a ponerse a gritar, a echarme en cara todo lo que había hecho por mí, lo horrible que era, el asco que le daba. Una locura. Eso y verle los brazos llenos de cicatrices fue lo que me hizo mantener la calma. Le pedí que se marchase justo cuando cogió el mechero para encenderse el cigarro que acababa de sacar de mi cajetilla. Y cuando la miré... supe la idea que estaba cruzando por su mente, pero no pude pararla a tiempo. Encendió el mechero y lo lanzó dentro de la papelera llena de papeles, que ardieron al momento. Me empujó. Cuando volví a abrir los ojos el fuego había alcanzado el bajo de las cortinas y se propagaba hacia la colcha que estaba al lado. —Trago saliva—. Estaba aturdida y Alison me cogió del brazo y tiró de mí para que saliéramos de casa. Y justo cuando sentí el aire frío del exterior, recordé que Ellie estaba dentro. Durmiendo. Sola.

Nilak suspira sonoramente, se levanta y se sienta en la silla que está a mi lado. Apoya su mano en mi hombro y luego me frota el brazo. Coge la taza de café con la otra y me la tiende.

—Bebe.

Lo hago. El calor alivia la sequedad que siento en la garganta.

—Los vecinos se congregaron alrededor y llamaron a los bomberos y una ambulancia. La idiota de Alison intentó retenerme para que no entrase, gritando que moriría si lo hacía. Creo que ese momento fue lo más cerca que he estado en toda mi vida de matar a alguien con mis propias manos. —Aprieto los labios—. Entré. Había mucho humo y estaba temblando de miedo, pero conseguí llegar al cuarto de Ellie, cogerla en brazos y sacarla. Cuando llegué a la calle, Alison ya había desaparecido. Eso también era típico de ella, ¿sabes? Darse a la fuga cada vez que tenía que enfrentarse a alguna situación peliaguda —digo con rabia—. Los bomberos apagaron el incendio antes de que se extendiese a más habitaciones de la casa. Pudo haber sido mucho peor. Después de aquello, me fui. Pasé tres noches en un hostal decidiendo adónde ir a continuación. Fue como la gota que colmó el vaso. Llevaba años haciéndoles la vida imposible a mis padres sin razón y ahora había puesto en riesgo a mi hermana y todo por una rabieta de alguien que solo sacaba lo peor de mí. Hacía tiempo que quería cambiar, tomar las riendas de mi vida, pero no sabía cómo hacerlo con Alison cerca, desestabilizándome cada vez que volvía a cruzarse en mi camino. Por eso me fui. Y antes llamé a sus padres y a su hermana mayor, Kate, y se lo conté todo. Todo es todo. Los señores Breth ni siquiera sabían que su hija llevaba desde los catorce años vomitando la mitad de lo que comía. Siempre supe que Alison aparentaba ser angelical de cara a los demás, pero no pensé que llegase hasta tal punto. Esa es la historia. Mi historia. Ya no tengo nada más.

Nilak me mira durante lo que parece una eternidad y después su pulgar se desliza por la línea de mi mandíbula y sube hasta acariciarme el labio inferior con suavidad. Me quedo muy quieta. No sé qué decir. Cierro los ojos.

—Eres preciosa —susurra—. Y fuerte. Y después de todo, siempre esperas lo mejor de los demás.

—No hagas eso.

—¿El qué?

—Decirme cosas bonitas. Tocarme así —añado, porque su pulgar sigue en la comisura de mi boca—. Haces que sea más difícil.

Nilak aparta la mano. Parece contrariado.

—Vuelve a repetirme el recorrido de la carrera —pido, aunque me lo sé de memoria. Necesito dejar de pensar en Alison y en lo que acaba de ocurrir entre nosotros—. Es decir, salimos de la avenida principal, rodeamos la manzana y luego...

Él carraspea antes de hablar.

—Dos calles más a la derecha, saldréis a las afueras, cruzaréis un puente sobre un riachuelo y probablemente habrá un trozo corto con nieve. Solo serán unos metros, no te preocupes, pero recuerda reservar energías antes de llegar a ese punto. Después giro a la izquierda, vuelta a la ciudad, al otro extremo de la avenida y ya todo recto hasta la línea de meta. Ahí es donde debes apretar. No lo hagas antes. Aunque veas a gente adelantándote, aguanta la tentación de hacer un esprint hasta ese momento, ¿entendido?

Sonrío y asiento. Me encanta cuando se emociona él solo planeando la estrategia. Cumplirla es más difícil de lo que parece, porque cada carrera es un mundo, pero retengo las ideas más básicas para intentar llevarlas a cabo.

Recogemos a *Caos* tras terminar el desayuno. Se agita, contento, en cuanto ve que llevo el arnés en la mano. Hace tiempo que empezó a asociarlo a algo bueno y divertido.

Conforme nos acercamos a la avenida principal, vamos tomando conciencia del gran número de corredores que van a participar. Todo está lleno de perros con sus dueños y hay un montón de curiosos. Sé que el *canicross* no es lo más famoso en Fairbanks, donde los trineos suponen el gran entretenimiento de la gente de por aquí, pero cualquier modalidad dentro de *mushing* despierta el interés.

Mientras caminamos entre el gentío, sujeto a *Caos* de la correa y lo mantengo cerca de mí. Acompañamos a Nilak hacia uno de los puestos donde reparten los dorsales y, tras decirles mi nombre y buscarlo en una larga lista, me entregan el número correspondiente. Me doy la vuelta y entonces lo veo. Sujeto la mano de Nilak y tiro de él antes de que dé un paso al frente.

—Ese de ahí es Denton.

Para mi desgracia, como si poseyese el oído más agudo del mundo, el aludido se da la vuelta y clava los ojos en nosotros. Sonríe. No es una sonrisa amistosa. Nilak refunfuña algo por lo bajo mientras el otro se acerca.

—Heather, márchate ya y ve colocándote en la línea de salida.

—¿Qué? No. Todavía es pronto.

Denton para frente a nosotros y le tiende una mano a Nilak; sus dedos parecen ejercer más presión de la necesaria cuando la acepta, aunque por la forzada sonrisa de Denton nadie lo diría. Luego coge la mía y se inclina para besarme el dorso. Este tío está pirado. La aparto intentando disimular una mueca de asco.

—Así que finalmente el perro era un buen ejemplar. —Se agacha frente a *Caos* y lo mira fijamente. No suelto la correa. *Caos* se remueve inquieto—. Y por lo que veo vuelves a entrenar —añade mientras se levanta sin apartar la vista de Nilak—. Así que somos rivales de nuevo, supongo. Esto promete ser divertido.

—No soy tu rival, ya no corro —contesta con sequedad.

—Bueno, ahora lo hace la chica.

Me mira. Sus ojos claros son todo lo contrario a los de Nilak, distantes y huecos. Me dan escalofríos.

—¿Y desde cuándo compites en la categoría femenina? —Se burla Nilak—. Ella tampoco es tu rival. Ahora, apártate. Tenemos que irnos.

—Claro. Estoy seguro de que nos veremos en alguna otra ocasión. Buena suerte con la carrera, Heather —concluye con voz melosa.

Nilak me coge del codo cuando empieza a caminar entre la gente. Nos alejamos de Denton. No sé por qué, pero estoy temblando. No me gusta nada ese tipo. Hay algo malo en él. Me tranquilizo pasado un rato y dejo que Nilak le coloque a *Caos* el arnés y luego me lo ponga a mí. Recuerdo la primera vez que lo hizo, aquel día que vino a arreglar el tejado de casa y que ahora parece tan lejano; John le ordenó que lo hiciese. Creo que fue la primera vez que me tocó y fue como recibir una pequeña descarga eléctrica.

—¿Más apretado o está bien así?

—Está bien así —respondo.

Apoya las manos en mis hombros. Los demás corredores empiezan a tomar posiciones a nuestro alrededor, la mayoría se adelantan. No me importa tanto la idea de salir entre las primeras siempre que no me entorpezcan, claro.

—¿Cómo te sientes?

—Estoy perfectamente, deja de preocuparte.

—De acuerdo.

Se inclina y acaricia a *Caos* bajo la barbilla y entre las orejas, le frota el pelo con las dos manos y recibe a cambio un cariñoso lametón.

—Vete ya, estaremos bien —aseguro.

Me da un beso en la sien y luego desaparece entre el gentío. Me agacho, abrazo a *Caos* y vuelvo a ponerme en pie. Estoy tan nerviosa que tengo náuseas. Reprimo ese pensamiento. Una pancarta cruza la línea de salida y hay un puñado de globos de colores en cada extremo. Se escuchan ladridos, murmullos y gritos de ánimo. La inquietud se apodera de mis extremidades, tengo ganas de empezar. *Caos* también.

Nos ponemos en marcha en cuanto se escucha el pitido que anuncia la salida.

Avanzamos despacio al principio. Las voces de los espectadores se escuchan fuertes y, conforme nos alejamos de la avenida principal, van perdiendo intensidad y tan solo se distinguen algunos silbidos. *Caos* va bien, se acopla a mi ritmo. Noto las piernas algo entumecidas por el frío y me está costando sentirme cómoda.

Abro la boca. Respiro hondo. Intento retener el aire antes de expulsarlo. Giramos a la izquierda y la calle se estrecha; estamos rodeados por otros participantes y, por un momento, creo que distingo la cabellera rubio platino de Denton a lo lejos, más adelantado.

Sacudo la cabeza. No quiero pensar en él.

A veces me sirve crear una melodía en mi mente. Recuerdo la música que John pone cada vez que jugamos al ajedrez, el modo en el que las notas encajan unas con otras, como si hubiesen sido creadas para convivir juntas, unidas, y luego ese estallido, porque siempre debe haber un pico diferenciador, el toque que rompe lo monótono. En cualquier aspecto de la vida, creo. En cualquier, cualquier cosa...

Nilak podría ser esa cresta inesperada.

Olvido la música, las notas y el azul de sus ojos, y me concentro en tomar aire cuando siento que me ahogo y el picor de la garganta se vuelve más intenso. Miro al frente. Ahí está el pequeño puente que cruza el riachuelo casi congelado; es de madera y cruje bajo las zancadas de los perros y sus dueños. Noto que *Caos* aminora el paso y parece reacio a cruzarlo, pero le grito un par de palabras de ánimo, a pesar de que apenas puedo tragar saliva, y retoma el control. Pasamos por encima del puente y aprieto los abdominales al descender, porque es la única técnica que me sirve para evitar el dolor de estómago que a veces me sacude a media carrera, especialmente si hay subidas y bajadas.

A lo lejos se dibuja el otro punto crítico del que Nilak me habló. Eso me hace suponer que debemos de haber hecho tan solo la mitad del recorrido, unos cinco kilómetros. Una capa de nieve recubre un trozo del sendero que hay que cruzar para volver a incorporarse a la carretera de asfalto y adentrarse en la ciudad. Hay que pasarlo sin raquetas, evidentemente. No es mucho, pero después de los entrenamientos con Nilak sé que es cansado y que hay que subir mucho más las rodillas para coger impulso. A *Caos* no le importa demasiado; de hecho, creo que lo prefiere.

La nieve cruje en cuanto la piso. Ralentizo el ritmo y noto un leve tirón por parte de *Caos*. Intento volver a retomar el compás anterior, pero es imposible. Se me hunden los pies en la nieve y él no lo entiende y sigue estirando de mí hasta el punto en que tengo que hacer equilibrios para no caerme mientras sigo avanzando como puedo para no quedarme atrás y perder más tiempo.

—¡*Caos*, espera!

Me da un último empujón hacia delante y caigo de bruces en la nieve. Mierda. Me impulso con las palmas de las manos y vuelvo a levantarme. *Caos* ha regresado sobre sus pasos y está intentando lamerme porque piensa que me pasa algo.

—¡Vamos, vamos, vamos! —le digo, o me digo a mí misma. A estas alturas, tengo mis dudas. Estoy muerta de frío, tengo los pies congelados y aprieto los dientes cuando hago un último esfuerzo por reincorporarme al ritmo de la carrera. Puedo hacerlo. Puedo. Solo he perdido un minutito de nada.

Corro libre y feliz en cuanto dejamos atrás la nieve y volvemos a estar sobre el asfalto. Ahora sí que me siento bien, ligera, con fuerzas. Ha sido como un subidón después de sentirme atrapada entre las garras de la nieve. Y entonces pienso que Alison era esa nieve y que por fin estoy lejos de ella y que, cuanto más rápido corra, más y más seguiré alejándome. Incremento el ritmo. Recuerdo que Nilak me dijo que esperase hasta llegar a la avenida principal, pero solo puedo pensar en correr, correr y correr, y soy incapaz de dejar de hacerlo. Y es como si le contagiase ese ímpetu a *Caos*, porque él también acelera y me da pequeños tirones, me insta a ir más veloz.

Estoy resollando cuando giramos la siguiente esquina y nos adentramos en la avenida. Hay varios corredores a mi alrededor, pero apenas me fijo en ellos porque solo tengo ojos para la línea de meta. Escucho los vítores y las voces del público que ha venido a ver la carrera. Corro todo lo rápido que puedo. Corro con todas mis fuerzas hasta notar las piernas temblorosas y el pecho palpitante.

Tengo ganas de llorar cuando atravieso la línea de meta.

Y sé que es estúpido, que carece de sentido, pero es exactamente eso: otra meta cumplida, literalmente, otra meta por la que ha merecido la pena todo el esfuerzo de los duros entrenamientos. Algo bueno. Hecho con *Caos*. Hecho por mí.

Casi no recuerdo cómo era eso de respirar.

Intento recuperar el aliento, confusa. No tengo ni idea de si he quedado en la posición número uno o número cien, pero siguen llegando corredores. Siento un gran alivio cuando Nilak aparece sonriente y espléndido. Me abraza y tarda un rato en soltarme.

—Estoy orgulloso de ti.

—¿He ganado la carrera?

Nilak se ríe jovial. Me encanta verlo así. Recuerdo cuando sacarle una sonrisa era algo casi imposible. Ha cambiado mucho, para bien.

—No, has quedado octava.

—¿Octava? —pregunto algo desilusionada.

Él posa una mano en mi hombro con total naturalidad y avanzamos entre la gente así, caminando juntos.

—¿No te alegras? ¿Sabes cuánta gente corría hoy? Lo has hecho muy bien, Heather. No las tenía todas conmigo de que fueses a quedar entre las veinticinco primeras.

—¿Entonces iremos a la carrera de Anchorage?

—Sí, si tú quieres.

—¡Claro que quiero!

—Pues ya tenemos plan para la próxima semana.

Recogemos una especie de certificado que acredita la posición en la que he quedado y después regresamos caminando hacia el hostal, que está a unos diez minutos a pie. *Caos* está contento, es la primera vez que pasea por una «gran» ciudad y no deja de mirarlo todo, de olfatear cada esquina, de curiosear por todos los rincones. Es divertido observar sus reacciones. Así que, cuando estamos a punto de llegar al hostal, y a pesar de que tengo los pies húmedos y congelados por culpa de la dichosa nieve, le propongo a Nilak que alarguemos un poco más el paseo hasta que se canse de tanta cosa nueva.

Es una pena que casi no hayamos tenido tiempo para ver nada.

—¿Volveremos otra vez aquí? —pregunto.

—He estado pensando... —Nilak se para en medio de la resbaladiza acera e inclina un poco la cabeza para que sus ojos queden a mi altura—. Podríamos quedarnos una noche más. Si te apetece, claro. Y no sé, visitar algún sitio, dar una vuelta, cenar una hamburguesa... —dice—. Mañana pondríamos rumbo a Inovik Lake temprano para llegar por la tarde y no dejar a Seth solo durante otro turno de cenas, ¿qué te parece?

—¡Me parece que estoy a punto de gritar de emoción!

Nilak sonríe y me quita la correa de *Caos* antes de que emprendamos la marcha. Caminamos por las calles amplias de Fairbanks a paso lento, parándonos de vez en cuando frente algunos escaparates y jugando a «adivinar las vidas de la gente» con la que nos cruzamos.

—El hombre del sombrero de lana está de mala hostia. Han debido de ponerle una multa o algo así. Tiene ganas de estrangular a alguien. A un policía —especifica Nilak.

—¿En serio? —Alzo una ceja—. Creo que te equivocas. Yo más bien diría que es así por naturaleza, la típica persona hosca que odia el planeta Tierra desde que se levanta hasta que se acuesta.

—No —insiste él—. Una persona que detesta el mundo no llevaría calcetines de estrellitas. Fíjate bien, sobresalen un poco entre las botas oscuras y el pantalón.

Es cierto.

Vale, puede que tenga razón.

Nos cruzamos con una mujer envuelta en un abrigo rojo y largo que me recuerda al papel navideño; lleva el cabello recogido en una cola alta y las manos en los bolsillos. Camina recta, con la cabeza alta, pero no resulta soberbia.

—Esa mujer es feliz —digo—. De hecho, diría que está enamorada. Mírala. Va muy bien vestida, me encantan sus botas; siento que hace una eternidad que no piso un centro comercial decente, por cierto. Y, hum, a ver, se ha maquillado de forma minuciosa y lleva la manicura hecha. ¿Sabes? Me arriesgo a decir que va de camino a su cita ahora mismo.

Nilak sonríe travieso y un hoyuelo aparece en su mejilla derecha.

—¿La seguimos?

—¿Estás loco?

—Venga, vamos, ¡se nos escapa! —Se gira y regresa sobre sus pasos tras la mujer del abrigo rojo. Reprimo una carcajada y lo sigo a él y a *Caos*, a quien no parece haberle molestado el brusco cambio de dirección; continúa concentrado intentando olfatear cada adoquín de la acera.

No podemos dejar de reírnos mientras seguimos sus pasos. Sé que es una tontería, pero es que había olvidado lo divertido que era eso mismo, hacer tonterías sin pensar. Nilak me empuja dentro del portal de una casa de dos pisos cuando ella se gira y mira hacia atrás por encima del hombro. Respiro entrecortadamente. Ya no puedo parar la risa tonta que me sacude. Su mano está en mi cintura, sujetándome. *Caos* tira de la correa y sale del portal.

—Creo que nos han descubierto —bromea.

Llegamos al hostal un rato más tarde. Antes de subir, Nilak hace una parada en recepción para llamar a casa de Naaja y avisar de que vamos a quedarnos un día más por aquí. Nada más entrar en la habitación, me quito los calcetines empapados y luego cojo ropa y me meto en el cuarto de baño para darme una ducha de agua caliente. Después, me enfundo unos vaqueros, unas botas que llevan pelo por dentro y un jersey grueso y holgado de color mostaza. Cuando salgo, *Caos* se ha quedado dormido encima de mi cama como si le perteneciese, y Nilak está tumbado a su lado, despierto, pero con los ojos cerrados, acariciándole el lomo.

—¿Listo? ¿Nos vamos?

—Claro. —Se inclina hacia *Caos* y le palmea la barriga como si fuesen viejos colegas—. Tú quédate aquí descansando, amigo. Volvemos enseguida.

Caos gime y parece ignorarle. Ya tiene la comida puesta y, antes de irnos, subo la calefacción porque sé que en breve empezará a refrescar. Saludamos a la chica de recepción al salir y Nilak quita un poco de hielo del parabrisas y revisa las cadenas de las ruedas mientras yo entro en el Jeep.

—¿Adónde vamos? —pregunto.

—¿Te apetece visitar una antigua mina de oro?

—¿Como las de las películas?

—Algo así.

Nos ponemos en marcha.

Una fina capa de nieve recubre la carretera por la que circulamos. Avanzamos despacio. Seguimos imaginando durante un rato cómo sería la cita de la mujer del abrigo rojo y, después, Nilak me habla de la época durante la que trabajó en aquel criadero de perros, de cómo los adiestraban y de algunos ejemplares que todavía recuerda con cariño.

—Tienen que verte como a un líder, ¿entiendes?

—¿*Caos* me considera su líder?

Nilak chasquea la lengua y sonríe.

—No exactamente. Esa es la gracia de vuestra relación, que es diferente. Cuando un perro se sale de los parámetros establecidos suele ser por algo concreto, algún hecho que lo ha marcado, pero en el caso de *Caos* no tengo ni idea de a qué se debe. No es algo malo. Os compenetráis así. Y él haría cualquier cosa para protegerte.

—¿De verdad?

Podría cazar con la mano la emoción que se palpa en mi voz. Nilak asiente, convencido. Seguimos avanzando hasta que llegamos a una estación alargada de madera con un cartel que reza «El Dorado. Train Station». Hay un grupo de turistas esperando fuera, algunos llevan cámaras de fotografía colgando del cuello, y me encanta la idea de poder confundirme entre ellos.

Pagamos la entrada y un guía empieza a explicarnos la historia de esta antigua mina, la técnica que se utilizaba para sacar oro y en qué va a consistir el recorrido. Me falta poco para aplaudir cuando aparece el tren por las vías. Es de color verde oscuro y amarillo, clásico, con dos vagones. Subimos en el primero. Me arrebujo en el abrigo mientras nos ponemos en marcha y el guía sigue comentando algunas curiosidades, como que la propia ciudad, Fairbanks, nació a raíz de la fiebre del oro en 1901.

—Estás helada —me susurra Nilak al oído.

No me importa. Vale la pena. He hecho tan pocas cosas interesantes en mi vida, interesantes de verdad, que no me importa pasar un poco de frío a cambio de esto. O de correr. O de todo lo que hago ahora. Sonrío. El guía debe de pensar que soy medio idiota, pero no me importa. Me paso todo el viaje en tren con esa misma sonrisa y, cuando bajamos y nos dan un saquito de tierra y nos invitan a buscar nuestro propio oro, estoy a punto de hiperventilar de la emoción. Intento seguir las instrucciones y me dejo la vista buscando algún destello dorado, pero nada. Ni rastro. La abuela que está a mi lado consigue encontrar una minúscula partícula y todos nos acercamos a admirar su hazaña y a exclamar parecidos «¡Ohhh!» seguidos por un «¡Qué suerte!».

Ya está anocheciendo cuando regresamos al coche.

Las horas de luz son escasas, pero las estrellas que recubren el cielo lo hacen más soportable. Nunca he estado en un lugar donde se vean más estrellas. Parece irreal. Una lámina oscura con infinitas salpicaduras.

—¿Te apetece que vayamos a tomar algo? Conozco un sitio que es famoso aquí. Sirven cualquier variedad de cervezas que puedas imaginar.

—Ah, ¿sí? ¿Sirven cerveza de fresa?

—¿Qué?

—No sé, me lo acabo de inventar.

Nilak frunce el ceño y luego se ríe sin apartar la mirada de la carretera. Las luces de las farolas tiñen la nieve de un tono amarillento mientras regresamos a la ciudad. Aparca frente a un local que, efectivamente, tiene el aspecto de la típica cervecería.

Apenas cabe dentro un alfiler.

Están retransmitiendo un partido de hockey sobre hielo por la televisión de plasma que hay colgada en una de las paredes, y la barra y las mesas están repletas de gente. La mayoría de los clientes tienen que estar de pie. Nilak me coge de la mano mientras se abre paso y me llevo un susto de muerte cuando todos gritan emocionados cuando el jugador de uno de los equipos mete un tanto; solo veo manos alzadas aquí y allá, cervezas inclinadas y jaleo por todas partes. Nos mezclamos entre la gente y él me pregunta qué quiero tomar antes de pedirme que me quede donde estoy y alejarse un par de metros para llamar la atención de una de las camareras. El disco de caucho vuelve a atravesar una de las porterías y la clientela estalla en aplausos, animada.

Me río. Una mano me rodea la cintura y me giro hacia Nilak.

Solo que no es Nilak.

—Mira qué sorpresa.

—No me toques. —Me aparto.

—Eh, tranquila. —Denton alza las manos en son de paz, pero no me fío de él. Sus ojos se deslizan por mi cuerpo y su mirada es obscena—. Así que octava, ¿no? Eso he oído. Felicidades.

—Gracias —respondo con sequedad.

Marcan otro tanto y la gente jalea a nuestro alrededor.

—¿Sabes? No deberías perder el tiempo con alguien como él. Tienes potencial. Y ese perro tuyo, que en realidad debería ser mío, también, desde luego. —Mientras le da un trago a su cerveza yo intento encontrar a Nilak, pero el local está demasiado lleno y no lo veo.

—Llegaste a un trato con John —me defiendo.

—Un trato un tanto injusto, si te digo la verdad. A ninguno de los dos se les ocurrió comentar el pequeño detalle de que ese perro era un ganador nato. —Da un paso hacia mí, está demasiado cerca—. Dime, Heather, ¿cómo podríamos compensar ese error de cálculo? A mí se me ocurren algunas opciones.

Me sujeta la barbilla con los dedos y me obliga a alzarla.

Le doy un manotazo y su sonrisa se vuelve más amplia, al menos hasta que Nilak reaparece en escena. Y no está nada contento. Lo que es prometedor, porque ver a Nilak cabreado hace que entren ganas de echar a correr y no mirar atrás, o eso sentiría yo si estuviese en el pellejo de Denton. La diversión desaparece de sus ojos de inmediato, en cuanto lo coge de las solapas de la chaqueta y lo levanta un par de centímetros del suelo.

—No quiero verte cerca de ella —sisea—. Dime si lo entiendes o necesitas que te lo explique de otra forma más clara.

Creo que balbucea «entendido». Nilak lo suelta con brusquedad y se remueve incómodo cuando descubre que algunos clientes han empezado a prestarnos atención. Me coge de la mano sin mediar palabra y salimos del establecimiento ignorando las miradas curiosas de los que parecen haberse quedado con ganas de ver una pelea en vivo y en directo. Me tiende una de las dos cervezas que lleva en la mano cuando nos hemos alejado un par de calles.

Él se lleva el botellín a los labios y bebe.

Lo imito en silencio.

Ha empezado a nevar.

Los copos de nieve se balancean como trocitos de algodón y terminan amontonándose en el suelo y pasando de estar solos a formar parte de un todo.

Nilak me mira.

—¿Estás bien?

—Mejor que nunca.

—En serio, Heather.

—No bromeo. El capullo de Denton no va a fastidiarnos la noche. Todo es perfecto. ¿Qué más podría querer? He terminado la carrera, he buscado oro y ahora estoy aquí, en no sé qué calle, contigo. Y me siento bien. Me siento... feliz.

Le sonrío. Doy otro trago a la cerveza y, en medio de una carretera desierta, alzo la mirada al cielo estrellado y giro en círculos sobre mí misma mientras veo la nieve caer y caer. Me río cuando noto que empiezo a marearme por culpa de dar tantas vueltas. Nilak me sostiene con cuidado y deja mi botellín junto al suyo, en el suelo. Está serio, muy serio, y me rodea la cintura con un brazo al tiempo que alza la otra mano y desliza la punta de los dedos por mi mejilla hasta posarlos en mis labios. Trago para deshacer el nudo que tengo en la garganta.

—¿Qué haces? —pregunto.

—Intento decidir...

—¿El qué?

—Quiero besarte.

—Nilak...

—Lo digo en serio. Quiero besarte a todas horas. No puedo evitarlo.

—Eso no es una decisión.

No aguanto más. Estoy temblando. Quiero que me suelte o que me bese, pero que haga algo. Noto la tensión en la boca del estómago, el deseo y también el miedo a que pase lo mismo de las últimas dos veces. Necesito decírselo. Necesito decirle que no puede volver a ignorar lo que existe entre nosotros, porque me duele, pero antes de que consiga balbucear una palabra, su voz ronca se alza de nuevo en mitad de la noche.

—Tan solo pienso en las consecuencias.

Mantiene la mirada suspendida en mis labios mientras desliza los dedos por el contorno, acariciándolos. Me estremezco.

—¿Qué consecuencias?

—Que no podré parar.

—Bien. Por fin coincidimos en algo.

Sonrío. Y entonces me besa.

Me dejo envolver por sus brazos y sus labios, y me abandono a él. Le rodeo el cuello con las manos para sujetarme, porque me tiemblan las rodillas y soy incapaz de controlar mi propio cuerpo. Es imposible que exista algo más intenso. Siento que me quedo sin aire cuando nuestras lenguas se acarician lentamente; sabe a cerveza de regaliz y su boca es cálida y tengo la sensación de haber llegado a casa.

Lo beso con más ganas. No me importa que esté nevando o que estemos en mitad de la nada. Es como si el resto del mundo se desvaneciese y solo quedásemos nosotros, descubriéndonos con los labios. Quiero decirle que esto es real, que hay algo especial que nos une y que es, probablemente, lo mejor que me ha pasado en la vida. Él saca todo lo bueno, hace que me esfuerce y que desee superarme a mí misma. Me ayuda a ser la Heather que siempre he querido encontrar al mirarme al espejo.

Sé que, en cierta forma, él lo sabe. Es consciente de ello. Así que no se lo digo, porque me siento incapaz de despegar mis labios de los suyos y porque tengo miedo de que se acabe, como ocurrió las otras veces.

—Volvamos al hostal —susurra Nilak jadeante.

Me rodea la cintura y caminamos por la calle besándonos, entre risas, hasta que llegamos al coche. No quiero subir. No quiero separarme de él. Me aprisiona contra la carrocería del lateral del vehículo cuando ve que no estoy demasiado dispuesta a abrir la puerta. Vuelve a besarme, cierro los ojos y me siento como uno de esos copos de nieve que flotan y se mecen en el cielo antes de caer.

—Vamos, Heather.

—No, no quiero que te arrepientas —confieso y hay una especie de súplica en mi voz. Escondo el rostro en su pecho y él me acaricia la mejilla con el dorso de la mano y nos quedamos así unos segundos, en silencio.

—No lo hago. Ya no puedo... —susurra.

Al final me convence para que entre en el coche y me besa antes de arrancar y durante el primer semáforo en rojo y el segundo y el tercero. Empiezo a relajarme, pero entonces se apodera de mí una tensión diferente. Una tensión que tiene mucho que ver con el deseo que siento en cuanto sus manos me tocan.

Subimos las escaleras del hostal a trompicones. Nilak tira de mí en cuanto entramos en la habitación y me aprieta contra la pared. Apoya una mano en mi cadera y cierra la puerta con la otra de un empujón. Su boca abandona la mía y baja por mi barbilla hasta posarse en mi cuello. Cierro los ojos e intento tranquilizarme, pero no puedo, y sé que está sintiendo en los labios mis pulsaciones desenfrenadas, el efecto que provoca en mí. Me derrito cuando sus dientes rozan la piel de mi garganta y luego siento su lengua, húmeda, hasta que alza la cabeza y nuestras bocas vuelven a unirse.

Nos movemos a tientas por la habitación. A *Caos* debe de resultarle de lo más raro lo que estamos haciendo, porque se mantiene quieto, al lado del radiador, con las orejas en punta. Intento no reírme. Chocamos contra el viejo armario de madera que cubre una de las paredes y ahogo un quejido.

—¿Estás bien?

Nilak habla con voz entrecortada y no negaré que me alegra saber que no soy la única de los dos que está a punto de sufrir un infarto. Le rodeo el cuello con los brazos y lo atraigo hacia mí.

—Mejor que bien.

Deslizo las manos por sus hombros y le quito la chaqueta, que cae al suelo con un sonido amortiguado. Luego mis manos se pierden bajo la sudadera que viste y palpo su torso firme, la cintura estrecha, y sonrío al sentir los músculos contraerse bajo mis caricias. La respiración de Nilak se torna más agitada y, al final, como si no pudiese contenerse más, busca de nuevo mi boca y me quita el jersey. Tirito contra él mientras se desprende de la sudadera antes de tumbarme sobre la cama y, a partir de ese momento, nos convertimos en un manojo de besos, caricias y susurros.

Me desnuda. Sus manos tiran de mis vaqueros hasta dejarlos hechos un revoltijo a los pies de la cama; luego, me acaricia la espalda y desabrocha el cierre del sujetador. Me arqueo hacia él. Quiero que me toque. Quiero abrir los ojos y descubrir que son sus dedos los que se deslizan por mi piel erizada y me acarician los pechos, la clavícula y el estómago. Gimo cuando su mano deja atrás mi ombligo y baja todavía más; le clavo las uñas en el hombro derecho e intento contener un gemido de placer. Nilak sonríe contra mi boca. Sus ojos están fijos en los míos y me mira, intenso, atento, mientras uno de sus dedos se hunde en mí. Estoy temblando, y no es de frío.

Desliza los labios por mi barbilla, baja por mi estómago y su aliento me hace cosquillas en la piel. Lo siento todo. Siento cada roce, cada gesto, cada mínima caricia multiplicada por mil. Soy un helado de caramelo derritiéndome bajo su cuerpo y apenas puedo contener un grito ahogado cuando hunde la cabeza entre mis piernas. Noto su respiración jadeante antes de que su lengua se deslice con suavidad y atrape mi deseo con la boca. Me prueba, recorre cada rincón y me lleva al límite. Después se aparta, casi cuando estoy a punto de terminar, y deja un reguero de besos cálidos en el interior del muslo. Me falta poco para ponerme a suplicar cuando sus manos grandes me retienen contra el colchón sujetándome por las caderas y su lengua me atormenta de nuevo hasta hacerme tocar el cielo; una explosión de placer me sacude y es tan delirante que cuando Nilak vuelve a ascender por mi cuerpo y a besarme, a duras penas recuerdo mi nombre completo. Estoy exhausta y tengo la sensación de que el corazón se me saldrá del pecho de un momento a otro y se marchará por la puerta, incapaz de soportar la intensidad que estoy sintiendo.

—No es normal. Esto no es normal —susurro.

Su cuerpo está sobre el mío, su torso presionando mis pechos, su piel cubriendo la mía. Su miembro, duro, contra mi estómago. Un escalofrío asciende por mi espalda.

—¿El qué no es normal?

—Lo que siento. Contigo.

Traza círculos con el pulgar sobre mi mejilla. Mantiene la mirada fija en mi rostro y tengo la sensación de que está viendo más allá de mi piel, bajo todas las capas. Al fin me ha encontrado. Tengo ganas de llorar. Llorar de felicidad.

—*Negligevapse.*

—¿Qué? —pregunto, pero me callo en cuanto Nilak coge la cartera, que está sobre la mesita, y saca un preservativo.

Tiemblo de anticipación.

Sus dedos se aferran a mi cintura mientras se coloca sobre mí. Impulso las caderas hacia él, tentándole, y Nilak entrecierra los ojos y respira entre dientes el aire.

Contiene a duras penas un gruñido al tiempo que resbala en mi interior y se aprieta contra mi cuerpo, como si desease estar más y más cerca, a pesar de que solo la piel se interpone entre nosotros. Me besa, su boca aún sabe un poco a regaliz, y susurro sobre sus labios al hablar.

—Te estoy sintiendo...

—Más —dice en un murmullo, antes de hundirse profundamente en mí. Ahogo una exclamación. Su respiración se vuelve más pesada cuando deslizo la mano por la cara interna de su brazo y mis dedos palpan la rugosa cicatriz que lo recorre. Él cierra los ojos unos instantes y yo arqueo la espalda, buscándolo.

Nuestras caderas chocan, nuestros cuerpos se acoplan. Nilak desliza la lengua por mi labio inferior hasta que abro la boca y lo dejo entrar. El beso se vuelve desesperado cuando siento la primera embestida. Mis gemidos inundan la habitación y él empieza a moverse con más intensidad. Noto los ojos húmedos y me aferro a sus hombros mientras su cuerpo se mece contra el mío en un vaivén apasionado.

Resulta casi irónico que esta sea la primera vez que sé y reconozco lo que se siente al hacer el amor. Esta conexión, la forma en la que él encaja dentro de mí, sus manos sujetando las mías sobre mi cabeza, su aliento en mi mejilla, los jadeos entrecortados mezclándose, el calor que desprendemos. Él. Yo. Y el Todo que formamos juntos.

Sus labios se mueven con desesperación contra los míos, como si desease atrapar mis gemidos. Cada vez que se hunde en mí lo hace más rápido, más fuerte. Apenas puedo respirar. Estoy mareada y siento que el mundo se tambalea y que lo único sólido a mi alrededor es su cuerpo cálido, su piel suave. Siento un estallido de placer y me dejo llevar, me abandono ante esta sofocante sensación hasta que mi cuerpo deja de pertenecerme y, por un momento, es suyo y solo suyo.

Nilak me clava los dedos en la piel de las caderas y gruñe al ritmo de las últimas embestidas; esconde el rostro en el hueco de mi cuello y resopla contra mi piel mientras se corre y su cuerpo se contrae contra el mío. Le rodeo la espalda con las manos y se la froto con suavidad.

Jamás me he sentido tan satisfecha, tan plena y tan feliz.

No sé cuánto tiempo permanecemos así, en silencio, abrazados, pero tan solo nos separamos cuando el calor del momento da paso al ineludible frío. Nilak alza la mirada y me besa antes de levantarse e ir al cuarto de baño. Cuando regresa, vuelve a tumbarse en la cama y nos tapa a ambos con el edredón. Apoya la cabeza en mi pecho y sus dedos palpan mi estómago con suavidad. Me asusta la ausencia de palabras.

—Dime que esto no ha sido normal para ti.

—Claro que no lo ha sido. —Tiene la voz ronca. Alza la barbilla y nuestros ojos se encuentran en la penumbra—. Heather, ¿qué te preocupa?

—Nada, solo estoy asimilándolo. Todavía.

Emite una risa perezosa y luego suspira y me abraza.

—No me gusta lo que significa tu nombre. Porque tú no eres así, no eres frío, no eres un trozo de hielo. Y no entiendo por qué lo eligieron tus padres. —Bajo el tono de voz—. Sé que te cuesta abrirte, aunque no me cuentes la razón, pero gracias por dejarme ver todo lo bueno que hay en ti y por sacar lo mejor de mí.

Nilak me besa cerca de la clavícula; sus labios están calientes en contraste con mi piel. Hundo las manos en su pelo oscuro.

—Mis padres no me pusieron ese nombre —dice poco después, justo cuando empezaba a pensar que se había dormido—. Lo hizo Naaja cuando llegué a Inovik Lake.

Le acaricio un mechón rebelde.

—¿Y cómo te llamabas antes?

—Kayden. —Coge aire—. Kayden Storm.

30

13 de mayo

Querido diario,

Ayer nos pasamos el día en la cama, en el apartamento de Kayden, revisando algunos de los pisos que aparecen en la revista de la agencia. Había uno increíble, de aspecto clásico, con techos altos y dos plantas. Me enamoré de él en cuanto lo vi y lo señalé con el dedo.

«¿Qué te parece?».

Kayden le echó un vistazo rápido.

«Sería perfecto, si no estuviese a casi una hora de tu universidad».

«Estaría dispuesta a hacer el sacrificio a cambio de vivir en un lugar tan bonito».

«Annie, céntrate, tenemos que encontrar uno que esté más cerca».

Me tapé un poco con el edredón, porque solo llevaba una vieja camiseta de Kayden que me cubría hasta los muslos. Luego rodeé su cintura con una mano y le besé la tripa. Él se rió e intentó apartarme.

«Para, me haces cosquillas», dijo sin dejar de reír. Terminó lanzando a un lado la revista y dándose la vuelta en la

cama. Sus manos sujetaron mis muñecas contra el colchón.
«Sabes que ya deberíamos haber encontrado apartamento,
¿no?», comentó con sorna. Luego me mordisqueó la barbilla.

«Culpa tuya. Supones una distracción».

«Distracción».

«¡Deja de repetir lo que digo!», exclamé y me retorcí
bajo sus brazos mientras una carcajada resbalaba por mi
garganta. Kayden atacó mi cintura, que es donde sabe que
tengo más cosquillas, y rodé entre las sábanas, incapaz de
comportarme como una persona normal. Cuando paró, ne-
cesité unos segundos para recuperarme.

«A ver, recapitulemos, ¿qué más hay pendiente?», pre-
guntó él mientras se sentaba a los pies de la cama y se re-
volvía el pelo con una mano.

«¿Todo?», reí. «Para empezar, encontrar el apartamen-
to y hablar con el propietario de este para que no te renueve
el próximo año. Y todavía tienes que pedirme matrimonio,
claro. ¡Ah, y recuerda que dentro de dos semanas tenemos
que ir a visitar a mi padre! No le hace ninguna gracia que
nos vayamos a vivir juntos a la otra punta del país sin an-
tes conocerte», añadó. «Tenemos que mirar el precio de los
billetes de avión, aunque estoy segura de que nos saldrá
más barato cogerlo en Anchorage que desde Fairbanks; y
yo debo tramitar el permiso de estudiante y tú encontrar un
adiestrador que te guste lo suficiente como para sustituirte.
¿Qué tal van esas entrevistas...?».

«Eh, frena. Vuelve atrás».

«¿A qué punto?», pregunté, aunque ya sabía a qué se
refería.

«¿De dónde sacas que debo pedirte matrimonio?».

«Todavía no lo has hecho», me encogí de hombros con
una sonrisa.

«*Te dije que nos casaríamos*».

«*Más bien fue una orden: "Nos casaremos", farfullé imi-tando su voz grave y él reprimió las ganas de reír y tan solo me miró travieso. «Eso no es una pedida de mano. La gente te pregunta luego cosas como "¿Y cómo fue? ¿Se arrodilló bajo la Torre Eiffel? ¿Te compró tres toneladas de rosas?"*».

Aunque fue apenas un instante, vi la mueca vacilante que cruzó su rostro. No dije nada, pero volví a tener la sen-sación de que esto no era exactamente lo que él quería, de que estaba siendo egoísta. Me encogí sobre mí misma e in-tenté que no notase mi preocupación. A veces me olvido de cómo es él, de que le pega cualquier adjetivo menos «clási-co» y de que dudo que, de no ser por mí y mis deseos, Ka-yden quisiese casarse. Huye de lo tópico, está convencido de que la libertad consiste en hacer solo lo que le apetezca sin dejarse atar por tradiciones o lo que piensa la gran mayo-ría. Y a mí me gustaría ser como él, pasar de todo eso, pero me estaría mintiendo a mí misma.

Le acaricié la mejilla con el dorso de la mano.

«*Kayden, no tenemos por qué hacerlo. Eh, mírame. Soy una caprichosa. Dime que no quieres casarte o cualquier otra cosa con la que no estés de acuerdo. Dímelo. No te con-formes por mí. No cambies por mí. Porque entonces...*», tra-gué saliva. «*Me gusta cómo eres, con nuestras diferencias*».

Sus labios atraparon los míos.

«*Tienes razón en que hay cosas que no haría si depen-diesen solo de mí. Pero tú eres la única mujer del mundo por la que estoy dispuesto a pasar por el altar*», sonrió y sus ojos azules brillaron, intensos. «*Es una buena declara-ción de amor, ¿no?*», preguntó divertido. «*Puedes contar esto cuando alguien te pregunte. Que te tropezaste con un tío que juró que no se casaría y cambió de opinión porque se dio cuenta de que había encontrado a su alma gemela y no estaba dispuesta a perderla».*

No contesté, pero creo que las lágrimas que resbalaban por mis mejillas hablaban por sí solas. Nos besamos durante lo que pareció una eternidad, hasta que Kayden se dio cuenta de que iba a llegar tarde al trabajo, porque todavía teníamos que pasar por Seward para que me dejase en casa, y se puso en pie, cogió ropa limpia y se metió en la ducha. Me quedé ahí, sentada, con la mirada fija en la ventana y pensando en todo lo que acababa de decir, en lo que significaba para él y en lo que él significaba también para mí. Rompí un trocito de papel de una de mis libretas llenas de apuntes y cogí un lápiz; me apoyé sobre la mesita de noche, con las piernas aún cruzadas sobre la cama, y escribí:

«Eres la caricia del sol, la risa inesperada que se atasca en la garganta, eres lluvia suave, besos húmedos. Y más, más besos. Eres la pieza que faltaba en el puzle que llevaba toda la vida intentando terminar».

Luego doblé el papel y lo dejé detrás de la lamparita, al lado del interruptor, para que lo viese cuando regresase a casa después de la jornada de trabajo. Sonreí al imaginarlo allí, solo, leyéndolo. En cuanto salió de la ducha oliendo a champú, me puse en pie y nos encaminamos al coche.

Annie.

31

Negligevapse

Regresamos a Inovik Lake entre besos y miradas. No podía apartar las manos de él. Es adictivo. Conseguimos llegar a duras penas a la hora de la cena y ayudar a Seth con el turno de noche. Ahora, mientras atiendo las mesas, estoy intentando ser profesional, por eso de que no está bien visto que una se abalance sobre su jefe y porque, además, no estoy segura de «en qué punto» se encuentra nuestra relación y me da tanto miedo pensar en ello que casi prefiero no hacerlo.

Bajo el escalón que conduce a la cocina y espero a que Seth termine de repartir el puré de patatas en tres platos hondos. Sonríe, sin apartar la vista de lo que está haciendo.

—Así que lo habéis pasado bien por Fairbanks.

—Bastante bien, sí. Vimos una aurora boreal pequeña.

—En Fairbanks pueden verse auroras doscientas noches al año.

—¿En serio? —Y yo que pensaba que había sido todo un acontecimiento. Lástima que la segunda noche estuviésemos demasiado ocupados como para molestarnos en mirar por la ventana. Me toqueteo con los dedos el colgante del copo de nieve y los ojos de Seth se dirigen ahí, pero si se pregunta de dónde lo he sacado, no lo

dice en voz alta. O puede que ya lo sepa—. Pues no tenía ni idea,
pero son preciosas, parece cosa de magia. También buscamos oro.
Fue divertido.

Seth deja los platos a un lado y se acerca a mí. Inclina la cabeza
y me mira fijamente, como si estuviese escarbando en mi alma.

—¿Pero qué haces?

—Hay algo raro en tu expresión.

—¿Estás enfermo? ¿Efectos secundarios del matrimonio?

—Pareces feliz. —La sonrisa de Seth se ensancha—. ¿Estáis
juntos?

—¿Qué? ¿Por qué dices eso? —Miento fatal y no sé si admitirlo
con total naturalidad o si lo que ha pasado es algo que tendría que
quedar entre nosotros; todavía no he hablado con Nilak del tema—.
Debería subir los platos, hay clientes esperando.

—Eso es un sí.

Vuelve a sonreír y me abraza fuerte, levantándome del suelo,
antes de darme un beso en la mejilla. Nilak carraspea al entrar en
la cocina y nos mira como si estuviésemos mal de la cabeza.

—¿Qué os pasa? Hace rato que tendrían que haber salido los
primeros platos —protesta y avanza hasta coger él mismo los purés
de patata que faltan por servir.

Cuando regreso al salón, tiene el ceño fruncido.

Y la expresión no cambia una hora después, ya en su coche, de
camino a mi cabaña por el oscuro sendero que conduce hasta el
lago. Tan solo me ha dado un beso casto al entrar, antes de arrancar
el motor, y empiezo a ponerme nerviosa. Al ver que aparca y no
quita la llave del contacto, me siento como si me estrujasen los pulmones. Si tuviese que ponerle una pega a esto de estar enamorada,
sería lo delirante que resulta que cada gesto, cada sensación, sea
tan intensa. Es como si todo se magnificase.

—¿Estás enfadado porque he abrazado a Seth? —pregunto vacilante, porque no me creo que a estas alturas sea tan tonto como

para sentir celos. Y Nilak podrá tener mil demonios, pero no es inseguro. No tanto como yo, al menos.

—Qué va. No. —Me sonríe tierno y se revuelve el cabello avergonzado—. Lo de la otra vez no fue exactamente como piensas. No estaba celoso por creer que fueses a tener algo con Seth, tan solo lo estaba porque él podía tocarte y yo no. Sabía que era incapaz de controlarme.

—Lo que tú digas, pero te ocurre algo —afirmo—. Has estado raro en el bar y también ahora. Llevas raro desde que llegamos a Inovik Lake.

—Estoy bien, Heather. No te preocupes.

El hielo recubre los cristales del vehículo. Nilak me aparta con cuidado los mechones que escapan de mi coleta y desliza sus dedos por mi rostro antes de inclinarse y besarme. Gimo dentro de su boca. Me encanta cómo me besa, que consiga trasmitirme tanto solo con rozar mis labios.

—Pero no vas a quedarte —adivino.

—Esta noche, no. Necesitas descansar.

—¿Qué? No. ¿Por qué? Quiero dormir contigo.

Duda, pero apenas una milésima de segundo.

—Mañana, te lo prometo. Dame solo unas horas...

—¿Para qué? —insisto cuando se calla.

—Necesito ordenar algunas ideas, Heather. No es por ti. Nada de esto es por ti. Solo te pido un poco de tiempo y te prometo que intentaré... ser mejor. —Entrelaza sus dedos con los míos y me frota la uña del meñique con su índice—. Vendré temprano, sobre la hora de almorzar, y traeré algo de comer. Luego entrenaremos un rato y pasaremos juntos el resto del día, ¿de acuerdo?

Me sonríe, pero lo noto tenso.

Me inclino para darle un beso de buenas noches antes de bajar del coche. El aire gélido silba entre las ramas de los árboles. Escucho otra puerta del vehículo abrirse y me giro.

—Eh, copo de nieve, espera. —Nilak me coge del brazo, rodea con una mano mi cintura y me pega a él. Vuelve a besarme, un beso largo y profundo—. Nos vemos en unas horas. Buenas noches, Heather.

Le doy las buenas noches, algo más tranquila, y subo por el caminito hasta la cabaña. Me llevo el susto de mi vida al encontrarme a *Caos* tumbado en el porche, esperándome; pone las orejas en punta, alarmado, cuando ve que doy un pequeño saltito y me llevo una mano al pecho. Le hablo mientras busco las llaves en el bolsillo y chasqueo la lengua.

—Te has vuelto a escapar. ¿Por qué no quieres estar con los demás? Son tus amigos, *Caos*. —Él gimotea y se mete en casa en cuanto abro la puerta. Se tumba en la alfombra y me mira desde ahí con sus ojos pálidos mientras mueve la cola.

No tengo nada de hambre, pero me obligo a comer un poco del puré de patata y la trucha al horno que ha sobrado esta noche y que Seth ha guardado en un recipiente para que me lo llevase. Está bueno, como todo lo que él hace. Los excursionistas que paran aquí antes de dirigirse al pico Dima suelen repetir precisamente por eso, porque la comida es genial (y espero que el trato también sea un aliciente; intento ser simpática).

Después muevo las mantas del sofá al suelo y me tumbo al lado de *Caos*. Lo abrazo. Es suave y cálido. Pienso en Nilak. Me preocupa. Su actitud desde que hemos llegado ha cambiado, lo noto en la tensión acumulada en sus hombros, en las dudas que se dibujan en su mirada. Tengo la sensación de que quiere decirme algo pero, finalmente, cambia de opinión, cierra la boca y sigue a lo suyo. Me gustaría que se abriese a mí. Todo. Todo él. No quiero obligarlo ni presionarlo, pero me gustaría...

Me gustaría mucho.

Y eso es en lo último que pienso antes de quedarme dormida y también el primer pensamiento que cruza por mi mente en cuanto me despierto a la mañana siguiente. *Caos* ya se ha levantado y está arañando la puerta con sus patas, desesperado por salir y correr e irse con los demás. Es un canalla.

—Nadie te ha secuestrado, estás aquí por elección propia —protesto y me doy la vuelta entre las mantas, pero el perro se acerca e intenta lamerme el moflete—. ¡*Caos*! —grito porque, demonios, es lunes, mi día libre, y quiero dormir un poco más.

Él insiste hasta que termino haciendo de tripas corazón y me pongo en pie. Hace frío. Busco la chaqueta más gruesa que tengo y me calzo las botas de pelo antes de salir y subir hasta la casa de John. *Caos* escapa disparado como si le fuese la vida en ello y corre por la nieve dejando tras su paso un reguero de huellas. John ya está fuera, cortando leña. No sé cuántas horas debe de dormir al día, pero seguro que muy pocas. Me dedica una amplia sonrisa.

—Alguien te ha hecho madrugar. El maldito ha dejado un bonito agujero en mi cobertizo. Otra vez. ¿Qué me dices de eso? Deberías reñirle o se pasará la vida haciendo lo que le venga en gana.

—¿Para qué? Me ignora. No me hace caso.

—¡Pues anda que a mí...! Como si se quedase sordo y ciego cada vez que intento hacerle entrar en vereda. —Suspira y deja el hacha a un lado—. ¿Has desayunado?

—No.

—Pues entra, ¿qué te apetece tomar?

—¿Te queda chocolate de ese en polvo?

John responde que sí. Sé que compró un bote a propósito para mí, porque no es algo que él suela tomar. Entramos en casa y, ya en la cocina, le ayudo a preparar el desayuno. Me llevo mi taza de chocolate al comedor.

—¿Jugamos? —pregunto.

—¿De buena mañana?

—¿Por qué no?

—Como quieras —dice afable. Con tranquilidad baja la aguja del tocadiscos y luego empieza a colocar sus fichas negras. Le da un sorbo a su taza de café e inicia la partida—. ¿Todo bien por Fairbanks? —pregunta.

—Sí, quedé octava.

—Eso he oído.

—Querría haber venido ayer a contártelo, pero era tarde cuando llegué. Fuimos directamente al Lemmini para que Seth no estuviese solo durante el turno de cenas. Ah, ¿y sabes qué? Busqué oro. Pero no encontré nada. Bueno, en realidad solo me dieron un saquito de tierra y me explicaron cómo se buscaba. La mujer que estaba a mi lado tuvo más suerte.

Muevo un peón, me quedan catorce fichas todavía. John cierra los ojos cuando la música que suena de fondo alcanza su punto álgido y la emoción se palpa en el aire. Imagino unos dedos largos y masculinos, como los de Nilak, moviéndose sobre un piano, deslizándose como si apenas supusiese un esfuerzo tocar una pieza semejante, uniendo las notas, formando un todo. Es una canción muy bonita. John adelanta uno de sus dos alfiles en el siguiente movimiento. Yo muevo el caballo y mato a uno de sus peones.

—*Caos* se lo pasó genial —le cuento—. Le encantó pasear por la ciudad y curiosearlo todo. Hasta comió una hamburguesa. —La sonrisa se borra de golpe de mi rostro cuando recuerdo algo más—. Y vimos a Denton.

John alza la mirada.

—Mantente alejada de él si vuelves a cruzarte en su camino. No es trigo limpio. Hay personas que no están hechas para competir. Un buen rival debe saber ganar, pero sobre todo perder. Ahí es donde las personas demuestran de qué pasta están hechas.

Cambio de casilla el caballo que me queda, distraída, y entonces lo veo. Me quedo muy quieta, con los ojos fijos en el tablero, antes de levantar la vista y descubrir que John acaba de ver lo mismo.

He ganado.

Aún no, todavía no. Pero casi. No puede hacer nada por proteger a su rey y tampoco tiene posibilidades de acabar con mi caballo. Juro que me empiezan a sudar las palmas de las manos y jamás he estado tan nerviosa. John tarda unos segundos en asimilar la situación y, cuando lo hace, su rostro se contrae en una sonrisa inmensa y cálida. Me mira orgulloso y mueve un peón, tan solo por darme el placer de poder terminar la siguiente jugada. Mi caballito tiembla cuando lo levanto con dos dedos y tumba a su rey.

—¿Jaque mate?

—Sin duda. Un gran jaque mate. —John se ríe.

—Jaque mate —repito y ahora sí, me dejo llevar por la emoción, me levanto y salto como una loca. ¡Es que no me lo creo! Llevo meses perdiendo. Meses. Partidas y partidas con un mismo y conocido final: mi derrota. Si no hemos jugado cien veces, no hemos jugado ninguna. Es nuestra rutina por las tardes, antes de que me lleve al trabajo.

Cuando John vuelve de la cocina, después de llevar sendas tazas vacías, todavía sigo sin creérmelo.

—Bueno, un trato es un trato —dice tras apagar la música y sentarse de nuevo frente a mí. Entrelaza sus enormes y curtidas manos—. Tuvimos que pagarle a Denton para que renunciase a llevarse a *Caos*. Yo no tengo demasiado dinero ahorrado, así que Nilak puso la mayor parte. Pero como el dinero no era un gran aliciente para alguien que ya nada en la abundancia, Denton le hizo jurar a Nilak que no volvería a competir como *musher*.

Me llevo una mano al pecho; casi no puedo respirar.

—¿Qué? ¡No lo dices en serio! No me digas que lo aceptó...

—Muchacha, cálmate. Cerró el trato y Nilak es un hombre de palabra, pero no tienes de qué preocuparte. Competir nunca fue su sueño. Denton piensa que sí porque él sigue obsesionado con ganar y es incapaz de ver más allá y darse cuenta de que lo que Nilak realmente ama es estar con los perros, el esfuerzo, la rutina, crear un vínculo. A veces el mero proceso de entrenamiento durante meses y meses es mucho más satisfactorio que las escasas horas que dura una carrera.

Supongo que mi rostro refleja toda la angustia que siento.

—Aun así, ¿cómo ha podido comprometerse de esta forma? ¿Y si mañana vuelve a apetecerle competir? No, no es justo.

—En la vida existen prioridades.

Nos quedamos callados. No puedo dejar de pensar en ello, en que estuvo dispuesto a renunciar a algo suyo, a una elección propia y libre, solo para que pudiese quedarme con *Caos*. Aún tengo el rey negro de John en la mano y toqueteo la pieza para intentar tranquilizarme.

—Y mejor no le digas que te lo he dicho.

—De acuerdo. —Dejo la ficha sobre el tablero.

—¿Algo más que quieras saber, muchacha?

Pues ahora que lo dice...

—Sí. ¿Qué significa *negligevapse*?

—¿Quién te ha dicho eso?

—Nilak —respondo dubitativa.

John suspira hondo, su pecho sube y luego baja, y parece tranquilo, en paz. Después se frota la barba, todavía pensativo, y una sonrisa pequeña y tierna curva sus labios.

—*Negligevapse* significa «Te quiero». Es una palabra inuit.

No es verdad. No puede ser verdad. John se está quedando conmigo, pero noto una sensación cálida en el pecho cuando veo que su expresión no cambia y que parece sincero. John ni siquiera entiende el concepto de lo que significa «bromear», así que es posible que... es posible que realmente Nilak me dijese la otra noche que me quería. Se me disparan las pulsaciones y antes de que pueda procesarlo todo, llaman a la puerta.

John se levanta y abre.

Es Nilak. Lleva en la mano dos bolsas de papel de la tienda de la familia de Sialuk y le tiende una a John después de dejar que este le dé un corto abrazo y le palmeé el hombro con su brusquedad habitual.

—Naaja me ha dado tarta de queso para ti —dice y John asiente agradecido y acepta la bolsa. Los ojos se Nilak me buscan y sonríe con la mirada al verme todavía sentada en el sofá, frente al tablero de ajedrez. Me noto tensa, incapaz de ignorar lo que acabo de descubrir—. No te encontraba, he supuesto que estarías aquí. Ten, te he traído un dónut relleno de mermelada. Y este libro te lo manda Sialuk.

Me da una novela cuya portada muestra a una mujer vestida de época que sostiene un bonito paraguas rosa para protegerse del sol. Le doy las gracias también por el dónut y hago un esfuerzo por comerme la mitad mientras él habla con John en la cocina. No sé lo que dicen, apenas se les oye; es como si hablasen a propósito en susurros. Le doy la vuelta al libro e intento concentrarme en leer la sinopsis. Promete ser una lectura entretenida.

Unos minutos después, ambos regresan al comedor.

—¿Nos vamos? —pregunta Nilak.

—¿Adónde?

—A entrenar. —Me mira extrañado.

—Ah, sí, claro.

Consigo ponerme en pie de un salto y, tras despedirnos de John, salimos de la casa. Está nevando. Es como vivir encerrados en una de esas bolas de cristal que agitas para que los copos de nieve revoloteen. Vamos a mi cabaña para que me cambie de ropa; Nilak ya ha venido vestido con un pantalón de chándal azul y sudadera. Encajo la llave en la cerradura y hablo al tiempo que abro la puerta.

—¿No podemos cancelar el entrenamiento por un día de nada? Está nevando y hace mucho frío y no he dormido bien porque *Caos* se escapó y se mueve mucho en sueños y además...

Nilak me silencia con un beso brusco. Me apoya contra la puerta que acaba de cerrar y se pega lo suficiente a mí como para que respirar se torne una tarea complicada. Sus manos se mueven ansiosas por mis caderas y reptan por mi cintura mientras sigue besándome de esta forma tan... apasionada e intensa que provoca que mis piernas tiemblen y se conviertan en gelatina. Le rodeo el cuello con las manos y él jadea cuando nota que me froto contra él, ansiosa por sentirlo de nuevo. Me coge en brazos y me tumba sobre las mantas que siguen revueltas en la alfombra.

—¿Esto significa que cancelamos el entrenamiento? —pregunto, aunque a duras penas puedo hablar.

Nilak se ríe y me baja de un tirón la cremallera de la chaqueta. Nos desnudamos mutuamente y somos incapaces de dejar de mirarnos mientras lo hacemos. Quiero saberlo todo de él. Quiero lo bueno, pero también las partes malas. Quiero aceptar sus errores, sus defectos. Me gustaría decírselo, pero cuando abro la boca me aturullo y las palabras no salen.

Siento un vuelco en el estómago cuando sus manos me tocan. Desliza los dedos por mi tripa y luego me besa ahí, al lado del ombligo, y su boca asciende por las costillas hasta mis pechos y terminan en mi hombro y la barbilla. Nuestros labios vuelven a encontrarse. Esta vez lo noto diferente. Cuando su cuerpo encaja con el mío, cuando nos fundimos en uno solo, lo hacemos lentamente, sin prisa, memorizando cada instante. Recorro su espalda con mis dedos, los hundo en su piel, le insto a ir más rápido. Nuestros jadeos envuelven la estancia. Nilak se mece contra mí con suavidad y me acaricia con las manos, con los labios, busca mis ojos en todo momento y me obliga a mantenerlos abiertos, fijos en los suyos, mientras nos derretimos juntos entre el placer que nos sacude y las emociones contenidas que al fin dejamos salir, libres.

Cuando todo ha terminado y logro respirar con normalidad, lo abrazo, me tumbo sobre él y le mordisqueo el mentón antes de darle un beso dulce y lento, muy lento, hasta que le arranco un gemido ahogado.

—Siento lo de anoche. Tenías razón, debería haberme quedado.

—No, no quiero que hagas algo porque «debas», tan solo cuando de verdad «quieras» —digo, y trazo círculos sobre la piel de su pecho.

—Sí que quería, Heather.

Levanto la cabeza hacia él.

—¿Algún día me contarás qué es lo que te pasa? Porque sé que estás sufriendo. Podría ayudarte. Yo nunca había hablado de Alison con nadie hasta que te conocí a ti y creo que me sirvió; abrirme, recordarlo todo y verlo con perspectiva.

—Algún día. Te lo prometo —concede.

Nos quedamos tumbados durante horas, a ratos hablando, a ratos en silencio, medio adormilados. No me importa. No hacer nada especial tiene su encanto mientras pueda tocarlo y olerlo y sentir su corazón latiendo bajo mi oído. Y es imposible que me canse en algún momento de abrazarlo entre risas, hacerle cosquillas o apretujarme contra su cuerpo hasta que no quede ni un centímetro de espacio entre nosotros.

—¿Quieres saber de qué trata el libro que me has traído?

—¿Por qué sigues preguntándomelo? Dímelo sin más, Heather. Siempre te contesto que sí, siempre quiero saber cualquier cosa que te apetezca contarme.

Sonrío y lo beso y me tumbo sobre él.

—Ella es una joven que aspira a casarse con un duque, pero entonces se cruza en su camino un hombre rico, con una mala reputación a sus espaldas, la besa en una fiesta y... saltan chispas. Imagino que tendrá que debatirse entre la boda que siempre ha anhelado o estar con la persona que de verdad le gusta.

—Suena como todos los demás. —Se ríe.

—¡De eso nada! —protesto.

—Lo que tú digas —comenta burlón. Su estómago ruge—. Creo que necesito comer algo.

Dejo que se levante para vestirse y me quedo unos minutos más remoloneando bajo el calor de las mantas. Al final, cuando lo escucho trajinar en la cocina, me decido y busco a tientas mi ropa antes de ponérmela e ir a ver qué está haciendo.

Huevos revueltos, cómo no.

Sonrío y lo abrazo por la espalda. Me he convertido en un pulpo pegajoso con largos tentáculos y mi único deseo es mantener a Nilak sujeto entre ellos. No es normal esto que me pasa. Nunca había sentido tal necesidad por estar cerca de alguien. Da un poco de miedo pensar en un «nosotros» y no solo en un «yo».

Nilak reparte los huevos revueltos con beicon en dos platos.

—No, no quiero —me apresuro a decir.

—Oh, sí que quieres.

—Nilak...

—Heather...

Nos retamos con la mirada.

—Me he bebido una taza de chocolate y me he comido medio dónut. Te lo digo en serio, peso como mil kilos más desde que llegué aquí y no tengo más hambre.

—Ahora estás perfecta. En tu peso. Por fin.

—Después de dejarme cebar como un pavo navideño.

—Más bien después de hacerte entender que no solo estás más guapa, sino que necesitas comer si quieres seguir compitiendo. Tú misma. Fue el trato que hicimos, ¿recuerdas? O comes bien o no corres. No puedes gastar más calorías de las que ingieres y no intentes rebatir eso —concluye.

Suspiro y me siento junto a la mesa pequeña de madera de la cocina que casi nunca uso. Me paso una mano por la tripa antes de coger el tenedor. Sigue estando plana, pero algo más... redondeada.

Nilak tiene razón, sé que tiene razón, pero...

A veces no puedo evitar pensar que estoy comiendo demasiado y que si pierdo el control seré menos atractiva y se reirán de mí y no cabré en vestidos que... Bueno, ahora que lo pienso, hace una eternidad que no me pongo uno de esos vestidos ajustados para ninguna fiesta estúpida. Migajas que quedan en mi cerebro tras toda una vida con Alison, supongo. Y aunque fuera el caso, nunca me terminó de gustar la ropa que usaba en ciertas ocasiones. Creo que, si ahora tuviese que ir a una fiesta, me pondría unos vaqueros ajustados, una camiseta suelta y desenfadada y una chaqueta de cuero, en plan motera. Sí, me gusta. Pincho con el tenedor un poco de revuelto y me lo llevo a la boca. Está rico.

—Heather, entiendo que es complicado para ti encontrar una estabilidad. En la comida, quiero decir —agrega y extiende una mano sobre la mesa y coge la mía—. Pero tan solo sigue esforzándote e intenta no tropezar y todo irá a mejor. Confía en mí.

—Ya estoy mejor —admito con la boca llena.

—Lo sé.

Terminamos de comer y fregamos juntos los platos, vasos y cubiertos con el agua hirviendo, porque hace un frío endemoniado. Después pasamos el resto de la tarde entre las mantas, mi lugar preferido de ahora en adelante, frente a la chimenea que Nilak ha encendido; abrazándonos, descubriéndonos, tocándonos. No sé qué hora es cuando me apoyo en un codo y lo miro con una sonrisa tonta en la boca, pero ha empezado a anochecer.

—¿Iremos a ver algo la próxima semana, cuando vayamos a Anchorage? Podemos hacer lo mismo, quedarnos una noche más, dar una vuelta por la ciudad, salir a cenar...

—Sí, lo haremos. —Suspira hondo y me abraza fuerte.

—Y daremos largos paseos con *Caos*.

—Eso también.

Nos quedamos unos minutos callados. Tengo muchas preguntas rondándome por la cabeza. Me acaricio el colgante del copo de nieve con los dedos antes de abrir la boca.

—¿Por qué dejaste que todos te llamasen «Nilak»? Dijiste que tu verdadero nombre era Kayden, ¿no? ¿Qué te hizo renunciar a él?

Su respiración se vuelve más profunda y tarda unos segundos en elaborar una respuesta. Sus brazos siguen alrededor de mi cintura.

—Porque ya no era la misma persona. Tenía sentido.

—¿Qué quieres decir?

—No me apetece hablar de eso ahora, Heather.

—¿Por qué?

—Porque no es el momento.

Me aparto y me incorporo hasta sentarme. Él hace lo mismo. Me debato interiormente mientras lo miro. No sé qué debo hacer. No sé si está bien querer hurgar más, pero me confunde el contraste entre lo cálido que es a veces y lo frío que se vuelve de repente, como si realmente sí conviviesen dos personas dentro de él, Nilak y Kayden, de algún modo retorcido...

—Nunca es el momento —protesto.

—Heather, para ya.

Se levanta. Yo también.

—¿Podrías, aunque sea, esforzarte un poco?

—Lo hago. Ya lo hago. Es complicado.

—¿Qué tipo de complicación?

—¡Heather, joder, déjalo!

—Eres un egoísta. Yo te he contado toda mi mierda.

Me llevo una mano a la boca, temblorosa. No he querido decir eso. No quiero obligarlo ni que se sienta comprometido, pero tampoco me siento capaz de seguir ignorando que le ocurre algo. Que cuando nos besamos las otras veces y terminó apartándose fue por una razón. Y esa razón no era yo, ahora está claro.

—Ya te he dicho que lo hablaremos. Algún día. Cuando pueda.

—¿Qué pasa? ¿Es que estás casado o algo así? —bromeo.

Nilak aprieta la mandíbula. No me mira. Sus ojos siguen fijos en el suelo de madera de la cabaña y está quieto, en medio de la estancia, perdido en sus pensamientos. No dice nada. ¿Qué significa eso...? Se me atascan las palabras en la garganta y el corazón me empieza a latir fuerte, descontrolado. Mi voz se convierte en un susurro casi inaudible.

—Nilak, ¿por qué no lo niegas?

Se lleva los dedos al puente de la nariz y presiona con fuerza. Suspira hondo y luego me mira. Es la primera vez que lo hace desde que nos hemos puesto en pie.

—No estoy casado, Heather.

Entonces, ¿por qué ha reaccionado así? Mi instinto me dice que acabo de dar con el verdadero problema. Y de pronto lo veo claro, en todo su esplendor, como si todas las capas acabasen de fundirse para revelar la horrorosa verdad.

—Dios, no.

—Heather...

—Hay otra. Hay otra chica, ¿verdad? Es eso.

Nilak no responde. Siento que me ahogo.

¿Por qué no me dice que estoy loca? Que solo son imaginaciones mías, que me he dejado llevar por una idea tonta que no tiene sentido. Quiero que lo haga. Que me corrija y me abrace y me susurre al oído que en realidad no le ocurre nada.

Nilak se lleva una mano al cuello de la capucha y lo estira un poco, como si le costase respirar, y luego se gira y va hacia la cocina. Lo sigo, temblando. Casi puedo sentir cómo me voy rompiendo a cada paso que doy. *Crac, crac, crac,* trocitos de mí que voy pisando y dejando atrás.

—¿Por qué? —pregunto en un gemido entrecortado.

Él traga saliva, sus dedos cerrados en un puño.

—¿Por qué lo has hecho? —repito alzando la voz. Nilak no contesta, no me mira ni se mueve, y su falta de reacción solo consigue alterarme más, hacerme perder el control—. ¿Por qué, joder? ¿Cómo puedes ser así?

Él intenta abrazarme, pero me revuelvo entre sus brazos. Ahora mismo solo siento rabia y desdén, y no tengo ganas de que me toque, como si esto no lo cambiase todo. Las lágrimas no desahogan, escuecen, y respiro a trompicones.

—¡Cálmate, Heather!

—¿Que me calme? ¡Sal de aquí! ¡Vete!

—No hagas esto más complicado aún...

—Solo márchate. No te estoy pidiendo nada más.

Lo empujo en dirección a la puerta. Estoy temblando, envuelta en un torrente de lágrimas. Necesito perderlo de vista. El dolor me quema, me sacude y me ciega, y en este momento soy incapaz de centrarme en ninguna otra emoción; lo único que sé es que hay otra chica en la vida de Nilak y que saberlo me hace sentir como si me estuviesen oprimiendo el corazón para luego retorcerlo entre los dedos.

Es aún más insoportable cuando intenta retenerme de nuevo contra él, mirándome con expresión suplicante. Ahora mismo no lo comprendo. No comprendo qué significa el brillo que hay en sus ojos ni su respiración agitada. No puedo meterme en su piel porque estoy demasiado dentro de la mía, hundiéndome. Me sacudo entre sus brazos.

—¡Para, hostia! ¡Para de una jodida vez! —grita, descontrolado—. ¡Annie está muerta! ¿Lo entiendes? —Su rostro se desfigura en una mueca de sufrimiento—. Está muerta —repite con un hilo de voz. Luego me suelta, sin fuerzas, y no mira atrás cuando sale de casa y cierra la puerta a su espalda con un golpe seco.

32

19 de mayo

Querido diario,

El otro día, hablando por teléfono con papá, me preguntó si era feliz y me di cuenta de que sí, soy muy feliz y tengo la suerte de ser consciente de ello y poder valorarlo.

Nunca he sido negativa. Creo que, en parte, porque mis padres me enseñaron a no serlo. Me enseñaron que, frente a un problema, siempre había una o varias soluciones, y que si tropezaba con una roca en el camino, lo único que tenía que hacer era aprender a saltarla o rodearla y seguir siempre hacia delante. Soy de las que piensan que la infancia nos marca, ya sea para bien o para mal, pero no podemos escapar de esos años llenos de aprendizaje. Y yo aprendí a disfrutar de las pequeñas cosas, a sonreír casi todo el tiempo, a intentar sumar y no restar. Sé que, aun así, tengo mis defectos. Creo que a veces soy caprichosa, testaruda y un poco ilusa. Me ciego pensando que todo son arcoíris y buenas intenciones, y me olvido de que el mundo no es así.

Y luego está Kayden...

Nunca pensé que querría tanto a alguien, pero lo miro y tiemblo, me toca y me derrito, y cuando habla... es magnéti-

co; todo lo que dice o hace resulta interesante. Hemos llegado al punto en el que acepto que somos muy diferentes, casi contrarios, y a pesar de eso estoy loca por él. Es como si entre ambos compensásemos las debilidades del otro. Yo soy demasiado positiva; él cae a menudo en la negatividad. Yo adoro la carne y Kayden, el pescado. Yo tomo el café con cuatro de azúcar, él sin nada. Yo me paso el día sonriendo y a veces Kayden es un pelín cascarrabias. Yo llevo toda la vida deseando casarme; él estaría encantado de no hacerlo...

En realidad, hace días que estoy dándole vueltas a una idea. ¿Y si nos casásemos de un modo diferente? Así sería algo clásico, por mí, y algo alejado de los estereotipos, por él (y porque creo que si le obligo a ponerse un traje y a escribir unos votos le dará un síncope). Podríamos casarnos nosotros solos. Los dos. Sin nadie más. En medio de un glacial cercano, por ejemplo. Bajo las montañas. Aquí, en Alaska. Creo que a Kayden le gustaría y le haría más feliz que una boda típica. Podríamos hacerlo durante alguna escapada en la que vengamos a casa, a visitar a la familia y a los amigos, sin planificarlo demasiado.

Ahora que falta poco para marcharnos, no he dejado de mirar alrededor, de caminar por el puerto y alzar la vista hacia las montañas y valorar todo lo que hay aquí. Quizá volvamos. También es una opción. Podríamos regresar dentro de unos años, cuando haya acabado los estudios, y retomar nuestra vida en Alaska.

Podríamos hacer tantas cosas, en realidad...

Eso es lo bueno. Saber que el futuro está en blanco y que tenemos un montón de lápices para pintarlo como queramos, juntos.

Annie.

33

Por encontrarte

Golpeo la puerta de John con los puños. El frío sopla fuera y, cuando abre, parece que intenta deducir por mi expresión qué me ocurre. Pero dudo que sea capaz, porque ni yo misma sé lo que siento. Soy un montón andante de emociones enredadas y la única idea clara que tengo en la cabeza es que necesito ver a Nilak y decirle que siento haberle presionado de esa manera y haberme comportado como una histérica.

No quería hacerle daño. No quería tocar la tecla que he tocado.

—¿Qué te pasa, muchacha?

—¿Puedes acercarme al pueblo? Por favor.

—¿Ahora? ¿No estabas con Nilak?

—¡Se ha ido! Y necesito ir con él.

Muevo las manos con nerviosismo. Sé que debo de tener los ojos todavía acuosos y un aspecto terrible, porque John parece preocupado de verdad.

—Espera, espera. Tranquila. Cuéntame qué ha ocurrido.

—Es... —Niego con la cabeza—. No creo que deba decírtelo. Lo he presionado hasta que ha acabado gritándome lo que le pasaba. Ha sido culpa mía. Pensaba que me estaba engañando, me puse nerviosa...

John me mira en silencio.

—¿Te ha hablado de Annie?

Respiro, agitada. Sí, ese es el nombre que ha dicho. La chica. Siento que el aire me llega a los pulmones, pero no alivia la sensación de ansiedad que me sacude. John me coge del brazo instándome a entrar en su casa.

—¡No! —exclamo desesperada—. Por favor, tengo que ir. O déjame las llaves de la camioneta. Hace tiempo que no conduzco, pero puedo... puedo hacerlo —insisto.

—Heather, entra. Luego te llevaré, más tarde. Lo mejor es darle un poco de tiempo, lo entiendes, ¿verdad? Es complicado. —John me guía dentro con delicadeza y cierra la puerta—. Te prepararé algo caliente.

—¿Por qué no me dejas ir con él? Lo único que quiero es que alguien me explique algo. Tú lo sabías, ¿verdad? —Lo miro dolida—. Pensaba que te importaba, que confiabas en mí. Yo me he abierto a vosotros. ¿Los demás también están al tanto de que Nilak es así porque perdió a alguien...? Sialuk, Seth...

John asiente y se frota la barba con la palma de la mano. Parece incómodo. No me puedo creer que nadie se haya tomado la molestia de decirme: «Eh, ten paciencia con Nilak, lo ha pasado mal». Porque entiendo que él no quiera hablar del tema, que le duela, pero los demás podrían haberme advertido. Me pasé más de un mes pensando que era un capullo amargado que hablaba con monosílabos.

—Yo quería contártelo —murmulla John.

—Pues habría sido de gran ayuda —replico.

John se sienta en su sillón, con aire derrotado, y yo termino acomodándome en el sofá que hay al lado porque tampoco tengo cómo ir al pueblo si se niega a echarme una mano. Nos quedamos así, quietos y en silencio, frente al crepitar de las cálidas llamas de la chimenea. Cuando su voz ronca vuelve a alzarse en la estancia, llevamos al menos veinte minutos callados.

—Tuvieron un accidente. —Toma aire, su pecho sube y baja con suavidad antes de decir nada más—. Un oso apareció en medio de la carretera, justo al girar una curva, y él frenó e intentó desviarse hacia el otro carril, pero había hielo en la calzada y terminaron cayendo por el barranco. Chocaron contra un árbol. Una de las ramas le atravesó el brazo al chico. Hacía mucho frío, no paraba de nevar y se acercaba una tormenta. Él se rompió la pierna, tres costillas y no dejaba de sangrar por culpa de la herida del brazo, pero, no sé cómo, consiguió quitarle el cinturón a Annie y subirla a su regazo y abrazarla para calentarla y mantenerla viva. —John tiene la mirada perdida en la chimenea. Alza una mano trémula y se la lleva a los labios—. Creo que en el fondo... lo sabía, pero se negó a aceptarlo... —Le tiembla la voz—. Que Annie estaba muerta. Desde el principio. No sufrió. Falleció en el acto. Aun así, él la sostuvo entre sus brazos hasta que los servicios de emergencias consiguieron encontrar el coche casi veinticuatro horas más tarde; tuvieron que arrancársela de las manos, literalmente, y hacerle entender que ya no estaba viva. Él había perdido mucha sangre y sufría una hipotermia grave; de no ser porque se mantuvo despierto para darle calor a Annie probablemente no lo habría contado.

Tengo un nudo en la garganta. No puedo hablar.

Nerviosa, tardo unos segundos en conseguir apartar la vista de mis dedos entrelazados y mirar a John, y es entonces cuando descubro las lágrimas silenciosas que surcan sus mejillas, el temblor que lo sacude. Me levanto y lo cojo de la mano.

—John, ¿por qué lloras? —pregunto, pero no se mueve; sus ojos se mantienen fijos en las llamas anaranjadas.

—Venían a verme.

—¿Qué quieres decir?

Toma aire, su mano aprieta la mía.

—Que Annie era mi hija. Mi pequeña.

Un escalofrío trepa por mi espalda y tengo que sentarme en el brazo del sillón porque me tiemblan las piernas. No me sale la voz.

No sé qué decir. No creo que existan palabras para lograr calmar el dolor que John está sintiendo, así que simplemente lo abrazo, fuerte, muy fuerte, mientras dejo que se desahogue. Me siento culpable y horrible por haberle hecho revivir lo que pasó. Imagino lo difícil que debe de ser que alguien llegue y rompa la calma y lo revuelva todo de nuevo.

—Lo siento, John. Lo siento mucho.

Se limpia las lágrimas con brusquedad y vuelve a quedarse en silencio unos minutos. Su mano está caliente y sigue apretando la mía. Espero que el contacto lo reconforte tanto como a mí.

—Ocurrió hace casi tres años —dice y sorbe por la nariz—. Venían hacia aquí, en coche, a pasar un fin de semana conmigo. Annie quería presentarme a su novio. Se habían prometido hacía unas semanas e iban a marcharse pronto a Kansas. Ella... quería ser veterinaria. —Se le quiebra la voz—. Le encantaban los animales, ¿sabes? Siempre encontraba algún pajarito herido o pasaba el rato con los perros. Eso fue antes de que su madre y yo nos divorciásemos y ellas se mudasen a Seward.

Apoyo la cabeza en su hombro y cierro los ojos. Me siento impotente. Ojalá pudiese decir o hacer algo que lograse aliviar el dolor.

—Es horrible, John. Es...

—Es la vida, muchacha. A veces ocurren cosas, cosas malas, y no podemos evitarlo. Cuando algo se escapa de nuestro control, cuesta encajarlo. Cuesta mucho. Annie era preciosa, tan alegre siempre, tan risueña... —Suspira hondo y, cuando expulsa el aire, lo hace lentamente—. Pienso en ella cada segundo del día. Pienso en ella al levantarme y al acostarme, y lo único que hasta ahora ha conseguido reconfortarme es saber que fue feliz, muy muy feliz.

Le doy un apretón cariñoso en el brazo y me levanto, voy a la cocina a por un trozo de papel y se lo tiendo cuando regreso al comedor. Vuelvo a sentarme a su lado. Me dirige una mirada de afecto.

—Recuerdo el día que llegaste... Estabas tan perdida... —Sonríe, a pesar de la tristeza—. Lo primero que pensé aquella noche es que tenías tan solo un año más de los que habría tenido mi Annie y en lo injusto que era que ella no hubiese podido celebrar esos cumpleaños. Quería que te marchases. Es cierto que no te pareces en nada a ella, pero aun así me hacías recordar momentos, sensaciones... —Se lleva los dedos a la sien y suspira—. Creo que Nilak debió de sentir algo parecido.

—Lo siento —balbuceo—. Yo... no lo sabía...

—Claro que no, muchacha. —Me palmea la pierna—. Al final fuiste Siqiniq para ambos. El sol. Yo necesitaba una amiga, me estaba convirtiendo en un viejo malhumorado y reconozco que no tenía intención de cambiar. Creo que no fui consciente de ello hasta el día de Nochebuena, cuando me obligaste a ir contigo, y recordé lo que era... estar rodeado de gente. Y luego está Nilak... —Suspira hondo. Sé que piensa muchas más cosas que no me dice, pero respeto que quiera guardárselas—. El chico tenía que despertar. Me duele en el alma cada vez que pienso que la vida debe seguir, pero es la triste realidad. Intento repetírmelo todos los días, porque me cuesta convencerme, aceptarlo. Nilak ni siquiera se lo planteaba. Estaba totalmente encerrado en sí mismo. Por eso te mandé allí el primer día, al bar. Sabía que si ibas de mi parte se vería obligado a aceptarte y esperaba que al menos la novedad fuese como un pellizco para él, pero creo que fuiste más bien como un puñetazo en plena cara. —Ríe entre lágrimas, con esa risa que le nace del estómago, y vuelvo a abrazarle y aspiro el aroma a madera y bosque que lleva siempre consigo.

—Gracias por cuidar de mí cuando llegué. Y luego. Y siempre. Sé lo difícil que debió de ser para ti.

Me palmea la espalda antes de levantarse.

—Vamos, muchacha, será mejor que nos pongamos en marcha.

No hablamos durante el trayecto en coche. La carretera está cubierta por una fina capa de nieve y no dejo de pensar en lo mal que lo debe de estar pasando John y en lo horrible que tuvo que ser para Nilak el accidente, ver morir a la chica que quería y no poder hacer nada para evitarlo.

Imagino la culpa, el dolor y los años de soledad que vinieron después...

John para el coche frente a su casa, casi a las afueras de Inovik Lake. Nos miramos antes de bajar. Espero que sepa que jamás podré agradecerle todo lo que ha hecho por mí desde que puse un pie en este estado. Todo. John lo ha sido todo.

—Deja que compruebe que todo marcha bien —musita.

Él llama a la puerta, pero nadie sale a abrir. El coche de Nilak está aparcado aquí al lado. John vuelve a insistir y al final prueba a girar el pomo. No está cerrada con llave. La puerta se abre y entramos. El corazón me late con fuerza. Es como si un vendaval hubiese azotado la casa: hay un montón de trocitos de cristal por el suelo, muebles movidos, libros y otros objetos que ha tirado...

Y está llorando. Se me encoje el estómago al verlo.

Nilak está sentado en el suelo, con la espalda apoyada contra la pared y el rostro escondido entre las rodillas. Su cuerpo se sacude y antes de que pueda correr a abrazarlo, John se me adelanta. Me quedo atrás, inmóvil. Veo cómo se agacha frente a él y lo obliga a levantar la cabeza.

—Lo siento, joder. —Nilak solloza—. Lo siento tanto...

—Ya está bien, chico. Para de decirme siempre lo mismo.

—Lo siento...

—Fue un accidente. Vamos, levanta.

John le ayuda a ponerse en pie y lo sostiene con un abrazo. Se dicen algo más, pero no llego a oírlo. La escena me estremece. Dos personas aparentemente rudas y fuertes que en realidad son vulnerables y, de algún modo, siempre estarán unidas por el dolor. Es injusto. Las cosas que pasan a veces. Ahora me siento egoísta por darle tanta importancia a mis problemas, porque cuando algo tiene solución y es reversible debería considerarse tan solo un aliciente para superarse a uno mismo, no una razón para tirar la vida por la borda.

Siguen abrazados y sé que necesitan estar a solas, así que salgo sin hacer ruido. Me siento en el escalón de la casa abandonada que hay frente a la de Nilak. Tengo los pies entumecidos. Me fijo en la capa de hielo que recubre uno de los adoquines y arranco un trozo con los dedos. Lo alzo frente a mí, parece un fragmento de cristal. El sol del atardecer tiñe la calle de color caramelo. Por fin «Nilak» tiene sentido. Sí, es un «trozo de hielo», pero no porque sea frío, sino porque es transparente. Naaja tenía razón. Algunas personas solo son opacas para protegerse, pero la capa es muy fina y, al romperse, no da paso a más oscuridad, sino a la claridad. Observo los destellos que la luz dibuja en el hielo y se me remueve algo en el pecho cuando advierto que quizá sea cosa del destino, porque tiene sentido que Siqiniq, el sol, haya terminado por derretir esa coraza. Conociéndola, seguro que Naaja no eligió las palabras al azar.

Lo suelto en cuanto veo a John salir de la casa y se hace añicos al golpear contra el suelo. Camina hacia mí con gesto serio y los ojos algo irritados. Trago saliva al verlo así, tan vulnerable y triste.

—¿Está... mejor? —pregunto.

Asiente de forma casi imperceptible.

—Ten paciencia, muchacha.

—Sé que es difícil... —susurro.

—Muy difícil —Toma una bocanada de aire que le infla el pecho y luego lo suelta de golpe—. Llámame si necesitas ayuda o que regrese a por ti.

Se da media vuelta, todavía con un rastro de melancolía cubriendo su semblante y avanza hacia el coche.

—Eh, John, ¡espera! —exclamo cuando abre la puerta. Corro hacia él antes de que suba al coche y lo abrazo muy fuerte. John se muestra sorprendido al principio, pero después sus brazos me acogen con afecto y deja escapar el aire contenido cuando nos separamos—. Ya. Ahora sí puedes irte. —Sonrío débilmente y él me devuelve el gesto. Luego espero en la calle hasta que veo el vehículo desaparecer a lo lejos.

Respiro hondo y me quedo un rato mirando la puerta antes de atreverme a entrar.

Nilak está sentado en una silla, con los codos apoyados sobre las piernas y la cabeza agachada, pensativo. Levanta la vista cuando se percata de mi presencia y nos miramos en silencio. Me acerco a él.

—Perdóname. Siento haber causado esto.

—No es culpa tuya, Heather. Nada de esto lo es.

Noto que le cuesta respirar y su voz es apenas un murmullo afligido. Me siento torpe e insegura, sin saber qué decirle. Permanezco un rato agachada junto a él, en silencio. Nilak tiene los ojos cerrados y está concentrado en inspirar y espirar, en mantener el control. Me gustaría decirle muchas cosas, pero me da miedo equivocarme; no quiero hacerle más daño. Así que al final le dejo su espacio y empiezo a recoger los trozos grandes de cristales que encuentro por el suelo. Él no dice nada, tan solo me mira, ausente. Encuentro una escoba en la cocina y barro los pedazos más pequeños. Luego intento ordenar los objetos que ha tirado. La tensión me resulta insoportable.

—Tú tenías razón. Sí que te odiaba —susurra de pronto—. Al principio te odiaba, porque me sentí atraído por ti desde el primer momento. Y quería que te fueses. No soportaba que me hicieses sentir... cosas. Es injusto que Annie esté muerta por mi culpa y yo me enamore de otra persona, ¿lo entiendes? Es... lo peor que podría haber hecho. —Coge aire y casi parece que hacerlo le resulte doloroso; se pone en pie y camina hacia el otro lado de la estancia, nervioso—. Además, te hacía daño a ti. Y no sabía cómo pararlo. Quería hablarte de ella, pero es que no podía hacerlo. No podía.

Intento no pensar en Annie porque, si lo hago, soy incapaz de levantarme cada mañana, pero al mismo tiempo eso hace que me sienta peor, como si la estuviese apartando de mi vida. Y no es así. Necesito el recuerdo, es solo que duele demasiado.

Me acerco a él. Tiene los ojos enrojecidos y su expresión me parte el corazón. Lo abrazo, rodeo su cintura y apoyo la cabeza en su pecho. No quiero soltarlo. Nilak tarda unos segundos en apretarme contra él. Nos quedamos así durante minutos que parecen horas. Cuando nos separamos, se sienta a los pies del colchón que está a ras del suelo y vuelve a esconder el rostro entre las manos.

—John me ha contado todo lo que pasó. Fue un accidente, Nilak. ¿Pensabas seguir toda la vida sin hablar apenas, sin relacionarte con nadie...?

—Ese era el plan, sí.

—No puedes castigarte así.

—Heather, no sabes lo que dices. No sabes lo difícil que es cargar con la culpa. Ni cómo fue. Cómo me sentí dentro de aquel coche durante horas y horas y horas. Cómo es vivir con todos los recuerdos.

Su semblante se contrae.

—Sé que intentaste mantenerla con vida, que debió de ser horrible y que...

—No, no es verdad. —Nilak me corta y me mira; el azul de sus ojos está húmedo como si estuviesen pintados con acuarela—. Todos piensan eso porque nunca he hablado con nadie de lo que ocurrió. No podía. No encontraba... las palabras. Pero la verdad es que supe que estaba muerta desde el primer momento. Tan solo la cogí en brazos porque creía que yo también moriría en ese coche y quería hacerlo junto a ella. Y eso es lo que debería haber pasado.

Lo cojo de la mano.

—No, no digas eso.

—Habría sido lo más justo. Venir aquí fue una tortura. Conocer a sus amigos, a su padre, a las personas que formaban parte de su mundo. Pero no sabía qué otra cosa hacer ni adónde ir. Ellos se quedaron en el hospital, conmigo, aun sin conocerme y después de todo lo que había pasado —cuenta con la voz ronca—. Pasé tres meses en casa de Naaja. Era la única persona con la que soportaba estar. Repartí el dinero que tenía ahorrado para irme con Annie entre el bar de Seth, que estaba a punto de cerrar por las deudas, y John, que no estaba pasando por una buena racha. El resto... es lo que has conocido. Un día Seth me pidió ayuda y empecé a trabajar con él, y de algún modo los días se convirtieron en una sucesión monótona. Es retorcido, pero Inovik Lake hacía que me sintiese cerca de Annie y, en algún momento que no recuerdo, empecé a considerarlo mi propia casa. Y entonces llegaste tú. —Nilak alza una mano hasta tocar mi mejilla—. ¿Cómo puede una sola persona cambiarlo todo...?

Cierro los ojos cuando su pulgar resbala por mi rostro.

—Eso mismo llevo tiempo preguntándome. Porque estaba rota. Te necesitaba. Sé que es injusto, pero tú mismo me lo has dicho siempre: que todo conduce a algo. Y ahora estamos aquí, en este preciso instante.

—¿Y dónde estaremos mañana?

Abro los ojos. Hay dolor en los suyos.

—Aquí.

—¿Y pasado?

—También aquí —repito.

—Heather...

—No voy a marcharme. Sería idiota si lo hiciese. ¿Crees que es casualidad que nos encontrásemos en un lugar tan remoto...? No, ocurrió por algo. Y no pienso perderte. No ahora. Podemos hacerlo a tu manera; te dejaré espacio, te daré tiempo —le aseguro—. Tú eres lo principal, Nilak, pero también está *Caos*, John y todos los demás. Tengo una nueva vida. Me siento feliz. Por fin. Me siento muy feliz.

Nuestros ojos se cruzan antes de que me robe el aliento con un beso. Siento el latido furioso de su corazón contra mi pecho. Y luego se va calmando, se torna más lento. El anochecer nos abraza mientras seguimos tumbados, juntos, con la mirada clavada en el techo. Su mano sostiene la mía. De vez en cuando, me giro y vuelvo a besarlo y deslizo mis dedos por el contorno de su rostro como si intentase memorizarlo. Pasan horas, hasta que me doy la vuelta en el colchón. Nos miramos. Su frente casi roza la mía.

—Te ibas a casar —digo.

Él asiente con la cabeza.

—¿Erais felices?

—Sí —susurra en medio de la oscuridad de la habitación—. Pero si volviese atrás, cambiaría cosas. Aquella mañana estábamos enfadados. Me mata que ese fuese el último recuerdo de Annie conmigo. Ojalá pudiese borrarlo, pero fui un idiota y nos pasamos la mitad del trayecto casi sin dirigirnos la palabra. Ocurría a menudo; perdíamos el tiempo con discusiones tontas.

—Eres demasiado duro contigo mismo.

Me acurruco contra él y me concentro en escuchar los latidos de su corazón. El ritmo de sus pulsaciones va relajándose y yo con ellas, hasta que me quedo dormida.

A la mañana siguiente, me despierta el olor a café que flota en la habitación. Salgo de entre las mantas. Todavía sigo vestida con la ropa que llevaba el día anterior. Voy a la cocina y veo a Nilak con la mirada perdida en la ventana salpicada por tímidos rayos de sol. Carraspeo al entrar, tengo la garganta irritada.

—Buenos días —saludo.

Me sonríe. Es la sonrisa más bonita del mundo. Siempre que la veo pienso en lo genial que sería «cazarla» y guardarla en una cajita de cristal para poder mirarla cada vez que me apeteciese hacerlo.

—Buenos días, ¿te has resfriado?

—Un poco. ¿Hace mucho que estás despierto?

—Bastante.

Es decir, que no ha pegado ojo en toda la noche. Me fijo en sus ojeras y en los ojos aún enrojecidos. Él rompe la distancia que nos separa con dos zancadas y me envuelve entre sus brazos. Apoya la cabeza en mi hombro y respira hondo.

—No te vayas, Heather —susurra.

La emoción me encoje el estómago.

—Lo que te dije iba en serio. No pienso irme.

—Vale. —Se aparta para mirarme, aún inseguro.

—Te lo prometo —me río.

—Vale —repite y él también sonríe.

—Has hecho café.

—Sí. También tengo té, de varias clases, creo. —Alarga un brazo para buscar en los armarios de más arriba—. Compré después de aquel día...

—¿Qué día?

—El único que viniste aquí. Te presentaste en mi casa y me exigiste que te entrenase, ¿recuerdas? —Alza una ceja—. Solo tenía una bolsita de té. Pensé que debería tener más de repuesto, por si te daba por volver algún día. Ten. —Baja una cajita de latón. La abro. Está llena de diferentes clases de té. Intento no llorar. Le sonrío. Veo borroso.

—Qué suerte la mía.

—¿Por qué?

—Por encontrarte.

Unos días más tarde, el jueves por la noche, quedo un rato con John. Hacemos juntos la cena, pescado, y después matamos el resto del tiempo jugando al ajedrez. No he vuelto a ganarle, aunque esa solitaria victoria ha sido un buen aliciente para motivarme. Ahora sé que es posible, lo único que tengo que hacer es mantenerme lúcida hasta que él tenga un tropiezo y aprovechar la ocasión. Es mi única posibilidad. También cuenta como «estrategia» y, al fin y al cabo, en eso consiste el juego.

—Has dejado desprotegida a la reina —dice John—. Deberías haber movido el caballo, ¿lo ves? —Recrea el movimiento antes de volver a dejar la figurita en su sitio—. Estás distraída, ¿qué ocurre?

Quizás un poco sí. No dejo de pensar en algo que vi entre las cajas de la habitación de Annie cuando busqué los regalos navideños para decorar el bar el día de la boda. Pero soy incapaz de decírselo. Me sentiría demasiado violenta.

—Nada. Te toca.

—Muchacha...

—¿Por qué me miras así?

—Porque ya nos vamos conociendo.

John me mira fijamente y yo suspiro.

—Había un diario... —murmullo—. En la caja —aclaro.

—El diario de Annie.

—¿Lo has leído? —pregunto.

—No. ¿Por qué quieres saberlo?

—Por nada. Solo me preguntaba... tal vez... —Me muerdo el labio inferior—. Si ella hablaría sobre él, si diría algo bueno de Nilak. Me dijo que estaban enfadados. Se siente culpable por eso. Por todo. Por tantas cosas que no sé cómo ayudarle.

John se muestra vacilante unos segundos, antes de apoyarse sobre sus rodillas y ponerse en pie. Se frota la barba con la palma de la mano.

—Yo no me siento capaz, pero tú...

—No tienes por qué hacerlo.

—Si piensas que puede servirle, léelo.

Lo sigo hacia la habitación. La cama está hecha, la mesita ordenada, la lámpara de media luna se enciende con un suave *clic* cuando do John le da al interruptor. Las cajas de cartón están amontonadas en el suelo. La más accesible, la que está entreabierta, es donde vi el diario por segunda vez, cuando vine a buscar hace semanas los adornos navideños para decorar el bar para la boda.

—¿Te importa que te deje a solas? Prefiero... estar fuera —dice—. Las cosas de Annie que encontraron en el coche están en la primera caja.

Asiento con la cabeza y él entorna la puerta al salir.

Me siento en la cama y miro a mi alrededor pensando en Annie, imaginando cómo sería su vida cuando vivía aquí, bajo este mismo techo. Sé que Sialuk era su mejor amiga y que por eso hay escritos con su letra en el corcho de su habitación; sé que es la chica sonriente de cabello rubio que sale en varias de las fotografías que están en la entrada de la casa de Naaja y sé que todos la adoraban y que debió de ser una buena persona, de esas que llegan al mundo para sumar y no para restar.

Tardo un rato en decidirme y apartar las solapas de la caja medio abierta. Hay una bufanda azul celeste y un gorro del mismo color con un pompón en la punta y, justo al lado, está el diario, pequeño y granate.

Me tiemblan las manos cuando lo cojo.

Quiero leerlo. No, no quiero.

Lo abro directamente por el final, que está en blanco, y paso las hojas vacías hasta encontrar la fecha del último día que cogió un bolígrafo y se puso a escribir: 28 de mayo. Trago saliva. Tengo un nudo en el estómago mientras leo. La letra apenas es legible. Se me empañan los ojos de lágrimas. Lo cierro al acabar. Y luego vuelvo a abrirlo, arranco la hoja y me la guardo en el bolsillo del pantalón.

John está frente a la chimenea cuando salgo, metiendo otro tronco de leña dentro; las llamas envuelven la madera. Él se sacude las manos mientras se yergue y me dirige una mirada significativa.

—¿Has encontrado lo que buscabas?

—Tan solo he leído la última página —digo—, pero sí, había algo. Tuviste que ser un padre increíble, porque te quería mucho, John. Y a Nilak también.

—Bien. —John cabecea y parpadea rápido—. Bien —repite.

A la mañana siguiente, John me acerca al pueblo con la excusa de comprar más tarta de queso y se queda en la tienda para despedirnos. He subido a casa de Naaja un minuto para llamar a mamá, pero no he conseguido hablar con ella y, al bajar, descubro que Sialuk pretende que nos llevemos provisiones para un viaje de varios días por carretera, como mínimo.

—No cabe nada más en la mochila —intento quitársela de las manos, pero se resiste.

—¡Espera! Faltan galletas. A todo el mundo le gustan las galletas.

—A mí no —gruñe Nilak.

—No mientas. Te encantan. Tú ingieres cualquier cosa que sea comestible.

Caos se mueve inquieto al estar en un sitio cerrado.

—Vamos, deja que se marchen. Llegarán tarde.

Naaja le arranca la mochila a su nieta y se la tiende a Nilak con una sonrisa afable.

—¿Cómo van a llegar tarde, *babushka*? La carrera es mañana.

—Ya, pero Siqiniq necesita descansar antes del gran día.

—Está bien. —Sialuk sale de detrás del mostrador y me abraza y me besa en la mejilla—. Seth te manda ánimos. Seguro que lo harás genial. Y recuerda que te he metido un libro nuevo en la mochila, por si te aburres durante el camino.

—Gracias —le sonrío.

Sé que no soy demasiado buena con las palabras, pero espero que sepan lo mucho que les agradezco que me acogiesen con los brazos abiertos desde que llegué, sin juzgarme, sin prejuicios ni esperando nada a cambio.

Me giro hacia John y me despido también de él antes de que Naaja se me acerque. Nilak sale fuera, John lo sigue y ambos les echan un vistazo a las cadenas del coche.

—Te espera una sorpresa —susurra sonriente.

—¿Qué? —pregunto confundida.

—Sorpresas. La vida te da sorpresas —canturrea.

Naaja en su línea, siempre tan enigmática. Le beso en la mejilla y me despido antes de salir. Monto a *Caos* en la parte trasera de Jeep y me pongo el cinturón. Nilak enciende la calefacción, me mira y sonríe.

—¿Lista?

—Solo si tú lo estás.

—Pues es tu día de suerte, copo de nieve.

Sigue sonriendo cuando arranca el motor del coche y da marcha atrás, gira, y nos alejamos de Inovik Lake y de todas esas personas que ya forman parte de mi vida. *Caos* disfruta mirando por la ventanilla. Es muy cotilla. Avanzamos por la carretera y, en esta ocasión, en vez de subir al norte, nos dirigimos hacia el sur. Nilak me comenta que Anchorage es la ciudad más poblada de Alaska y el lugar perfecto si quiero comprar algo concreto de cara a los próximos meses.

—¿Es la capital? —pregunto.

—No, Juneau es la capital del estado, pero tanto Anchorage como Fairbanks tienen más habitantes. Ya iremos algún día, ¿te parece? —No aparta la mirada de la carretera, pero asiento—. Tiene su lógica, porque a Juneau solo se puede acceder por barco o avión. Está en el Canal Gastineau, en el archipiélago Alexander.

—Ah, Alexander, así se llama el protagonista del libro que leo ahora.

Nilak se ríe, entrecierra los ojos al hacerlo, y está tan guapo...

—Déjame adivinar, es un idiota que se niega a creer en el amor, pero en algún punto de la novela se da cuenta de sus errores e intenta enmendarlos.

—Hum. Algo así. No, no exactamente. Casi toda la historia transcurre en Leningrado, durante la Segunda Guerra Mundial. Es un libro precioso.

—Suena interesante. Siempre me ha gustado todo lo que tiene que ver con Rusia —dice Nilak y me relajo, escuchándolo. Quiero saber cualquier cosa sobre él, hasta si le gusta más el color borgoña o el rosa palo. Lo que sea—. Sabes que Alaska era antes del Imperio ruso, ¿verdad? Estados Unidos la compró por poco más de siete millones de dólares. Al principio, muchos pensaron que era tan solo un trozo de hielo inútil, pero después supieron sacarle beneficio. Ya sabes, la fiebre del oro, el petróleo...

Nos pasamos la mitad del trayecto hablando. De todo. De nada. De tonterías que se nos ocurren. Dejamos atrás Donelly y Paxson. El recorrido por la AK-4 es menos boscoso: los abetos que crecen a los lados de la carretera son bajos y las montañas se alzan tras ellos. El cielo hoy es de un azul limpio y las nubes algodonosas lo surcan con lentitud. Es relajante observar el paisaje, la soledad que ofrece, la libertad. Tan solo nos hemos cruzado con un par de coches y tres autocaravanas a lo largo del camino. Es como si estuviésemos solos en el mundo, Nilak, *Caos* y yo.

Cuando llegamos a Gakona estoy muerta de hambre y me arrepiento de haber dejado atrás la mochila llena de comida. Al final paramos en Glennallen, en una especie de bar de carretera que también ofrece habitaciones para dormir a buen precio. Como no parece haber nadie en varios kilómetros a la redonda, le preguntamos al dueño si *Caos* puede pasar y termina accediendo. Lo insto a que se tumbe bajo la mesa, a mi lado, y se queda ahí. Nilak pide el desayuno y nos sirven dos platos a rebosar.

—Qué barbaridad.

—Come. —Nilak pincha un par de patatas y se las lleva a la boca. Es increíble lo fácil que resulta para él ingerir cantidades industriales de comida—. Quiero que veas un sitio, así que tardaremos un poco más en llegar a Anchorage.

—¿Qué sitio?

—Es una sorpresa.

—Naaja habló de una sorpresa.

Nilak sonríe de lado, pero no me mira, sigue concentrado en terminar su almuerzo.

—Eso es... otra cosa.

—Odio cuando te pones en plan enigmático.

—Enigmático.

—Y cuando repites una palabra sin sentido —bufo, cojo un poco de huevos revueltos y me lo llevo a la boca—. Tampoco me gustan las sorpresas, me ponen nerviosa. Son una especie de tortura positiva, ¿entiendes?

Vuelve a reír y unas arruguitas aparecen en la comisura de sus párpados. Creo que tengo un problema: me encanta todo de él. Al mirarme, le brillan los ojos. Emite un suspiro al tiempo que se pone de pie y desliza el plato por la mesa hasta dejarlo junto al mío. Se sienta a mi lado, me da un beso en los labios y luego sigue comiendo. Cuando corto un trozo de salchicha y se la doy a *Caos* por debajo de la mesa, Nilak gruñe, pero me da igual. Tiene que entender que el perro tiene sus derechos; sonrío al agachar la cabeza y verlo relamerse.

Volvemos a ponernos en marcha poco después.

Nilak me cuenta cosas de su vida mientras avanzamos por la autopista Glenn. Me habla de su familia, de que durante unos años le tentó la idea de estudiar Psicología, pero luego decidió que no le apetecía comprometerse con «nada» en aquel momento, así que estuvo un año viajando por Alaska y parte de Canadá, trabajando de cualquier cosa que encontraba, hasta que en su camino apareció

Pirsuq, la perra que estaba herida en el arcén de una carretera. Poco después conoció a un buen adiestrador y se adentró en el mundo del *mushing*. Le gustó tanto que, por primera vez en mucho tiempo, no alquiló una sola habitación, como solía hacer, sino un apartamento en un pueblo cerca de Seward, porque supo que se quedaría allí una larga temporada. Y unos dos años después conoció a Annie...

Pero no quiero que me hable de ella. Aún no. Es casi un alivio que él no parezca muy dispuesto a sacar el tema a menudo. Sé que suena egoísta, pero no estoy preparada para lidiar con ello y tampoco quiero que su recuerdo esté siempre entre nosotros, porque eso me hace dudar, volver a sentirme insegura, preguntarme muchas cosas. Y necesito que nuestros momentos sean eso, «nuestros», únicos.

—¿En qué estás pensando? —Me mira de reojo antes de volver a fijar la vista en la solitaria carretera, con las manos al volante.

—En nada.

Nilak suspira hondo. Lo sabe, claro que lo sabe. Soy transparente a sus ojos, me di cuenta de eso el día que supo que estaba hablando de mí misma cuando me inventé aquella historia sobre la chica que no se quería y vomitaba. Mis dedos encuentran el colgante del copo de nieve y lo toquetean con suavidad.

—¿Cuándo me dirás cuál es la sorpresa?

—Pronto, estamos llegando.

—¿A Anchorage?

—No.

—Ah, entonces es un sitio.

Por su expresión, parece que sí, pero no es Eureka Roadhouse, porque acabamos de dejar atrás el cartel, y, de todas formas, solo había el típico bar de carretera con gasolinera y habitaciones para pasar la noche. Alaska está llena de negocios así, al menos en esta zona; hay un montón de lugares de campin para las autocaravanas que los turistas suelen usar para viajar y muchos hostales sencillos en sitios «de paso».

Un rato más tarde, Nilak se desvía por un sendero pedregoso y poco después para el coche. Aquí no hay nada. Es decir, nada más allá de árboles y montañas heladas y aves rapaces que sobrevuelan el cielo.

—Vamos, baja. Dame la correa de *Caos*.

El perro ladra contento al oír su nombre. Salgo del vehículo. Ojalá no hiciese tanto, tanto frío. Me froto las manos enguantadas mientras rodeo el coche y espero hasta que Nilak le pone la correa y lo baja antes de coger una de las mochilas. Para *Caos* no hay nada más emocionante que un paseo, así que está feliz.

—¿De qué va todo esto? —insisto.

—El glacial.

—¿Qué?

—Que hay un glacial. Pensé que te gustaría verlo. —Sonrío y él me rodea la cintura y se pega contra mí unos segundos antes de darme un beso rápido—. Tenemos que darnos prisa porque no falta mucho para que anochezca.

—¿Dónde está?

—Hay que andar un poco. Vamos.

Me coge de la mano antes de empezar a caminar. *Caos* está a su izquierda, avanzando a nuestro ritmo. Presiono sus dedos, como si quisiese cerciorarme de que sí, lo tengo aquí al lado. Me encanta la sensación de poder tocarlo cada vez que me apetezca. Que es siempre, en resumen.

El camino es empinado y ancho, con una valla de madera a la derecha. De pronto nos sorprende un trineo que desciende arrastrado por seis perros. *Caos* ladra, pero ninguno de los otros le hace ni el más mínimo caso y siguen cuesta abajo sin inmutarse. Nilak tira de la correa de *Caos* para que deje de mirar hacia atrás y continúe caminando. No sé durante cuánto tiempo ascendemos, pero tampoco me importa. Es agradable simplemente caminar, disfrutar del paisaje, respirar aire puro, no pensar en nada y estar con ellos. Los dos parecen concentrados en la subida.

Cuando llegamos a una especie de saliente, dejamos de avanzar. Nilak me anima a que me asome mientras él se quita la mochila y saca los prismáticos. Lo hago. El viento sopla muy fuerte aquí arriba y es gélido, casi punzante. Dejo escapar un suspiro cuando veo el glacial, a lo lejos, recortándose bajo las montañas que parecen abrazarlo. Es impresionante. Todo. La mezcla entre la vegetación y el glacial y la sensación de estar en un lugar privilegiado ahora mismo.

—Dios, es... alucinante.

—Ten, mira con los prismáticos.

Ajusto el zoom hasta ver con claridad. Es compacto y se encuentra en un valle formando una especie de camino sinuoso que recuerda al cuerpo de una serpiente. El hielo es de color blanco, pero tiene destellos más azulados.

—Vendremos en verano. Es más impactante. Y podremos hacer alguna ruta en kayak o *trekking* —dice animado, aunque al ver la mueca que hago se apresura a añadir—, que es básicamente senderismo.

—Ah, vale. Suena genial.

No puedo dejar de sonreír.

Me gusta que haga planes de cara al futuro. Que no piense solo en nosotros como en un «ahora», sino en todo lo que está por llegar, en lo que podremos hacer el año que viene o a la vuelta del verano. Noto una sensación cálida en el pecho al verlo tan ilusionado. Me cuesta creer que la Heather Green que llegó a Alaska haya sido la causante del cambio de actitud de Nilak. No se parece en nada al chico que conocí cuando llegué. Claro que, en realidad, yo tampoco tengo mucho que ver con aquella chica apagada y escarmentada que John encontró perdida en la carretera meses atrás. Y es que realmente estaba perdida. Llevaba tiempo sin vivir, tan solo me conformaba con sobrevivir. *Caos* disfruta del camino de vuelta y se duerme en el coche antes de que lleguemos a Anchorage. A pesar de las siete horas que llevamos de viaje, Nilak insiste en que salgamos a dar una vuelta en cuanto dejemos las maletas en el hostal. Sé que debe de estar agotado y que lo hace por mí, porque probablemente él haya visitado muchas veces la ciudad.

—No hace falta, en serio. Podemos descansar hasta la hora de la cena y luego salir a comprar cualquier cosa para llevar y comérnosla en la habitación.

—¿Estás segura?

—Sí, ¿por qué?

—No, por nada. —Se encoje de hombros—. ¿Sabes que hay un montón de centros comerciales en Anchorage? Y variedad de alimentos, más allá de salmón. Ah, y seguro que venden esas barritas tuyas, ¿cómo se llamaban...?

—Twix. Y estás siendo cruel.

—¿De verdad? —Se ríe.

—Conoces mis debilidades. Juegas con mis sentimientos.

—Era broma, Heather. Saldremos. Estoy bien, de verdad. —Lo miro, insegura—. Podemos hacer una cosa intermedia; damos una vuelta con *Caos* y luego, de camino al hostal, compramos algo y cenamos en la habitación, ¿qué te parece?

Sonrío, me inclino hacia él y lo beso.

—Hum, no hagas eso.

—¿Por qué?

—Porque me harás parar.

—Eres idiota —digo mientras sonrío y me acomodo de nuevo en mi asiento mirando al frente.

Ya ha anochecido completamente cuando llegamos a Anchorage. Es, efectivamente, aún más grande que Fairbanks, una ciudad repleta de luces, con murales que adornan las calles anchas de edificios de poca altura. El lugar donde nos alojamos se llama Arctic Fox Inn, y tiene la fachada blanca, tan solo cinco habitaciones y una sala común para tomar té y café en la entrada. Esta vez pedimos una cama de matrimonio. Bien. Ya no tendré que sufrir el entumecimiento de mis extremidades a cambio de dormir junto a él; Nilak es demasiado grande como para que me apetezca compartir otra vez una cama individual. En cuanto abrimos la puerta de la habitación, *Caos* entra y se acomoda sobre la alfombra; dejamos las maletas y lo cojo de la correa.

—Va, no seas vago. Vamos a pasear un poco.

Vuelve a ponerse en pie y mueve la cola. Nos acercamos al centro de la ciudad y le doy a Nilak unas monedas que encuentro sueltas para pagar el parquímetro. Caminamos mientras hablamos y reímos y bromeamos. Hay muchas tiendas de *souvenirs* y entro en un par mientras ellos se quedan fuera esperando; termino comprando un peluche de un alce con ojos saltones que espero poder enviar por correo a Ellie mañana mismo. Seguro que le gustará, es gracioso y suave.

Pasamos también por un supermercado inmenso, pero Nilak me asegura que podremos volver mañana por la tarde y llevarnos provisiones a Inovik Lake. Aun así, insisto en comprobar si tienen barritas Twix. Él se ofrece a entrar, con la excusa de que yo me quedaré mirándolo todo y tardaré una eternidad en salir, y regresa unos minutos después con una caja bajo el brazo. Sonrío, saco una y le tiendo otra a él. Nos comemos la barrita mientras recorremos las calles y cotilleamos escaparates que dejamos atrás.

Terminamos entrando en el F Street. El bar está lleno de gente, tan solo hay un taburete vacío, y están retransmitiendo un partido de fútbol americano por la televisión. Pedimos dos hamburguesas para llevar y patatas fritas. La parrilla queda a la vista de los clientes y se puede ver en directo cómo el cocinero prepara el pedido.

Tras pagar y coger la bolsa, regresamos caminando hasta el coche y volvemos al hostal.

Le sirvo a *Caos* su cena, pienso, porque ya ha comido alguna que otra guarrada a lo largo del día, y luego me siento junto a Nilak a los pies de la cama, sobre la alfombra y frente a la ventana. La calefacción está encendida. Cenamos en silencio, sin dejar de observarnos. No sé si Nilak sentirá esta misma necesidad, pero a mí me cuesta un mundo apartar los ojos de él. La hamburguesa está riquísima, con extra de queso fundido, pepinillos y cebolla caramelizada; compartimos las patatas hasta que no queda ninguna. Después, pasamos el resto de la noche tirados en la cama, riéndonos de tonterías, hasta que las caricias se vuelven menos sutiles y más apasionadas y terminamos el día haciendo el amor abrazados, muy juntos, mirándonos.

Y lo último en lo que pienso antes de dormirme entre sus brazos es que ojalá todos mis días acaben de esta misma forma.

Si no llega a ser porque *Caos* estaba hambriento, quería salir y ha venido a lamernos la cara, probablemente nos habríamos quedado dormidos. Es un poco tarde, así que, aunque lo que más me apetece en el mundo es quedarme remoloneando en la cama, me pongo en pie e insto a Nilak a que haga lo mismo.

—¿Qué hora es? —pregunta.

—La hora de que te levantes.

Bosteza y se da la vuelta. Le pongo a *Caos* el desayuno y luego salto sobre él, que ahoga un quejido y se ríe bajo las mantas.

—En serio, Nilak, en serio, ¡llegaremos tarde a la carrera!

—Tienes razón.

No sé qué le hace cambiar de opinión tan rápido, pero al final se incorpora y me da un beso en la frente antes de meterse en el baño. Me pongo la ropa de correr y preparo la mochila con el arnés, un poco de agua y algunas cosas más. Suspiro hondo para mantener a raya el nerviosismo, pero no puedo. Estoy empezando a notar esa sensación rara que me encoge el estómago antes de cada carrera. Cuando salimos de la habitación y nos encaminamos hacia el coche, me falta poco para sufrir un infarto.

—Eh, cálmate —dice Nilak antes de meter la llave en el contacto—. Todo va a ir bien, igual que las demás veces, ¿de acuerdo? — Me sujeta por la mejilla y me acaricia la piel con el pulgar—. ¿Sabes que hoy estás preciosa?

—¿En serio? Tú también. —Me río.

—¿Estoy preciosa? —Alza una ceja y reprime una carcajada, se inclina y me besa, un beso lento y profundo—. De verdad, quiero que estés tranquila, que lo disfrutes.

Paramos en Cake Studio, lo que es horrible, porque está repleto de deliciosas tartas y pasteles con un aspecto increíble, y yo tengo el estómago revuelto y cerrado. Un mostrador inmenso cruza el local. Termino pidiendo un zumo y me lo tomo en el coche, de camino al lugar donde se celebra la carrera.

Esta vez está a rebosar de gente. Sujeto a *Caos*, pero no me entero de nada entre tantas voces, tanto perro y tantos espectadores. Nilak se encarga de ir a por el dorsal y yo me quedo muy quieta en un lado de la calle, incapaz de moverme. Siento vértigo o algo parecido, porque es como estar en las alturas y tener la sensación de que en cualquier momento tropezaré y me caeré al vacío. Aún tengo en la boca el sabor del zumo, no debería haber desayunado tan tarde. Nilak tarda una eternidad en regresar, no sé qué narices estará haciendo, pero cuando al fin lo veo me siento aliviada y dejo que me coloque el dorsal y me apriete más el arnés.

—¿Cómo estás? —Acoge mi rostro entre sus manos.

—Bien, bien. Creo.

—Vamos, ven, Heather. Tienes que ir colocándote en la línea de salida. —Me coge de la mano y me guía entre la multitud hasta una zona céntrica, ni demasiado adelantada ni de las últimas. Muevo las piernas para entrar en calor. Nilak está a mi espalda, desliza una mano por mi cintura y me susurra al oído—: ¿Recuerdas que Naaja dijo que tendrías una sorpresa? —Asiento lentamente—. Vale, pues mira a tu derecha y verás quién está al lado del parquímetro azul.

Lo hago. Y los ojos se me llenan de lágrimas.

Mamá también está llorando. Matthew sonríe mientras sostiene una cámara de vídeo en alto, enfocada hacia mí. Y Ellie está sentada sobre los hombros de su padre, con las manitas apoyadas en su cabeza, mirando alucinada todo lo que ocurre a su alrededor.

Ni siquiera puedo reaccionar. No me lo creo.

Cuando me convenzo de que realmente están ahí y no son solo imaginaciones mías, empiezo a caminar hacia ellos, pero Nilak me coge del brazo y me frena. Sonríe.

—Eli, espera. No puedes ir ahora, la carrera está a punto de empezar. En realidad, estaba previsto que los vieses al terminar, pero me he adelantado.

—Quiero abrazarlos —protesto mientras sorbo por la nariz.

—En menos de una hora. Literalmente, tu madre ha dicho que espera que sea un buen aliciente para llegar a la meta —se ríe.

—¿Has estado con ellos? —chillo.

—Hace unos minutos.

Es la primera vez en mucho tiempo que me siento violenta. Violenta nivel «deseo pegar a Nilak», porque no puedo creer que estén ahí, tan cerca, y que no pueda ir y tocarles. Intento recuperar la calma perdida. Nilak promete que me lo explicará todo y se despide con un beso en la mejilla y un apretón en la mano. *Caos* y yo nos quedamos a solas entre la ansiosa multitud. Uno de los organizadores comunica que falta menos de un minuto para que empiece la carrera, pero soy incapaz de apartar la mirada de ellos. Tienen buen aspecto, los tres. Sus sonrisas son radiantes y de pronto recuerdo que tengo el peluche del alce en la habitación y que podré dárselo a mi hermana en persona. Cojo aire. Estoy un poco descentrada.

«Cinco, cuatro...», el organizador anuncia la cuenta atrás.

Aparto un segundo la mirada de mi familia y veo una cabellera rubia.

«Tres...».

—Que sorpresa verte por aquí, Heather. —Un escalofrío me sacude al ver la sonrisa de Denton—. Buena suerte en la carrera.

«Dos...».

«Uno...».

Y a pesar del ruido que me envuelve, juro que escucho el crujir de los huesos cuando Denton alza al pie y lo deja caer con todas sus fuerzas sobre la pata de *Caos*. Su aullido queda silenciado entre las pisadas de los corredores que nos dejan atrás.

34

23 de mayo

Querido diario,

Ayer sacamos los billetes de avión. Ni siquiera soy capaz de imaginar ese momento, cuando dejemos las maletas y nos tomemos un café en el aeropuerto y nos miremos sonrientes. No puedo esperar. Si no fuese porque necesito ver a papá y a mis amigos, creo que habría adelantado la fecha, aunque no nos diesen las llaves del apartamento hasta unos días después y tuviésemos que quedarnos en un hostal. Me puede la emoción. Es como vivir en una nube.

Tengo muchas ganas de ver a papá y de que conozca a Kayden. No he dejado de hablarle de él durante las últimas semanas, desde que le conté nuestros planes y le aseguré que irme con él a Kansas era lo que más deseaba en el mundo (y que, por supuesto, le visitaría con frecuencia). Papá dijo que, si eso me hacía feliz, él estaría de acuerdo, pero insistió en que fuésemos allí a pasar unos días. Sé que se van a llevar bien. Tienen muchas cosas en común, empezando por lo cabezotas que son y porque a ambos les apasiona el mismo trabajo. Kayden había oído hablar de mi padre, de cuando competía y viajaba con mamá por todo el estado. Lo hicieron hasta que ella se quedó embarazada de mí y decidieron asentarse en busca de una estabilidad y dedicarse a la cría y al adiestramiento.

En realidad, estoy segura de que Kayden les caerá bien a todos.

Estoy deseando probar la tarta de frambuesa y queso que hace Naaja y achuchar a Sialuk hasta dejarla sin respiración; las llamadas telefónicas resultan frías después de compartir juntas toda una vida desde que llevábamos pañales. Y Seth. Seth. Creo que cuando lo vea lloraré. Aún recuerdo aquella noche de invierno, cuando los encerré a ambos en el bar de su abuelo y eché la llave por fuera, y les dije que no abriría hasta que hablasen de lo que sentían. A la mañana siguiente, los encontré cogidos de la mano y desde entonces no han vuelto a separarse.

Aria y Yakone no han encontrado todavía a ese amor que les haga perder el sentido, pero sé que Sialuk entenderá lo que siento por Kayden en cuanto lo conozca. Le he hablado de él por teléfono, pero siempre me pongo demasiado intensa y ella termina partiéndose de risa. No tiene remedio. Es igual que su abuela, por mucho que a ella le moleste que se lo diga. De hecho, ahora que lo recuerdo, pienso repetirle eso mismo en cuanto la vea. Sé que fruncirá el ceño y Seth se reirá a su espalda e intentará disimular cuando ella le pille haciéndolo...

Voy a echarles mucho, mucho de menos.

Annie.

35

No importa tanto ganar o perder

Si algo he aprendido, es que no importa tanto ganar o perder, sino qué personas están a tu lado cuando ganas o pierdes.

No sé si realmente lo merezco, pero mientras los minutos se vuelven eternos dentro de la sala de espera de la consulta veterinaria, tengo la suerte de estar rodeada de las mejores personas que conozco. Todavía me escuecen los ojos, pero me tranquiliza que mamá me acaricie el pelo y me deje apoyar la cabeza en su hombro. Huele a lavanda, tal como recordaba, y el aroma me calma y contrarresta el olor a desinfectante que impregna la sala. Me da un sonoro beso en la mejilla; no ha dejado de hacer eso desde que me ha visto.

—Todo irá bien, cariño.

Intento no volver a ponerme a sollozar, que es lo único que he hecho durante las últimas cuatro horas. Ellie me miraba asustada todo el rato, y al final Matthew y Nilak han salido con ella a dar una vuelta e ir a por algo para comer. Antes, mientras el veterinario le hacía una radiografía a *Caos*, he llamado a casa de Naaja para que avisase a John, que ya se ha puesto en camino para ir a hablar con la federación y exigir que penalicen y aparten a Denton de la competición. Lo único bueno es que Matthew me estaba grabando con la cámara en ese mismo instante, así que hay pruebas más que suficientes. Pienso denunciarlo y hacer todo lo posible para que no vuelva a tener un animal cerca. Ha pasado tan rápido... y lo único que he podido hacer mientras los corredores salían disparados, ha sido agacharme y abrazar a *Caos* hasta que hemos podido salir de entre la multitud. Me he llevado un par de golpes y pisotones y Denton se ha ido antes de que Nilak pudiese detenerlo. Además, tampoco podría haber hecho nada, porque estaba ocupado cogiendo a *Caos* en brazos y llevándolo hasta el equipo de emergencias que nos ha atendido antes de que lo trasladásemos a la clínica.

Tiene un hueso astillado. Esa es la peor parte. También dos ligamentos inflamados. Después de ver los resultados de la radiografía, lo han trasladado al quirófano para realizar una intervención. No quería separarme de él. *Caos* no apartaba sus ojillos tristes de mí y me he sentido tan impotente mientras se lo llevaban...

—Se recuperará, Heather.

—Eso espero... —suspiro.

Mamá me aparta un mechón de pelo de la cara y me mira con una sonrisa tímida en los labios. Tiene mis mismos ojos, grises, algo rasgados, y su cabello sería también oscuro si no fuese porque lleva mechas caoba.

—Estás guapísima. Sé que no he dejado de repetírtelo, pero, mírate. —Me pellizca la mejilla como si quisiese cerciorarse de que sí, está más llena y redondeada que nunca—. Tienes luz en la mirada, incluso estando así de triste.

—Gracias, aunque no te fíases de mí —replico.

Resulta que ignoró lo que le dije y llamó al número de casa de Naaja hasta que ella lo cogió un día. Desde entonces, empezó a hacerlo con frecuencia. Hablaban sobre mí, sobre todo, en realidad; parece ser que casi se han hecho amigas. Juntas, con la ayuda de los demás, organizaron la sorpresa de venir aquí a verme.

—Sí que me fiaba, cariño, pero soy tu madre, me tenías muy preocupada. Estabas muy lejos y quería asegurarme de que todo iba bien. —Vuelve a besarme.

—No importa. La verdad es que tampoco te había dado motivos para que confiases en mí. Puedo entenderlo —admito.

Mamá cruza las piernas.

—Cielo, todo el tema de Alison... deberías habérmelo contado antes. Podría haberte ayudado y todo habría sido muy diferente.

Me encojo de hombros. No estoy segura de que eso sea cierto. Creo que el problema era mío; puede que Alison lo agravase, sí, pero la raíz residía en mi interior. Me habría tropezado en el camino con cualquier otra persona por la que dejarme arrastrar. Era dependiente. No quería pensar ni enfrentarme sola a las cosas. Además, durante buena parte de mi vida, quise a Alison Breth como si fuese una hermana. La barrera que separaba ese sentimiento del odio era tan fina que no supe aclarar mis propias emociones.

—¿Cómo está ella?

—Mejor. Mucho mejor. Hablo a menudo con sus padres. Sigue en tratamiento. No va a ser cosa de dos días, pero ha hecho algunos avances.

Ya ni siquiera siento rencor hacia ella. Cuando llegué a Alaska deseaba verla sufrir, que le pasasen cosas malas; ahora me conformo con que se mantenga lejos de mí. Espero que haga su vida, que se acepte, que deje de fingir ser alguien que no es e intente ser feliz. Supongo que al final en eso se resume todo, en intentar vivir bien, sentirse satisfecho con uno mismo, con lo que se tiene y con lo que está por venir.

Suspiro sonoramente.

No hay nadie más en la clínica y el silencio, la pulcritud y los colores tan claros no reflejan cómo me siento. Pobre *Caos*. Seguro que estaría muy asustado cuando se lo han llevado; no le gustan las novedades bruscas y menos si yo no estoy cerca para tranquilizarlo.

La puerta se abre y Matthew entra, seguido por Nilak, que tiene que caminar un poco inclinado para llevar a Ellie de la mano. Está preciosa. Lleva un abrigo rosa muy pomposo que le hace parecer una bolita que dan ganas de achuchar, y tiene los mofletes rojos y el cabello rubio suelto y largo. Extiendo los brazos hacia ella y viene y se sienta en mi regazo; la abrazo.

—Hemos traído sándwiches de cangrejo —anuncia Matthew y empieza a sacar la comida de la bolsa de papel que carga. Le tiende uno a mamá y otro a mí, pero niego.

—No tengo hambre.

Por una vez, Nilak no dice nada. Tan solo se sienta a mi lado, le hace una carantoña a Ellie y luego me coge de la mano y me da un apretón lleno de significado. Lo miro agradecida.

El veterinario entra en la sala de espera una media hora después y todos nos ponemos automáticamente en pie. Nilak se adelanta y pregunta cómo ha ido todo. Asegura que bien, que la intervención se ha llevado a cabo sin problemas y que ahora están a la espera de que despierte de la anestesia. Hago un esfuerzo por mantenerme serena delante de Ellie, no quiero que vuelva a preocuparse al verme llorar. Volvemos a sentarnos, y mi hermana se pasa el resto de la tarde preguntando por el «babau». Le explico que lo están curando y que pronto podrá verlo, y aplaude animada antes de irse junto a Nilak, que está claro que es la novedad del momento para ella, porque no lo suelta ni un segundo.

—Deberíais salir y dar una vuelta, lleváis muchas horas aquí —nos dice Matthew a mí y a mamá—. No digo que os marchéis lejos, pero al menos dar una vuelta a la manzana. Vamos, Heather, te vendrá bien —insiste.

Termino accediendo, resignada. Sé que Matthew suele tener la razón en el noventa y nueve por ciento de las cosas que dice. Es de esas personas que siempre saben qué es lo correcto en cada momento. Lo he echado de menos. Tiene el pelo algo más canoso, creo, pero está igual que siempre, conciliador y afable. Ambas nos ponemos en pie y salimos de la clínica. Estoy un poco más tranquila desde que sé que no ha habido ningún contratiempo en la intervención. El frío me pellizca la piel mientras avanzamos por las calles de alrededor. Mamá me mira de reojo y sonríe.

—Es guapo, eh.

—Ni se te ocurra —siseo.

—¿El qué, cariño?

—Sacar ese tema.

—¿Por qué? Ni que fueses la primera persona en el mundo que se ha enamorado.

—Yo no estoy...

—No te molestes en negarlo.

—Vale.

Pongo los ojos en blanco y termino sonriendo, porque esta situación me recuerda a las conversaciones que teníamos a menudo años atrás. Mamá intentando hurgar en mí. Yo esforzándome por encontrar alguna salida y evitar el tema. Ella ejerciendo más presión. Yo resoplando por lo bajo e intentando no acusarla de ser una cotilla.

—También parece un buen chico. Me gusta. Y me gusta aún más cómo te mira —insiste, ignorando que empiezo a sonrojarme y que preferiría hacer *puenting* sin cuerda a seguir teniendo esta conversación—. Vas a quedarte aquí, ¿verdad?

Se me encoje el estómago al advertir la tristeza que tiñe su voz. Lo cierto es que aún no hemos hablado del tema, pero sé que no puedo evitarlo durante mucho más tiempo; cada vez que mamá me ha preguntado por teléfono estos últimos meses que cuándo iba a regresar, siempre le aseguraba que «dentro de poco» y ya no pienso lo mismo.

Dejo escapar el aire que estoy conteniendo.

—Sí, pero iré a veros, lo prometo. Y vosotros también podéis visitarme siempre que queráis. Y contrataré una compañía telefónica que tenga cobertura allí, te lo prometo.

Mamá contiene las ganas de llorar y me abraza. Nos quedamos en medio de la calle, meciéndonos con suavidad mientras el mundo sigue su curso.

—Si eso te hace feliz, lo acepto —afirma mientras se seca las lágrimas que han conseguido escapar—. Pero vendréis las próximas navidades, las celebraremos en familia —agrega.

—Claro que sí.

Volvemos a darnos otro abrazo torpe.

Cuando regresamos a la clínica, no hay nadie en la sala de espera. Se me para el corazón, pero mamá me tranquiliza asegurándome que *Caos* habrá despertado y habrán pasado dentro a verlo. No pido permiso antes de adentrarme en el largo pasillo que conduce a las diferentes salas. Escucho la voz chillona de Ellie a lo lejos. Los encuentro en la habitación de reposo, frente a *Caos*, que descansa dentro de una jaula amplia que está sobre otras tantas y queda casi a la altura de mi rostro. Reprimo un sollozo. Está tumbado, tiene la pata pelada y vendada, y gimotea en cuanto me ve. Meto los deditos entre la reja para intentar acariciarlo.

—¿No puede abrir un momento? —le pido al veterinario.

—Todavía está algo atontado por la anestesia.

—Solo quiero acariciarlo —insisto.

Se lo piensa, emite un suspiro y al final accede y abre. *Caos* intenta lamerme cuando acerco las manos a su rostro y me doy cuenta de que estoy llorando y riéndome a la vez. Le acaricio el hocico y tras las orejas hasta que el veterinario vuelve a cerrar la puerta de rejilla asegurando que necesita descansar.

—Entonces, ¿se recuperará? —pregunto.

—Sí, pero va a necesitar una temporada larga de reposo. Sería conveniente que pasara aquí un par de noches, por si se infecta la herida o salta algún punto.

—De acuerdo.

—¡Babau! —grita Ellie y Matthew niega con la cabeza por lo escandalosa que es su hija y sale de la sala. Todos le seguimos instantes después. Espero que *Caos* no esté muy asustado y que se duerma pronto y descanse.

Hacemos una parada en el hostal donde nos alojamos y subo a darme una ducha y a cambiarme de ropa mientras ellos esperan en la salita común. Dejo que el agua caliente arrastre toda la tristeza. Debería sentirme afortunada, incluso a pesar de lo que ha pasado. *Caos* se recuperará, mi familia está aquí y tengo una vida por delante y todo lo que podría desear. Ganar nunca fue importante. Nunca. Tan solo corríamos porque los tres lo necesitábamos y era nuestra manera de seguir hacia delante.

Me visto cómoda, con vaqueros y un jersey granate, y termino sacando la bolsa de maquillaje de la maleta. Nilak entra en la habitación para ver qué tal voy y le digo que me falta poco; viene hasta el baño y me mira a través del espejo mientras me aplico sombra de ojos oscura en el párpado derecho. Su expresión es inescrutable.

—¿Qué pasa, no te gusta?

—¿Te gusta a ti?

—Hoy sí. Me apetecía.

Inclina la cabeza, me rodea por la espalda y me da un beso en el cuello antes de que sus labios rocen el lóbulo de la oreja y despierten un agradable escalofrío.

—A mí me gusta siempre que lo hagas por eso, porque te apetezca, y no para tapar algo que no quieres ver —aclara y luego sonríe—. Por cierto, ¿dónde está el peluche de Ellie? Le he dicho que teníamos una sorpresa para ella.

—¿«Teníamos»?

—Bueno, técnicamente esperé fuera mientras lo comprabas. Eso cuenta al menos en un treinta por ciento. —Lo sigo con el pintalabios en la mano cuando sale del baño y empieza a buscarlo entre las maletas—. Aquí está.

—¿A que tengo una hermana adorable?

—Muy adorable —admite sonriente.

Termino de arreglarme y alzo la mirada una última vez hacia el espejo mientras cierro la cremallera de la bolsita donde guardo el maquillaje. Sonrío débilmente. Me veo bien. Me veo yo. Y no es por el maquillaje, sino por lo que siento dentro de mí.

—Ya estoy lista —aseguro y cojo la chaqueta.

Nos acercamos a la zona más costera para cenar. Aquí la brisa es húmeda y el frío cala los huesos, así que entramos en el primer restaurante que encontramos para refugiarnos del aire gélido. Yo sigo un tanto distraída. Me siento incapaz de dejar de pensar en *Caos*, pero cuando Nilak me asegura que mañana a primera hora estaremos frente a la puerta de la clínica antes incluso de que abran, me relajo y disfruto por fin de la compañía de mi familia. Lo cierto es que ha conectado con ellos desde el principio, y la velada fluye entre conversaciones de lo más variopintas y anécdotas de mi estancia aquí y sus vidas en San Francisco durante los últimos meses.

—Ya le he dicho a Heather que tenéis que venir las próximas navidades.

—Hum. —Nilak traga el sorbo que acaba de darle a su cerveza y deja el botellín sobre la mesa con cuidado—. Me encantaría. Siempre he querido visitar esa ciudad.

Mamá sonríe entusiasmada.

Falta un año, pero casi puedo ver cómo los engranajes de su cerebro se ponen en marcha y empieza a pensar qué cocinará. ¡Dios! Intento no reír.

Al terminar la cena, nos despedimos entre abrazos y ellos se van a su hotel. Todavía van a quedarse dos días por aquí, así que aún no tengo «derecho» a ponerme demasiado ñoña y prefiero no pensar en la tristeza que me embargará cuando me despida de ellos en el aeropuerto. Nilak intenta animarme diciéndome que demos un paseo, y caminamos juntos y cogidos de la mano un buen rato. Apenas hablamos. Nos alejamos de la zona más próxima a la costa y nos perdemos entre las callejuelas.

—Nilak.

—Dime.

—Gracias por darnos una oportunidad.

Para de caminar, pero no suelta mi mano. Me mira con el entrecejo fruncido.

—¿Qué quieres decir?

Trago saliva, nerviosa.

—A nosotros. Sé que ya tuviste tu gran amor, que tenías una vida perfecta y que esto es complicado. Entiendo que nunca será lo mismo para ti.

—No digas eso, Heather.

—Es la verdad. He estado pensando mucho en ello estos últimos días...

—Ese es el error.

—Ya, pero es que... teníais algo idílico.

Agacho la cabeza. Es inevitable. He intentado no hacerlo, pero sí, claro que he imaginado cómo sería su vida con ella. Sé que está mal. Y noto el peso en mi bolsillo de esa fina hoja de papel que no me corresponde. Nilak se da cuenta de que estoy sufriendo; es como si todo viniese de golpe: *Caos*, despedirme de mi familia, preguntarme si él podrá llegar a ser igual de feliz conmigo que con ella. Me abraza y al separarse suspira y noto la tensión en el gesto contenido de su rostro.

—No todo era perfecto —admite—. Nuestra relación...

Se atasca. Se frota el mentón con el dorso de la mano, pensativo. Sé que cree que si dice algo malo de Annie la está traicionando, pero no es cierto. Esconder la realidad, tapar recuerdos que no quiere ver, eso sí es faltar a su memoria y lo que fueron, con todas sus partes menos brillantes. Si esta fuese nuestra última vez, si no volviese a sumergirme en esos ojos suyos, desearía que Nilak recordase toda nuestra historia, lo bueno, lo malo, lo agridulce. Todo, todo, absolutamente todo.

—Sigue, por favor...

—Discutíamos a menudo, ya te lo dije —admite con la mirada acuosa—. Había cosas que no me gustaba que hiciese, como intentar cambiarme, intentar maquillar aspectos que están en mí, en mi personalidad, en mi forma de ver la vida. No sé cómo explicártelo, Heather. Simplemente no podía ser yo mismo al cien por cien. Annie no soportaba verme triste o apático, odiaba ese fondo más oscuro que forma parte de mí; ella creía que era algo que había que cambiar. —Suspira y necesita unos segundos para continuar—. Si tenía un mal día, si pensaba de pronto que el mundo era una mierda, delante de Annie tenía que fingir que no era así y sonreír, sonreír a todas horas incluso cuando no quería hacerlo.

—Pero te compensaba...

—¡Dios, Heather! ¡Claro que me compensaba! Yo la quería. La quería con toda mi alma. Y si tenía que hacer eso, sonreír a todas horas o no poder compartir con ella los malos momentos, me daba igual; deseaba hacerla feliz.

Bajo la mirada. Estoy temblando. Hay tantas cosas que me gustaría preguntarle... Pero no sé cómo hacerlo, ni si debo abrir puertas que entiendo que deben permanecer cerradas bajo llave. Casi todas las dudas son políticamente incorrectas, como: «¿Crees que algún día podrás quererme como a ella?» u otras cuestiones inevitables que está mal pronunciar en voz alta. Pero hay una pregunta que me produce un dolor casi físico y no consigo callármela.

—¿Y conmigo?

—¿Contigo...?

—¿Puedes ser tú mismo, Nilak?

Se acerca y alzo la mirada para enfrentarlo. Posa las manos frías en mis mejillas y traza con los pulgares el contorno de mis labios entreabiertos; me estremezco. Es aterrador el poder que tiene sobre mí, la fuerza de todo lo que me hace sentir.

—Sí, Heather. Te juro que jamás he fingido. Nunca te he sonreído sin desear hacerlo. Tú puedes verlo todo de mí, no tengo que esconderte nada. Y si lo hiciese, joder, si lo hiciese, estoy seguro de que escarbarías hasta en mis entrañas con tal de descubrirlo. Lo que ves es todo lo que hay, todo lo que soy. Transparente.

—Transparente solo para mí.

—Eso es. Solo para ti.

Inspiro profundamente, e intento controlar el temblor de mi mano cuando la meto en el bolsillo y saco el papel doblado que arranqué del diario de Annie. Espero que no me odie por esto. Tengo la boca seca al hablar.

—No te enfades. —Me apresuro a decir—. Fue algo impulsivo y sé que quizá no estuvo bien, pero pensé..., creí que podría ayudarte a seguir adelante. Cambiar ese último recuerdo, de algo malo a algo bueno. —Le tiendo el papel—. Es de Annie. No leí nada más, te lo prometo. —Nilak es incapaz de apartar sus ojos de mí, su pecho sube y baja al compás de su respiración entrecortada—. Léelo. Léelo y luego vuelve conmigo. Por favor.

Asiente. Después, se da la vuelta con la hoja arrugada entre los dedos, y lo veo alejarse calle abajo. Me abrazo a mí misma cuando el viento sopla más fuerte y me quedo ahí, esperando, esperando, esperando.

Algunos minutos son eternos.

Siento que cada uno de los latidos de mi corazón parece congelarse mientras permanezco inmóvil, tiritando bajo la luz anaranjada de la única farola que ilumina la solitaria calle. Ignoro el impulso de correr tras él y girar la esquina por la que lo he visto desaparecer.

Sé que este es su momento, solo suyo, aunque no puedo dejar de preguntarme cómo se sentirá, si leer las últimas palabras de Annie será un castigo para él o un regalo. Algunas personas prefieren no pensar en los que han dejado atrás, en aquellos que se han marchado y ya no pueden volver. Lo respeto. Y lo entiendo. Pero, curiosamente, ante la pérdida, siempre pienso en recoger los pedazos, los recuerdos, la esencia y guardarlo todo a buen recaudo. Y creo que es lo que Nilak necesita con Annie, creo que no debe despedirse de ella sin más, sino quedarse con lo que fueron, llevarlo consigo en la memoria y seguir adelante.

Vuelvo a repetirme eso mismo cuando lo veo a lo lejos, avanzando hacia mí con las manos metidas en la cazadora oscura y la vista clavada en el suelo.

Me estremezco cuando, de pronto, alza la mirada.

Y luego sonrío. Sonrío al tropezar con sus ojos, porque en ellos no hay ventisca, ni tormenta, sino un cielo limpio y despejado.

Ya no nieva.

Ya no duele.

36

28 de mayo

Querido diario,

Kayden es tonto. Es tonto. Perdona por la letra ilegible, pero estoy escribiendo apoyada en mi regazo, sentada en el coche. Kayden ha entrado en el local que está enfrente para comprar algo de comer para el viaje, me ha preguntado si prefería Coca-Cola o agua con esa voz seca que usa cada vez que está cabreado. He tenido que aguantar las ganas de reír mientras le decía que prefería agua, gracias.

Nos hemos enfadado por una chorrada. Ya ves. Sonaba una canción de Queen en la radio y he comentado que el grupo estaba sobrevalorado, a lo que él ha respondido superafectado que no sé de lo que hablo. Le he dicho que mi opinión cuenta igual que la suya y que es algo subjetivo y que siempre es muy duro a la hora de juzgar ciertas cosas, como si llevase la verdad absoluta colgando del bolsillo. Kayden ha puesto entonces los ojos en blanco y, ah, eso sí que ha terminado por hacerme enfurecer. Luego me ha entrado la risa estúpida, al pensar en lo patética que era nuestra discusión, pero él ya tenía el ceño fruncido y la vista fija en la carretera, y yo me he propuesto ver quién soporta más

tiempo la tensión antes de que ambos terminemos desha-
ciéndonos entre «lo siento» y «perdones».

Pero, como decía al principio, es tonto.

Porque si no lo fuese, sabría que me importa un pimien-
to Queen y que a veces solo hago ciertos comentarios para
picarlo. Y me encanta cuando se lo toma todo tan a pecho.
Lo quiero así, cuando se enfada y cuando luego se da cuenta
de que es una memez y viene a buscarme para abrazarme y
susurrarme que no volveremos a discutir por idioteces. Lo
quiero precisamente por lo mucho que lo conozco; porque sé
que ahora está aguantando solo por orgullo con la esperan-
za de que yo ceda esta vez. Y sabe que lo haré, claro, termi-
naré cediendo antes de que lleguemos a nuestro destino,
porque necesito que cuando conozca a papá todo sea perfec-
to, y que él esté relajado y cómodo. Tengo muchas ganas de
verlo, de abrazarlo muy, muy fuerte y llevarme a Kansas el
recuerdo y el aroma a madera y familia.

Tengo que dejar de escribir. Ahora mismo veo a Kayden
a través del cristal del parabrisas viniendo hacia el coche con
cara de malas pulgas y la bolsa con la comida. Qué tonto es.
Cómo lo quiero.

Annie.

Epílogo
(1 año después)

Cuando llego a casa todavía no hay nadie. Me quito la ropa de abrigo y repaso mentalmente la partida de ajedrez que acabo de jugar con John. Él siempre dice que debo hacer eso, pensar las cosas. Lo cierto es que desde que le gané aquella primera vez, tan solo he conseguido vencerlo en cuatro ocasiones más, lo que es un poco patético teniendo en cuenta que merendamos juntos casi todas las tardes, a no ser que él y Nilak tengan que hacer algo especial con los perros; en ese caso, juego sola. Y sí, es triste, pero resulta interesante retarse a uno mismo. Ya no me da miedo tener que escalar montañas, nunca dejaré que nadie más vuelva a tirar de mi cuerda, siempre seré yo la que avance hacia arriba, a mi ritmo, pero segura.

Es domingo. Me pongo un pijama cómodo y voy a ver qué queda en la cocina para la cena. No es que ahora sea una cocinera experta ni nada de eso, pero puedo encender el fuego, poner una sartén y tirar cosas dentro y esperar a que se cuezan. Algo así. Por ahí va mi nivel. Normalmente es Nilak el que se encarga de cocinar, yo prefiero hacer cualquier otra cosa. Aun así, me animo al encontrar algo de carne lista para hacer y la pongo en un cuenco y hecho por encima algunas especias al tuntún. «Que la suerte me acompañe», pienso mientras lo pongo a calentar, añado mantequilla y tapo la cacerola.

Vuelvo al comedor, enciendo la chimenea, y me siento en el sofá a leer un rato. Me distraigo de vez en cuando recordando lo genial que fue nuestro viaje a San Francisco hace algunas semanas. Me quedé tranquila cuando John me aseguró que pasaría las fiestas en casa de Naaja y han sido unas navidades geniales. Recorrimos toda la ciudad, le enseñé a Nilak los sitios más emblemáticos, subió en el tranvía y visitó la isla de Alcatraz como un turista más, y paseamos por Haight-Ashbury y Fisherman's Wharf. El resto del tiempo lo aprovechamos para estar en casa, con mi familia. Ellie lo adora y lloró un montón cuando vinieron a despedirnos al aeropuerto. Ya los echo de menos y eso que volvimos hace nada.

Dejo el libro a un lado cuando escucho girar la llave. *Caos* entra agitado, como siempre, y se lanza sobre mí. Lo abrazo, me río y le quito los copitos de nieve que lleva adheridos al pelo. Hace tiempo que se recuperó totalmente. Alzo la mirada hacia Nilak, que se acerca y se inclina para darme un beso.

—¿Qué es ese olor? —pregunta.

—¿Tu cena?

—Madre mía, Heather...

—¿Qué? ¿Qué he hecho ahora?

Lo sigo hasta la cocina. Nilak apaga el fuego justo cuando empiezo a advertir ese tufillo a quemado que impregna el ambiente. Hago una mueca al levantar la tapa y descubrir que el fondo se ha chamuscado un poco. Tampoco es para tanto. En mi defensa, estoy resfriada, por eso no he podido salir hoy a correr con *Caos* y Nilak me ha sustituido. Anginas y nariz taponada no son buenas compañeras de carrera.

—Estoy enferma —me excuso.

Nilak se ríe mientras se aparta la capucha de la sudadera.

—Enferma de la cabeza, sí.

Corro tras él cuando regresa al comedor y me lanzo sobre su espalda. Vuelve a reírse mientras caemos sobre el sofá y luego se gira y termina tumbado sobre mí, haciéndome cosquillas. Cuando nos tranquilizamos, nos quedamos ahí, abrazados, y me toca la frente con la palma de la mano.

—Hoy ya no has tenido fiebre, ¿verdad?

—No, me encuentro mejor. He ido a merendar con John.

—¿Has ganado? —pregunta divertido.

—Sabes que no —farfullo.

Entre que no mejoro y que últimamente ellos pasan juntos mucho más tiempo porque Nilak lo está ayudando con los perros cada vez que tiene un rato libre, no puedo reprimir un gruñido poco amistoso por lo bajo. Él se ríe al oírme y me apretuja contra su cuerpo mientras me da un mordisquito en el cuello. Pego un grito y *Caos* se pone en pie de inmediato y ladra.

—Shhh, estoy bien, amigo. —Alzo una mano hacia él, sin bajar del sofá, y dejo que me huela y que me dé un lametón. Después, regresa a su sitio frente a la chimenea.

Nilak se incorpora un poco para coger el libro que se le está clavando en la espalda. Cuando he ido a recibirle, lo he dejado tirado entre los cojines. Él le echa un vistazo y luego se estira para dejarlo sobre la mesita. Vuelve a abrazarme. Más fuerte. Más cálido.

—¿De qué va la novela? —pregunta en un susurro.

Sonrío sin dejar de acariciar su rostro.

—Es la historia de una chica que está perdida y de un chico que ya no quiere encontrarse. Ella es el sol, calor. Él es hielo, Alaska, un corazón congelado en el que siempre está nevando. Pero, a pesar de todo, encajan. Y quizá por eso, los dos crecen como esas briznas de hierba salvajes, ¿te has fijado en ellas? No lo parecen, pero son fuertes. Y no importa el mal tiempo que haga, al final, pese al frío, pese al dolor que arrastran del anterior invierno, siempre se alzan buscando la luz del sol.

Nilak respira profundamente.

Lo abrazo. Lo beso. Él habla contra mis labios.

—No me has dicho cómo se titula.

—El día que dejó de nevar en Alaska.

FIN

Agradecimientos

Cuando esta historia apareció un día en mi cabeza, pensaba que no me gustaba escribir en primera persona del presente, que jamás conseguiría dejar de fumar, que nunca lograría correr diez kilómetros y que mi obsesión por los huskies se quedaría en una anécdota infantil (que mi tía Pilar sufrió y mi madre controló regalándome peluches que guardan un parecido un tanto cuestionable con la idea que tengo de esos perros). El caso es que, de algún modo, Heather me acompañó en el camino y creo que es la primera vez que voy a darle las gracias a un personaje; por llegar, porque avanzamos juntas en muchas cosas y escribir su historia fue muy bonito para mí y casi una *necesidad*.

Por suerte, muchas personas han hecho posible que llegue a vuestras manos. Empezando por mi editora, Esther Sanz, que acogió a Nilak y Heather sin dudar. También todos los que forman parte del equipo de Urano. Gracias a Mariola, por ser tan paciente. A Inés, mi correctora, por ayudarme a mejorarla. A Luis Tinoco, por vestir mis historias. A Laia, por cuidar tan bien de mis novelas y estar ahí siempre que la necesito. Y a mis compañeras, Elena Castillo, Virginia Mackenzie y todas las demás.

A Elena Presedo, por su apoyo y su bonita frase.

A Inés Roldán y Nazareth Vargas, por leerme siendo objetivas, señalarme los fallos, ayudarme siempre a dar lo mejor de mí y mucho más.

A María Martínez, por su amistad. Es posible que un día no nos encontremos la una a la otra entre tantos audios acumulados, pero, hasta entonces, gracias por compartir conmigo la locura que a veces supone esto de escribir.

A Natalie Convers, por tantos años al otro lado del teléfono durante nuestra llamada semanal. Por seguir aprendiendo juntas y por esas lecturas conjuntas tan geniales.

A Neïra, Abril Camino y Saray García, porque cuando creamos ese grupo todo cambió. Y lo digo en serio. Ya no me imagino el día a día sin el caos general, saludar por la mañana, las conversaciones eternas, las competiciones de palabras, entrar en bucle leyéndonos a nosotras mismas y un largo etcétera que será mejor no revelar, no vaya a ser que se confirme que esto de escribir afecta y estamos un poco chifladas.

A Dani, mi copito de nieve. Porque sí, por ser mi mejor amigo. Por ser único. Porque le encanta el invierno. Porque sin él esto no sería lo mismo.

A mi familia, todos y cada uno de ellos. Y a mi mamá, que me apoya, lee mis historias, escucha mis locuras y sé que puedo contar con ella de forma incondicional.

Y, como siempre en último lugar, a J., porque escribir sobre el amor es muy fácil teniéndolo al lado. Y por hacerme reír cada día. Por estar. Por todo. Negligevapse.

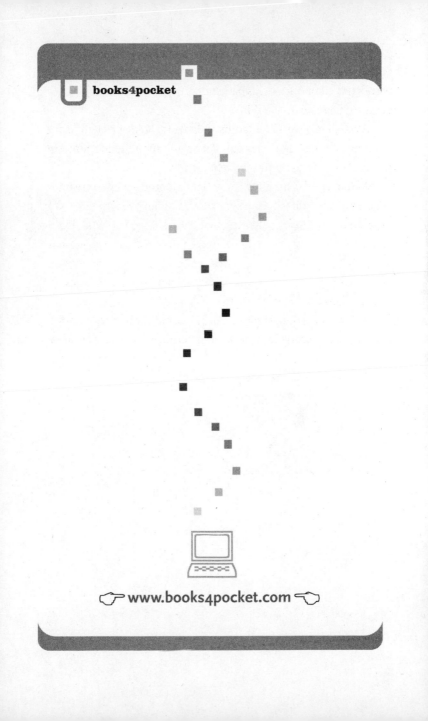

books4pocket

www.books4pocket.com